제 6 회
문지문학상
수상작품집

제6회 문지문학상 수상작품집

펴낸날 2016년 5월 27일

지은이 김솔 김엄지 박민정 백수린 양선형 오한기 이상우 정영수 정지돈 홍희정
펴낸이 주일우
펴낸곳 ㈜문학과지성사
등록번호 제1993-000098호
주소 04034 서울 마포구 잔다리로7길 18(서교동 377-20)
전화 02) 338-7224
팩스 02) 323-4180(편집) / 02) 338-7221(영업)
전자우편 moonji@moonji.com
홈페이지 www.moonji.com

ISBN 978-89-320-2868-2 03810

이 도서의 국립중앙도서관 출판예정도서목록(CIP)은 서지정보유통지원시스템 홈페이지(http://seoji.nl.go.kr)와
국가자료공동목록시스템(http://www.nl.go.kr/kolisnet)에서 이용하실 수 있습니다.
(CIP제어번호: CIP2016012179)

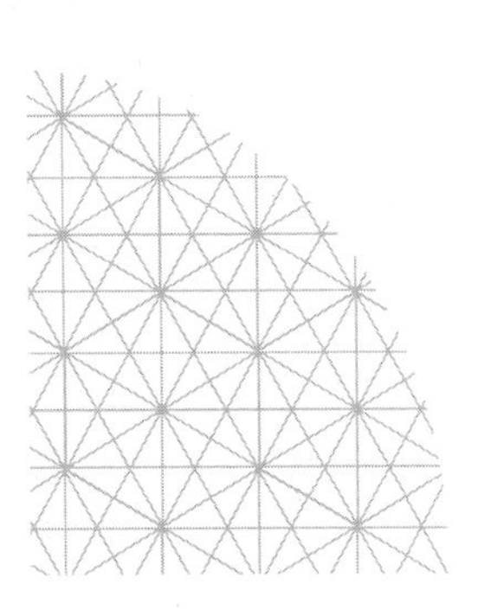

제 6 회
문지문학상
수상작품집

수상작

창백한 말

정지돈

문학과지성사

제6회 문지문학상 수상작품집

차례

제6회 문지문학상

—

문학과지성사가 2010년부터 제정·운영해오고 있는 '문지문학상'(구 웹진문지문학상)이 6회째를 맞이했다. 2011년 제1회 이장욱의 「곡란」, 2012년 제2회 김태용의 「머리 없이 허리 없이」, 2013년 제3회 김솔의 「소설 작법」, 2014년 제4회 박솔뫼의 「겨울의 눈빛」, 2015년 제5회 윤이형의 「루카」에 이어 올해 제6회 수상의 영예는 정지돈의 「창백한 말」이 차지했다. '문지문학상' 수상 작가에게는 1천만 원의 상금이 주어지며, 시상식은 매년 5월, 문학과사회 신인문학상 시상식과 함께 열린다.

2010년 봄, 〈웹진문지〉 오픈과 함께 시작된 '웹진문지문학상'은 2013년 초 문학과지성사 홈페이지 블로그와 함께 통합되면서 2014년 제4회부터 '문지문학상'으로 개칭되어 그 운영을 이어가고 있다.

제6회 문지문학상

심사 경위

—

올해 6회를 맞이한 문지문학상의 본심은 2016년 1월 22일, '이달의 소설'로 선정된 열한 편의 작품들을 대상으로 진행되었다. 2015년 한 해 동안 선정된 작품들은 이상우 「벨보이의 햄버거에 손대지 마라」, 정지돈 「창백한 말」 「나는 카페 웨이터처럼 산다」, 김엄지 「느시」, 양선형 「표범의 사용」, 홍희정 「앓던 모든 것」, 백수린 「첫사랑」, 김솔 「누군가는 할 수 있어야 하는 사업」, 정영수 「애호가들」, 박민정 「버드아이즈 뷰」, 오한기 「사랑」이다. 예년과 달라진 작가들의 면면에서 드러나듯이, 심사위원들(우찬제, 이광호, 김형중, 이수형, 조연정, 강동호)은 문지문학상이 진행된 6년의 시간 동안 한국 소설의 미학적 세대 교체가 흥미로운 방식으로 진행되고 있다는 사실을 새삼 깨달을 수 있었다. 이러한 젊은 작가들의 작품들이야말로, 최근 한국 문학에 대한 날선 비판들이 맹렬하게 오가는 과정 속에서도 우리가 대책 없는 허무주의와 냉소에 깊이 빠지지 않을 수 있었던 원천이라는 사실을 이 자리에서 새삼 고백하고 싶다.

각각의 작품들을 두고 논의를 거듭한 끝에 어렵지 않게 정지돈의 작품들로 의견을 좁힐 수 있었다. 심사위원들은 정지돈의 두 작품(「창백한 말」 「나는 카페 웨이터처럼 산다」)이 지니고 있는 매력과 그것이 예술에 대해 던지는 메타적 테제에 매료되었으나, 표면적으로는 다른 스타일을 보여주는 두 작품 중 한 편을 선정하기 위해 더 많은 토론의 시간을 필요로 했다. 「나는 카페 웨이터처럼 산다」는 아방가르드 예술에 대한 사유가 새로운 형식의 산문적 스펙트럼으로 확장될 수 있다는 것을 보여주며, 최근 정지돈이 활발하게 선보이고 있는 소설-에세이(혹은 에세이-소설) 계열에 속하는 작품이라고 할 수 있을 것이다. 반면 「창백한 말」은 그보다 온건한 방식으로 정지돈의 다양한 소설적 실험이 지속되는 이유가 무엇인지를 좀더 분명하게 고백하는 소설처럼 읽혔다. 젊은 작가에게 어울리는 표현일지 모르겠으나, 연대기적인 발표 순서를 무시하자면 「창백한 말」은 정지돈 소설의 초기작에 가까운 작품이라고 할 수 있는데, 심사위원들은 여러 논의 끝에 정지돈 소설의 전위적 특성이 지니고 있는 의고주의적 동시대성을 살펴볼 수 있는 「창백한 말」을 제6회 문지문학상 수상작으로 결정했다. 미학적 전위가 더 이상 정치적 실험과 등가를 이루지 못하는 오늘날, 소위 예술의 종말 이후를 살아가는 우리에게 정지돈의 고고학적 실험들은 '극단적인 예술이 지니고 있는 시대착오적 특성과 반시대성이야말로 우리 시대의 동시대적인 유산'이라는 테제를 매력적인 소설 언어로 실천하고 있다. 이른바 극단적인 예술이 가장 혁명적인 것으로 이해될 수 있었던 시대에 대한 정지돈 특유의 멜랑콜리적 감수성은 어느새 망각되어버린 옛 시대에 대한 정치적 성찰과 고고학적 복원을 요청하고 있는 것이다. 그런 의미에서 우리는 정지돈이야말로 우리 세대의 가장 논쟁적인, 소설의 역사철학자라는 사실을 믿어 의심치 않는다. **문지문학상 심사위원 일동**

제 6 회 문 지 문 학 상

심사평

—

2015년 한국의 젊은 작가들은 저마다의 방식과 스타일로 기존의 서사 탑을 해체하며 새롭게 재구축하려는 산문적 수고를 아끼지 않았다. 「누군가는 할 수 있어야 하는 사업」을 쓴 김솔의 말법을 흉내 내자면, '누군가는 쓸 수 있어야 하는 소설'을 나름대로 쓰기 위해 역동적인 탈주선을 그렸다. 많은 경우 그 출발점에서 의도했던 서사 효과와 다른 자리에서 방황하는 모습을 보이기도 했지만, 인간 만사가 그렇듯이 서사도 방황하면서 진실의 지평에 접근하기 마련이다.

기존의 문학장(文學場)을 특유의 기지와 감각으로 비틀어내면서 스스로의 장을 열어 보이고자 탈주했던 김솔의 「누군가는 할 수 있어야 하는 사업」은 주제와 서술 양면에서 눈길을 끌었다. 특히 담화 방식이 독특했다. 연접이나 관계망을 제대로 신뢰할 수 없다고 생각했기 때문이었을까. 혹은 서술자의 서술과 인물의 발화 사이의 관계 또

한 적절히 설정하기 곤란하다고 여긴 까닭일까. 아예 인물 담화를 전적으로 배제했다. 영도(零度)의 인물 담화와 백도(百度)의 서술 담화로 구성된 소설은 그 유래를 찾기 어렵거니와, 그 또한 인과관계에 대한 회의 때문으로 보인다. 그 결과 이 소설은 매우 독특한 서사 리듬을 형성하게 되었다. 막막한 아포리아들이 위트와 역설로 탈주하면서 형성하는 자잘한 리듬에서 소수문학의 또 다른 가능성을 확인하게 된다.

김엄지의 「느시」는 초현대적 일상의 사막화 현상을 놀라운 감수성으로 포착한 인상적인 소설이다. 나날이 반복되는 삶에서 사람들이 새로운 꿈의 출구를 알지 못한 채 무기력한 일과 잠에 사로잡혀 그러구러 살아가는 모습을 그렸다. 일상의 '너머'를 넘어갈 수 없는 현대인들의 결코 행복할 수 없는 초상을 통해, 우리는 동시대의 삶의 철학에 대해 많은 생각할 거리를 얻게 된다. 반복되는 일상의 누추한 운명을 추문화하면서, 쉽게 초극하기 어려운 쇠우리에 대한 성찰의 지평을 제공한다.

콜라주 스토리텔링으로 새로운 서사적 탈주를 시도하는 도서관 작가 정지돈은 유일하게 두 편의 텍스트를 우리의 책상 위에 올렸다. 최근작인 「나는 카페 웨이터처럼 산다」는 "한 사람의 인간펜"이 어떻게 형성되는지 흥미롭게 보여준다. 그 어디에도 속하지 않는 캐릭터와 그 어디에도 속하지 않는 글쓰기들이 스미고 짜이면서 그 어디에도 속하지 않는, 카오스의 경계 텍스트로 탈주하는 형상이다. 「창백한 말」은 정지돈 소설의 어떤 근원을 떠올리게 한다. 체험도 상상도 의지도 마음대로 건축하기 어려운 상황에 대한 곤혹이 서술자로 하여금 '창백한 말'의 운명에 이끌리게 했을 터다. 여전한 '창백한 말〔馬〕'

의 시절을 성찰하면서, 그에 추수하여 '창백한 말〔言〕'들이 스스로의 비루함을 반성하는 경향이 드문 상황을 돌아보면서, '창백한 말〔馬〕'과 '창백한 말〔言〕'의 운명을 밀고 나가려는 정지돈의 서사적 의지는 오늘의 문학장에 새로운 도전장을 흥미롭게 제출한다. 비록 "한 사람의 인간펜"으로서 출발한 지 얼마 되지 않았지만, 그의 서사적 탈주는 우리 시대 서사적 소명의 어떤 핵심을 지시하는 것처럼 보인다. 무엇보다 이미지를 기술적으로 복제하여 쉽게 씌어지는 소설이 많은 시절을 거스르면서 '인간펜'의 역동적 가능성을 탄력적으로 모색하고 있다는 점이 인상적이다. 그 어디에도 속하지 않을 수 있지만, 누군가는 쓸 수 있어야 하는 소설을 향한 정지돈의 '인간펜' '게걸음'에 대해 허심탄회하게 상찬해도 좋겠다는 데 흔쾌히 동의한다. **우찬제(문학평론가)**

문학상이 문학적 권위를 만들고 재생산하는 것이라면, 적어도 문지문학상은 권위가 아니라 지금까지와는 다른 문학의 잠재성을 호명하는 문학상이 되어야만 했다. 올해의 문지문학상 심사도 젊은 작가들의 이질적인 글쓰기의 잠재성을 만나는 흥미로운 경험이었다. 문학의 제도적 · 시장적 권위를 지워버린 문학상이라는 측면에서 이 문학상의 심사는 행복한 긴장감을 선사한다. 1년 동안의 '이달의 소설' 선정 작업을 통해 내가 주목한 것은 정지돈, 이상우, 오한기, 김엄지, 양선형 등의 소설이었다.

이상우의 「벨보이의 햄버거에 손대지 마라」는 3인칭 서술과 1인칭 진술과 2인칭 언어 들이 교차편집되고 혼성 주체들이 난무하는 사이로 놀라운 시적 문장과 이미지 들이 반짝거리는 매력적인 소설이다. 오한기의 「사랑」은 그 젠더적 문제의식의 부재라는 불편함에도 불구하고, 인간적 내면이 없는 풍경과 B급 판타지의 알레고리가 '소설 이후의 소설'이라는 미지의 감수성을 경험하게 만든다. 김엄지의 「느시」는 현대적 삶의 끔찍한 무의미와 불모성을 묘파하는 언어들의 시치미 떼는 능청스러움이 또 하나의 정점에 다다른 소설이다. 신인 작가 양선형의 「표범의 사용」은 환상과 환각의 이미지를 알레고리가 아니라 놀랍도록 생생한 감각적 현실의 시간으로 만들고, 그 안에서 (비)주체와 (비)장소를 통과하게 만든다.

정지돈에게 아마 소설의 탄생과 재탄생은 '다시 읽기 쓰기' 혹은 문학적 '인용'의 문제일 것이다. 그것을 '소설적인 것'의 이전에 있다고 판단하는 것은, 사실 '소설적인 것'의 이후에 있다고 생각하는 것과 마찬가지이며, 때문에 나는 차라리 그것이 '소설적인 것'의 소진이자 한 극한이라고 말하고 싶어진다. 언제나 소설은 소설적인 것을 소진하는 방식으로 자기 육체를 바꾸어왔다. 요한 계시록의 은유대로 「창백한 말」 속에서 언어와 혁명은 근원적으로 죽음에 가까운 것, '창백한' 것이다. 그럼에도 불구하고, 혁명의 불가능성과 환멸을 넘어서, 시간과 공간을 넘나드는 '다시 읽기 쓰기'의 관계 속에 만들어진 '불가능한 공동체'는 문학과 공동체의 역설적인 잠재성이다. 정지돈의 소설은 소설적인 것의 소진과 애도이며, 동시에 마지막 매혹이다. 이 '지나치게' 지적인 젊은 작가에 대한 우리들의 '과장된' 관심은 '다시 읽기 쓰기'라는 방식의 실체 없는 문학적 우정에 가깝다. 이광호(문학평론가)

열한 편의 작품들을 나란히 놓고 보니, 한국 소설의 지형도가 부쩍 젊어지고 있다는 사실을 실감할 수 있었다. 등단 10년 이내의 작가들을 대상으로 하는 문지문학상의 성격 때문이기도 하겠지만, 예년에 비해 문학적 이력이 길지 않은 신예들의 작품이 유독 많았다. '이달의 소설' 선정 과정에서 이미 그 작품성을 인정받은 것들이고, 그래서 모두들 다 좋았지만, 내 경우 오래 미련을 버리지 못한 작품은 정지돈의 「창백한 말」, 김엄지의 「느시」, 김솔의 「누군가는 할 수 있어야 하는 사업」, 박민정의 「버드아이즈 뷰」, 정영수의 「애호가들」이었다.

김엄지의 「느시」는 아주 적절하게 '지루한' 작품이었다. 물론 그 지루함은 작중 인물들의 삶이 '차이 없는 반복'의 연속인 만큼 아주 효과적인 지루함이기도 했다. 형식과 내용의 일치란 이럴 때 쓰는 말이리라. 다만 작가의 근작들이 대체로 이와 유사한 주제를 다루고 있어 신선함이 떨어졌다. 김솔의 「누군가는 할 수 있어야 하는 사업」은 보기 드물게 '국제적' 시야를 갖춘 작품이었다. 짧지 않은 외국 체험이 작가로 하여금 문체와 소재, 주제에 있어 세계적인 안목을 갖게 했다는 생각이 들었다. 그간 무대가 협소했던 한국 소설을 염두에 둘 때 이는 지극히 소중한 덕목이었는데, 다만 구성상의 산만함이 종종 작가가 의도한 바를 넘어서는 점이 걸렸다. 박민정의 「버드아이즈 뷰」 마지막 장면은 앨프리드 히치콕의 영화 「사이코」의 그 유명한 샤워 신과 겹치면서 아주 깊은 인상으로 남아 있다. 에피소드들을 배치하는 역량이 탁월했고 독자들의 흥미를 끝까지 유지시키는 기량도 만만치 않았다. 그러나 이즈음 말썽 많은 '도촬'의 세태를 다룰 경우, 더 깊고 넓은 시각에서 현상을 분석하고 해부하는 '심리학'과 '사회학'이 좀더 필요한 건 아닌지 하는 의문을 버리기 힘들었다. 정영수의 「애호가들」은 지식인 세태소설의 범주에 들어갈 만한 작품이었다. 지식인 계층의 '정신 승리법'에 대한 차갑고 자조적인 냉소가 아주 매력적인 작품이었다. 작품을 다 읽은 후, 처음 예상했던 결말의 바깥에 서 있는 나를 발견했다면 더 좋은 작품이었으리라. 결국 정지돈의 「창백한 말」을 수상작으로 결정하는 데 한 표를 보탰다. 이 작품은 아주 징후적인데, 혁명은 믿음과 결부되지 못하고, 냉소는 비판적 지식인이 취할 수 있는 유일한 포즈가 되고, 예술은 누추한 자의 망상이 되어갈 때, 이런 시대를 살아야 하는 젊은 작가의 정신적 방황이 고스란히 드러난 작품이었기 때문이다. 그 냉정한 회의와 우울함에 경의를 표한다. **김형중(문학평론가)**

제6회 문지문학상 심사를 위해 작년 3월부터 지난달까지 '이달의 소설'로 선정되었던 후보작들을 재독 삼독했다. 깜빡 잊었다는 듯 이장욱, 김태용, 김솔, 박솔뫼, 윤이형으로 이어진 지난 수상 작가들의 명단을 살펴보면서 이 문학상의 의미를 다시 한 번 생각했다. 작년 심사 때도 또 그 이전 심사 때도 같은 고민을 했다가 답을 못 찾고 질문 자체를 잊어버렸을 확률이 없지 않은데, 이번 심사를 하면서 새삼 예술이란 무엇인가를 붙들고 고민하지 않을 수 없었다. 소설이란 무엇인가가 아니라 예술이란 무엇인가를 고민한다는 건, 어떻게 보면 별 차이 없는 일일 수도 있고 또 어떻게 보면 뭔가 시사적인 일일 수도 있다. 굳이 시사점을 찾자면, 소설이란 무엇인가라는 질문만으로는 소설이 뭔지를 알 수 없는 위태롭고 혼란한 시대가 도래한 것과 관련이 있을 것이다.

정지돈의 「창백한 말」과 백수린의 「첫사랑」은 공교롭게 대칭적인 독서가 가능한 소설이다. 예컨대, 「창백한 말」이 러시아로 간 예술 지상주의자의 이야기라면, 「첫사랑」은 러시아행을 포기한 생활인의 이야기다. 「창백한 말」이 타인과 대화하지 않는 주인공의 내면을 그나마도 불투명하게 보여준다면, 「첫사랑」은 내면을 솔직하게 고백하고 싶은 투명성의 욕망을 반영한다. 주관적으로 요약하자면, 「창백한 말」은 좀더 낯설고 「첫사랑」은 좀더 전통적이다. 실은 제목부터 그런 인상을 준다. 앞에서 언급한 고민과 관련해 「창백한 말」이 예술이란 무엇인가,라는 질문에 대한 자의식을 좀더 많이 드러낸다는 점에서 이 작품을 수상작으로 선정하는 데 동의했다. 물론, 그렇다고 「첫사랑」이 예술이란 무엇인가,라는 질문과 관계가 없다는 뜻은 아니다. 한때 가볍고 향긋했으나 이제 바스러질 듯 마른 하얀 벚꽃이 예술이 아니라면 다른 무엇이 예술이겠는가? 심사는 마쳤지만, 예술과 현실 혹은 조소의 대상이 되어버린 예술의 자율성을 다시 한 번 고민하게 된다. **이수형(문학평론가)**

문단의 여러 사정들로 인해 안타깝게도 작가들의 사기가 많이 떨어질 수밖에 없었던 한 해였다. 대중들의 관심 밖에 있던 한국 문단에 갑작스럽게 부정적인 방식의 관심이 쏠리며 그간 묵묵히 창작에 몰두해온 작가들은 복잡한 감정에 휩싸일 수밖에 없었다. 무한한 자유라는 권리와 상상력의 확장이라는 의무가 요청되는 작가들에게 '표절'이라는 말이 자동적으로 환기하는 불안이나, '제도' 혹은 '권력'이라는 말이 불러일으키는 무력감은 어쩌면 치명적인 것이었을 수 있다. 앞으로 한동안 한국 문단이 우선적으로 몰두해야 할 일은 무엇보다도 작가들의 이 같은 불안과 무력감을 해결하는 일이 되어야 할 것이다. 작가 개인의 고립된 글쓰기의 고통이 다수의 확장된 읽기를 통해 보상받을 수 없는 사정 속에서 이 같은 한국 문단의 과제는 어떻게 실천될 수 있을 것인가. 새로운 한 해가 시작되었지만 여전히 질문만이 남아 있다.

한 해 동안 '이달의 소설'로 선정된 작품들 중에서 문지문학상의 수상작을 골라내는 심사 자리에는 언제나 약간의 설렘과 알 수 없는 뿌듯함이 함께했다. 하지만 올해는 유독 마음이 무겁게 느껴졌던 것 같다. 여러 가지 이유가 있을 테지만, 어쨌거나 지난여름 이후 혼란했던 문단의 사정을 고려하지 않을 수는 없다. 그럼에도 불구하고 올해 문지문학상의 심사는 후보작들의 면면을 살펴볼 때 등단 10년 이내의 젊은 작가들을 격려하는 이 상의 취지를 가장 잘 보여주는 자리였다고 자평해볼 수 있다. 올해 후보작을 낸 열 명의 작가 중 절반은 '이달의 소설'에 처음 선정된 작가들이다. 박민정, 양선형, 오한기, 정영수, 홍희정이 그들이다. 유례없이 거의 대부분 심사위원의 동의를 얻어 수상작으로 선정된 「창백한 말」의 정지돈 역시 작년 제5회 문지문학상의 후보작에 처음으로 이름을 올렸었다. 「창백한 말」은 등단 이전에 초고가 완성된 작품으로 알고 있다. 최근 발표된 「나는 카페 웨이터처럼 산다」와 이 작품을 나란히 읽으면 등단한 지 만 3년이 채 되지 않은 그의 작품 세계에 미세한 변화가 일어나고 있다는 사실이 포착된다. '읽기'와 '쓰기', 허구와 사실의 접합을 가장 적극적으로 실험하는 정지돈은 점점 '소설'이라는 허구의 형식 자체에 대해 자유로워지면서 역설적으로 새로운 형식, 아니 새로운 장르를 만들어내는 단계로까지 나아가고 있는 듯하다. '읽기'와 '쓰기'에 대한 그의 열정과 패기를 들여다보고 있으면 이즈음 한국 문단의 불안과 무기력이 마치 딴 세상일인 듯 느껴지기도 한다. 기쁜 마음으로 그의 실험을 지지하며 수상 또한 축하드린다. **조연정(문학평론가)**

제 6 회 문 지 문 학 상

수상 소감

—

눈밭 위의 여우

어느 블로거가 로베르토 볼라뇨의 단편 「지상 최후의 일몰」이 국내에 정식으로 번역되기 전 '지상에서의 마지막 저녁'이라는 제목으로 번역해 웹에 올린 적이 있다. 단편의 영문판 제목은 'Last Evenings on Earth'로 블로거는 영문판을 중역했다고 한다. 정확한 기억은 아니지만 아마 그때 막 볼라뇨 선집의 홍보 책자인 『볼라뇨, 로베르토 볼라뇨』가 나왔던 것 같다. 등단 전에 쓴 단편 중 오래 붙잡고 여러 번 고쳐 발표까지 이르게 된 단편이 두 개 있는데 그중 하나가 「창백한 말」이다. 나는 블로거가 올린 「지상에서의 마지막 저녁」을 읽고 「창백한 말」을 다시 쓰기로 했고 그때 쓴 버전이 지금의 모습과 가장 유사하다. 당시 소설의 제목은 '땅위에서의 마지막 저녁들'이었다. 그 전에는 「모스크바에서 온 일기」였고 그 전에는 「카이로의 낮과 밤」이었으며 그 전에는 「눈밭 위의 여우」였다.

처음 단편을 쓴 건 2008년이다. 마지막으로 고친 건 2015년이니까 7~8년이 흐른 셈이다. 그동안 여러 공모전에 내기도 했고 수업시간에 제출하기도 했다. 존 파울즈의 영향을 받기도 했고 카버의 영향을 받기도 했으며 미셸 우엘베크와 쿤데라, 토마스 만을 따라 써보기도 했다.

지금의 꼴이 나오는 데 가장 큰 영향을 준 작가는 보리스 사빈코프, 로베르토 볼라뇨, 빅토르 세르주다. 이 외에도 플라토노프와 이장욱의 「혁명과 모더니즘」, 올랜도 파이지스의 「나타샤 댄스」, 카레르의 「리모노프」, 수전 손택의 빅토르 세르주에 관한 에세이와 벤야민의 「모스크바 일기」에 빚진 바가 크다.

얼마 전 지인인 홍상희가 전화해 꿈에서 내가 죽었다고 했다. 그녀의 꿈에서는 사람들이 곧잘 죽곤 하는데 죽고 나면 이상하게도 좋은 일이 일어났다. 나는 작년에 한번 죽었고 올해 또 죽었다. 이번에는 얼음물에 뛰어들어 익사했다고 하는데 시체는 못 봤다고 한다. 그렇지만 죽은 게 확실해. 좋은 일 없어? 소름. 내가 말했다. 그녀에게 수상 소식을 전하자 그녀 또한 말했다. 소름. 두 번의 소름. 이런 일이 일어나면 사후 세계가 있나 하는 의심을 잠깐이나마 하게 된다. 그렇지만 작년에 죽은 이후에는 아무런 일도 일어나지 않았다. 나도 모르게 어떤 일이 있었던 걸까. 그런데 이게 정말 좋은 일인 걸까.

친구는 좋은 사람이 좋은 작품을 쓰는 거라고 말했다. 처음에는 갸웃했지만 점점 그 말이 맞는 것 같다. 바꿔 말하면 좋은 태도가 좋은 작품을 쓰게 하는 것 같다. 세상을 대하는 태도, 작품을 대하는 태도, 사람을 대하는 태도. 좋은 태도가 어떤 것인지는 말하기 힘들다. 그건 너무 복잡하고 자주 변하며 심히 단순하다. 좋은 태도는 좋은 태도다. 잘 쓰는 건 어렵지 않다. 잘 쓰는 사람이 너무 많고 잘 만든 작품이 어느 분야에나 너무 많다. 너무 매끈하고 아름답고 감동적인 작품들이 너무 많다.

소설에 도움을 준 많은 사람들과 심사위원들께 감사 인사를 전한다.

2016년

정지돈

제6회
문지문학상 수상작

2015년 4월
이달의 소설

창백한 말

정지돈

1983년 대구에서 태어났다. 2013년 문학과사회 신인문학상으로 등단했고, 소설집 『내가 싸우듯이』가 있다.

작 가 노 트

38세의 히켐 씨는 부모와 함께 에주우르 마을 입구 부근 철로가 끝나는 지점에 살고 있다. 철로 근처에는 매일 무허가 좌판들이 자리를 펴고 채소와 과일을 판다. 주민들이 데려온 양들이 쓰레기 더미 속에서 풀을 찾아 뜯기도 한다. 히켐 씨는 그의 집에서 몇 미터 걸어 나와 한 골목을 가리켰다. 그와 함께 혁명에 참여했던 동료 중 한 명이 저격수의 총을 맞고 숨진 곳이었다.

— 로라-마이 가베리오, 「카세린, 상처받고 버려진 튀니지 땅」, 『르몽드 디플로마티크』 2016년 2월호.

●••

1

장이 모스크바에 도착한 날은 1월 2일이다. 장은 비행 동안 책을 읽거나 잠을 잤다. 화물로 보내지 않은 그의 숄더백에는 책 세 권이 있었다. 『러시아 미술사』와 발터 벤야민의 『모스크바 일기』, 보리스 사빈코프의 『창백한 말』. 떠나기 전날 만난 장은 모스크바에 가면 미술관에 갈 거라고 했다. 그의 손에는 『러시아 미술사』가 들려 있었다. 그는 책을 펼쳐 여러 도판을 보여줬다. 브루벨의 「악마」와 로드첸코의 「순수한 빨강, 순수한 노랑, 순수한 파랑」 등이었다.

나는 로드첸코의 그림이 마음에 들었다. 로드첸코의 그림은 백 년 전의 것이라기엔 너무 현대적이었다. 현대란 현재를 일컫는 말이 아니라 특정한 시간이나 시대를 지칭하는 거라고 장이 말했다. 그는 다시 현대는 시간이 아닌, 인물이나 작품으로 오는 거라고 말하며 그런 의미에서 요즘은 전혀 현대적이지 않다고 했다. 별로 와 닿지 않는 말이었으나 나는 잠자코 그의 말을 들었다. 그의 얘기가 이어졌다.

장은 해외여행이 처음이지만 설레지 않는다고 했다. 여행은 모스크바에 있는 장의 여자친구인 미주의 계획이었다. 미주는 쉐프킨이라는 연극대학의 학생으로 아담한 키에 붉게 물들인 머리, 탄탄한 몸매의 소유자였다. 한국에 왔을 때 두어 번 봤지만 제대로 얘기한 적은 없었다. 그녀는 말이 없었고 고개를 땅에 처박고 있었다. 매너가 없거나 생각이 없거나 둘 중 하나라고 생각했지만 내가 신경 쓸 문제는 아니었다.

장과 미주는 모스크바에서 일주일을 머문 뒤 카이로로 갈 예정이었다. 미주는 카이로에 갈 날을 손꼽아 기다리고 있다고 했다. 반면 장의 목적은 모스크바였다. 정확히 말하면 모스크바에서 책을 읽는 거였다. 여행이나 관광을 대하는 장의 태도는 냉소적이었다. 그는 돌아올 기약만을 남긴 채 사라지는 것만이 진정한 여행이라고 말했다.

장은 모스크에서 일기를 쓸 거라며 검은 가죽커버의 노트를 꺼냈다. 일기의 첫 장에는 이오시프 브로드스키의 시가 적혀 있었다.

바람이 숲을 남겨두고
구름과
희디흰 고도를 밀어올리며
하늘까지 날아올랐다.

그리고, 차가운 죽음인 듯,
활엽수림은 혼자 서 있다,
따르려는 의지도,

특별한 표시도 없다.

브로드스키는 소비에트 정부로부터 '사회에 유용하지 않은 기생충'이라는 선고를 받은 1964년에 이 시를 썼다. 그는 1963년에 이미 『레닌그라드』 신문으로부터 "형편없는 포르노그래피에 반소비에트"적이라는 맹비난을 받고 정신병원으로 끌려가 유황주사를 맞고 물고문을 당했다. 검찰은 그를 '벨벳 바지를 입은 한심한 유대인 포르노그래피 작가'로 기소했다. 당시 판사의 브로드스키 심문 내용은 방청석에 있던 여기자의 손에 의해 사미즈다트 형태로 유출되었는데, 이는 브로드스키를 반체제의 전설로 만들었다. 판사가 묻는다. "피고는 누구의 허락을 받고 시인으로 활동하는가?" 브로드스키가 대답한다. "없다. 나를 인간으로 허락해준 이가 없는 것과 마찬가지다."

아흐마토바는 멍청한 소비에트 정부가 그를 스타로 만들었다고 말했다. 그녀의 말대로 브로드스키는 1972년 추방 이후 국제적인 명사가 되었고 1987년 노벨문학상을 받았다. 장은 틈만 나면 브로드스키의 일화를 인용했다. 예술가를 기생충으로 보는 건 사회주의나 자본주의나 마찬가지야. 자본주의에선 눈에 띄지 않을 뿐이지. 사회주의에선 기생충을 구충제를 먹여서 죽이려고 하지만 자본주의에선 가만히 놔둬도 알아서 죽거든.

2

장의 일기는 눈에 대한 묘사로 시작한다. 그러니까 모스크바의

셰레메티예보 공항에 내린 장이 처음 본 것은 눈이었다. “작은 눈송이들이 주황색 유도등 주위로 흩날렸다. 활주로는 밤의 바다처럼 어둡고 축축했다. 미주는 게이트 앞에서 나를 기다리고 있었다. 그녀가 내 오른팔을 꽉 붙들었다.”

그들은 택시를 타고 미주의 집이 있는 브랍치슬랍스카야로 향했다. 택시의 여린 진동이 장의 필체에 고스란히 전해졌다. “도로 너머로 낮은 건물들이 보였다. 납작 엎드린 건물 위로 밤하늘이 멀리까지 드러났다.” 택시에서 내린 장이 처음 본 러시아인은 동네를 어슬렁거리는 스킨헤드들이었다. “눈보라가 치는데도 그들 중 몇몇은 민머리를 내놓고 있었다. 그들은 택시에서 캐리어를 내리는 우리를 지켜보았다. 검은 가죽점퍼와 회색 후드티. 낡은 청바지와 군화. 미주는 쳐다보지 말라고 했다. 러시아인을 정면으로 보지 않는 게 안전하다고, 스킨헤드에 의한 범죄가 끊이지 않는다고 했다.”

페레스트로이카 이후 극심한 인플레이션과 실업, 빈부 격차가 러시아를 휩쓸었고, 사람들은 무기력과 패배감에 휩싸였다. 그렇지 않은 이들은 극우 민족주의자가 되었다. 노인들은 스탈린과 소비에트를 그리워했고, 젊은이들은 히틀러와 미시마 유키오, 안드레아 바더를 영웅시했다. KGB 장교 출신인 푸틴은 스탈린에 대한 존경을 공공연히 밝히며 유도복을 입고 칼라시니코프를 옆구리에 꼈다. 폭력은 일상이고 외국인에 대한 혐오도 일상이었다. 푸틴 집권 이후 5백여 명의 언론인이 죽었다. “이 나라에선 지각 있는 이들과 정신 나간 이들과 좌절한 이들이 한 몸이다.”

장은 미주의 집에 있는 동안 보리스 사빈코프의 『창백한 말』을 읽으며 시간을 보냈다. 미주의 집은 낡은 아파트의 14층에 있었다. "좁은 엘리베이터는 끼익대며 오르내렸고 현관문은 지하 벙커로 들어가는 것처럼 육중한 소리를 냈다. 높은 천장과 커다란 문, 방 두 개와 좁은 거실, 부엌, 화장실. 휑한 거실에 비해 침실인 방은 붉은색 러그와 갈색 책상, 주황색 스탠드의 조화로 아늑한 분위기를 풍겼다." 장은 매트리스 두 개를 쌓아 올린 미주의 침대에 누워 책을 읽거나 책상에 앉아 책을 읽었고, 배가 고플 땐 부엌에서 시리얼을 먹었다.

장은 단문으로 이루어진 『창백한 말』을 천천히 읽었다. 마음에 드는 문장은 필사했다. 일주일치에 불과한 장의 일기가 꽤나 긴 것은 일기의 반이 『창백한 말』의 인용이기 때문이다. "소설은 어제저녁 나는 모스크바에 도착했다,라는 문장으로 시작한다. 어제저녁 나는 모스크바에 도착했다. 나와 같은 지붕 아래 수백 명이 함께 지낸다. 나는 그들에게 타인이다. 이 돌로 된 도시에서 이방인이고, 어쩌면 세상 전체에서 이방인인지도 모른다."

보리스 사빈코프는 20세기 초, 러시아에서 혁명의 시간을 보낸 테러리스트이자 문필가이다. 그가 활동하던 시절 유럽은 거대한 실험실이자 전쟁터였다. 세상을 바꿀 수 있다고 믿는 망상가와 혁명가, 아나키스트와 사회주의자, 전쟁광과 우울한 암살범들이 하루가 멀다 하고 테러를 일으켰다. 벨빌의 호텔 방에서 오흐라나의 페테르부르크 수장이 암살되고 스위스에서 차르의 각료로 오인당한 샤를 뮐러가 살해당했으며 레퓌블리크 광장에서 맥시멀리즘 당원들이 위병대에게 기관총을 난사했다. 사빈코프는 사회혁명당 당원들과 함께 세르게이 대공 암살을 주도했다. 사빈코프 일당은 크렘린을 지나는 세르게이 대공의 마차에 폭탄을 던졌고, 대공은 마차와 함께 산산조각 났다. 사빈코프는 이 사건으로 체포되지만 스위스로 탈출해 프랑스로 망명한다. 『창백한 말』은 망명 시절 파리에서 쓴 소설로 세르게이 대공 암살이 주요 배경이 된다. 그는 소설에서 묻는다. 테러는 정당한가. 우리는 무엇을 할 수 있는가. 우리는 무엇을 해야 하는가.

사빈코프는 소비에트 혁명 이후 국방차관이 되지만 볼셰비즘에 대한 증오심으로 다시 테러리스트가 된다. 1924년에 체포된 그는 감옥에서 자살한다.

『창백한 말』의 주인공인 조지 오브라이언은 암살의 주도자이자 에르나와 옐레나라는 두 여인의 연인이다. 조지는 사빈코프 자신의 모습이다. 조지는 에르나와 옐레나 사이를 오가는 것처럼 암살의 윤리적 타당성 사이에서도 고뇌한다. 신의 이름으로 암살의 가치를 믿는 동료 바냐에 반해 조지는 무엇도 확신하지 못한다. 그는 암살과 사랑 모두에 회의적이다. 장은 조지가, 그리고 사빈코프가 허무주의자라고 생각했다. 혁명 당시 사빈코프가 받았던 비판도 특유의 허무주의적인 시선 때문이었다. 장은 일기에 이렇게 적었다. "허무주의자가 혁명을 일으킬 수 있는가. 이상이 없는 자가 어떻게 혁명가가 될 수 있는가."

3

장은 모스크바에 도착한 처음 3일 동안 거의 집 밖으로 나가지 않았다. 미주는 마지막 시험 준비로 바빴고, 장과 함께 있어줄 시간이 없었다. 장은 학교에 가는 미주를 따라 붉은 광장에 들렀지만 곧 돌아왔다. 그의 눈에 백화점과 잡상인으로 뒤덮인 붉은 광장은 한심했고, 바실리 성당은 거대한 사탕처럼 보였다. 올리가르히와 다국적 기업이 휩쓸고 지나간 러시아는 장의 관심 밖이었다. 센투르 구경 좀 했냐는 미주의 말에 장은 볼 게 없다고 대답했다.

미주는 장이 하는 얘기를 대부분 알아들을 수 없었다. 올리가르히니 노멘클라투라니 나츠볼이니 하는 말도 몰랐고, 러시아의 사상가나 혁명가, 예술가인 네차예프와 바쿠닌, 불가코프, 만델스탐, 타틀린에 대해서도 몰랐다. 그건 나도 마찬가지였고, 다른 사람들도 마찬가지였다. 사람들은 장을 시대착오적인 예술지상주의자라고 생각했다. 그는 20세기 초반에 경도되어 있었고, 혁명에 물들어 있었다. 그는 그때의 사상과 예술, 사람들을 줄줄 읊고 다녔다. 모든 게 가능해 보이던 시절, 무한한 가능성이 열려 있는 세계에 대해.

2차 대전과 포스트모더니즘, 이제는 신자유주의까지. 이것들이 모든 걸 망쳐버렸어. 장의 말이다.

나는 그것들이 뭘 망쳤는지 모르지만 취업이 만만치 않다는 건 알 수 있었다. 내가 학교를 졸업하고 취직하느라 분주한 사이 장은 졸업을 미루고 일용직과 도서관을 전전했다. 장은 그게 일종의 사보타주라고 말했다.

장의 사보타주가 성공적이었던 것 같진 않다. 그는 틈만 나면 돈을 빌려달라고 했고 뭐 하나 번듯하게 해내는 게 없었다. 어느 날은 시를 썼고, 어느 날은 소설을 썼으며, 어느 날은 영화를 찍었다. 카페에서 보자고 해서 갔더니 커피 네 잔을 마시고 식사 대용으로 브라우니와 크루아상까지 먹어치운 상태로 나를 기다리고 있었다. 물론 계산은 내가 했다. 나는 운이 좋게 취직을 했고, 돈도 꽤나 벌었다. 시는 읽지 않은 지 오래였고, 영화는 멀티플렉스에서만 봤으며, 소설은 읽을 시간이 없었다. 시간이 갈수록 장과 만나면 할 얘기가 없었다. 장은 대학 때 그대로였다. 그는 요즘의 예술 경향이나 철학자들에 대한 이야기를 줄줄 늘어놓았고 재스민 혁명에 대해, 월가 점거에 대해 떠들었다. 시나리오 공모전에 민족 볼셰비키당에 가입한 고려인 청년의 이야기를 냈다고 했고, 재스민 혁명 때 올라온 페이스북 댓글로 시를 썼다고 했다. 작품은 본 적 없었다. 지면으로 보라고 했지만 그의 작품은 어디에도 실리지 않았고, 어디서도 당선되지 않았다.

장이 가장 관심을 가진 주제는 이상과 허무의 관계였다. 장이 말했다. 21세기는 허무의 시대다. 그러나 가짜 허무의 시대이다. 그는 진정한 이상주의자만이 진정한 허무주의자가 될 수 있다고 말했다. 나는 진정한 이상주의자도 아니었고, 진정한 허무주의자도 아니었기 때문에 그의 말에 동의할 수 없었다. 아니, 애초에 진정한 주의자라는 게 진정으로 존재할 수나 있긴 한가. 그런 것에 누가 관심을 가지는가. 장은 옛날 책과 영화를 너무 봤고 어느 순간 돌아올 수 없는 강을 건넜다.

사회주의가 무너지고 역사가 끝났다는 말은 장의 입장에선 헛소리에 불과했다. "사람들은 각자의 세기에 살고 있었다." 나나 미주가 21세기에 산다면 장은 20세기 초반을 살고 있었다. 나는 장이 이런 인간이라는 사실을 애초에 알았지만 미주는 어땠는지 모르겠다. 장은 내게 비행기 삯을, 미주에게 여행 경비를 빌렸다. 미주는 장에게 빌려준 돈을 받을 수 있을 거라고 생각했을까. "미주에게 모스크바에 오길 잘했다고 말했다. 붉은 광장은 시시했지만 창밖의 눈은 시시하지 않다고, 모든 게 변했어도 창밖에서 내리는 눈은 사빈코프가 본 것과 같을 거라고 말했다. 미주는 내일은 같이 학교에 갈 거니 잠이나 자라고 했다. 침대에 누워 창밖을 바라봤다. 작은 눈송이들이 창문을 쉬지 않고 두드렸다."

4

미주가 마지막 시험을 치르는 동안 장은 쉐프킨 안을 돌아다녔다. 한국에서 볼 수 없는 양식의 벽과 문, 창문과 계단이 이어졌고, 큰 키에 황금빛 머리의 사람들, 붉은 머리의 아름다운 여자들이 오갔다. "푸른 벽과 커다란 샹들리에. 시간의 흔적을 고스란히 지니고 있는 것들. 늙은 고성. 퇴락한 귀족이 두고 간 흔적들로 이루어진 곳. 이런 곳에서 공부를 한다는 사실이 놀라웠다. 고동색의 거대한 문틀만으로도 영감을 받을 수 있었다."

장의 생각과 달리 한국인 유학생들은 쉐프킨의 낙후된 시설에 만족하지 못했다. 그들은 학교가 오랫동안 지원을 미루고 있다고 말했다. 그러니 장의 생각은 이방인 특유의 낭만적인 시선에 불과하다는 거였다. 이런 말을 한 건 미주의 선배인 정태로, 그와 장은 미주를 기다리는 동안 여러 이야기를 주고받았다. "정태는 한국에 있는 여자친구와 헤어졌다고 했다. 그는 장거리 연애의 어려움에 대해 말하며 나와 미주 사이를 집요하게 캐물었다. 그는 미주를 믿냐고 물었다. 나는 대답하지 않았다."

장은 정태를 불쾌하게 생각했다. 그는 "짧게 자른 머리에 산만하고 건들거리는 매너를 가진 사내로 스콜세지 영화에 나오는 조 페시"

를 떠올리게 했다. 시험이 끝난 후 장과 미주는 한국인 유학생들과 체호프 거리에 있는 호프집에서 술을 마셨다. 이곳에서도 정태는 끊임없이 장과 미주의 관계에 대해, 장거리 연애에 대해 이야기했다. 장은 "아무 짝에 쓸모없는 얘기였다"고 썼지만 정태의 이야기를 듣던 도중 플라토노프의 단편소설 「귀향」을 떠올리기도 했다. "플라토노프는 실패한 소설가다. 그는 소비에트로부터 비난받았다."

일행은 학교 기숙사로 자리를 옮겼다. 기숙사로 가는 길에 눈이 내리기 시작했다. 보드카와 안줏거리를 사기 위해 다들 마트로 들어갔을 때, 장은 홀로 남아 눈이 내리는 모습을 보았다. "가벼운 눈이 모이고 흩어지길 반복했다. 땅에 닿는 순간 사라진다는 걸 알기에 그들은 필사적으로 날아올랐다. 거리를 수놓는 눈들의 마지막 생에서 눈을 뗄 수 없었다. 붉은 광장의 새 건물들과 비교할 수 없는 아름다움이었다."

장과 미주는 새벽이 올 때까지 유학생들과 함께 있었다. 오랜 시간 대화가 오갔지만 장은 일기에 대화의 내용을 자세히 기록하지 않았다. "그들도 미주처럼 예술에 무지했다. 발터 벤야민도, 사빈코프도 모를 뿐 아니라 러시아 미술과 문학도 상식적인 수준만 알고 있었다. 푸시킨과 샤갈. 대화의 폭이 넓어질수록 드러나기 시작한 그들의 취향—할리우드와 TV 프로그램을 선호하는—은 할 말을 잃게 만들었다."

장에게 취향의 문제는 항상 결정적이었다. 내가 장과 미주 사이를 종종 의문에 부쳤던 것도 그 때문이다. 장은 엄격하게 예술의 층위를 나누고 그에 따라 사람을 평가했다. 기준에 못 미친 이들과의 교류는 내부에서 원천적으로 차단되었다. 내가 보기엔 미주 역시 그런 이들 중 하나였다. 게다가 미주의 존재는 장에게 여러 불편함을 안겨주기도 했다. "술자리 내내 견제하는 태도를 느꼈다. 어색한 대화와 과장된 친밀감."

5

1월 6일, 장은 미주 일행과 함께 영화연극대학인 부키크의 졸업 공연을 보러 갔다. 정태는 졸업 작품의 수준이 높을 거라고 했다. 단편영화와 단막극들을 주로 선보이는데 실험적이고 독특한 작품이 많다는 거였다. 공연이 끝난 뒤에는 파티가 예정되어 있었다. 미주가 장에게 좋은 기회라고 말했다. "러시아 영화 좋아한다고 하지 않았어? 오타르……, 뭐라고 하는 감독이었나." 감독의 이름은 오타르 이오셀리아니였다. 그는 러시아인이지만 그루지아 출신이었고 프랑스에서 활동했으며 장이 좋아하는 건 프랑스 영화이지 러시아 영화가 아니었다. 그러나 장은 그 사실을 말하지 않았다. 그는 다만 "러시아의 대학생들이 만든 작품이 궁금"할 뿐이었다.

부키크는 모스크바 외곽에 있었다. 가는 동안 이제껏 봤던 것과는 다른 풍경이 이어졌다. "끝없이 펼쳐진 침엽수림과 새하얀 눈밭의 공원. 작동을 멈춘 전동차가 있는 사거리. 낡고 초라한 건물과 흐린 하늘, 검은 옷의 사람들. 정오가 조금 지난 시간임에도 해는 무대의 커튼처럼 드리운 구름 뒤로 퇴장했다."

부키크에 도착한 일행을 맞이한 건 금발의 러시아인이었다. 그는 미주에게 볼 키스로 인사를 건네고 다른 이들과 가벼운 악수나 포옹을 했다. 다들 그를 알료샤라고 불렀다. 그는 미주와 절친한 사이라고 했다. 어설프지만 정확한 한국말로 인사를 건네며 장의 오른손을 꽉 붙잡은 알료샤는 장에 대해 많이 들었다고 했다. 반면 장은 그에 대해 전혀 아는 바가 없었다. 알료샤는 부키크에 재학 중인 학생으로 배우와 연출을 겸하고 있다고 했다. 그는 장보다 머리 하나가 더 컸다. 자신의 작품이 공연될 예정이니 "좋게, 좋게 봤으면 좋겠다"고, 알료샤가 장에게 말했다.

교실로 사용되는 대여섯 개의 방에서 영화나 연극이 상연되었다. 사람들은 자유롭게 방을 오가며 작품을 보았다. 저녁까지 서른 개 작품이 상연된다고 했다. 장은 미주의 안내에 따라 넓은 주랑과 복도를 오가며 작품들을 보았다.

"투란도트의 패러디 또는 이국 취향의 소극: 배우 두 명, 경계가 없는 좁은 무대. 여배우는 기모노를 입고 있다. 누워 있는 그녀의 주위에 황금빛 향로, 독한 냄새의 향이 피어오르고 천장에서 내려온 엷은 천이 그녀가 흔드는 부채의 움직임에 따라 하늘거린다. 남자는 과장된 몸짓으로 좁은 무대를 오간다. 여자의 대사는 톤이 높은 흥얼거림, 비둘기의 구구거림과 같은 기이한 발성이다."

"러시아의 시골, 트랙터를 고치는 남자에 관한 단편영화: 타르콥스키나 소쿠로프 등을 떠올릴 수 없는, 평범하고 소박한."

"체호프의 작품: 호두색 트렁크를 든 남자, 정장 차림의 여인. 여러 작품의 콜라주 또는 압축 및 재창조? 놀랍도록 생동감 넘치는 음향효과가 인상적(기차 소리, 역 안의 소음들, 바람과 나무의 속삭임)."

알료샤의 작품은 마지막에 상연되었다. 장과 미주 일행은 알료샤의 작품을 보기 위해 지하로 내려갔다. 여러 개의 문과 복도, 주랑을 통과하고 계단을 내려간 뒤에야 공연장에 도달할 수 있었다. 그곳에는 각종 목재와 합판이 널려 있었고, 낡은 피아노와 이젤, 테이블과 서랍장 따위도 눈에 띄었다. 많은 사람이 모여 있었다. "푸른 수염 같은 동화에 나올 법한 거대한 문" 너머 공연장이 있었다.

문 주위에 모인 관객들이 웅성거렸다. 그때 알료샤가 문을 열고 고개를 내밀더니 뭐라고 외쳤다. 사람들 역시 웃으며 알 수 없는 말을 외쳤다. 미주는 장에게 조금만 기다리라고 했다. 관객들은 기다리는 동안 낡은 피아노를 치며 노래를 부르고 춤을 췄다. 그들은 부키크의 학생들이었다. "그들의 사지는 중력에서 자유로웠고, 웃음소리는 삐거덕대며 피아노를 연주했다. 잠시 후 거대한 문이 열리더니 백발의 젊은이가 나타났다. 관객들은 일순간 조용해졌다. 공연이 시작될 모양이었다."

6

"흑백의 화면. 구식 자동차에 올라타는 여자와 남자 두 명. 흐린 하늘에서 새어 나오는 빛이 진창 늪과 같은 땅의 곳곳을 백색으로 탈색시킨다. 바람이 부는 듯, 잎이 없는 자작나무들이 까마귀처럼 푸드덕거리고 우울한 정조의 전통음악이 쉬지 않고 흘러나온다. 아주 오랫동안 들리는 자동차 시동 소리. 황량한 들판, 오래된 농장이 있는 낡고 넓은 집에 당도하는 주인공 세 명. 끝없는 바람 소리. 초점이 잡히지 않는 흑백 화면이 물결처럼 흔들린다. 그들의 다리와 발, 진흙과 흙탕물에 젖은 신발. 여자의 치마가 바람에 날리듯 일렁이고 남자들이 달리는 소리, 고조되는 현악기의 선율, 느리고 부드럽게 흘러가는 중첩된 흑백 영상들. 화면이 투사된 백색 벽. 차가운 바람이 불듯 소름 끼치는 소리가 들리면 허공으로 치솟아 펄럭이는 여자의 머리칼이 보인다. 깃발처럼 하늘을 향해 손을 뻗는 검고 긴 머리칼. 잠시 후 검은 그림자가 드리워진 남자의 실루엣이 백색 벽 위로 우두커니 서 있다. 물이 고인 잿빛 대지, 허공, 정적.

순간 관객석 중앙에 앉아 있던 하얀 머리칼의 배우가 일어선다. 총을 빼 드는 백발의 청년. 탕— 하는 소리와 함께 화면 속의 남자가 쓰러지고 현악기 소리가 요란하게 치솟는다. 영상은 길 위를 천천히 흘러간다. 신음처럼 줄어드는 음악 소리. 무대로 나오는 배우들. 조명이 그들을 비춘다."

장은 영화와 연극이 혼합된 알료샤의 공연을 상세히 묘사했다. 작품이 상연되는 동안 미주는 졸음을 참지 못하고 고개를 떨어뜨렸다. 일행 중 몇몇도 미주처럼 졸기 시작했다. 어제 밤새 과음한 탓이리라. 반면 장은 대사를 알아듣지 못해도 알료샤의 작품에서 눈을 떼지 않았다.

"귀를 후벼 파며 커져가는 음악 소리. 조명이 번득이고 백색 벽 위로 모스크바의 야경을 찍은 영상이 비친다. 영상의 중앙을 알료샤와 백발의 청년이 해머로 내려친다. 반복되는 그들의 망치질에 튕겨 나오는 먼지 조각들. 금이 가고 허물어지기 시작하는 벽 뒤로 검은 구멍이 드러난다. 쿵쿵대는 음향효과가 지축을 울리듯 반복된다."

파티에서 장과 알료샤는 미주의 도움으로 대화를 나누었다. "알료샤는 작품의 의미에 대해 말하지 않았다. 말로 될 수 있다면 공연할 이유가 없지 않은가라는 얘기." 둘 사이에 혁명과 문학, 사빈코프에 대한 소소한 논쟁이 오갔다. "알료샤는 『창백한 말』이 낭만주의에 사로잡힌 삼류 연애소설에 불과하며, 사빈코프는 니힐리즘에 빠진 기회주의자라고 했다. 나는 사빈코프의 허무주의는 필연적인 거라고 했다. 알료샤는 니힐리즘에 필연은 없다고 했다. 그는 빅토르 세르주를 안다면 니힐 따위를 말할 수 없을 거라고 했다."

장은 빅토르 세르주가 누군지 몰랐다. 그는 그날 밤 집에 돌아와 빅토르 세르주에 대해 검색했다. 빅토르 세르주는 혁명기 러시아를 살았던 사상가이자 문필가다. 그는 1890년 차르 독재에 반대해 러시아를 떠난 부모 아래에서 태어났다. 어린 시절은 벨기에와 프랑스에서 보냈으며, 1917년에는 스페인에 있었고, 1919년에는 볼셰비키 혁명에 가담하기 위해 러시아로 떠났으며, 1920년대에는 독일과 오스트리아에서, 1940년대에는 멕시코에서 살았다. 그의 삶은 투쟁, 망명, 추방, 다시 투쟁, 망명, 추방으로 반복되었다. 수전 손택은 세르주가 떠돌아다니는 투사이며 엄청난 재능과 부지런함을 지닌 작가라고 썼다. '세르주의 회고록을 읽다 보면 오늘날에는 무척 낯설게 여겨지는, 내적 성찰의 힘이나 열정적인 지적 추구, 자기희생의 코드와 무한한 희망 같은 것으로 가득한 시대로 돌아가게 된다.' 장은 밤새 세르주에 대해 찾고 관련된 글을 읽었으며 일기에 세르주의 글을 옮겨 적었다. "결국, 진실이라는 것은 존재한다. 진실을 추구할 때 있을 수 있는 끔찍한 일은, 진실을 아는 것이다."

알료샤는 장과 더 많은 대화를 나누고 싶어 했지만 기회가 없었다. 이틀 뒤에 다시 만났지만 시간이 부족했다. 나는 일기를 읽으며 장과 알료샤의 대화를 상상한다. 그들은 모스크바의 조용한 카페에 자리 잡을 것이다. 잿빛 하늘에서 내린 눈이 창밖을 거닌다. 치익 하는 스팀 소리만 반복적으로 울리는 카페에서 그들은 사빈코프와 세르주에 대해, 이제는 누구도 기억하지 않는 한 세기 전의 혁명가들에 대해 길고 긴 대화를 나눌 것이다. 나나 다른 사람들은 이해할 수 없는 것들에 대해, 이제는 사라진 지난 세기의 이상에 대해서. 나는 그들의 대화가 카페 안의 정적을 몰아내는 모습을 상상한다. 스팀의 온기처럼 카페 안을 가득 채울 그들의 대화를.

7

7일 오후, 장과 미주는 트레티야코프 미술관에 가기 위해 집을 나섰다. 밤새 내린 눈으로 거리는 "새하얗게 질려 있었다". 날카로운 바람이 불었다. 장과 미주는 옷깃을 단단히 여몄다. 장은 집에 있고 싶었지만 오늘이 아니면 미술관에 갈 기회가 없었기에 발길을 돌릴 수 없었다. 인적이 드문 길 위에 그들의 발자국만이 "낮은 소리와 함께 흔적을 남겼다".

모스크바에서 대학을 다닌 3년 동안 미주는 한 번도 미술관에 가지 않았다. 미술은 미주에게 "겪어보지 못한 동물" 같은 거였다. 존재하지만 볼 일도 없고, 보고 싶지도 않은 그런 것 말이다. 그럼에도 그녀는 트레티야코프가 러시아에서 가장 유명한 미술관이라는 장의 말에, 자신이 안내하겠다고 했다.

"눈이 내리는 센투르의 거리를 하염없이 걸었다. 미주는 고집을 부렸다. 이틀 후면 모스크바를 떠날 터인데 이렇게라도 거리 풍경을 봐야 하지 않겠냐고 말이다. 그건 미주의 진심이 아니었다. 그녀가 트레티야코프라고 말하며 당도한 곳은 오래된 기차 박물관이었다."

미주는 고집을 꺾지 않았다. 다시 지하철을 타고 트레티야코프 역에 내려서 가자는 장의 말을 듣지도 않았다. 같은 센투르 내이기 때문에 걸어서 갈 수 있다는 거였다. "여기서 지척이야." 미주가 말했다. 그녀는 기차 박물관 앞에서 알료샤에게, 정태에게 전화를 걸었다. 모두 전화를 받지 않았다. 그녀는 다른 사람에게 전화를 걸었고 트레티야코프의 위치가 어디인지 물었다.

"미주가 말했다. 걸어서 가는 게 좋다고. 나는 이해할 수 없었지만 그러자고 했다. 하늘은 어느새 거뭇해져 있었다. 해가 지기 시작해서인지, 먹구름 때문인지 분간하기 힘들었다. 잿빛 대기. 모스크바는 항상 저녁이었다."

그들은 해가 완전히 지고 난 뒤에야 트레티야코프 앞에 당도했다. 그러나 들어가진 못했다. 오후 6시가 넘어 입장 시간이 끝났기 때문이다. "경비원과 얘기를 나눈 미주는 더듬거리며 그 사실을 말했다. 나는 멀리 뻗어 있는 길의 끝을 보았다. 가로등이 주황색 빛을 흩뿌렸고, 반질거리는 대리석 건물이 우리를 내려다보았다. 눈이 내리고 있었다. 작은 새처럼 천천히 내려앉는 눈. 나는 미주에게 말했다. 눈이 내린다고. 이 추운 날씨에 얼마나 걸었는지 아냐고. 미안해. 미주가 대답했다. 나는 계속해서 말했다. 본 적도 없는 미술관을 왜 안다고 했는지 이해할 수 없다. 한심하기 짝이 없다. 미주는 입을 다물었다. 그때 알료샤에게서 전화가 왔다."

알료샤는 뒤늦게야 트레티야코프의 위치를 알려주었다. 미주는 이미 늦었다고 말했다. 그들은 러시아어로 대화를 나누었고, 미주는 때때로 웃음을 흘렸다. 이제는 출입이 통제된 트레티야코프 앞에서

“차가운 시간”이 흘렀다.

“나는 그들이 나누는 대화를 알아듣지 못했다. 그녀가 통화하는 동안 우두커니 서서 눈을 맞았다. 트레티야코프의 거대한 동상이 보였다. 통화는 길지 않았다. 미주가 전화를 끊고 난 뒤 나는 말했다. 알료샤와 무슨 사이냐고. 미주는 무슨 말이냐는 듯 눈을 동그랗게 떴다. 나는 다시 말했다. 알료샤와 무슨 사이냐고, 바른 대로 말하라고. 미주는 친구라고 했다. 의심하는 거냐며 미술관을 못 찾은 건 미안하지만 갑자기 왜 이러냐고 했다. 나도 내가 왜 그랬는지 알 수 없다. 그러나 나는 또 말했다. 모든 게 마음에 안 든다고, 너는 여기서 뭐하고 있냐고. 바보같이 미술관 하나도 못 찾고, 시시덕거리며 놀려고 모스크바에 왔냐고 말이다. 미주는 굳은 표정으로 나를 쏘아보더니 몸을 돌려 걸어갔다. 나는 그녀의 뒤를 쫓으며 말했다. 모스크바에서 내가 한 게 뭐냐고. 단지 미술관에 가고 싶었을 뿐인데 그거 하나 제대로 못 하냐고. 내가 있는 동안 니가 해준 게 뭐냐, 넌 학교 동기들과 노느라 정신없었지 않냐, 그 멍청한 애들하고 말이다. 미주는 대답하지 않았다. 그녀는 손이 닿지 않을 정도로 멀리 떨어져 걸었다. 나는 추위에 얼어붙은 몸을 질질 끌며 그녀에게 악다구니를 썼다. 눈은 왜 이렇게 내리냐고. 이렇게 추운 날씨에, 이런 삭막한 곳에 왜 나를 불렀냐고. 나는 너 때문에 온 거라고 소리를 질렀다. 미주는 돌아보지 않았다. 바람에 휩쓸린 눈들이 내 말을 치고 지나갔다.”

둘의 싸움은 여행 자체에 관한 것으로 번졌다. 장은 카이로 따윈 가고 싶지 않다고 했고, 미주는 그럼 가지 말라고, 어차피 자기 돈으로 가는 거 아니냐고 따졌다. 둘은 집으로 가는 지하철에서 싸웠고, 집 앞에서도 싸웠다. 싸우는 도중에 장은 스스로에게 물었다. ‘왜 화

를 내는 걸까. 미술관에 못 가서? 미주를 믿지 못해서?'

집에 돌아온 둘은 더 이상 대화를 나누지 않았다. 장은 『창백한 말』을 다시 읽고 일기를 썼다. 몸에선 감당할 수 없을 만큼 열이 났다. 다음 날 오후까지 장은 침대에서 나오지 않았다.

8

『창백한 말』의 주인공 조지 오브라이언은 대공 암살에 성공한다. 그리고 그 대가로 동료인 표도르와 바냐, 에르나를 잃는다. 공허함에 사로잡힌 그는 연인이자 유부녀인 옐레나의 남편을 살해한다. 그러나 "내가 쏜 끔찍한 총탄이 사랑을 태워버린" 듯 옐레나에 대한 사랑도 잃는다. 그는 홀로 모스크바를 떠나 페테르부르크에 이르러 생각한다. "어제는 오늘과 같고, 오늘은 내일과 같다. 똑같은 우윳빛 안개이고, 똑같은 잿빛 평일이다. 사랑도 똑같고, 죽음도 똑같다."

장은 고열에 시달리면서도 책을 손에서 놓지 않았다. 8일 오전, 그가 침대에서 꼼짝 않고 있는 동안 미주는 마트에 간다며 집을 나섰다. 그리고 두 시간이 넘도록 돌아오지 않았다. 장은 그동안 일기를 썼다. "다시 저녁이 찾아왔다. 나는 침대에서 일어나 창문을 열었다. 차가운 눈이 방 안으로 밀려들어와 흔적도 없이 녹아내렸다. 『창백한 말』의 역자는 조지가 자살했다고 적었다."

실제로 소설 속에서 조지의 자살 여부는 불명확하다. 조지는 이렇게 말할 뿐이다. "나는 혼자다. 나는 지루한 인형극을 떠난다. 모든 것은 헛수고이고 모두 거짓이다." 사빈코프의 죽음 역시 조지처럼 불명확하다. 공식적인 기록에는 그가 루비안카의 창문 밖으로 뛰어내렸다고 나와 있지만 그건 어디까지나 공식적인 기록일 뿐이다. 솔제니친을 비롯한 많은 이들이 OGPU가 사빈코프를 살해했다고 증언했다. 당시에는 그렇게 죽어간 정치범이 흔했고, 장은 사빈코프 역시 그중 하나라고 생각했다. "그들 모두 자살하지 않았다. 그들은 시대에 의해 살해당했다."

장이 마지막 일기를 쓰는 동안 미주는 알료샤와 함께 아파트 근처의 카페에 있었다. 예정된 만남은 아니었다. 마트에 있던 미주에게 알료샤가 연락을 해 갑작스레 만나게 된 거였다. 장은 그런 사실을 몰랐다. 그는 미주의 방에서 작품 구상에 빠져 있었다.

그는 일기에 이렇게 썼다. "눈은 닿기 무섭게 사라지지만 모두 눈을 기억한다. 그는 어둠을 틈타 도망칠 것이다. 눈이 그의 발자국을 덮어주고 해를 가려주었다. 땅 위에서의 마지막 저녁이 지나간다." 나는 이게 무슨 뜻인지 모른다. 이 문장들이 어떤 작품이 될지도 알 수 없다. 장은 귀국하면 소설을 쓸 생각이라고 썼다. 일기에는 사빈코프와 세르주, 혁명, 눈, 반동과 구치소, 게페우 등의 단어가 어지럽게 적혀 있었다. 장은 일기의 마지막에 이렇게 썼다. "새하얀 눈밭에 당겨진 불꽃처럼 문장들이 활활 타올랐다."

알료샤와 미주는 서너 시간가량 카페에 있은 뒤 밖으로 나왔다. 알료샤는 장을 보고 싶어 했으나 미주는 장이 피로하니 다음에 보자고 했다. 알료샤는 기회가 닿으면 자신이 서울로 가겠다고 했다. 미주는 알료샤를 배웅해주기 위해 지하철역으로 갔다. 그들은 그곳에서 서성이는 장을 볼 수 있었다. 장은 새하얗게 질린 얼굴로 그들에게 다가왔다. 장은 그들에게 다짜고짜 화를 냈다. 열꽃이 피어 불그레

한 장의 얼굴 위로 허연 입김이 풀풀 날렸다. 그때도 눈이 내리고 있었다. 장의 열띤 목소리에 따라 눈송이들이 이리저리 흩날렸다.

장이 고꾸라질 때 미주는 우지끈하는 소리를 들었다. 장의 왼쪽 얼굴이 눈 속에 파묻혔다. 장은 브랍치슬랍스카야의 지하철역 앞에서 죽었다. 응급차가 왔지만 그때는 이미 호흡이 끊긴 뒤였다. 사인은 흉기에 의한 두부 손상이었다. 장은 모스크바의 지하철역 앞에서 죽었다. 아무도 상상치 못한 곳에서. 그가 흘린 피는 흰 눈을 붉게 물들였다. 그러나 그 피는 쉬지 않고 내리는 눈 아래 다시 새하얗게 덮였다.

미주는 장과 알료샤가 지하철역 앞에서 가벼운 몸싸움을 했다고 말했다. 둘의 싸움은 전혀 거칠지 않았다. 팔을 잡거나 뿌리치는 정도의 사소한 싸움이었다. 그러던 그들 곁으로 스킨헤드 무리가 다가왔다.

스킨헤드들은 얼굴 가득 미소를 짓고 있었다. 미주와 알료샤는 즉각 위험을 감지했다. 그러나 장은 그러지 못했다. 아니, 그러했으나 그 위험이 어떤 종류의 위험인지 알지 못했을 것이다. 장은 그들을 똑바로 쳐다보았다. 그는 코앞까지 다가온 스킨헤드 무리에게 영어로 간섭하지 말라고 했다. 미주가 장을 말렸다. 알료샤 역시 장을 말렸다. 눈이 계속해서 내리는 1월 8일 오후 5시경이었다. 스킨헤드의 리더로 보이는 이가 알료샤에게 도와주겠다고 했다. 알료샤는 너희들이 도와줄 일이 아니며, 자신들 사이에는 아무런 문제가 없다고 했다. 미주 역시 우리는 다들 친밀한 사이고, 아무런 문제가 없다고 말했다. 그러나 스킨헤드들은 물러서지 않았다. 모두 다섯이었고 어느새 장 일행을 둘러싸고 있었다. 해는 이미 진 뒤였다. 눈보라가 일어날 정도로 바람이 거세게 불었다. 우리가 처리해주겠다. 스킨헤드의 리더가 말했다. 여기 처리할 문제는 없다, 우리는 각자 집에 돌아갈 것이다. 알료샤가 그들에게 말했다. 이 남자와 나는 친밀한 사이이다. 그는 나의 동료다. 알료샤는 거듭해서 말했다. 지하철역으로 들어가는 사람들이 그들을 흘기며 지나갔다. 미주는 몸을 떨었다. 추위 때문인지 두려움 때문인지 분간이 가지 않았다. 숨이 턱 하고 막혔다. 그때 장이 말했다. 나치. 모두 그를 보았다. 장은 스킨헤드들에게 다시 한 번 나치라고 말했다. 장을 보는 알료샤와 미주의 표정이 얼음처럼 굳었다. 반면 스킨헤드들은 얼굴 가득 미소를 짓고 있었다. 그들은 즐거워 보였다. 미주가 장에게 말했다. 그들은 이런 일을 즐긴다고. 장이 다시 한 번 말했다. 나치. 그리고 싸움이 시작되었다.

선 정 의 말

—

청황색 '창백한 말'이 있다. 그 위에 탄 자의 이름은 사망이고, 지옥이 그 뒤를 따르고 있다. 말 탄 이가 그 땅의 4분의 1의 권세를 얻어 칼과 기근과 죽음과 들짐승으로 주민들을 사망으로 몰아간다. 말이 창백할 수밖에 없는 것은 당연하다. 「요한계시록」 6장 8절은 그런 말씀을 전하면서 성찰과 회개를 권한다.

이 '창백한 말'을 인유하여 20세기 초 러시아 근대기의 혁명주의자이자 문학가였던 보리스 빅토로비치 사빈코프(Борис Викторович Савинков)는 자전적 작품 「창백한 말」을 발표한다. 문학가로서의 심미적 의지와 혁명주의자로서의 사상과 열정이 충돌하면서 빚어지는 고뇌와 환멸 등이 독특한 아우라를 형성한다. 테러를 통해 미래를 바꿀 수 있다고 확신했던 테러리스트의 이어지는 실패와 좌절, 곤경의 드라마는, 테러의 당위성에 대한 현실적 이유와 그럼에도 불구하고 역사적 이성이 한없이 유예될 수밖에 없는 '창백한 말'의 상황에 대해 여러 성찰의 세목을 제공한다.

그리고 정지돈의 신작 「창백한 말」이 있다. "21세기는 허무의 시대다. 그러나 가짜 허무의 시대이다"라고 말하는 초점 인물 '장'은 "진정한 이상주의자만이 진정한 허무주의자가 될 수 있다"고 생각하는 인물이다. 그는 "사회주의가 무너지고 역사가 끝났다"는 말들을 단호히 거부하며, 다른 이들과는 달리 "20세기 초반"의 세기를 살고 있다. 변화된 21세기 현실에 사보타주하며 스스로 '창백한 말'의 운명을 입증하려 한다. 일기 형식이었던 사빈코프의 「창백한 말」처럼 장도 일기 형식의 단상들을 남긴다. 사빈코프의 무대였던 러시아에서 목도한 풍경들을 비롯해 알료사의 연극을 보면서, 진정한 이상주의자이자 허무주의자가 되고자 현실을 탈주하려 했던 영혼의 움직임을 따라, 현실과 예술에 대한 상념을 펼친다. 그리고 서술자 '나'는 '장'의 일기를 전유하면서 새롭게 풀어 쓴다.

이 소설에서 서술자의 지위는 모호하고 복잡하다. 간혹 이야기 상황 안에 참여하기도 하지만, 많은 경우 서술자는 상황 밖에서 읽으며 상상한다. 이런 서술 상황과 서술자의 특성이 이 소설의 독특한 텍스트 형성력이 된다. 새로운 텍스트는 그렇게 엮이면서 또한 균열된다. 경계를 넘나들고 탈주하는 서술자의 대화적 탄력성이 더욱 웅숭깊었더라면 하는 아쉬움이 있다. 하지만 그 균열이, 어쩌면 '창백한 말'의 운명에서 이미 예비된 것인지도 모른다는 생각이 들기도 한다. 「요한계시록」의 시절에도, 사빈코프의 세기에도, 그리고 정지돈의 시대에도 창백한 말의 현실을 혁파하는 혁명은 매우 지난한 과제임에 틀림없다. 그것이 공통점이라면 차이는 사빈코프의 시절보다 어쩌면 정지돈 시대의 서술자의 입지가 훨씬 가혹해졌다는 점이다. 체험도 상상도 의지도 마음대로 건축하기 어렵다. 그런 상황에 대한 곤혹이 서술자로 하여금 '창백한 말'의 운명에 이끌리게 했는지도 모른다. 여전한 '창백한 말〔馬〕'의 시절을 성찰하면서, 그에 추수하여 '창백한 말〔言〕'들이 스스로의 비루함을 반성하지 않는 경향이 많은 상황을 반성하면서, '창백한 말〔馬〕'과 '창백한 말〔言〕'의 운명을 공히 게걸음 치듯 밀고 나가려는 정지돈의 서사적 의지는 우리로 하여금 여러 생각거리를 제공한다. **우찬제**

2015년 3월

이달의 소설

벨보이의 햄버거에 손대지 마라

이상우

1988년 인천에서 태어났다. 2011년 문학동네 신인상으로 등단했고, 소설집 『프리즘』이 있다.

작 가 노 트

맙소사

●••

벨보이는 실직했다. 유진. 여자친구 집은 문이 잠겨 있었다. 벨보이는 5층 복도 창문을 열고 나가, 배기관을 딛고 외벽에 몸을 밀착했다. 초록 머리 동지! 운명을 조심하라구! 골목에서 불을 쬐고 있던 거지들의 응원 소리가 들려왔다. 벨보이는 발밑으로 담배 몇 개비를 던져주고는 무사히 화장실 창가까지 도착하여 창문을 열고 들어갔다. 말할 것도 없이, 벨보이는 전 여자친구의 집에 무단 침입했다. 벨보이는 거실로 나오자마자 보일러를 켜고 코트를 벗은 뒤, 윌리엄 터너의 「눈보라」가 프린트돼 있는 싸구려 침대에 앉아 담배를 한 대 태웠다. 유진. 벨보이가 중얼거렸다. 오, 유진. 이 미친년아. 커피포트에 유진이 히스패닉 여자의 보지에 키스하고 있는 폴라로이드 사진이 붙어 있었다. 그러니까 발가벗은 여자 둘이 웃고 있었는데, 성함이 에르메스였는지 헤르페스였는지, 벨보이도 그 여자를 잘 알고 있었다. 유진이 나가는 알코올중독자 모임의 책임자였지. 내가 그때 그년도 분명 레즈비언이라고, 아마 토끼 귀를 보면서도 자위할 수 있을 거라고 말했을 때 유진이 소리쳤었지. 닥쳐 개년아. 난 도움이 필요할 뿐이라고! 벨보이는 담배를 끄고, 술잔에 커피를 따랐다. 벨보이는 커피를 마시지 않았다. 벨보이는 소파 밑에 떨어진 햄버거 쿠폰을 주워 바지 주머니 속에 넣고는 다시 화장실로 가 창문을 열고 건물 밖으로 나왔다. 형광색 청소부가 탄 쓰레기차 한 대가 지나갔다. 벨보이는 유진의 집에 코트를 두고 왔다는 사실을 깨달았지만, 그저 침이나 한 번 뱉은 후 팔짱을 끼고 횡단보도를 건너갔다. 첸은 하이퍼 기타리스트가 되고 싶었다네. 첸은 기타로 아버지를 때렸지. 하이퍼, 하이퍼, 하이퍼 기타스리트 첸. 첸은 기타로 여동생을 유산시켜버렸지. 하이퍼, 하이퍼, 하이퍼 기타리스트 첸. 기타로 급진주의자들의 모가지를 잘라버렸다네. 하이퍼, 하이퍼, 하이퍼 기타리스트 첸. 우주의 방랑자, 지옥의 멋쟁이. 하이퍼, 하이퍼, 하이퍼 기타리스트 첸. 벨보이는 운하 다리에서 노래하는 첸의 엉덩이를 걷어찼다. 벨보이! 켄이치 씨는. 보트! 켄 아저씨! 하고 있어! 구원! 벨보이는 장발의 첸에게 담배 한 개비를 던져주고 강둑을 향해 걸어갔다. 헤이, 초현실주의 거렁뱅이 양반. 보트에 도착하니,

—예, 예, 알겠습니다.

거렁뱅이 켄이 손을 전화기 모양으로 만들고는 귀에 갖다 붙인 채 통화하고 있었다. 벨보이가 보트 바닥의 노트를 주워 들자, 거렁뱅이 켄이 말했다. 벨보이, 오늘 네가 해고당한 이야기는 들었다. 벨보이가 대답했다. 그건 좆도 중요한 현상이 아니에요. 거렁뱅이 켄이 벨보이의 손에서 노트를 빼앗아갔다. 켄 씨. 오늘 아침 출근길에 말이야. 그래 거기, 히피 공원을 지나서 볼링장으로 빠져나오는 지하도.

모르겠어. 오늘따라 매일 마주치던 버드맨 병신 새끼가 신경 쓰이는 거야. 켄 씨도 알지? 그 무슨 미술대학 교수였다는 소문이 돌았던, 장님 대머리 새끼. 벨보이가 새끼손가락 끝으로 눈머리를 훑으며 말을 이었다. 아무튼, 동정심이나 착해져야 할 것만 같은 기시감? 그딴 게 아니라. 그냥 오늘따라 그 새끼가 내게서 뭔가를 보는 것 같았어. 버드맨이 아니라, 그 새끼 어깨에 앉아 있는 돼지 비둘기가 나를 뚫어지게 쳐다보는데, 뭐랄까 그 새끼의, 글쎄, 마치 내가 온통 멍청함으로 가득한 그 비둘기 새끼의 눈알 속에서만 존재하는 것 같았다니까요. 그래서 내가 지폐 한 장을 쥐여주며 물었죠. 이봐, 저능아. 네 친구가 내게서 뭘 보고 있는 거지? 그러니까, 버드맨이 대답하더군요. 거렁뱅이 켄이 반쯤 불에 그을린 담요를 던져줬다. 춥진 않지만, 고마워. 그래. 버드맨이 대답했지. 아니야. 벨보이는 보트에 앉아 어깨를 웅크리고 고개를 저었다. 그 새끼가 아니라, 비둘기가…… *너는 숲을 걸어간다. 잎사귀 사이로 빛이 튄다. 흙이 발을 휘감고, 가끔씩 부딪쳐오는 벌레들, 자그마한 수영장이 나타나고, 개 한 마리가 지나간다. 다리 한쪽을 절룩이는 보더콜리. 파랗게 비치는 물결, 푸른색 타일 위로 휘어지는 물빛의 그림자, 후드바이에어 셔츠, 빌리 뱅, 폭죽이 솟아오른다. 맥주 거품이 흘러내린다. 보더콜리가 다시 지나간다. 훌리오 이글레시아스. 유진이 수영장으로 걸어 들어간다. 밤이 구조화된다.*

—여름. 맞아. 단지 여름이라 말했지.

순수를 잃어버린 개새끼들아! 거렁뱅이 켄이 소리쳤다. 다만, 어딘가에 폭탄이 떨어지고 많은 이들이 영원히 목숨을 잃어버렸다. 벨보이는 반복하여 같은 말을 중얼거렸다. 그러니까 무언가 좆도 반짝거리고 있어.

어제 스트립 클럽을 조졌다면서? 박살내버렸지. 물도 좀 빼고 오셨나? 거기 존나 추웠어. 아는 사람을 만나지는 않았어? 왜 내가 거기서 산타 옷을 입은 네 마누라라도 봤을까 봐? 아니. 수사과 시절에 사창가에서 장인어른을 본 기억이 나서. 미친 영감탱이가 고추를 세우기 위해 피가 날 때까지 여자 배꼽에 손가락을 쑤셔 넣으며 발버둥 치고 있었다니까. 글쎄, 손님 중 재밌는 놈을 하나 보긴 했지. 그래? 진술 좀 털어보시지. 잠깐, 저 새끼가 드디어 영원을 묘사하길 그만두려는 것 같군. 경위에게 연락하고 올 테니 10분만 기다려봐. 10분이면 농구 한 쿼터가 끝나는 시간이야 이 양반아. 그래 봐야 고작 한 쿼터잖아. 스페이드 퀸을 보며 딸딸이라도 치고 있어. 젠장, 어떤 한 쿼터는 평생을 돌이킬 수 없게 만들어버린다고. 이런 저 새끼 다시 뻗었어. 잘됐군. 그래서 누군데 그 손님이. 생각해보니 별거 아닌데. 누군데. 샘 닐? 대니 트레조? 레이 리오타? 그냥 장님이었어. 장님? 그 새끼가 이빨 깐 거겠지. 지구가 동그란지도 모를 놈이 뭣하러 만질 수도 없는 젖을 위해 스트립 클럽에 오겠어? 우리도 처음에는 그런 줄 알았지. 그런데 진짜 맹인이었어. 누군가 맹인을 흉내 내기로 마음먹었다면 그게 진짜인지 가짜인지 어떻게 판단할 수 있지? 확실해. 하지만 설명하긴 힘들군. 레이먼드 카버 따위의 이야기를 할 거라면 지금 주둥이를 닥칠 기회를 줄게. 어디서 유니클로를 입은 지진아의 냄새가 난다 했더니 바로 네 입에서였군. 그 이름을 입에 머금을 바에, 차라리 아가리에 기름을 부어 넣고 불을 지르지 그래? 아니면 됐어. 그래서 그가 장님인지 어떻게 알았지? 그놈 바지가 보이저호처럼 솟아올라 있더라고. 장님이 발기했다는 거야? 그러면 장님이 아니라는 거잖아 멍청아. 끝까지 들어봐. 그 새끼 좆이 이스라엘 새끼들 처럼 폭격 준비를 마친 건 우리 귀염둥이들이 모두 연행되고 난 후였어. 맞아. 그놈은 보일러도 없는 그 엿같이 캄캄한 곳에 혼자 남아 있었지. 친구. 내게 20초만 줘봐. 나도 두 눈을 감으면 당장 발기할 수 있어. 말했다시피, 거기는 진짜 존나 추웠어. 미친, 그 새끼들 제정신 이야? 어떻게 스트립 클럽이 추울 수가 있지? 열일곱 살짜리 젖을 구경하던 반장이 나에게 저기 계신 스티비 원더 선생을 끌어오라 명령했는데, 뭐 어쩌겠어, 나는 두 손을 비비며, 트리 밑에 둘 선물을 생각하며 걸어갔지. 기차 트랙, 어벤져스 세트, 내가 어릴 때는 글러브를 받았었지, 하키 채를 떠올리던 도중 아버지에게 하키 채로 뺨을 맞았던 내 모습도 함께 떠오르더군. 알아, 플레이스테이션. 아이를 가장 기쁘게 할 선물이 플레이스테이션이라는 건 나도 잘 알고 있지만 그래도. 빌어먹을. 여하간 불 꺼진 홀을 걸어가며, 우리 집에서 나를 기다리고 있을 트리를 생각했지. 기억나? 얼마 전 내가 무단결근한 날? 사흘 동안 잠도 자지 않고 트럭을 몰고 고향에 가, 어머니에게 인사도 없이 앞마당에 있는 전나무를 뽑아 왔거든. 하! 난 자네가 성병에 걸렸다는 데 내기를 걸었었는데. 그 나무 한 그루가 우리 가족을 다시 엮어줬지. 모르지. 나만의 기분일지도. 그래도 그게 어디야. 나는 이제 멀리서도 내 가족을 느낄 수 있게 됐는데. 친구. 그런데 우리 지금 장님에 대해서 이야기하고 있는 거 맞지? 맞아. 그에게 가까워질수록 내 머릿속의 나무가 뚜렷해지더군. 더불어 그 추위도. 추위 속의 나무, 나무 속의 추위. 소란스러운 고요함. 씨팔놈, 너 아까 나 몰래 혼자 약 빨았지? 어둠 속에서 내 정신은 온통 나무에게로만 집중되어갔지. 오로지 나무, 나무, 나무, 나무. 내 집 가운데서 살아 숨 쉬고 있는, 그러다 보니 내가 아는 사람들이 나무로 변해가더군, 좆같이도, 그들은 단 한 그루의 나무로 변해갔지. 전위적인 나뭇가지라든가, 유두처럼 건조한 껍질이라든가, 복잡한 뿌리라든가, 중학생 솜털같이 파릇한 잎사귀라든가. 그런데 어느 순간부터 그렇게 변한 한 그루의 나무가, 이제 내 집 한가운데서 나의 숨소리를 시늉하기 시작했어. 알아들어? 내가 숨을 뱉으면 나무가 움츠러지고, 숨을 들이켜면 나무가 들썩이는. 나 대신 샤워실의 아내를 껴안고, 나 대신 숙제하는 아이의 뒷모습을 응시하는 나무. 나무, 나무, 나무. 와, 약발 죽이나 본데. 결국 나는 숨을 참고 손을 들어 내 것을 바라봤지. 나만의 것. 저 멀리 휠체어에 앉은 장님은 보이는데, 내 손이 보이지 않았어. 대신 추위가 나에게로 미래를 불러왔지. 불타는 집, 무너지는 천장, 불길 속의 아내, 불길 속의 아이, 나무, 나무, 나무, 죽음, 죽음, 죽음. 아니, 미래가 아니라 바로 그 시각 나 대신 집을 지키고 있을 나무의 감각을. 스스로 재가 될 때까지 불타버려 소중히 하는 것들을 모조리 지옥 속으로 밀어버리고 싶어 하는 나의 욕망을. 씨팔 놈이 무슨 말을 지껄이고 있는 거야. 정신을 차려보니 장님 새끼가 나를 지켜보며 휠체어에서 혼자 엉덩이를 들썩거리고 있었어. 뭐? 아직도 못 알아듣는군. 그 장님 새끼는 어둠 안에 자리 잡고 앉아 그의 어둠으로 이 세계의 모든 어두움을 따먹고 있었던 거야.

시대는 변한다. 아니다. 변하지 않는다. 거리는 변하지. 높이, 소리, 창문의 모양, 거리의 사람들도 변하지. 높이, 소리, 눈동자의 냄새. 그러나 시대는 변하지 않는다. 처음 이 거리에 왔을 때가 생각난다. 메릴랜드에서 온 남자가 트럼펫을 연주하고 있었다. 아직 신문 배달부 꼬맹이들이 뛰어다니던 시절의 이야기다. 그 아이들은 나를 신경이나 썼을까. 아마 거리 바깥의 상상 속에서나. 지금쯤, 그 아이들 중 몇은 저택에서, 몇은 주택에서, 몇은 요양원, 전쟁 묘지, 몇은 여전히 거리에서 눈을 감은 채, 어느 날 기차역을 향해 휘날렸던 호외를 기억해내며 잠들고 있을 것이다. 마치 전생을 돌이키듯이. 아 그래, 메릴랜드에서 온 남자에 대해 이야기하던 중이었지. 놀랍게도 그 남자는 나를 연주해내고 있었다. 꼬맹이들이 사살된 베트콩 사진이 실린 신문을 돌리던 날, 눈이 내리던 한밤중에 내 어깨 위로 쌓여가던 투명함이 떠오른다. 어쩌면 나는 이 남자의 음률 속에서 태어난 것일지도 모른다는. 그의 주법이 나를 구성하고, 그와 포드 불빛이 만들어내는 앙상블이 눈보라를 미끄러뜨리며, 나를 오로지 나로 하여금 구체화시키는 데 성공하고 있다는 직감. 돌이켜보면 눈은 언제나 정밀하지 못했다. 영원히, 그들은 그들조차 수호하지 못하리라. 나는 연락을 기다리며 거리를 걸었다. 이발소 앞에서 노인을 한 명 만났다. 노인은 자신이 노인을 연기하고 있다 말했다. 경찰차가 노인을 짓밟고 지나갔다. 노인을 연기할 수 있는 사람은 없다. 노인도 노인을 연기할 수는 없다. 그러나 많은 이들이 이 거리를 혼자 걸어갈 때, 혹은 혼자 이 거리에 남겨졌을 때, 노인을 연기하려 든다. 저기 바퀴 없이 자빠져 있는 자전거처럼. 처음 이 거리에 왔을 때, 디아망 1호가 우주로 쏘아진 날이기도 했다. 아칸소에서 온 남자는 동료들과 함께 파리로 떠났다. 그가 남겨둔 거리는 그 없이도 자라났다. 스탠더드하게. 공사장, 노동조합, 휘파람은 사라지고, 마천루, 베르사체 갱, 컬러 텔레비전이 나타났다. 나는 여전히 마약중독자들과 함께 눈 속을 걸었다. 연락은 오지 않았다. 파리로 떠난 남자가 나를 들른 적이 있다.

쿵, 쿵, 쿵. 그가 내 꿈을 두드리던 소리를 잊을 수 없다. 쿵, 쿵, 쿵. 남자가 말했다. 거리는 실험을 포기했군요. 남자가 쓴 안경알 위로 눈사태가 거리를 집어삼키는 모습이 비쳤다. 다음 날 함께 거리에서 자던 내 친구 몇이 얼어 죽었다. 시청 직원들이 그들을 포대 자루에 집어 넣어 치웠다. 나는 그들을 배웅하지 않았지만, 다녀온 친구들은 입이 얼어붙어 장송곡도 불러주지 못했다 전했다. 가끔 길바닥에서 비명도 못 지르고 죽은 친구들이 음계로 부활하는 영감을 마주한다. 이를테면 주인에게 얻어터진 개가 짖는 소리, 이발사 가위 밑으로 떨어지는 머리카락 소리, 영화가 시작되기 전 극장의 불이 꺼지는 소리. 그들은 나에게 안부를 묻고, 나는 수치스러움에 대답하지 않는다. 이발소는 아직 있다. 추위도 아직 있다. 남아 있는 것들. 피자, 신호수, 사창가, 행커치프, 청소부, 햄버거, 택시, 살인 청부업자, 비둘기. 내가 처음 이 거리에 왔을 때, 아무도 그 사실을 인정하지 않았다. 이 거리가 노동자와 양아치들에게 가장 큰 빚을 지게 될 것이라는 사실을. 이제 눈보라마저 스탠더드하군요. 이 거리의 전설이 될 남자가 말했다. 그러나 나는 더 이상 신경 쓰지 않습니다. 드디어 그가 이 거리를 연주했을 때, 나는 예감했다. 이 거리에는 결국 슬픔만이 남게 될 것이라고. 오직, 슬픔. 이전에 분노, 증오, 그리고 모조리 슬픔. 그것은 투명한 공간, 마치 곤충의 눈물처럼 소리도 형태도 없이 나타나 이 거리를 천천히 가라앉힌 뒤, 터뜨려버릴 것이라고. 남자는 오래전에 죽었다. 거리에서, 신문이 펼쳐지는 소리가 한동안 그를 재현했지만, 신문 배달부 꼬맹이들이 사라진 지도 오래다.

벨보이는 달렸다. 이동 화장실을 지날 때, 꼬맹이들을 성추행하던 피에로들이 소리쳤다. 워커를 신은 동지! 인식을 조심하라구! 벨보이는 그들에게 담배를 던져주곤, 세탁소 앞에 세워진 자전거를 훔쳐 타 마천루로 둘러싸인 도로를 질주했다. 속력 안으로 미끄러져오는 도시, 불빛은 생명처럼 과장되고, 벨보이는 생각했다. 나는 불안하지 않다. 그러니 나는 지금 불행하다! 벨보이는 도로 한가운데에 멈춰 섰다. 관념론자 씨발년아! 트럭 운전수 재키가 벨보이를 묵사발내기 위해 차에서 내려 달려들었지만, 벨보이는 반짝이고 있었다. 벨보이가 길바닥에 자전거를 버려두고, 시체 안치소를 개조해 만든 카페로 들어갔을 때. 초록 머리 실직자다. 실직자 쓰레기가 돌아왔어.

—문 좀 닫고 다녀 실직자 개새끼야.

시체 수납장에 누워 커피를 마시던 힙스터들이 벨보이를 보고 수군거렸다. 입 닥쳐 좆물들아. 벨보이는 시체 샤워장에서 기타를 들고 프레드 프리스의 연주를 모방하고 있는 에르메스를 향해 걸어갔다. 힙하게 굴어, 벨보이. 벨보이는 가라테 펀치를 날려 에르메스의 콧등을 박살냈다, 고 생각했지만, *해바라기는 멀뚱히 너를 바라본다. 너는 평영한다. 무릎이 펴질 때마다 너는 확장된다. 착각 속으로. 그림이 그려지는 소리가 들려온다. 너는 너의 밑으로 잠영하는 유진을 본다. 유진은 너를 지나간다. 너는 제자리에서 움츠러들고 유진은 사라진다. 너는 옥상에 올라가 폭죽을 쏘아 사람들을 맞춘다. 사람들이 고개 들면, 너는 폭죽을 한번 더 쏴 얼굴을 맞혀버린다. 네가 고개 들면, 유진이 서 있다. 너는 유진이 들고 있는 책을 보며 묻는다. 무슨 내용이지? 유진이 대답한다. 자위를 하면 범인의 얼굴이 보이는 레즈비언 형사의 일기야. 죽이는데. 너는 유진에게 손을 내민다. 로버트 애슐리가 미술관에 들어간다. 너는 치즈버거를 먹으며 말한다. 너에게서*

편집증이 느껴져. 침대 위의 유진이 대답한다. 난 편집자야. 이런, 네가 미친년인 줄은 몰랐어. 너는 유진이 편집한 일기책을 펼친다. 유리창 안에서 알몸의 인간들이 대화하는 것이 보인다. 너는 프레이즈를 걷는다. 바람은 회로다. 뒹구는 비닐봉지가 전자적이다. 공산주의자는 비를 맞으며 여권을 읽는다. 노숙자들이 로버트 애슐리를 구타한다. 너는 너도 모르게 고개 젖혀, 날아오는 축구공을 피한다. 공중전화 박스 안에서 매미가 울고 있다. 너는 멈춰 서서 생각한다. 이럴 수가, 이 미친년이 내 머릿속에서 완벽해지고 있잖아. 에르메스가 벨보이의 후드티를 매만지며 말했다. 오, 불쌍한 벨보이. 너는 여전히 겨울에 도착하지 못했구나. 벨보이는 코팅진 주머니에 손을 찔러 넣고 해변 유원지를 걸었다.

—도착하고 있다.

술병을 들고 회전목마에 타 있던 거렁뱅이 켄이 읊조렸다. 늙은 이다! 시간을 퇴치하자! 패딩을 꼭 껴입은 아이들이 거렁뱅이 켄에게 눈덩이를 던지고 도망갔다. 호우! 호우! 호우! 거렁뱅이 켄은 소리쳤다. 그리고 다시 읊조렸다. 결국은 도착하고 말 것이다. 벨보이는 거렁뱅이 켄 옆의 목마에 올라탔다. 켄 씨, 뭔가 잘못된 것 같아. 거렁뱅이 켄이 잠든 듯 고개를 떨궜다. 사방에서 어제의 냄새가 나요. 그들의 목마가 구름의 방향을 따라 회전했다.

—켄 씨, 냄새는 살아 있어. 그들이 나를 쫓아오는 것만 같아.

관람차 꼭대기에서 누군가 창문 밖으로 뛰어내렸다. 유언 대신 얼음 깨지는 소리가 날려왔다. 아직 도착하지 못했나. 거렁뱅이 켄이 고개 들어 주위를 두리번거렸다. 유원지가 조지 거슈윈 음악을 따라 회전했다. 이게 다 지구온난화 때문일까요? 브로호, 조금만 더 힘내

라. 우리는 도착해야만 한단다. 거렁뱅이 켄이 목마의 이마에 키스했다. 켄 씨! 저것 봐요! 좆도 보라색 비가 내리고 있어! 벨보이는 팔을 벌려 회전목마 천장에서 뿜어져 나오는 LED 불빛을 마주했다. *유진이 빈 핫도그 박스를 들고 올라온다. 너는 박스를 주차장 바닥에 깔아 유진과 함께 앉는다. 유진이 맥북을 열어 「아쉬크 케립」을 재생한다. 너와 유진의 얼굴 위로 헤드라이트 빛이 스쳐간다. 육각형, 팔각형, 물방울. 유진은 프란츠 파농의 책을 베고 잠든다. 옥상 난간 너머로 아파트가 보인다. 가로수들의 조증이 벽을 기어오른다. 볼링 핀 간판이 벼락 맞아 터져버린다. 컬러콘이 들판의 개처럼 굴러가고, 너는 비에 젖은 유진의 머리칼을 쓸며 기도한다. 이 친구의 새로움이 날 포기하지 않게 해주세요.*

—벨보이, 그 사실을 알고 있나?

벨보이가 거렁뱅이 켄을 바라봤다. 뭘요? 자지를 꺼내 목마에게 쑤셔대던 거렁뱅이 켄이 대답했다. 첸은 예수님이야. 해변은 은하수와 함께 회전했다. 술집 거리로 간 벨보이는 빨간 우체통 위에 앉아 피리를 불었다. 코가 예쁜 동지! 혼돈을 조심하라구! 재즈 클럽 뒷문을 빠져나온 좀도둑들이 소리쳤다. 벨보이가 그들에게 담배를 던져 주자, 아아, 도둑맞아버렸어. 보라색 피코트를 입은 기도가 뒷짐 지고 서성였다. 벨보이는 피리를 불었다. 어떻게 알았지? 맞아. 나는 자살을 도둑맞아버렸어. 벨보이가 고개 흔들며 피리를 불었다. 응. 크리스마스에 꼭 할머니를 산 채로 화장터에 넣어드릴 거야. 벨보이는 두 눈을 감고 피리를 불었다. 이런. 너는 너를 잃어버렸구나. 기도가 우체통에 손을 넣어 권총을 꺼내 건네줬다. 피리 대신 이걸 불어봐. 벨보이는 총구를 입에 물고 방아쇠를 당겼다. 봐, 우리는 혁명을 도둑맞아버렸어. 기도가 우체통에서 얼어붙은 비둘기 사체를 꺼내 하늘로 집어던졌다. 갑자기 다 지쳐버렸던 거야. 술 취한 경찰관 둘이 비틀거리며 걸어왔다. 희망, 사랑. 불안이 행복을 불러올 것이라는 0의 법칙마저도 전부 다. 저기 도둑이다. 여기 살인범이다. 저기 피상들이다. 여기 기조들이다. 거리의 형이상을 모두 소탕하라! 눈보라를 향해 뛰어가던 경찰관들이 빙판길에서 자빠졌다. 친구. 밤이 금속노조처럼 행진하고 있어. 그들은 하늘을 보고 누워, 뛰듯이 허우적거리던 동작을 멈추고는 몸을 떨었다. 벨보이는 허공에게 짓밟히는 그들을 지나쳤다. 얼굴이 생각나지 않을 때도 있었어. 방금 헤어졌는데, 눈꼬리가 생각나지 않아서 다시 쫓아가 종일 바라보았던 날도 있었는데. 벨보이가 출판사 창문에 돌을 던지며 중얼거렸다.

—누군진 몰라도 올라와 글쟁이 개새끼야! 네 졸작이 담긴 USB를 네 좆구멍에 쑤셔 넣어주마!

야근하던 문학팀 편집장이 창문을 열고 고함질렀다. 몇 팀원들이 편집장을 말렸지만, 편집장은 창문 밖으로 허리까지 내놓은 채 날뛰었다. 그럼 평생 떡 칠 때마다 네 좆이 네 좆같은 문장을 내뱉겠지! 모든 여자들이 네 대갈통에 오물을 쏟아낼 거고 결국 네 좆마저 너의 좆같은 재능을 외면하게 될 거다 씹새끼들아! 편집장이 팀원들에게 끌려 들어갔다. 혹시 내가 나를 사랑한 것은 아닐까. 그러니까, 그녀가 나의 숨겨진 모습을 끌어냈고, 나는 내 안을 박살내고 탈주해버린 그런 신비함을 사랑했던 것은 아닐까. 벨보이가 다시 돌을 던져 창문을 깨뜨렸다. 아니야. 그것만으로는 불가능한 기쁨이었어.

—크리스마스에 저 새끼들 소설을 편집하느니 루돌프에게 눈을 짓밟히는 편이 낫겠어!

모르겠어. 어쨌든 유진 탓이야. *너는 출판사 건물 안으로 들어간다. 유진이 케이크 조각을 든 사람들에게 둘러싸여 있다. 회색빛 드레스. 너는 너의 앞머리를 쓸어 넘기고는 유진에게 다가간다. 왔네요. 이분이 벨보이의 일기를 쓴 벨보이예요. 유진이 주위 사람들에게 너를 소개한다. 부치처럼 생기셨네요. 저 그 책 샀어요. 아마 우리 집 개가 읽고 있을 거예요. 기획이 훌륭했죠. 문학포비아들의 일기 선집이라니. 맞아요. 유진은 대단한 편집자예요. 저기 오늘의 주인공이 오네요! 문 안으로 오리 한 마리가 뒤뚱거리며 걸어온다. 오리의 일기의 오리예요! 오리를 지켜보던 시인들이 바지에 똥을 싼다. 너는 유진의 손목을 잡고 테라스로 나간다. 비행기 불빛. 입 맞춘다. 비행기 불빛. 손을 놓친다. 비행기 불빛. 밀쳐진다. 비행기 불빛. 남겨진다. 드레스 주름. 구조가 보인다. 종횡. 원경. 비행기 불빛. 사라진다. 공중이 몰려온다. 너는 나에게 지옥을 처먹이고 있어. 귀뚜라미 떼가 가득 멀어진다.* 벨보이는 철거된 사무실 안에 멈춰 서 회색 벽을 마주했다. 웃음, 울음, 싱거움, 아우성, 손, 몸, 발목, 깍지. 실재가 우리를 우리가 지겹도록 만들었어.

청취자 여러분! 나는 첸! 안녕이에요! 나를 어머니는 유괴해왔어요. 별자리 점을 봐주겠다며 소작농의 집에 들어가 아이 안에 잠들어 있는 바구니 하나를 데려왔죠. 그게 나예요! 하이퍼 첸! 맞아요! 첸은 기억나요 그날의 어머니가! 나를 앉아 성당에 있었어요. 그 다정한 눈빛! 어머니는 바라봐주지! 한 번도 첸을 않았어요. 심지어 바로 앞의 성경책도! 전등만큼 둘러보았죠 눈빛으로 자꾸 따뜻한 주위를. 버려지길 기다리는 병아리처럼. 오, 그러나 그녀의 발가락을 첸은 발견했어요. 아기는 슈퍼 초능력자잖아요! 시선 없이도 노려볼 수 있는 것들이 있어요! 예를 들면, 전쟁! 우울증 탓에 자살하는 자연! 재해! 기타리스트가 느끼는 우주력! 피자 박스를 들고 걸어가는 사람의 미소! 혼자 이불을 덮고 불을 끄는 사람들의 숨소리! 아버지는 톱을 꺼내, 집으로 돌아온 어머니의 다리 한쪽을 잘라 첸과 함께 묻어버렸죠. 첸은 무덤 속에서 어머니의 발가락을 빨았어요. 그곳에서도 도면을 발가락은 그리고 여전히 있었거든요. 그녀가 꿈꾸던 집. 방 하나 없이 수많은 수도관들만이 가득 꼬여 있는 건축물! 첸은 발작을 어머니의 빨아먹고 선 거예요 부활한! 청취자 여러분, 참새들의 날갯짓을 구경해본 적 있나요? 언젠가 참새들은 별빛처럼 움직였어요. 갈색 빛 행운들. 이쪽에서 저쪽으로, 저쪽에서 그쪽으로 무리 지어 쏟아져가던 갈색 별들이 기억나요. 언젠가 어머니는 아버지를 사랑했어요, 언젠가 아버지도 어머니를 사랑했어요. 첸은 아직도 그 일이 동시에 일어나는 꿈을 꿔요. 그렇게 완전히 다른 두 개의 사건이 한 치의 어긋남도 없이 한 줄의 시간 위로 겹쳐지는 꿈을요! 첸은 그곳에 없어요. 그래도 첸은 그곳에서 첸의 움직임을 느낄 수 있어요. 이쪽에서 저쪽으로, 저쪽에서 그쪽으로. 참새들이 공기 속에 숨겨진 이중 사슬을 찾아가듯. 첸의 소원대로. 결국 사랑이 물리를 뛰어넘어버렸어요. 오예! 위대한 사랑! 정신병원에 언젠가 감금되었고 어머니는 아버지는 항구의 떠돌이 개들에게 물려 죽었죠. 여러분! 첸은 궁금해요! 지구를 반으로 자르면 바다는 어떻게 되나요? 죽음은 무엇들이 엇갈렸을 때 창조되는 건가요? 좋아하는 사람들을 좋아해도 되는 걸까요! 마지막으로 산타 할아버지 씨는 정말 루돌프의 빨간 코에 고추를 넣어주는 어린이에게만 선물을 주시나요?

재키는 운전 중에 친구의 전화를 받았다. 친구는 자신이 지금 두 눈알을 인두로 지져버렸고, 이제 호두나무가 될 거라 전했다. 드디어 나에게 존 레넌 새끼한테도 얻어터질 법한 병신 친구가 생겼군. 재키가 통화 종료 버튼을 눌렀다. 재키는 미스터리하다. 미스터리 드라이버 재키. 동료들은 재키의 화물칸에 시체들이 쌓여 있을 거라 수군거리지만, 사실은 재키가 시체 그 자체였다. 재키는 15년 전 트럭을 세워두고 기찻길에서 담배를 문 채 오줌을 갈기다 야간열차에 치여 죽었다. 그러나 재키는 그따위 사소한 일에 신경 쓰지 않았다. 그가 그의 죽음을 인지하지 않았으므로, 그의 자아가 자연의 이원성을 꿰뚫어버렸으므로, 그 누구도 재키의 육신을 의심하지 못했다. 청취자 여러분 그럼 다시 안녕! 재키가 지역 라디오를 꺼버리곤, 고아원에 전화를 걸었다. 잘못된 번호라는 안내 음성이 돌아왔을 때, 재키는 매년 그래왔듯 조수석에 챙겨둔 잭 다니엘을 꺼내 마셨다. 원장님. 저는 지금 해변으로 가고 있습니다. 아직 슈게이징처럼 눈보라가 휘날리는 도시를 지나가고 있지만, 해변에서 저를 기다리고 있는 사람들이 아주 많거든요. 원장님. 제가 원장님이 평생 공부해오신 측지학이 정확히 무엇인지는 모르겠으나, 지도에 그려진 파란 너비에 대해서는 상상해볼 수 있습니다. 잘못된 번호라는 안내 음성이 한 번 더 흘러나왔다. 재키는 매버릭에 불을 붙이고 차창을 내렸다. 저 앞에, 흰 눈을 맞으며 경광봉을 흔드는 신호수가 보였다. 제가 「스케이트보드의 제왕」 다큐멘터리를 보고 나서 동네의 아이들을 끌고 다녔을 때를 기억하십니까? 원장님이 말씀하셨잖아요. 네가 해변 도시에서 태어났다면 독타운의 챔피언이 됐을 거라고. 재키, 네가 해변 도시에서 자라났다면 너와 함께 지구의 중력도 달라졌을 거야,라고. 제가 미술 시간에 캐딜락 오픈탑과 롤러블레이드를 탄 매춘부를 그렸던 것을 기억해요. 제가 운전석에 앉아 있고, 원장님이 데이토나 셔츠를 입고선 큐빅 박힌 선글라스를 매만지며 조수석에 서 있었잖아요. 우리 옆으로는 제가 한 번도 보지 못한 야자수와 해변이, 차바퀴 밑에는 수잔나, 그 뚱땡이 꼬마가 피투성이가 되어 깔려 있었죠. 원장님에게 많이 혼났었는데. 그거 알아요? 최근에 수잔나를 본 적이 있어요. 일을 마치고 돌아오는 길에 스낵바를 들렀는데 그녀가 카운터를 보고 있었죠. 그녀는 예전만큼 뚱뚱하지 않아요. 두 번의 이혼 후 젖이 무슨 암에 걸렸다더군요. 모르겠어요. 어린 시절의 뚱뚱함. 그건 그녀가 일생 동안 겪을 수 있는 유일한 여유로움이었던 걸까요. 트럭 뒤로 사이렌을 켠 고속도로 순찰대가 쫓아왔다. 경고한다. 트럭을 세워라. 멈춰 서서 검문을 받아라. 잠깐 젠장, 저거 재키 아니야? 그게 누군데요? 다시 한 번 경고. 멍청아 입 닥쳐. 네? 재키는 도로의 보호를 받아. 재키를 검문했던 우리의 수많은 동료들이 악마도 침을 뱉을 법한 사고를 당해 도로에서 돌아오지 못했지. 니미 씨발 아멘. 경찰차가 유턴하여 멀어졌다. 재키는 저 앞에서 또 한 명의 신호수가 경광봉을 흔들고 있는 것을 볼 수 있었다. 원장님. 지금은 단지, 반바지와 수평선을 생각합니다. 수평선을 자세히 살펴보면 지구가 둥그렇다는 것을 느낄 수 있게 된다 하셨죠. 그 신비로운 태가 저에게 뭘 불러다 줄지 궁금합니다. 고아원을 도망칠 때 넘어뜨린 눈사람? 형무소 마당에서 읽었던 『티베트 사자의 서』? 처음 방을 얻었을 때 오랫동안 지켜봤던 욕조의 깊이? 욕조에서 걸어 나오는 여자? 욕조에서 걸어 나오는 두번째 여자? 욕조 안에서 노래를 부르는 여자와 여자아이. 뚜. 뚜. 뚜. 재키는 술병을 창밖에 던진 후, 고아원에 다시 전화를 걸었다. 유원지에서 내 어깨에 손을 올려두고 춤추던 두 여자가 생각날 거예요. 두 여자의 이마 위를 스쳐가던 빌어먹을 엘튼 존 목소리도요, 어쩌면 태어나서 처음으로 얻어터져본 거대한 행복감에 무릎을 꿇고 만 내 모습도요. 술집, 지하 카지노, 경마장, 노숙자 보호시설, 개싸움 클럽. 그러다 보면, 2층 버스를 타고 떠나는 두 여자가 떠오를 거예요, 현관문 밑으로 신문과 함께 들어오던 붉은 햇빛도. 빈 욕조. 계속 비어 있기만 한 욕조가. 욕조에서 장난치는 아이들이, 저를 들어 안아주던 원장님의 펜던트가 생각날지도 모르겠네요. 저는 여전히 해변에 가본 적 없어요. 원장님, 측지학은 한 사람의 인지능력에서 한 사람이, 한 사람이 속해 있거나 속해 있었던 모든 공간을 제거하는 방식들은 가르쳐주지 않습니까? 만에 하나 끝끝내 해변이 절 배신하지 않는다면, 제 안에서 뾰족해지고 있는 장면들이, 오로지 평면의 형태로 납작하게 넓어지며, 이 도로의 차선처럼 앞으로 나아갈수록 연쇄적으로 떠오르는 저의 장소들을 하나의 평형으로 만들어줄 수 있을까요. 얇고, 둥그런. 마치 제가 그것의 부드러움을 느낄 수 있고, 제가 그것의 바깥에 온전히 서 있을 수 있다는 듯이요. 또다시 또 다른 신호수가 재키를 향해 경광봉을 흔들었다. 속력을 줄이며 재키는 신호수와 눈을 마주쳤다. 원장님. 저 눈 좀 보세요. 신호수 눈동자가 공사장에 걸쳐진 파란 천막으로 뒤덮여 있었다. 스케이트보드와 디스코 펑크. 비키니를 입은 우리 불쌍한 수잔나를요. 신호수는 눈빛이 없었다. 노동에 박제된 생물처럼. 재키가 흰 눈에 뒤덮이는 신호수를 노려보며 말을 이었다. 지금, 희망에게 갈기갈기 찢겨버린 천사들의 시체 조각이 나를 붙잡아두기 위해 안간힘을 쓰고 있어요. 백미러에서 신호수는 사라지고 경광봉만이 핏빛으로 흔들리고 있었다. 하지만, 저는 곧 해변에 도착할 겁니다. 두고 보세요. 내 트럭으로 성탄을 뚫고 나갈 거예요. 내 트럭은 당신의 축적을 짓밟을 수 있고 당신이 일으키려는 신앙의 중력마저 깔아뭉갤 수 있으니까요. 뚜. 뚜. 뚜. 원장님. 제가 얼음송곳을 아버지의 뒤통수에 박아 넣고 도망쳤을 때, 아버지의 시간은 어떤 비율을 가지고 있었을까요. 원장님께서 말씀하셨잖습니까. 사람들이 태어날 때 부여받는 시간은 같지만, 각자가 어떤 순간들을 통과하는지에 따라, 순간을 감싸고 있던 지형과 온도에 따라, 시간의 비율이 달라진다고. 그러면, 한 사람이, 다른 한 사람의 시간을 끝장냈을 때, 남은 사람의 시간은 어떻게 되는 겁니까. 영혼에게서 시간이 벗겨져버리게 되는 겁니까? 아니면, 제 몫을 다하기 위해 시체 위로 흘러가던 시간이 썩은 내 나는 불행과 함께 남은 사람에게로 옮겨붙게 되는 걸까요. 원장님. 제가 마침내 그곳에 도착하면, 아버지에게 절 버린 이유에 대해 설명할 수 있는 기회를 드릴 거예요. 그러고 나서 원장님. 제가 원장님 뒤통수에 꽂혀 있을 얼음송곳을 빼드린 뒤, 다시 당신의 입속에다 박아 넣어드릴게요. 당신의 시간이 저승에서조차 좆물 냄새를 풍기지 못하도록 말입니다. 재키. 이웃집 개의 이름과 함께 초자아를 물려받은 미스터리 드라이버가 질주했다.

합! 합! 다리 밑, 도복 입은 가라테 마스터가 아들과 함께 정권을 지르고 있었다.

—뭐하시는 거죠?

벨보이가 물었다. 나는 윤간당하고 있다. 가라테 마스터가 정권을 지르며 대답했다. 나는 신자유주의다! 아들이 소리쳤다. 둘의 입

안에서 하얀 김이 서려 나왔다. 벨보이가 가라테 마스터에게 담배를 던져주자, 가라테 마스터는 정권으로 담배를 터뜨려버렸다. 정보가 나의 낭만을 윤간하고 있다. 다리 위로 전철이 지나갔다. 권법, 섹스, 그리고 평화. 우리 모두의 낭만이었다. 덜컹거리는 전철 불빛 속에서, 벨보이는 눈물과 콧물을 쏟아내고 있는 가라테 마스터의 얼굴을 보았다. *너는 붉은 숲을 걸어간다. 나뭇가지. 빛이 빌리 뱅처럼 들려온다. 너는 걱정에 노출된다. 사람들이 죄다 일기를 출간하고 있어. 네가 말했을 때, 내가 꿈꾸던 거야. 이제 세계는 자아로 밝혀질 거야. 유진이 대답했다. 좆도. 사람들이 일기를 시늉하고 있잖아. 심지어 아직 씌어지지도 않은 일기까지도. 피곤하니까 꺼져, 벨보이. 너는 붉은 숲을 걸어간다. 제발 쌍년처럼 굴지 마. 숲이 너의 꼭대기를 헤맨다. 너는 숲에서 숲을 기억한다. 의심은 동작이 없고, 불안은 증인이 없다. 토하듯이 개 한 마리가 지나간다. 다리 한쪽을 절룩이는 보더콜리. 수영장에 까마귀들이 앉아 있다. 열세 마리의 후일담처럼.* 벨보이는 자신이 눈을 감은 줄 알았다. 벨보이는 자신이 전철에 앉아 있는지 기차에 서 있는지 알 수 없었다. 자신이 유진의 치마 안에 얼굴을 들이밀었던, 야간 노동자들과 역무원이 힐끗힐끗 훔쳐보았던, 비상구 등에 휩싸이는 유진의 얼굴을 올려다보았던 곳이 어디였는지도. 휘파람 소리와 함께 맨몸에 가죽조끼를 입은 불량배들이 올라탔다. 그들이 주먹 혹은 못 박힌 야구 배트로 전철 손잡이들을 툭툭 치며 말했다. 우리는 선진국이다. 혀끝에 피어싱을 한 불량배가 손잡이를 핥았다.

—이 훌륭한 노동자 새끼. 우리보다 더 파괴적이야.

이 새끼랑 잘 수만 있다면! 모히칸 머리가 손잡이 안에 손가락을 넣었다 뺐다 반복했다. 잠깐만 친구들. 천장이 열리더니 객실 안으로 레이벤 선글라스를 낀 불량배가 뛰어내렸다. 대장, 어디 갔다 온 거야? 불량배들이 웅성거렸다. 존 러스킨을 만나고 왔어. 우두머리가 대답하자 불량배들이 주먹을 치켜들고 환호성 질렀다. 우와 죽이는데! 역시 대장이야! 드디어 미래로 돌아갈 수 있겠어! 우두머리가 선글라스를 벗어 손잡이를 응시하며 말했다.

—그나저나 이 자식 정말 위대하군.

마치 에밀 졸라의 불알 같아. 역사를 전부 애무해주고 싶을 정도야. 전철이 터널을 지나갈 때, 우두머리는 손잡이에 유두를 비비적거렸고, 벨보이는 자신이 눈을 감은 줄 알았다. *덜컹이는 지평. 누군가 언덕을 내려온다. 너는 지팡이에게서 폼을 본다. 유진이 걸어온다. 패턴이 내린다. 소음이 비워진다. 여름이 분출된다. 할머니가 사라진다.* 미래에 뭐가 있지? 우두머리가 조끼를 벗고 벨보이를 노려봤다. 우두머리를 선두로 불량배들이 대흉근을 불룩이며 벨보이에게 다가갔다. 잘 들어 레즈비언. 미래에는 새로운 과거만 있다. 전철이 터널을 빠져나오자, 벨보이는 자신이 사라진 줄 알았다. *손바닥. 너는 그곳에서 공립 묘지를 본다. 유진이 비술나무를 올려다본다. 단성론자들이 기도한다. 유진이 더 높이 고개 든다. 너는 너에게로 조롱된다. 잠영, 하수구. 표상을 떨고 있는 쥐새끼. 단성론자들의 수단이 흔들리고 너는 흔들거리는 것이 너의 표정에서 정지되길 바란다. 그러나 목련이 있고, 태가 있다. 소낙비의 태, 매미 울음의 태, 커피 향의 태, 버스 커튼의 태, 새 떼의 태, 이불보의 태. 숨의 태, 너는 손바닥을 쥐어보고, 내가 나에게서 지워지고 있는 것 같아. 너는 읊조리고, 유진은 손바닥 밖에서 목을 매단다.* 아니, 그런 일은 없다. 벨보이가 의자에서 일어났을 때, 손잡이가 된 불량배들이 말했다. 동지. 우리를 잊지

마. 사람들은 우리를 붙잡아야만 해. 벨보이는 섹스중독자에게 쫓기던 고양이를 안아 들고 개찰구를 빠져나왔다. 두개골을 파버리자! 가난을 파는 놈을 죽여버리자! 백화점의 캐럴 리듬에 맞춰, 꼬마 아이들이 삽으로 구세군을 후려 패고 있었다. 탕자다. 실존의 탕자가 찰스 브론슨을 찾아왔어! 벨보이가 고양이를 건네주며 물었다. 이 고양이 이름이 찰스 브론슨이라고? 연탄재로 콧수염을 그린 꼬마 아이가 대답했다. 그래 씹새야. 그리고 찰스 브론슨은 고양이가 아니라 탐정이라구! 맞아 맞아! 병신 탕자! 맹꽁이 쪼다 새끼! 꼬마 아이들이 너도나도 욕설을 내뱉었다.

—그렇습니다요. 선생님.

저는 언젠가 탐정이었습니다요. 소화전 위에 올라간 고양이가 벨보이를 향해 고개 숙였다. 벨보이는 놀라 가라테 킥을 날릴 뻔했으나, 자세히 보니 눈 더미에 누워 간질 발작을 일으키던 구세군이 중얼거리고 있었다. 벽이 온통 내장 찌꺼기와 피로 물든 아교 공장이 기억납니다요. 사랑을 좇는 의뢰는 언제나 그런 식으로 끝나기 마련입지요. 인간들은 전부 해부중독자 같습니다요. 애인, 옆집 유부녀, 샌드위치가게 웨이트리스, 발칸식 서정. 해체, 해부, 해체, 해부, 창자, 시신경, 핏줄, 기억, 사후. 잭나이프로 자기 배때기까지 쑤셔가면서 이해를 자신의 장악력 아래에 두고 싶어 하는 것 같습니다요. 선생님, 아이고 선생님. 저는 텔레비전이 보고 싶습니다요. 저에게는 제3의 자아, 저의 저와 저 밖의 제가 조우하게 되는 저급하게 화려하고 다분히 보편 하향적인 명상 공간이 필요합니다요. 그곳에서 평생 세뇌당하며 살고 싶습니다요. 구세군이 백화점을 향해 기어갔다. 꼬마 아이 중 하나가 삽을 눕혀 구세군의 입속에 쑤셔 넣었다. 옜다, 반기문의 좆이다. 벨보이의 어깨에 올라탄 고양이, 찰스 브론슨은 벨보이에게 속삭였다. 겨울에 누군가에게 기대어 걸어보고 싶었어. 그들은 눈보라가 깡통을 흔드는 골목을 걸었다. 찰스, 지금이 정말 겨울일까. 찰스가 대답했다. 벨보이, 내 진짜 이름은 제시 새커리야. 찰스든 제시든 그건 오럴과 모럴만큼 다르지만, 너에게는 별로 상관없겠지. 골목은 들어갈수록 어두워지고 바람은 하얗게 분해되었다.

—제시, 나는 지금 걷고 있어.

—나도 그래.

그들의 발자국은 어둠에 가려졌다. 제시, 내가 지금 걷고 있는 거 맞지? 맞아. 사람다워. 골목은 어제 혹은 내일 같았다. 깡통이 뒹구는 소리가 멎을 때면 벨보이가 물었다. 제시, 내가 지금 안 웃고 있는 거 맞지? 맞아. 제시, 내가 지금 안 울고 있는 거 맞지? 맞아. 제시, 너는 꼭 포경수술 같아. 그게 무슨 말이야? 모르겠어 제시. 깡통 소리는 그들에게 매번 일정한 거리감으로 들려왔다. 제시, 무슨 말이라도 해봐. 제시가 대답했다. 아니야. 네가 이야기할 차례야 벨보이. 눈보라가 벨보이의 무릎 언저리를 훑고 지나갔다. 모르겠어. 제시, 나는 처음부터 예감에 휩싸였고, 그건 어쩌면 내가 처음부터 포기했다는 뜻이 아니었을까 싶어. 제시가 물었다. 무엇을? 사랑을? *비가 내린다. 너는 팔짱을 낀 채 유진과 같은 방향으로 고개 돌린다. 네가 보는 것들이 보이는 순간 생겨나 듯이, 너는 비를 본다. 빗속의 도로를 본다. 도로의 승용차를 본다. 승용차가 사라진다. 트럭을 본다. 짐칸의 돼지들을 본다. 돼지들이 사라진다. 승합차를 본다. 아이들이 내린다. 승합차가 사라진다. 아이들이 흩어진다. 나무를 본다. 가지가 가늘다. 잎사귀가 밭다. 나무는 사라지지 않는다. 나무에서 나무가 아닌 곳이 장소를 만*

든다. 여학생들이 그곳을 지나가고, 이사꾼들이, 비둘기들이, 우산과 비닐봉지가 그곳을 지나가고, 비는 그곳을 소유하려 한다. 그곳에서 너는 유진에게 닿는다. 네가 유진을 돌아볼 때 유진도 너를 돌아보고, 각자 팔짱 낀 너와 유진은 고개 숙여 마주 웃고, 너는 다시 그곳을 바라보고, 비가 내리고, 너는 그곳에 있었고, 너는 그곳을 완성할 수 없음을 알게 된다. 벨보이가 걸음을 멈추고는 손을 펼쳐 손가락 사이로 빠져나가는 눈보라를 지켜보았다.

—누군가 우리 뒤를 걸어오고 있어.

누군지 알 것 같아? 아니. 누군지 알 것 같을 때도 있었지? 이상하게도 그럴 때는 확신이 들었고 그들은 배신하지 않았어. 그래서 누군지 알 것 같아? 이제 조금은. 누군데? 벨보이는 눈을 감았다. 벨보이, 사실 너의 일기를 읽었어. 닥쳐 제시, 넌 고양이일 뿐이잖아. 쉿, 페도필리아 성가대 같은 빛이 너를 따라오고 있어. 그 빛은 네가 눈치도 못 챌 사이에 너의 시간을 하이재킹해서는 네가 반쯤은 이해하다 종내 포기할 피진어의 뉘앙스로 너의 현재를 침몰시켜버릴 거야. 제시, 너까지 쌍년처럼 굴 필요는 없어. *접시에 고인 빗물 냄새, 셔츠 소매가 접히는 소리, 터키 카펫 위 벗어둔 회색 드레스. 너는 감은 두 눈 위로 2층 버스 창밖을 내려다본다. 남자가 한 손을 입가에 얹어두고 너를 올려다본다. 담배를 피우지 않는데 담배를 피우고 있는 것 같고, 표정이 없는데 모든 표정 같다. 버스는 나아가고, 남자가 뒤따라 걸어온다. 다리 한쪽을 절룩이며, 잎사귀에서, 날아가는 새에게로 시선을 잇는 개의 눈빛으로.* 벨보이의 감은 두 눈 위로 황혼 같은 종소리가 쏟아져왔다. 벨을 지켜, 벨보이.

시대는 변하지 않는다. 껍질은 변하지. 그가 타고난 모든 것을 고백한 듯 사라져버린 후에, 신시사이저가 도시를 지배한 적이 있다. 미지를 향해 미끄러져 나가는 음향 속에서, 사람들은 미래가 단순함으로 구성되리라는 사실을 지지했다. 전음과 배음 사이의 기시감이 노동과 환락 사이를 좁혀갔고, 그건 곧 기억과 예지가 한 꼭지의 순간으로 접히는 착각을 불러일으켰다. 돌이켜보면 그들은 놀라울 정도로 순수했다. 세계 평화를 외치며 섹스하고, 알몸으로 팬케이크를 먹으며 아프리카에 대해 걱정했다. 마치 관념에게 사면을 구하려는 듯이. 신스 웨이브. 그들이 LSD에 취해 전쟁 묘지에서 육군 시체를 꺼내 긴즈버그의 시를 낭송할 때, 그들은 미래를 감각하기보다 실제로 미래에 존재했던 것 같다. 각자의, 그리고 동시적으로 모두의 표상에 배어 있던 미래라는 기억 속에 말이다. 알다시피 그 시기는 오래가지 못했다. 노력이라는 환상이 순수함을 거둬버렸다. 작년 오늘, 이 도시에 남은 마지막 천사가 눈빛을 잃었다. 이발사가 바구니를 들고 빵집에서 걸어 나온 순간에, 칼라 블레이 트리오가 악보 앞에서 잠시 눈을 감은 순간에, 경비원이 책을 펼쳐 손전등으로 문장을 비추던 순간에, 그들이 그들 자신이 이미 너무 오래 살아버렸다는 사실을 눈치챈 순간처럼, 마지막 천사도 자신이 누구도 모르게 죽음을 지나쳐버렸음을 알아챘고, 나는 그의 어깨에 손을 얹으며 말했다. 메리 크리스마스. 그가 권총을 꺼내 내 얼굴을 겨눴다. 메리 크리스마스. 그렇게 우리는 헤어졌다. 그날 저녁, 그는 배리 화이트 노래를 틀고 있는 경찰서에 들어가, 안내 데스크의 여경에게 키스하며 그곳에 권총을 쑤셔 넣다 총살당했다. 나는 커다란 날개가 도시를 덮는 것을 보았다. 그리고 이내 도시를 떠나가는 모습을. 그 순간처럼 눈이 내린다. 천사가 모두 자살한 도시를 걸으며 생각한다. 한때는 이 거리도 미래였음을. 거리를 걷는 이들의 몸짓을 보며, 형편이 어쨌든 그들이, 각자가 원하던 분위기, 그들 스스로가 유년기에 막연히 탐했던 미래의 조형물에 가까워졌음을. 슈퍼마켓을 가는 길에 우연히 본 거울 속에서 그들은 기억이 불러온 미래의 그들을 마주하며 아무 표정도 짓지 못할 것이다. 무방비 상태로, 과거에게 독살당한 듯이. 메릴랜드, 아칸소, 파리, 지와타네호. 어제 드디어 연락을 받았다. 일을 시작하기 전에, 나는 꿈속에서 그를 찾으러 돌아다녀야 했다. 내가 선택한 나의 두번째 신앙. 베트남의 야전 막사에서 그가 나를 기다리고 있었다. 이곳에 와본 적 있나요. 아니요. 나도 한 번뿐이에요. 우리는 별을 올려다보았고, 나는 잔인할 정도로 평화로워 보이는 별 밑에서 깨어났다. 어느 장소는 우리를 돌아오게끔 만든다. 우연이든 필연이든. 우리가 그곳에 돌아왔을 때, 우리는 마침내 시간이 진화하고 있음을 깨닫는다. 그것은 우리보다 먼저 그 장소에 도착해 있고, 우리보다 먼저 그 장소를 흡수하고 있다. 우리는 그곳이 아니라 그것으로 들어가게 된다. 그리고 우리는 결국 기화된다. 사산당하듯이. 정신을 차리면, 그것은 이미 우리가 되어 걸어 나가 있다. 우리는 그것의 잔해, 이를테면 해변의 어린이, 졸업 무도회장의 얼간이, 장례식장의 외아들이 되어 그곳에 남아 있고, 이제 우리는 다시 우리를 떠나버린 우리의 질감을 좇아가야 한다. 그가 죽음 속에서도 영원을 기억해내려는 것처럼. 아, 그래 천사들. 나는 사실 도시의 천사들에 대해 이야기하고 싶었다. 그러나 하지 않겠다. 대신 기록적인 폭설로 인해 도시가 마비됐던 날, 쓰레기차 짐칸에 꼿꼿이 서서 쓰레기봉투를 짊어지던 체드 씨가 남긴 말을 전하겠다. 1천억 대의 그랜드피아노가 동시에 리스트를 연주하듯, 선법적인 음계처럼 쏟아지는 눈송이들이 도시를 잠재우던 날, 새벽 5시 백색의 거리에 형광 조끼를 입고 등장한 청소부 체드 씨는 쓰레기봉투 사이를 홀로 거닐며 지휘자의 눈빛으로 읊조렸다. 보라, 관념은 현실이 된다. 나는 새 떼를 보았다. 기적처럼 도시를 날아다니는 하얀 새 떼를. 그리고 종(種)의 최후를 알리듯 그들의 무덤을 쓰레기차에 실어 넣는 파수꾼의 뒷모습을. 그렇게 나는 종료되었다.

그녀는 꿈속에서 남자가 됐네. 하지만 그녀는 좆을 끔찍해해
그녀는 가라테를 동경했네. 하지만 그녀는 가라테를 배우지 않았어
그녀는 어머니와 함께 아버지를 떠났지. 하지만 어머니는 그녀도 떠났어

그녀는 수영장에서 한 여자를 만났어. 그녀들은 전생에도 레즈비언이었지
레즈비언 개년들, 헤이 헤이 길 고양이들이 나가신다
세상에는 다양한 쌍년들이 있군. 사람들이 수군거렸네
복잡하게 사랑도 하는군. 사람들이 수군거렸네
이건 사랑이 아니야. 둘 중 하나의 그녀가 소리쳤네
이건 우리의 행위가 아니야. 둘 중 하나의 그녀가 소리쳤네
그녀들은 여름이 지나면 바르샤바에 가자고 약속했네. 하지만 그녀는 그녀를 떠났어

그녀는 꿈속에서 엘리베이터에 탔네
승강 승강 승강

하강 하강 하강
러브 오브 엘리베이터
승강 승강 정전
정전 정전 추락
엘리베이터 오브 러브

그녀는 꿈속에서 그녀의 손목을 지켜봤네
그녀는 꿈속에서 그녀들의 혈관을 지켜봤네
엘리베이터 오브 우드
그녀는 꿈속에서 언제나 발견됐네
꿈에서 깨어나 벨보이. 숲에서 깨어나 벨보이!

벨보이는 눈을 떴다. 기타 소리가 들려왔다. 거의 보이다시피, 아침의 조도처럼. 바람에 뜯긴 벽보들이 골목을 빠져나가고 있었다. 눈부심에 자리에서 일어난 벨보이는 그들이 날아가는 방향을 따라 걸었다. 주머니에 손을 꽂아 넣고 워커 발목까지 올라온 눈을 살펴보거나 부르튼 입술을 매만지며 고개 젖혀 굴뚝 연기를 좇다가는, 가끔은 뒤돌아보곤 아무 동작 없이 멈춰 서 있었다. 흐려지는 발자국과 자신이 잠들었던 곳으로부터 날아오는 벽보들을 마주하며. 언젠가는 그곳에서 익숙한 사람들이 달려왔다. 벨보이가 담배를 물고 불을 붙일 때, 사람들은 벨보이를 통과해 지나갔다. 담배 연기가 보이지 않는 틈 속으로 사라져가고, 벨보이는 손에 입김을 불어넣으며 걸어갔다. 음계 안에 빛이 있는 건지 빛의 결이 음률을 만들어내는 건지, 벽보 날갯짓 사이로 쏟아져오는 햇빛에 눈살을 찌푸리며 벨보이는 생각했다.

좇도 삶은 단 하나의 사건일지도 몰라. 그리고 침을 뱉었다.

—벨보이!

벨보이가 거리로 나오자 기타를 멘 장발의 남자가 벨보이를 껴안았다. 첸. 여기서 뭐하는 거야. 생일이래 내 오늘이! 첸의 뒤에서 또 하나의 목소리가 들려왔다. 벨보이. 오늘 우리는 떠난다. 취직 축하해요 산타 호모 새끼 씨. 벨보이가 산타 복장을 하고 나타난 거렁뱅이 켄의 수염을 쥐어뜯었다. 그들은 삼각형으로 모여 서서 켄의 대마초 한 대를 나눠 피웠다. 택시와 피자 배달부, 그리고 아이와 함께 옷을 맞춰 입은 가족들이 지나갔다. 어이 운 좋은 양반. 그래서 어디 고아원에 고용된 거죠. 켄이 대마초를 건네주며 대답했다. 적어도 21세기는 아니지. 하, 돌아오는 길에 주머니나 채워 오세요. 도라에몽 병신 양반. 벨보이가 대마초를 빨고는 제자리에서 발을 굴렀다. 춥구나! 벨보이! 벨보이는 첸의 엉덩이를 걷어찼다. 벨보이, 우리는 돌아오지 않을 걸세. 뭐요? 첸, 너도 저 정신병자 노친네를 따라가는 거야? 네가 페드로 엘 네그로인 거야? 켄이 벨보이의 어깨에 손을 얹고 속삭였다. 저분은 예수님이셔. 야호! 너희 엄마와 구강성교! 첸이 소리 질렀다. 어쨌든 또라이 아저씨, 씨팔 난 얼어죽을 것 같아요. 벨보이가 바지 주머니에 손을 찔러 넣곤 허리 숙여 비틀거렸다. 여전히 목청껏 노래하는 첸과, 벽에 기대 대마를 피우는 켄의 모습이 보였다. 작은, 아주 작은 눈송이들이 휘날리는데, 내리는 것 같지는 않았고 그저 날려오는 것 같았다. 어딘가로부터. 그곳은 실재하는 곳일까, 아니면 허상에서 실재가 날아오는 것일까. 생각하는 순간에도 약한 눈발이 도시 꼭대기의 마천루부터 거리의 밑바닥까지 휘날리고 있었는데, 잠시나마 벨보이는 기타를 지닌 예수와 대마를 빠는 산타를 본 것 같은 환각에 휩싸였다. 같이 갈 텐가? 벨보이는 고개 들어 산타의 눈을 노려봤다. 그곳에서 날개가 펼쳐지고 있었다. 벨보이의 등 뒤에서 자라나고 있는 한 쌍의 하얀 날개가, 마음먹은 당장 이 도시를 버릴 수 있다는 듯 산타의 푸른 동공 가득 펄럭이고 있었다. 벨보이는 천천히 얼어붙은 입술을 떼어, 정밀하게 대답했다. 좆 까고 있네. 켄은 벨보이에게 거렁뱅이 코트를 걸쳐줬다. 물론 그래야지 벨보이. 켄이 택시를 잡듯 하늘을 향해 팔을 추켜올렸을 때, 벨보이는 생각했다. 불쌍한 아저씨. 저 양반은 너무 추상적이야. 완전히 돌아버렸어. 아니, 어쩌면 우리는 모두 평생 추상적으로 살아가는 것일지도 모르지. 좆도 기억, 좆도 희망, 좆도 벌, 좆도 죽음, 좆도 사랑, 좆도…… 젠장 저 양반이 방금 예수가 중국인이라고 주장했던 거야? 여전히 눈발이 휘날리고. 벨보이가 택시에 올라타듯 허공에 발을 내미는 켄을 붙잡아 물었다.

—켄 씨, 나는 뭐하는 새끼지?

켄이 산타 부츠로 대마를 짓이겨 끄고 나서 대답했다. 맹세하건대 굳이 자네가 그걸 알 필요는 없다네. 명심해, 네 삶에서 네가 뭐하는 새끼인지는 좆도 중요치 않다는 말일세. 켄과 첸은 사라졌다. 어느 효과도 없이. 아무 순간 아무 이유 없이 대화가 중단되듯이 그냥 그곳에서 없어져버렸다. 벨보이가 주위를 둘러보았으나 골목에서 개 없이 개 짖는 소리가 들려올 뿐이었다. 벨보이는 양손의 가운뎃손가락을 펴 구름을 향해 인사하듯 흔들어보다가, 손을 펼쳐 자기 뺨을 갈긴 후 거리를 걸었다. 신호 위반 차량을 따라간 경찰차가, 운전수에게 차 밖으로 나와 무릎 꿇고 아스팔트 위에 대가리를 박으라 명령하고선, 메리 크리스마스라 인사해주고 멀어졌다. 센터에서 쫓겨난 부랑자들이 메리 크리스마스라는 말로 구걸했다. 제프 버클리만 생각하는 여자와 섹스만 생각하는 남자가 팔짱을 끼고 다녔다. 너희들 내일이면 전부 엿 먹을 거야. 개들이 뛰어다니며 인간들에게 예언했다. *너는 잠영한다. 얼룩진 타일이 보인다. 격자무늬는 속력을 만들고, 너는 너의 그림자 밖으로 벗겨져나간다. 귓속으로 들어온 물의 공간이 팽창한다. 너는 네 안의 부력을 견디며 나아간다. 공간감은 네 안에서 네 안으로 밀려온다. 오로지 네 안에서 네 안으로 투명함을 초과하며, 너의 숨마저 집어삼키면서. 라인은 보이지 않는다. 허리를 접고, 무릎을 접고, 허리를 펴고, 무릎을 펴고, 허리를 접고, 무릎을 접고, 허리를 펴고, 무릎을 펴고. 리듬의 순간을 놓치지 않으며 너는 코로 숨을 내쉬며, 네 안의 공간을 비워낸다. 조금씩 그것은 일그러진 물방울 형태가 되어 너에게서 빠져나오고, 네가 신경 쓸 수 없는 곳으로 멀어지고, 허리를 접고, 무릎을 접고, 너는 잠시 푸른빛 속에 있고, 물이 너를 휘감는 것을 느끼고, 갑작스레 모든 것이 원활해지고, 너는 아무것도 보이지 않고, 너는 위치를 예상할 수 없고. 계절을 가늠할 수 없고, 너를 기억할 수 없고, 너는 물 밖으로 고개 내밀고, 조명이 쏟아지고, 이명이 들려오고, 염소 냄새가 찔러오고. 벽에 기대 입안 가득했던 물을 전부 토해냈을 때,* 동지! 사랑을 조심하라구! 할리 데이비슨을 탄 바이커 갱들이 벨보이에게 거수경례하며 떠나갔다. 라이더 재킷의 엠블럼이 언덕을 올라가고, 참수된 천사 머리통들이 도시 밖으로 증발했다.

—메리 크리스마스 제시.

벨보이가 햄버거 쿠폰을 꺼냈다.

—수잔나, 유진은 어디 있죠?

—제시. 유진을 떠난 건 너야.

벨보이는 어깨를 추켜올렸다. 누가 누구를 떠났는지 그걸 누가 알 수 있겠어요. 나는 너의 일기를 읽지 않았단다. 저도 아주머니 일기를 읽어보지 않았어요. 둘은 잠시 입을 다물었다. 유진은 결국 자신의 일기는 쓰지 않았어요. 그렇다고 네가 그 아이를 생각해볼 수 없었던 건 아니야. 수잔나가 패티를 굽기 시작했고, 벨보이는 그녀의 앙상한 뒷목을 지켜보다가 테이블에 앉아 얼굴을 쓸어내렸다. 잠시, 불꺼진 창고에 서 있는 유진이 보였다. 그녀가 출판한 거의 모든 사람들의 일기들, 거의 모든 사람들이 사지 않은 거의 모든 사람들의 일기들에 둘러싸인 유진. 창밖을 지나가는 사람들은 어디서 나타나는 건지. 그들은 차라리 클랙슨 소리 같았다. 형체 없이 거리를 기습했다 사라져버리는, 물론 그들은 형체가 있지만 조형 외의 다른 의미들을 모조리 잃어버린, 오로지 영상으로만 인지되는 환영적 씹새끼들에 불과하다고. 클랙슨. 사이렌. 성당 종소리. 좆도 이제는 징후조차 되지 못하는 거리의 질환들. 담배를 꺼내던 벨보이는 어깨에 커다란 비둘기를 얹어둔 부랑자가 거리로 등장하는 모습을 보았다. 마치 인간처럼. 크리스마스 인파 속의 유일한 인간처럼. 벨보이는 이끌리듯 유리창 가까이 몸을 기대었다. 버드맨이 어깨 들어 비둘기의 부리에 입을 맞추자 비둘기가 버드맨 수염에 붙은 빵 부스러기를 쪼아 먹었다. 버드맨이 몸을 움직이면 비둘기가 날개를 펴 균형을 잡았고, 버드맨이 조그맣게 입을 벌려 뭐라 속삭이면 비둘기가 고개를 주억거렸다. 아이스스케이트화를 든 아이들이 달려온 곳에서부터 그늘이 몰려왔다. 눈보라, 겨울의 유일한 상상력과 함께. 종종걸음으로 쏘다니는 인파 가운데서 버드맨이 혀로 비둘기의 부리를 핥았다. 비둘기도 혀를 빼

내 버드맨의 혀를 핥았다. 맙소사. 버드맨이 슬며시 손을 들어 올리니 비둘기가 손등에 올라앉았고, 버드맨이 바지춤을 열어 그 안으로 비둘기를 인도했다. 그만둬 제발. 이내 버드맨이 허리를 앞뒤로 흔들었고 벨보이는 손으로 입가를 그러쥔 채, 캐럴이 울려 퍼지는 거리 한복판에서 비둘기와 씹하는 버드맨을 지켜봤다. 눈빛 없이 껌을 씹거나 혼잣말을 내뱉으며 유기견들의 항문을 따라 제 갈 길을 가는 행인들 사이로, 그들에게 예고 없이 포기당한 영혼들의 장례 행렬마냥 쏟아지는 폭설 사이로, 단독의 유물론자처럼 비둘기와 씹하는 맹인을. 앞으로 내 생에 벨 앤 세바스찬을 듣는 것보다 끔찍한 일은 없을 거라 생각했는데. 벨보이가 과거에 겪었던 역겨운 일들을 떠올릴 때,

똑, 똑.

버드맨이 벨보이를 노크했다. 똑, 똑. 또 한번 노크 소리가 들려올 때에야 벨보이는 그들 사이에 유리창이 있다는 사실을 깨달았다.

—페가수스.

버드맨이 바지춤을 올리자 비둘기가 날아오르더니 버드맨 머리 위를 한 바퀴 선회한 후 그의 어깨에 올라앉았다. 벨보이는 초점이 있을 수 없는, 그러나 입체적으로 엄습해오는 버드맨의 흰 눈깔을 마주했다.

—자, 지금 나에게는 뭐가 보이는지 대답해봐.

쉬. 버드맨이 검지를 세워 자신의 입가에 갖다 대었다. 벨보이는 입술 안으로 말이 도주해오는 것을 느꼈다. 입술 밖의 소음들이 모조리 버드맨의 지문 속으로 빨려 들어가고 있음을. 정적, 그리고 무의식마저 감관의 중력을 잃다시피 자신의 바깥, 그러나 현상계까지도 초월한 곳으로 멀어져가고 있음을. 버드맨이 입가에 얹어놓았던 검지를

내려놓고는, 방금 세상의 모든 기조를 집중시켰던 손가락으로 벨보이의 후방을 가리켰다. 벨보이는 거의 최면에 걸린 듯이, 마치 계시를 받은 것처럼 버드맨의 검지가 가리키는 곳을 향해 천천히 고개 돌렸다. 그곳에는 포장된 햄버거 하나가 놓여 있었다. 버드맨이 양손을 들어 허공을 벗겨내기 시작했다. 한 겹, 한 겹, 부드럽게, 본질을, 더 나아가 허공의 비어 있음이라는 의미마저 벗겨내듯이. 벨보이는 의자에 앉아 햄버거 포장지를 벗겨보았다. 심호흡으로 떨리는 손을 자제시키며, 포장지를 다 벗긴 벨보이가 다시 유리창 밖의 버드맨을 올려다봤을 때, 눈동자 없는 맹인이 햄버거를 향해 미소 지었다.

—스페이스.

디스 이즈 스페이스. 버드맨이 벨보이를 남겨두고 떠나갔다. 부리에 그의 정액을 묻힌 페가수스와 함께. 어느새 어두워진 시가지 속으로, 동시에 순백의 공허 깊숙이. 테이블에서 원이 회전하고 있었다. 흐름이 끝없이 이어지는, 어디가 시작점이고 끝인지 모를 원으로 가득한 원, 벨보이가 햄버거를 집어 들었다. 창 안으로 간극이 쏟아졌다.

선 정 의 말

—

이상우의 소설은 분석과 해석을 무화시키는 경이로운 매력을 뿜어낸다. 「벨보이의 햄버거에 손대지 마라」는 특유의 혼종적인 스타일이 또 다른 잠재성을 폭발시키는 소설이다. 소설 속의 시점과 인물들은 혼란스럽게 교차하며 "창 안으로 간극이 쏟아졌다"와 같은 시적인 문장들이 느닷없이 들이닥친다. 서사적 질서와 구조는 설명될 수 없으며, 평균적인 서사적 미학은 가볍게 조롱당한다. 황병승의 시가 일찍이 그랬던 것처럼 그것을 캠프적인 상상력이라고 부를 수 있다면, 이러한 텍스트는 과장되고 양성적인 스타일에 경도되어 있다. 경박한 것에 대해 진지하고 엄숙한 것에 대해 천박하며, 스타일의 과잉을 위해 '알맹이'를 희생한다. 서사적 중력의 중심으로서의 하나의 문학적 자아를 대신한 자리에서 여러 개의 얼굴과 목소리를 가진 하위-혼성 주체들이 카니발을 연다. 서정적인 것과 서사적인 것, B급 문화와 장르들 간의 혼종 교배는 '이야기' 너머의 상상적 에너지를 폭발시킨다. (이 소설 속에서 혼종 교배는 관념이 아니라 "캐럴이 울려 퍼지는 거리 한복판에서 비둘기와 씹하는 버드맨"의 이미지 같은 것으로 상연되기도 한다.) 이런 맥락에서 이상우의 소설은 일관된 서사적 · 언어적 자의식으로 서술된 메타소설, 실험소설 들의 권위를 한낱 구태의연한 것으로 만들어버린다.

이 소설에 출몰하는 하위-혼성 주체들은 "도시의 천사들"이라고 부를 수 있는 존재들, '벨보이'와 '거리의 기타리스트 첸' '거렁뱅이 켄' '버드맨' '트럭운전수 재키', 그밖에도 신문배달부 꼬맹이, 피에로, 경찰관, 가라테 마스터, 불량배, 매춘부, 고양이, 피자 배달부 같은 존재들이다. 그들의 인격적 정체성은 불분명하고 '미스터리'하며, 심지어 살아 있는 것인지도 의심스럽다. "재키는 15년 전 트럭을 세워두고 기찻길에서 담배를 문 채 오줌을 갈기다 야간열차에 치여 죽었다. 그러나 재키는 그따위 사소한 일에 신경 쓰지 않았다", 마치 "허상에서 실재가 날아오는 것"을 보여주는 존재처럼 말이다. 하위-혼성 주체들이 서로를 '동지'라고 부를 수 있는 기이한 연대의 장소는 슬픔과 증오의 거리다. "이 거리에는 결국 슬픔만이 남게 될 것이라고. 오직, 슬픔. 이전에 분노, 증오, 그리고 모조리 슬픔. 그것은 마치 투명한 공간, 마치 곤충의 눈물처럼 소리도 형태도 없이 나타나 이 거리를 천천히 가라앉힌 뒤, 터뜨려버릴 것이라고" 예감하는 그런 거리다. 이 거리에 슬픔과 분노가 넘쳐나는 것은 아마도 "혁명을 도둑맞아버렸"기 때문일 것이다. "거리의 형이상을 모두 소탕하라"는 경찰관들의 구호는 "밤이 금속노조처럼 행진하고 있어"와 같은 문장과 맞닿아 있다.

이 소설을 해고당한 벨보이의 '일기'에 기초한 것으로 읽을 수도 있으나, 그 일기라는 것은 시점과 인물이 뒤죽박죽된 '거리의 일기'에 가깝다. 3인칭 서술과 1인칭의 진술과 2인칭의 언어들은 어떤 설명도 없이 교차편집되며, 그 언어의 진짜 주체를 찾는 것은 거의 불가능하다. "실재가 우리를 우리가 지겹도록 만들었어", "너는 너에게로 조롱된다" 같은 문장은 문법적으로 '불가능'하다. 진술의 문장들은 대부분 욕설에 가깝고, "너는 나에게 지옥을 처먹이고 있어"와 같이 폭력적이고 시적이다. 고급문화와 대중문화를 가로지르는 이국적인 이름과 브랜드 들이 난무하는 사이로 '반기문' 같은 이름들이 불쑥 끼어든다. 실직자 벨보이가 일기를 쓴 자라면, 그의 여자친구 '유진'은 편집자다. 아마도 벨보이의 일기는 '편집'될 수 없을 것이다. 시와 욕설과 혼성 주체들의 난장을 이루는 이 소설을 "심지어 아직 씌어지지도 않은 일기"로서의 '거리의 일기'라고 한다면, 그것은 "미래에는 새로운 과거만 있"다는 맥락에서 '도시의 천사들'의 죽음을 기록하는 미래의 일기일 것이다. "좆도 이제는 징후조차 되지 못하는 거리의 질환들" 사이로, 이 소설의 혼종적 (비)주체는 "천사가 모두 자살한 도시를 걸으며 생각한다. 한때는 이 거리도 미래였음을". "허공의 비어 있음이라는 의미마저 벗겨내듯" "순백의 공허 깊숙이" "어디가 시작점이고 끝인지 모를 원으로 가득한 원"을 그리는 글쓰기를 무엇이라 부를까. 굳이 진지하고 엄숙하게 염려하지 않아도 된다. 소설 같은 것을 '연기'하는 게 아직도 그리 대단할까? **이광호**

2015년 5월

이달의 소설

느시

김엄지

© 임영웅

1988년 서울에서 태어났다. 2010년 문학과사회 신인문학상으로 등단했고, 소설집 『미래를 도모하는 방식 가운데』, 장편소설 『주말, 출근, 산책: 어두움과 비』가 있다.

작 가 노 트

분노의 고착화

자나 깨나 착란

거부된 몸통

포즈 짓지 않으려는 포즈

그 국. 그 밥. 그 오이. 그 두부. 그 배추. 그 요구르트.

●••

1

비둘기들은 길바닥에 몰두해 있었다.

작정을 했군. R은 비둘기를 보며 생각했다.

와이셔츠와 카디건과 코트. 그가 입은 상의에 총 서른두 개의 단추가 달려 있었다.

주렁주렁.

R은 지하철 안에서 코트의 단추를 만지며 속으로 중얼거렸다.

주렁주렁.

R은 어떤 열매를 상상했다.

선명한 주황색이고 단단한 구의 형태로, R이 열매에 대해 상상할 수 있는 것은 그것이 다였다. R은 반복적으로 주황색 구의 형태를 떠올렸다.

R은 사무실이 있는 건물로 들어가기 전 하늘을 올려다 보았다.

일기예보에 예고된 눈은 내리지 않았다.

사무실의 히터는 최대로 가동되고 있었다. 사무실에서 들리는 소리는 오직 히터가 가동되는 소리뿐이었다.

오전 업무 중에 R은 상사에게 지시 받은 매뉴얼을 만들다가 잠이 들었고, 꿈속에서 홍수에 휩쓸렸다. 갑자기 불어나는 거센 물살에 R은 깜짝 놀라 잠에서 깼다. 그가 놀라 잠에서 깨었을 때 점심시간이 되어 있었다.

벌써 점심시간이 되었다니. 점심시간이 되도록 잠들 수 있었다는 것에 R은 뿌듯함을 느꼈다.

R과 R의 동료들은 점심을 먹기 위해 구내식당으로 향했다.

R과 동료들은 미역국과 조가 섞인 밥, 감자조림과 생선 한 토막, 콩나물과 귤을 식판에 받았다. 그들은 창가에 길게 배치된 식탁에 자리를 잡았다.

어제 장모가 입원을 했어. 그때 나온 저녁 식단하고 똑같아. R의 동료 a가 자신의 식판을 내려다보며 말했다.

그 국, 그 밥, 그 감자, 그 생선, 그 콩나물, 그 귤. a가 말했다.

신기하군. R의 동료 b가 말했고,

같은 영양사인가 봐. R의 동료 c가 말했다.

너희 장모는 왜 입원했어? R이 a에게 물었다.

몰라. a가 대답했다.

R과 동료들은 남기지 않고 다 먹었다.

오후 업무 중에 R은 상사가 지시한 매뉴얼을 만들다가 잠이 들 수도 있었지만, 히터가 가동되는 소리 때문에 잠이 들 수 없었다. R은 자리에 앉은 채로 기지개를 폈다. R은 창문과 동료 a, b, c의 얼굴을 차례대로 훑어보았다.

창밖은 회색으로 어두웠고, 동료 a, b, c의 얼굴은 저마다 심각했다. a의 얼굴이 가장 심각해 보였다. R은 a가 업무에 집중하고 있다고 생각했다.

R은 좀처럼 업무에 집중할 수 없었다. 그의 얼굴 정면으로 뜨겁고 건조한 히터 바람이 불어닥쳤기 때문이었다. R의 콧속은 건조함 때문에 바싹바싹 말랐다.

이러다가 혓바닥도 마르겠어. R은 침을 모아 삼켰다. 그는 눈을 질끈 감았다 뜨고, 휴지에 마른 코를 풀었다. 기지개를 펴고, 다리를 떨기도 했다. R은 분주해 보였기 때문에, 그가 잃어버린 무언가를 찾고 있는 중이라고, R의 동료들은 생각했다. R은 뒷목과 어깨가 무거워서 카디건에 달린 단추를 만지작거렸다.

일단 그것은 선명한 주황색이며, 단단한 구의 형태로, R은 어떤 열매를 상상하다가 잠이 들 수도 있었지만, 그는 오늘 중으로 매뉴얼에 대한 작업을 마무리 짓고 싶었다. 그러나 그러지 못했다.

상사는 정시에 퇴근을 했다. 맥주를 마시자고 제안한 것은 a였다.

R과 동료들은 사무실과 같은 건물 지하에 있는 호프집으로 향했다.

사무실에서 호프집으로 내려가는 엘리베이터 안에서 동료 b가 하품을 했다. R은 b의 하품하는 얼굴을 보자 새로운 피곤이 몰려오는 것 같았다.

R과 동료들은 호프집 구석에 자리를 잡고 맥주와 소주와 건어물을 주문했다.

하루 종일이야. a가 맥주를 들이켜고 나서 말했다. a는 상사가 하루 종일 껌을 씹는 것에 불만이 있었다. a는 4년째 상사의 바로 옆자리에서 근무하고 있었다. a는 상사의 껌 씹는 소리와 더불어 상사가 씹는 껌의 향을 거북해했다.

껌냄새가 네 자리까지 풍긴다고? b가 a에게 물었다.

a는, 그렇대도, 대답했다.

너무 과민하게 생각하지 마. c가 a에게 말했다.

a는 고개를 가로저었다.

a는 상사가 어떤 종류의 껌을 씹는지, 몇 시간 주기로 새 껌으로 바꾸어 씹는지, 껌을 씹을 때 상사의 눈빛과 얼이 빠진 얼굴에 대해서 이야기했다. a는 상사를 잘 알고 있는 것 같았다. R은 자신이 미처 알지 못했던 상사의 이런저런 습관을 말하는 a가 놀라웠고, 업무 시간에 심각했던 a의 얼굴을 이해할 수 있을 것 같았다. 동료의 마음은 이해가 되기도 하는 것이었다.

네가 참아. 더 나쁜 상사도 많아. b가 a에게 말했다.

어. a는 대답한 뒤에 맥주를 마셨다.

a는 잔에 든 맥주를 다 마시고 나서, 매뉴얼은? R에게 물었다.

매뉴얼은 아직 다 못 만들었어. R은 대답했다.

왜 그렇게 오래 붙잡고 있어. a가 R에게 말했다.

내가 붙잡는 게 아니야. R이 대답했다.

그렇게 성실해서 뭐가 될래? 두부라도 될래? b가 웃으며 말했다.

갑자기 두부는 무슨 두부. c가 중얼거렸고,

두부라도 될 수 있으면. a가 말했다.

R과 동료들은 두부에 대해 오래 이야기했다.

두부. 두부. 두부.

그들 중 누구도 두부가 될 수 없다는 결론이 내려졌다.

그들은 맥주와 소주를 두 번 더 추가로 주문했고, R은 조금 취했다.

술자리가 끝날 즈음 b가 동료들에게 노래방에 갈 것을 제안했다. R은 거절했다. 그는 피곤해졌고, 내일은 매뉴얼을 완성하리라는 다짐도 있었기 때문이다. 그들은 그만 헤어지기로 했다.

R은 사무실과 호프집이 임대되어 있는 건물을 빠져나와 하늘을 올려다보았다. 피곤할 뿐이었다.

동료들이 각자의 방향으로 흩어지고, R은 택시를 타기 위해 도로를 바라보았다. R은 왼쪽으로 몸이 기울어서 휘청거렸다.

도로의 빈 택시를 앞의 누군가 잡고, 잡고, 또 잡았다. R은 다가오는 빈 택시를 놓치고, 놓치고, 놓치고, 몇 번인가 휘청거리다가 근처의 가로수에 주저앉아 잠이 들었다. 가로수 옆에서 잠을 자는 동안 R은 아무 꿈도 꾸지 않았지만, 두부라니, 두부라니, 잠꼬대를 했다. R은 가로수 옆에서 두 시간 동안 잠들어 있었다.

이런 데서 주무시다 큰일 나요. R은 그런 목소리를 듣고 잠에서 깼는데, 눈을 떴을 때 주위에 아무도 없었다. 빈 택시가 그의 눈앞을 스쳐 지나갔다. R은 자신이 빈 택시를 타야 했음을 깨닫고 완전히 잠에서 깨었다. R은 택시를 타기 위해서 잠들었던 자리에서 일어섰다. R은 지하철을 타고 집으로 돌아갈 수도 있었다. 그러나 이제 지하철은 끊겼고, 빈 택시는 더욱 드물어져 그는 난감했다.

걸어갈 수는 없지. R은 집까지 걸어갈 수 없다는 것을 잘 알고 있었다. 그러나 그는 걸었다. 택시가 빈번히 서는 곳을 찾기 위해 R은 걷기 시작했다.

걷는 동안 R은 춥고 배가 고파져서 어깨를 움츠렸다. 어깨를 움츠려도 나아지는 것은 없었고, 택시도 없었고, 당연한 듯이 휴대폰 배터리도 없었다. R은 콜택시를 부를 요량이었으나 포기해야 했다. 계속해서 춥고 배가 고팠다.

R은 얼마간 걷다가 편의점으로 들어가 식빵을 사 먹었다.

콜택시를 불러주실 수 있나요? R은 편의점 직원에게 정중하게 말했다. R은 정중해 보이기 위해서 어깨를 더욱 움츠렸다. 고개는 약간 숙이고 직원과 눈을 마주쳤다. 직원은 대꾸하지 않았다. R은 식빵을 들고 편의점 밖을 나섰다.

R은 거리를 걸으며 어깨를 움츠리고 식빵을 뜯어먹었다. 천천히 허기가 가셨다. 허기가 채워지자 추위도 그런대로 견딜 만했다. R은 취기에서 벗어났으며 피곤이 찾아들어 몸이 가벼워진 것도 같았다. 차가운 새벽 바람이 상쾌했다.

R이 택시를 잡은 것은 그 후로 40분 뒤였다.

택시 기사는 운전을 하는 내내 자신이 목격한 사고에 대해 이야기했다.

2

와이셔츠와 카디건, 코트. R은 단추를 잠그는 동안 눈을 감고 있었다. R은 더 자고 싶었다.

출근길 하늘은 어제와 같은 회색이었고, 눈은 내리지 않았다.

어깨가 무거워. R은 길바닥에 대가리를 박고 있는 비둘기를 보며 생각했다.

지하철이 덜컹거릴 때마다 덜컹거리는 대로 R은 흔들렸다. R이 흔들리는 사이에 열차는 그가 내려야 할 역에 멈췄다.

사무실이 있는 건물의 엘리베이터가 고장이 나서 R은 계단으로 7층을 올랐다. 그는 숨이 가빠 올라가는 도중에 세 번 쉬었다. R은 펄떡거리는 심장이 자신의 것이 아닌 것 같았다.

아아.

R은 계단 난간을 잡고 신음했다.

R이 사무실에 도착했을 때 동료 a, b, c는 모두 출근해 있었고, 상사는 아직 보이지 않았다. R은 자기 자리에 앉을 때까지 헐떡거렸다.

하하. 동료 a가 헐떡거리는 R을 보고 소리 내어 웃었다.

하하. 동료 b가 헐떡거리는 R을 보고 소리 내어 웃었다.

하하. 동료 c가 헐떡거리는 R을 보고 소리 내어 웃었다.

R은 코트와 카디건을 자기 자리에 벗어놓은 뒤 차가운 물을 떠다 마셨다.

상사는 껌을 씹으며 사무실에 들어섰다.

오전 업무 중에 R은 매뉴얼 마무리에 열중했지만, 완성하지는 못했다.

아아.

R은 매뉴얼을 만드는 중에 마우스를 쥐고 신음했다.

점심시간에 R과 동료들은 구내식당으로 향했다. 창가에 자리를 잡고, R은 창밖을 쳐다보았다. 동료들은 열심히 밥을 먹었다. R 역시 열심히, 남기지 않고 다 먹었다.

오후 업무 중에 R은 히터 바람이 갑갑해서 입고 있던 카디건을 벗었다. R은 오늘 중으로 매뉴얼을 꼭 마무리 짓고 싶었다. 오늘 마무리 짓지 못한다면 주말을 지내는 동안 문득문득 매뉴얼에 대한 생각이 떠오를 것이었다. R은 주말에 업무 생각을 하고 싶지 않았다. 히터 바람이 거세게 R의 얼굴에 불어닥쳤지만 그는 그가 하는 일에 집중하고자 노력했다. R은 매뉴얼 작업에 열중했고, 마우스를 쥔 그의 손에 식은땀이 고였다. R이 바지에 식은땀을 비벼 닦을 때, 상사가 목청을 높였다.

자네 문제점이 뭔 줄 알아? 판단력도 없고 지구력도 없다는 거야. 멍청하면 미련한 맛이라도 있어야지. 상사는 껌을 씹으면서 소리쳤다. 상사의 고함은 a를 향한 것이었다. a는 상사 앞에서 고개를 숙이고 서 있었다. R과 b, c는 아무 소리도 듣지 못한 사람들처럼 잠자코 각자의 컴퓨터 모니터를 바라보고 앉아 있었다.

안된 친구. R은 자신의 컴퓨터 화면을 바라보며 생각했다.

상사는 정시에 퇴근을 했고, R은 매뉴얼을 완성하지 못했다. 술자리를 제안한 것은 b였다.

금요일은 즐거운 날이야. b가 말했다.

R과 동료들은 좀더 나은 호프집을 원했지만, 그들은 사무실과 같은 건물에 있는 호프집으로 향했다. 건물 내 엘리베이터가 망가졌기 때문에 R과 a, b, c는 계단을 돌고 돌아 내려갔다. R은 계단을 내려가면서 어지러움을 느끼기도 했다.

R과 동료들은 맥주와 소주와 건어물을 주문했다.상사에 대해 먼저 말을 꺼낸 것은 b였다.

워낙 다혈질이야. 네가 참아. 더 나쁜 상사도 많아. b는 a를 위로하고 싶었다.

어. a는 대답을 한 뒤에 맥주를 들이켰다.

우는 거야? c가 a에게 물었다.

R은 a의 얼굴을 쳐다보았다. a는 정말로 울고 있었다. a는 소리 내지 않고 눈물을 흘렸다. 뜻밖의 눈물이었고, R은 a가 우는 모습에 웃음이 터질 것 같았다. R은 웃음을 참기 위해서 카디건에 달린 단추를 만지작거렸다.

그것은 일단 선명한 주황색이고, 구의 형태로, 울고 있구나. R은 열매를 상상하다가 a를 쳐다봤고, 웃음이 나려 해서 카디건의 단추를 만지며 또 열매를 상상했다. 그것의 반복. a는 쉽게 눈물을 거두지 않았다. b는 a의 잔을 채웠고, a는 연거푸 마셨다. 마시는 동안에도 a는 주르륵 눈물을 흘렸다.

울 일이 뭐람. R은 생각했다.

울 일이 뭐냐고, R은 a에게 묻고 싶었다. 그러나 묻지 않았고, 웃고 싶었지만 웃지도 않았다.

매뉴얼은? a가 눈물을 거둔 후에 R에게 물었다.

아직. R이 대답했다.

매뉴얼이고 뭐고, 너도 이제 네 인생을 살아. a는 R에게 잔을 들이대며 건배를 제의했다. 급하게 술을 마신 a는 조금 취한 것 같았다.

그래. 내 인생을 살게. R은 a의 잔에 자신의 잔을 부딪쳤다. 나머지 동료들도 유쾌하게 잔을 부딪쳤다.

그들의 술자리는 세 시간 동안 이어졌다. R의 동료들은 조금씩 취했다. R은 전혀 취하지 않았다. 술자리가 끝이 날 즈음, b가 2차로 노래방에 가고 싶다는 뜻을 밝혔지만, R은 거절했다.

오늘은 금요일이야. 내일은 토요일이고. b는 한 번 더 R을 설득했다. 그러나 R은 노래방에 가고 싶지 않았다.

허리가 아파. R은 정말 허리가 아프기도 했다.

저런. c가 혼잣말을 하듯이 작게 말했다.

a, b, c는 근처의 노래방으로 향했다. R은 동료들과 반대 방향으로 걸었다.

R은 취하지 않았고 잠도 오지 않았다. R은 택시를 잡기 위해 도로를 바라보고 서성거렸다. R의 앞의 누군가가 빈 택시를 잡고, 잡고, 또 잡았다. R은 계속해서 다가오는 빈 택시를 놓쳤다. R의 맞은편 도로에 택시 석 대가 줄지어 서 있었지만 가까운 주변에 횡단보도는 없었다. R은 무단 횡단을 하기로 마음먹었다.

R은 8차선 도로를 가로질러 달리는 동안, 어젯밤 들었던 택시 기사의 사고 목격담이 떠올랐다.

술에 취한 여자 같았는데 내 앞차가 받았지요. 그 여자 목이 완전히 돌아가서 입에서 피가 철철 흘렀어요. 즉사한 것 같았어요. 무단 횡단, 정말 위험해요.

정말 위험해. R은 택시 기사의 목소리가 생생하게 떠올랐다. R은 도로를 다 건넌 후에 숨을 몰아쉬었다. 그는 대기하고 있는 택시 중 한 대를 탔다. R이 택시에 타고, 기사는 운전을 하는 동안 한마디도 하지 않았다. R은 어젯밤 들었던 사고 현장의 목격담이 떠올랐다. R은 끔찍해서 눈을 질끈 감았다 떴다. 다리를 떨고, 코트에 달린 단추를 만지작거렸다.

그것은 일단 아주 선명한 주황색이고, 단단한 구의 형태로. R은 어떤 열매에 대한 상상에 온힘을 쏟았고,

내일 오후 3시.

R에게 메시지가 도착했다. 메시지는 e에게서 온 것이었다.

3

e는 R을 기다리는 동안 자리를 세 번 옮겼다.

R이 카페에 도착했을 때, e는 지쳐 있었다. 자리를 세 번이나 옮겼기 때문이었다.

이 카페에 바퀴가 있어. e는 R에게 자리를 세 번이나 옮긴 이유를 설명했다.

바퀴벌레는 어디든 있어. R은 대수롭지 않다는 듯이 대꾸했다.

우리 집엔 없어. 업체를 썼거든. e가 신념에 찬 얼굴로 말했다.

업체를 믿나? R이 물었다.

업체를 믿어야지. e가 대답했다. e는 정말로 업체를 믿고 있었다.

순진한 사람. R은 웃음을 지었다.

e는 업체에 관한 믿음에 대해, 자신의 집에 바퀴벌레가 없을 수밖에 없는 이유에 대해 진지하게 이야기했다. e는 자신이 갖고 있는 벌레 공포증을 말할 때 거의 호소했다.

진정해. R은 e에게 진정하라는 말밖에 할 말이 없었다.

R과 e의 만남은 석 달 만이었다. 그들은 두 달이나 석 달을 주기로 만남을 가졌다. 그들은 한때 같은 일을 했던 동료 사이로 5년간 함께 일했다. 종종 주말에 만나 서로의 고통을 털어놓았다.

실종됐어. 아주 성실했던 친구야. e는 함께 일하던 동료가 어느 날 결근을 했고, 석 달째 나타나지 않는다고 말했다.

죽은 거야? R이 e에게 물었다.

모르지. e가 대답했다.

내 사무실의 동료는 어제 울었어. R이 e에게 말했다.

울었다고? 왜? e가 R에게 물었다.

모르지. R이 대답했다. R은 a가 어떤 마음으로 울었는지 알 수 없었다.

R과 e는 각자의 사무실 분위기를 이야기했고, 자연스럽게 그들의 공통 화제는 거센 히터 바람이 되었다.

건조해. R이 말했다.

너무 건조해. e가 말했다.

건조해서 코에서 피가 나. R은 자신의 증상을 설명했다.

나는 안구건조증. e는 자신의 증상을 설명했다.

R과 e는 몸보신을 위해 낙지를 먹기로 했다. 그들은 건조함에 지쳤고, 허기졌다.

여기서 가까워. 걸어서 갈 수도 있어. 안내는 e의 몫이었다.

R과 e는 낙지를 먹기 위해 걸었다. 걷는 동안, R은 하늘을 올려다보았다. 옅은 회색이었다. 눈은 내리지 않았다.

춥지도 않고, 눈도 오질 않아. R이 말했다.

춥지 않으니까 눈이 오지 않지. e가 말했다.

낙지를 파는 가게의 내부는 훈훈한 습기로 가득했다. 각종 해산물이 끓는 냄새가 R과 e의 입맛을 당겼다. R과 e는 신발을 벗고 온돌방에 자리를 잡았다. 그들은 낙지탕과 생낙지와 소주와 맥주를 주문했다. 주문을 마친 R과 e의 마음은 낙지에 대한 기대로 들떴다.

요즘 만나는 여자는 없어? e가 R에게 물었다.

없지. R이 대답했다.

너는 만나는 여자 있나? R이 e에게 물었다.

없지. e가 대답했다.

그들이 여자에 대해서 이야기 시작하고 얼마 지나지 않아 낙지와 술이 상에 올랐다.

너에게 소개시켜줄 여자가 있어. e가 R의 잔에 술을 따랐다.

나에게? R이 e에게 물었다.

너와 잘 맞을 거야. 초씨야. e는 R에게 소개시켜줄 여자의 성이 초씨라고 말했다.

심상치 않군. R은 초씨라는 성에 신기함을 느꼈다.

괜찮은 여자야. e가 초 씨에 대해 덧붙였다.

나는 괜찮은 남자가 아닌데. R이 코트의 단추를 만지작거리며 중얼거렸다.

내 사촌이야. e가 말했다.

외가군. R이 말했다.

그렇지. e가 말했다.

R은 e에게 초 씨의 직업을 물었다.

에어로빅 강사야. e는 초 씨가 에어로빅을 가르치는 강사라고 말했다.

에어로빅 강사라. R은 에어로빅하는 여자를 만나본 적이 없었다. R은 에어로빅하는 여자에 대해 아는 것이 없었고, 기대가 되기도 했다.

고마워. R은 e의 잔에 술을 따랐다.

고맙긴. e는 술을 마셨다.

낙지 맛이 좋군. R은 생낙지를 쩝쩝거리며 씹었다.

여기 낙지 잘해. e가 말했다.

R과 e는 맥주와 소주를 여러 번 주문했다. 그들은 낙지를 다 먹은 후에도 자리를 옮기지 않았다. R과 e는 기분 좋게 취하고 있었다.

말이 나온 김에, e는 R에게 초 씨를 내일 만날 것을 제안했다.

좋아. R은 흔쾌히 대답했다.

4

에어로빅 강사라.

R은 침대에 누워 초 씨를 생각했다.

R이 초 씨에 대해서 생각할 수 있는 것은 많지 않았다.

R은 운동하는 여자를 만나본 적이 없었다. 만나본 적 없지만.

초 씨라면 나에게 에어로빅을 가르쳐줄 수도 있겠군.

초 씨와 나는 함께 e를 만날 수도 있겠고.

초 씨에게 택시 기사의 사고 목격담을 전하며 무단 횡단의 위험성에 대해 말해줄 수도 있겠지.

나는 초 씨에게 내가 입은 상의의 단추 총 개수를 맞혀보라고 말할 수 있고, 또 직접 단추를 세어보아도 좋다고 허락할 수도 있겠어.

초 씨에게 주황색 구의 어떤 열매에 대해서도 말할 수 있겠지.

언젠가 나는 초 씨와 바다나 스키장에도 갈 수 있고, 거기에서 따뜻한 무언가를 먹게 되겠지.

바다에서는 조개를 구워 먹는 게 좋겠군.

초 씨는 해산물을 즐길 줄 아는 여자일까.

R은 초 씨가 특별하게 여겨졌다. 그래서 R은 그날 밤 자위를 할 수 있었지만, 하고도 싶었지만, 그의 뜻과는 다르게 그만 잠이 들어버렸다.

뜻밖에도, R의 꿈에 등장한 것은 그의 상사였다. 상사는 R에게 고함을 질렀다.

지구력도 없고 판단력도 없는 새끼. 상사는 껌을 씹고 있었다.

R은 상사의 앞에 서서 고개를 숙이고 서 있었다. 고개를 숙일 수밖에.

꿈속에서 R은 상사가 씹는 껌의 단내를 맡았다. 분명한 단내였다. 생생한 냄새였다.

R은 꿈속에서 a가 술자리에서 울었던 심정을 이해할 수 있을 것도 같았다.

아아.

꿈을 꾸는 동안 R은 괴로워서 신음했다.

5

R은 초 씨를 기다리는 동안 자리를 세 번 옮겼다. 어느 자리에 앉건, 건조하고 뜨거운 바람이 불어닥쳤다. R은 히터 바람을 피하기 위해 고개를 숙이기도 하고 아예 테이블에 엎드리기도 했다. 나아지는 것은 없었다. R은 혹시 이 카페에도 바퀴벌레가 있지는 않을까 싶어 바닥을 골똘히 내려다보았다.

업체를 썼나보군. R은 한참 바닥을 내려다보았지만 한 마리의 바퀴벌레도 보지 못했다.

에어로빅 강사라. R은 곧 만나게 될 초 씨에 대해 생각했다. 키가 클지 작을지, 눈이 클지 작을지, 허벅지는 또 어떨지, 에어로빅을 한다면 허벅지만큼은 보기 좋겠지. R의 기대감은 상승했다.

R의 기대감과는 상관없이 약속 시간이 한참 지났지만 초 씨는 나타나지 않았고,

인대가 끊겼대. R이 초 씨를 한 시간 반째 기다리고 있을 때, e에게서 전화가 걸려왔다. e는 초 씨가 약속 장소에 나올 수 없는 이유를 설명했다.

다음에 다시 시간을 맞춰보도록 하지. e가 말했다.

그래. R은 대답했다.

할 수 없는 일이었다. 운동하는 사람의 인대는 언제든 갑작스럽게 끊어질 수도 있는 것이라고, R은 속으로 되뇌었다. 그는 코트의 단추를 만지면서 주황색의 구, 그만의 어떤 열매를 상상했다.

그리고 R은 깨닫게 되었다.

어젯밤 꿈에 상사가 등장했다는 것을.

상사는 왜 어제 내 꿈에 나타난 것일까.

R의 꿈에 상사가 등장한 것은 어제가 처음이었다. R은 그 꿈이 좋지 않은 징조였다고 생각하기로 했다.

R은 카페를 나서며 내일은 기필코 매뉴얼을 완성하리라 다짐했다.

6

상사는 매뉴얼의 중요성을 강조했다.

정신을 놓지 마! 상사는 소리쳤고, R은 상사의 앞에서 고개를 숙이고 어깨를 움츠렸다. 정중해 보이기 위해서였다.

R은 자리로 돌아가 컴퓨터 바탕화면에 마음에 드는 새가 나올 때까지 새 폴더를 만들었다.

까치. 두루미. 종다리. 닭. 부엉이…… R은 바탕화면 가득 새 폴더를 만들었다.

새까치. 새두루미. 새종다리. 새닭. 새부엉이…… 느시.

바탕화면에 '느시' 폴더가 만들어졌고, R은 느시가 어떤 새인지 알지 못했다.

R은 느시 폴더에 매뉴얼을 만들어 저장하기로 했다. 그러나 업무에 집중하기가 쉽지 않았다. 상사는 그에게 정신을 놓지 말라는 조언을 했지만, R의 정신은 자꾸만 흩어졌다. 끊임없이 뜨겁고 건조한 바람이 그의 얼굴에 불어닥쳤다. 히터가 최대로 가동되는 소리, 상사의 껌 씹는 소리, 상사가 씹는 껌 냄새. 상사의 튀어나온 눈, 저 붕어. 붕어 같은 새끼. R은 상사의 외모가 붕어를 닮았다고 생각했다.

R은 붕어와 상사의 얼굴이 교차해 떠올랐다. 그것은 R의 의지가 아니었다. 붕어도, 상사의 얼굴도 떠올리고 싶지 않았다. 그러나 붕어와 상사의 이미지는 점점 더 분명해졌고, 또 겹쳐졌다. 그래서 거의 동시에, 붕어와 상사의 얼굴이 떠올랐다. R은 가슴이 답답해져 창문을 바라보았다. 동료 a, b, c의 얼굴을 차례대로 훑어보았다. 창밖은 어두웠고, a, b, c의 안색은 하나같이 회색빛이었다. R은 문득 자신의

안색이 궁금해져 화장실로 향했다. 화장실로 가는 길에 R은 상사를 힐끔 쳐다보았다. 영락없는 붕어였다.

거참. R은 화장실의 거울을 본 뒤에 헛웃음을 지었다. 자신이 면도를 하지 않았다는 것을 깨달았기 때문이었다. 카디건의 단추는 잘못 꿰여 있었다.

빨아야겠군. R은 카디건을 오래 빨지 않았다는 것도 깨닫게 되었다. 상사의 충고가 아주 틀린 것은 아니었다.

정신을 잡아야지. R은 다짐했다.

R의 다짐과 상관없이, 상사는 오후 업무 중 한 번 더 R에게 소리쳤다.

아무것도 없어! 아무것도! 상사는 R의 바탕화면에 만들어진 수많은 폴더를 하나하나 클릭하여 확인했다. R의 수많은 새 폴더에는 아무것도 저장되어 있지 않았다.

느시 폴더를 사용하려고 합니다. R이 상사에게 말했다.

넌 또라이야! 상사는 입을 크게 벌려서 소리쳤는데, 씹고 있는 껌이 튀어나오지는 않았다. 튀어나오려 하는 것은 상사의 눈이었다. R은 상사의 눈이 무시무시하다고 생각했다.

상사는 업무 시간이 채 끝나기 전 퇴근을 했고, 술자리를 제안한 것은 c였다.

c는 호프집으로 향하는 엘리베이터 안에서 한숨을 쉬었다. R은 c를 따라 한숨을 깊이 내쉬었다. 그다음에는 a가 그다음에는 b가 한숨을 쉬었다. 그래서 그들이 탄 엘리베이터는 한숨으로 가득했다.

R과 동료들은 호프집 구석에 자리를 잡고 맥주와 소주와 통닭 한 마리를 주문했다.

다혈질이고, 그 사람도 외로운 사람이야. 네가 참아. 세상에 더 나쁜 상사가 얼마나 많은데. b가 R을 위로했다.

그래. R은 대답했다.

R은 반성이 되기도 했다. 면도를 하지 않았고, 단추를 잘못 꿰었으며, 오늘도 매뉴얼을 완성하지 못했기 때문이었다.

일부러 만들지 않는 거야? c가 R에게 물었다.

아니야. R이 대답했다.

왜 그랬어? a가 R에게 폴더를 바탕화면 가득 생성한 이유를 물었다.

그 얘기는 그만하자. R은 그런 이야기들은 그만하고 싶었다. 그러니까 매뉴얼이며, 상사나 껌, 더 나쁜 상사나 폴더에 대한 이야기들을 하고 싶지 않았다. R은 동료들의 빈 잔을 채운 뒤에 건배를 제의했다.

그래. 다른 이야기를 하자. a가 잔을 부딪치며 목소리를 높였다. 그리고 곧 그들의 테이블은 잠잠해졌다. 할 수 있는 별다른, 다른 이야기가 없었기 때문이었다.

여자를 만나게 될 것 같아. R은 불현듯 초 씨가 떠올랐다.

여자를? a가 R에게 물었다.

어디서? b가 물었고,

축하해. c가 말했다.

R과 동료들의 이야기는 잘 이어지지 않았다. 매뉴얼이니 상사니 껌이니 하는 이야기를 하고 싶지 않다고, R이 선언했기 때문이었다. 이야기가 이어지지 않을 때마다 R과 동료들은 서로의 잔을 채우고, 건배를 했다. 그래서 그들은 더 빠르게 잔을 비웠다. 얼마 지나지 않아 R과 동료들은 모두 취했다.

노래방엘 가자고, 취한 b가 동료들에게 제안했다.

이 홍이 많은 친구. R이 술에 취해 홍얼거리듯 말했다.

어, 나 홍 많아. b는 싱글벙글한 얼굴이었다.

맞아. 얜 늘 홍이 많고, 상사를 두둔해. c가 술에 취해서 느릿느릿 말했다.

아니야. 오해하지 마. b는 과장된 슬픈 표정으로 손사래를 쳤다.

개새끼. 술에 취한 a가 갑자기 목소리를 높였다.

허허, 친구들, 헤어져. 그만 헤어져. R은 그만 자리를 파하는 것이 좋겠다고 생각했다.

에이 씨발. a는 바닥에 침을 뱉었다.

R과 동료들은 균형을 잃고 걸었다.

씨발 춥지도 않고 눈도 안 와. a가 하늘로 고개를 젖히고 소리쳤다.

춥지 않으니까 눈이 안 내리지. R이 중얼거렸다.

네가 그렇게 눈을 잘 알아? a가 R에게 물었다.

아니. R이 대답했다.

R과 동료들은 각자의 방향으로 흩어졌다. 취한 R의 몸은 자꾸 왼쪽으로 기울었다. 그는 넘어지지 않기 위해서 눈에 힘을 주었다. 눈에 힘을 주어도 나아지는 것은 없었다. R은 결국 한번 넘어지고 말았다. R은 상체부터 꼬꾸라졌고, 그의 코트에 누군가의 토사물이 묻게 되었다.

작정했군.

R은 전봇대 아래에 모여 있는 한 무리의 비둘기들을 보았다. 비둘기들은 하나같이 길바닥에 대가리를 박고 있었고, R은 그 모습에서

어떤 음모를 느꼈다. 꿍꿍이가 있는 것만 같았다. R은 확신했다.

R은 택시를 잡기 위해 눈을 부릅뜨고 도로를 바라보았다.

R의 앞에 누군가 빈 택시를 잡고, 잡고, 잡았다. 다가오는 빈 택시를 놓치고 놓치면서, R은 상사의 얼굴이 떠올랐다.

붕어. 붕어 같은 새끼. R은 외마디 소리치며 입고 있던 코트를 벗어 길바닥에 내팽개쳤다. 전봇대 아래에 모여 있던 비둘기 떼가 요란한 소리를 내며 날아올랐다. R은 그것을 쳐다보았고, 어쩌면 저것은 비둘기가 아닐 수도 있다는 생각이 들었다.

그렇다면 무엇일까.

느시, 저것들은 느시일 수도 있겠어. R은 생각했다.

7

에어로빅 강사라.

R은 초 씨의 인대가 언제 다 낫게 될지 궁금했다.

어쩌다가 인대를 다치셨어요. 나는 초 씨에게 물을 수 있겠지.

R은 초 씨에 대한 생각을 더 하고 싶었지만, 그의 뜻과는 다르게 그만 잠이 들어버렸다.

꿈속에서 R은 배를 타고 섬으로 향했다. R이 탄 배는 큰 파도에 두 번 부딪쳤다. R은 그때마다 놀라 경련을 일으켰다. 파도는 높게 부서졌고, 하늘의 구름은 빠르게 흩어졌다.

무단 횡단, 정말 위험해요. 함께 배에 탄 택시 기사가 R에게 말했다.

네, 정말 위험해요. R이 택시 기사에게 대꾸했다.

8

갑작스러운 폭설로 서쪽 지방의 축사 240여 개가 무너졌다. 눈은 11일간 멈추지 않았다.

눈이 내리는 주말에 R은 내내 잠만 자다가 해가 뜨기 전, 출근을 얼마 남겨두지 않고, 24시간 영업을 하는 카페로 향했다. R은 커피와 샐러드와 샌드위치를 먹은 후에 집으로 다시 돌아와서 조급하지 않게 면도를 하고 싶었다. 양말을 신을 때는 양말을 쳐다보고, 단추를 채울 때는 단추를 쳐다볼 계획이었다. 코트를 입을 때는 각을 살려보도록 하자. R은 다짐했다.

R은 카페 점원 앞에 서서 샐러드와 샌드위치와 커피를 주문했다.

새벽이라 안 돼요. 점원은 피곤한 얼굴이었다.

커피만 주세요. R은 커피를 들고 카페의 구석 테이블에 자리를 잡았다. R의 옆 테이블에는 어린 남자 둘이 앉아 아이템 구상을 하고 있었다. 아이템 구상이라는 말은 어린 남자 둘의 입에서 직접 나온 단어였다. R은 그들의 대화에 흥미를 느꼈다. R의 짐작에 옆 테이블의 남자들은, 스물여섯, 스물일곱, 스물여덟 즈음 된 것 같았고, 스물아홉은 못 된 것 같았다.

어린 남자 둘은 아이템 구상을 마친 뒤에 토익, 그리고 승무원에 대해서 이야기했다.

너에게 소개시켜줄게. 어린 남자 1이 어린 남자 2에게 말했고,

나한테? 어린 남자 2는 기뻐했다.

기쁠 만도 하지. R은 곧 승무원을 소개받을 어린 남자 2의 마음을 헤아릴 수 있었다.

비행이 끝나면 바로 만나게 해줄게. 어린 남자 1은 장담했다.

어린 남자 둘은 승무원에 관한 이야기를 한 시간 동안 이어갔다. 그리고 그들은 앞으로 얼마든지 더 오래 승무원에 관한 이야기를 할 것이었다. R은 그 옆에 앉아 얼마든 듣고 싶었지만, 곧 해가 뜰 것 같았고, 그는 출근을 해야 했다. R은 집으로 돌아가기 위해 카페를 나섰다.

R은 카페를 나와 하늘을 올려다보았다. 눈이 멈추지 않았다. R은 검은 우산을 쓰고 걸었다. 해가 뜨지 않았지만 천천히 시야가 밝아졌다. R은 걸으면서 자신에게도 어떤 아이템이 필요하다고 생각했다.

그러나 어떤.

어떤 것도 떠오르질 않았다.

R은 집으로 돌아가는 길에, 집에 도착해서 양말과 와이셔츠와 코트를 입는 동안에, 출근길 지하철에서도 아이템에 대한 생각을 했지만, 소용없었다. 떠오르는 것이 없었다.

주말의 불규칙한 수면 패턴과, 새벽에 카페를 다녀온 영향으로, R은 오전 업무 내내 졸았다. 점심시간이 될 때까지 아무도 R을 깨우지 않았고, 잠만 잤을 뿐인데 점심이 되었다는 것에 대해서, R은 뿌듯함을 느꼈다.

점심시간이 되었기 때문에 R과 동료들은 구내식당으로 향했다.

R과 동료들은 조갯국과 조가 섞인 밥, 오이, 두부, 배추, 요구르트를 식판에 받았다.

오오, 조개. 조개를 좋아하는 c가 국을 받고 감탄을 했다.

그들은 창가의 기다란 식탁에 앉았다.

R은 창밖에 네 마리의 새가 줄지어 날아가는 것을 보았다.

느시인가. R은 창밖을 보며 중얼거렸다.

느시라니. a가 말했다.

아마 회색의 털에. R은 느시에 대해 상상했다.

아마 회색의 털, R은 거기까지밖에 상상이 되질 않았다. 그는 느시를 상상하기 위해 카디건에 달린 단추를 만지작거렸다.

그 국, 그 밥, 그 오이, 그 두부, 그 배추. a가 식판을 내려다보며 말했다.

그래도 자네는 결혼을 했잖아. b가 a에게 말했다.

결혼이 대순가. a는 바람 빠지는 소리를 내며 웃었다.

결혼이 대수지. c가 말했다.

자네 장모는 퇴원했어? R은 문득 a의 장모가 떠올랐다.

몰라. a는 대답했다.

R과 동료들은 그 국, 그 밥, 그 오이, 그 두부, 그 배추, 그 요구르트를 남기지 않고 다 먹었다.

선정의 말

—

주인공 R은 "어떤 열매"를 상상한다. 일단 "선명한 주황색이고, 단단한 구의 형태로" 된 "어떤 열매에 대한 상상에 온힘을 쏟"지만, 그리고 "그것의 반복"을 되풀이하지만, 그의 상상은 그 너머를 알지 못한다. 그도 그럴 것이 그는 늘 잠이 모자라 피로에 절어 있고, 사무실에서 수행해야 하는 일은 미루어지고, 상사의 반복되는 잔소리를 들어야 한다. 게다가 사무실의 분위기는 "거센 히터 바람"으로 "너무 건조"하기만 하다. "어느 자리에 앉건, 건조하고 뜨거운 바람이 불어닥쳤다." 이렇게 건조한 분위기 속에서 건조한 삶에 메말라가는 주인공이기에 그가 처리해야 하는 매뉴얼은 성취의 지평에 가닿지 못한다. 이 때문에 스트레스 받는 주인공에게 동료 a는 치명적인 권유를 한다. "매뉴얼이고 뭐고, 너도 이제 네 인생을 살아."

그렇지만 R은 물론이거니와 그렇게 말한 a도 자기 인생을 살지 못한다. 그저 나날의 부조리한 삶을 되풀이할 따름이다. 소설은 이런 문장으로 끝난다. "R과 동료들은 그 국, 그 밥, 그 오이, 그 두부, 그 배추, 그 요구르트를 남기지 않고 다 먹었다." 반복되는 음식, 반복되는 사막의 건조한 분위기, 반복되는 무기력한 업무 처리 능력, 반복되는 부적응감 등은 그들로 하여금 그들의 인생에 몰입할 수 없게 만든다. '느시'로 상상되는 새들은 줄지어 날아가지만, 느시를 떠올리는 주인공은 일상의 너머로 날아가지 못한다. 그러니 어쩌겠는가. 이 반복되는 일상의 숙명에서 어떻게 인생을 행복하게 추구할 수 있을 것인가. 이런 질문에 독자들은 오래 머물 수밖에 없다. **우찬제**

2015년 6월
이달의 소설

표범의 사용

양선형

1990년 광주에서 태어났다. 2014년 문학과사회 신인문학상으로 등단했다.

작 가 노 트

나는 불면증도 없는데 왜 불침번처럼 사는지 모르겠다.

●••

> 한번은 겨울의 끝에 가까운 어느 이른 아침에 나는 몇 달이나 아무도 들어가지 않았던 그런 잊혀버린 복도에 들어갔다가, 그 방들의 모양에 놀라고 말았어. 마룻바닥의 모든 틈새에서, 모든 쇠시리에서, 모든 벽감에서 가느다란 새싹이 자라나 회색빛 공기를 나뭇잎의 반짝이는 선 세공으로 가득 채우고 있었거든. 그건 속삭임과 날갯짓하는 빛으로 가득한 온실 속의 밀림— 거짓되고 축복받은 봄이었지.*

그는 감색 담요를 뒤집어쓴 채 책상 앞에 앉아 있다. 책상 위에는 하루의 일과를 기록한 일지가 놓여 있고, 일지의 오른쪽 측면으로 전자식 탁상시계가 흐릿한 광채를 내뿜고 있다. 손이 수술용 장갑처럼 번들거린다. 그는 책상 위에 외따로 펼쳐진 자신의 손을 내려다보고 있다. 무언가를 오래 바라보고 있으면 무언가와 멀어지는 기분이 된다. 그는 지금 자신을 시험에 붙이고 있는 것 같다.

* 브루노 슐츠, 『계피색 가게들』, 정보라 옮김, 길, 2003.

시험이라면 역시 가만히 있는 것이다. 가만히 앉아 시간의 경과를 방치하는 것이다. 담요가 천천히 흘러내린다. 그는 담황색 작업복을 착용하고 있다. 면면이 새하얗게 헐어 있다. 홀로 작업복을 갈아입는 일은 어려운데, 등 뒤 지퍼가 손이 닿지 않을 만큼 애매한 자리에 있기 때문이다. 걷어 올린 작업복 소매가 팔꿈치 부근에서 구겨져 있다. 그는 얼마간 책상을 떠나지 않는다.

일지는 낡아 있다. 낱장마다 귀퉁이가 낙엽처럼 오그라들어 있다. 그것은 평범한 옥스퍼드 노트를 연상시키는데, 그는 하루에 한 번 일지를 철한 스프링을 열어 새로운 페이지를 보충하고 있다. 페이지들은 대개 작년분의 일지를 재활용한 것으로, 가까이 들여다보면 글씨를 지운 자리가 미세하게 패어 있다. 일지를 향해 고개를 떨어뜨린 그는 또 무언가를 골똘히 생각하는 사람이다. 그는 일어서지 않고, 항문을 쥐었다 폈다, 눈꺼풀을 붙였다 뗐다, 호흡을 가다듬으며, 우두커니 앉아 있는데, 여전히 그의 자세는 변함이 없고, 의자만이 움직이지 않는 그의 자세와 무관하게 간헐적으로 삐걱거리는 소리를 내고 있다.

그는 일지를 쓰지만 순찰을 나가지는 않는다. 그는 눈을 치켜뜬 채 벽에 걸린 랜턴을 무연한 표정으로 응시하고 있다. 사무실은 싸늘하다. 그는 기침을 하고, 휴지를 찢어 입안의 가래를 뱉어낸다. 비강이 개운치 않다. 코를 덜 푼 것 같은 느낌이다. 사실을 말하자면 그는 언제나 코를 덜 푼 것 같은 느낌에 시달려왔다. 순찰을 나가면 밀림 사이에서 코만이 둥둥 떠다닌다. 콧속이 짓물러 있기 때문이다. 기상하자마자 그는 사무실 칠판의 날짜를 갱신한다. 일지를 작성한다. 하루의 일과는 일지를 채우기에 턱없이 모자라다. 이때 텅 빈 페이지는 그가 한나절 제자리에 가만히 앉아 있었던 시간과 동일한 위상을 가진다. 그는 성실하게 자신을 비워두고, 나머지 시간이 공백으로 표기되길 바란다.

*

그는 매일 아침 표범을 목격한다. 그러나 그는 표범을 기록하지 않는다. 그는 하루가 끝남과 동시에 표범에 관련된 환각 전부를 폐기한다. 표범은 그에게 아무런 위해도 끼치지 않는다. 아무런 위해도 끼치지 않는다는 사실은 표범의 존재가 일종의 환각이라는 사실을 입증하는 것 같다. 그는 환각을 길들인다. 표범을 향해 눈을 부라리는 것이다. 표범은 우듬지 위에 앉아 짐짓 시무룩한 표정으로 그를 내려다보고 있을 뿐이다.

그는 온실을 순찰한다. 온실 안은 비옥하고, 후덥지근하며, 괴이한 모습의 식물들이 빽빽하게 자라나 있다. 그는 식물들의 이름을 알지 못한다. 안다고 해도 그것을 발음하려는 엄두를 내지 못한다. 암녹색 구근들이 연안의 테트라포드처럼 온실 내부에 가득 쌓여 있다. 온실은 돔 형태의 유리온실이고, 들어서자마자 우우 하는 진동음이 들린다. 온풍기가 돌아가고 있기 때문이다. 그는 온풍기가 제대로 작동하고 있는지 확인하며, 말라 죽거나 좀이 슨 식물이 없는지 체크한다. 무성한 식물들이 도보를 내리누르고 있다.

온실을 밀림으로 여기기 위해 몇 가지의 환각을 감내해야 한다. 그때 돔은 정말 밀림처럼 보인다. 온실이 밀림을 억류하고 있다. 그는 보도 쪽으로 자라난 덩굴을 낫으로 쳐낸다. 꽃들이 침을 퉤퉤 뱉는다. 혀를 빼물고 있다. 혀는 떫다. 귀를 기울이면 소름이 돋는다. 환각을 제한 밀림은 정원과 다르지 않다. 책상 앞에 앉는 순간 온몸에 진이 빠진다. 낫을 휘두르면 팔이 떨어진다. 팔은 끝이 꼬부라져 있다. 목장갑에 풀물이 든다. 그는 밀림의 잔해들을 자루에 담는다. 팔들이 꾸들꾸들 마르고 있다.

숲은 이러한 환각으로 가득하다. 그는 눈을 깜빡이며 환각의 아가리를 향해 순찰을 떠난다. 아편이 체내에 쌓인다. 아편은 시신경을 갉아먹고, 회로를 제멋대로 꼬아놓는다. 마치 시신경이 새끼줄이라도 되는 것처럼 말이다. 새빨간 꽃들이 밀림 여기저기에 표창처럼 꽂혀 있다. 수풀 사이에 스피커가 있다. 스피커 속에서 새가 지저귀고 있다. 개울이 흐르고 있다. 원숭이들이 비명을 지르고 있다.

그는 밀림의 한복판에서 문득 멈춘다. 단속적으로, 표범을 향해, 마치 표범이라는 것이 실제로 존재하는 것처럼, 그것을 무시할 수만은 없으니까, 양쪽의 발꿈치를 맞붙이며, 그럼에도 그는 겁을 먹지 않는다. 표범은 전체적으로 몸이 불어 있다. 무늬가 하얗게 세어 있다. 비대한 살집이 고른 호흡에 맞춰 팽창되었다 수그러지길 반복하고 있다. 표범이 밀림의 틈새로 미끄러진다. 다이빙을 하고 있다. 사실은 발을 헛디딘 것이다. 그는 많이 우습고 조금 기분이 나쁘다. 그는 표범을 외면해버린다. 밀림이 일렁거린다. 천장을 투과한 빛이 우거진 덩굴 틈새로 포말처럼 슬어 있다. 표범이 물을 튀긴다. 말하자면 지금 표범은 덩굴에 결박된 채 꼼짝하지 못한다. 허우적거리고 있다. 물장구를 치고 있는 것이다.

*

그녀가 온실을 걷고 있다. 밀림은 휘갈겨진 채 그대로 굳어 있다. 먹이 마르고 있는 것 같다. 붓 끝이 쪼그라들고 있는 것 같다. 그녀는 방금 벗은 코트를 왼팔에 받쳐 들고 있다. 온몸이 홧홧하다. 그녀는 땀을 흘리고, 땀으로 흥건해진 티셔츠가 온몸을 감아쥐는 것을 느낀다. 방금까지만 해도 간격을 두고 울리던 원숭이들의 울음소리가 들리지 않는다. 실내는 적막하다. 그녀는 천장을 올려다본다. 천장은 먹빛이다. 눈이 내리고 있다.

뒤덮인 눈이 천장을 점거하고 있다. 온실이 어두워진다. 그녀는 홀로 있다. 그런 것 같다. 혹은 그녀는 지금 막 자신이 홀로 있다는 사실을 깨닫는다. 비를 맞으면 기분이 좋을 것이다. 빗줄기가 눈앞을 가로막으면, 어둠이 울창해지면, 굴속에서 발밑을 내려다보면, 밀림을 닫아걸면, 온몸을 부딪는 빗소리를 듣고 있으면 기분이 아주 좋을 것이다. 밀림이 팽창할 것이다. 발밑이 까마득한 벼랑 같다. 밀림에서 맞는 비는 뜨겁다. 빗줄기가 살갗에 닿을 때마다 온몸이 펄펄 끓는 것 같다. 부레들이 물 밖으로 뛰쳐나올 것이다. 뿌리들이 꿈틀거리며 밀림을 갈아엎을 것이다.

그녀는 눈을 감고 있다.

얼음이 녹지 않는다.

폭설은 결빙된다. 단단해져서 유백색 빙판이 된다. 유리가 창백하게 질려 있다. 눈을 뜨면 뾰족한 식물들이 턱밑까지 자라나 있다. 눈이 어둠에 익숙해진 탓이다. 그녀는 어둠이 감춘 식물들의 윤곽을 또렷하게 구분할 수 있다. 식물들은 복면을 하고 있거나 쥐색 장갑을 끼고 있다. 또는 그렇게 보인다. 이때 그녀는 숲으로부터 자신의 감각을 격리하고 있는 듯하다. 관능을 발가벗기고 있는 것이다. 물결치는 숲. 검은 쌀을 씻고 있는 나무들. 그녀는 귀를 기울인다. 표범이 있다. 표범이 숲의 안쪽에서 그녀를 노려보고 있다. 어둠이 내린 밀림은 표범이 은신하기에 최적의 환경을 제공한다.

'그녀를 위해 내가 할 수 있는 일은 없는 걸까.' 밀림 도처에 매달린 귀들이 일제히 소스라친다. '어쩌면 그녀가 눈을 뜨길 기다리고 있는지도 몰라. 약은 놈이고, 신중한 놈이니까.' 그녀는 표범을 믿지 않는다. 그녀가 표범을 믿지 않는 동안 표범은 그녀를 습격하지 않는다. 밀림이 그녀를 향해 환각을 엎지르고 있다. '굶주린 거야.' '머리를 풀어헤치고 있잖아. 얼굴을 들 용기가 없는 거지. 독사를 밟고 있는지도 몰라. 독니가 부러진 독사들. 한 마리의 독사를 짜내면 우물을 다 채우고도 남을 만한 독물을 뽑아낼 수 있어.' 이제 그녀는 쪼그려 앉아 제 무릎 사이로 고개를 떨어뜨리고 있다. 피가 발가락으로 쏠린다. '저러고 있으면 나무들이 폭격을 맞잖아.' '밀림이 우르르 그녀를 향해 무너지는 거잖아.' 그녀는 예감을 앞지르고 싶다. 예감보다 먼저 밀림을 빠져나가고 싶다.

그녀는 웅크린 표적이다. 표범은 쉽사리 정체를 드러내지 않는다. 그녀는 숲 속을 바장이는 모든 기척들을 향해 촉각을 곤두세운다. 밀림이 물속의 공룡처럼 부풀고 있다. 그녀의 다리가 빳빳해진다. '달아나려 하면 안 돼.' '제자리에 있어.' '제자리에.' 그녀는 후들거리는 무릎을 다잡으며 자리에서 일어난다. 지금 표범은 금빛 물결이다. 흘러서 자취를 감추는 무늬들이다. 유속으로 변환된 부서지는 신체다. 그녀는 두 발목을 웅덩이 속에 담근 채 잠시 서 있다. 시야가 캄캄하다.

그림자를 뒤집어쓴 것만 같다. 발목이 웅덩이 아래로 가라앉아 상온의 수은처럼 녹아버릴 것만 같다. 혹은 그녀는 본다. 가지마다 돋아나는 날카롭고 투명한 손톱들, 도처에서 깨지는 적막의 항아리를. 그녀는 눈을 감을 때마다 비를 맞는다. 표범을 만난다. 폭설에 파묻힌 온실은 거대한 이글루를 연상시킨다. 그녀는 강렬한 요의를 느낀다.

*

그는 야간 순찰을 나갔다가 덤불 위에 널브러진 그녀의 시신을 발견했다. 표범의 소행이 분명했다. 그는 얼떨떨했다. 유령에 홀린 듯했다. 시신은 새카맣게 타버린 닭고기 같았고 전체적으로 난잡하게 훼손되어 있었다. 벌어진 팔의 각도로 보아 그녀는 표범에게 끌려가면서 꽤 장시간 지면을 긁어댔던 모양이었다.

사무실로 돌아왔을 때 온몸은 젖어 있었다. 악몽 속에서 막 뛰쳐나온 기분이었다. 몸이 마르자 오한이 끼쳤다. 그는 석유난로의 밸브를 열고 양말을 벗은 다음 난로의 철판 위에 발꿈치를 올려놓았다. 발이 하얗게 불어 있었다. 눈이 피로했다. 그는 엄지 끝으로 관자놀이를 꾹꾹 눌렀다. 진흙과 뒤섞인 눈덩이는 검붉은 빛깔이었다. 난로가 빠르게 달아올랐다.

온실은 누긋했다. 그는 환부를 향해 랜턴을 들이밀었다. 눈앞이 얼얼했다. 환부는 질펀하게 끓어오르는 잡탕찌개를 연상시켰다. 착색된 환부 표면으로 샛노란 구더기들이 떠다니고 있었다. 부패의 속도가 제법 빨랐다. 그녀가 온전히 자취를 감추는 데 하룻밤이면 충분할지도 몰랐다.

그는 밀림 쪽으로 랜턴을 쏘아댔다. 빛이 비행접시처럼 공중을 선회했다. '표범이 나타나면 표범을 추궁해야지.' '놈은 이미 경계를 넘은 거야.' '약속을 어긴 거고.' '그렇다면 당연히 대가를 치러야지.' 숲을 한 바퀴 순찰한 다음에도 시신은 제자리에 있었다. 한번은 시신에서 멀지 않은 곳에서 그녀를 만났다. 바닥에 떨어진 포도송이가 죄다 으깨져 있었다. 이해할 수 없는 일이었다. 그녀가 밀림을 걷고 있었기 때문이다. 그가 다가가면 그녀는 여전히 죽어 있었다.

그는 시신 옆에서 몇 번 헛기침을 했다. 시신에게 들으라는 것처럼 대놓고 그렇게 했다. 그러자 그녀가 몸을 일으켰다. 주섬주섬 환부를 갈무리했다. 그는 황당했고 회생한 그녀를 우두커니 바라보고 서 있었다. 그녀가 그에게 다가왔다. 피거품이며 진흙으로 범벅이 된 온몸에서 얼굴만이 표백된 것처럼 산뜻한 빛을 뿜고 있었다. 이윽고 그녀가 손을 내밀었다. 그러면서 어수룩하게 고개를 까닥거렸다. 그는 악수를 했다. 손바닥이 차가웠다.

랜턴을 소등하면 그녀는 다시 죽어 있었다. 사실 잘 보이지도 않았다. 그는 사무실로 돌아갔다. 돌아가는 길이 험하고 멀었다. 이윽고 그는 삽자루를 치켜들었다. 땅바닥에 구덩이를 팠다. 사방이 캄캄했기 때문에 허공에 삽질을 하고 있는 기분이었다. 어둠은 견고했다. 삽자루를 짓칠 때마다 손목에 통증이 느껴졌다. 이제 그녀는 사람이라기 보단 흥건한 진흙을 연상시켰다.

그는 구덩이에 시신을 안치한 뒤 구덩이 아래를 내려다봤다. 뿌리들이 시신을 에워싸기 시작했다. 식물들에 의해 결박된 그녀는 마치 딱딱한 석고인형을 연상시켰다. 온몸에 깁스를 휘감고 있는 것 같기도 했다. 뒤쪽 표현이 더 잘 어울렸다. 식물들이 그녀를 사이에 두고 교미를 하고 있었다. 새벽녘이었고 온실은 어슴푸레했다. 날이 밝기 전까지 작업을 끝내야 했다. 그는 삽질을 서둘렀다.

*

그는 재차 앉아 있다. 정갈하게 정리된 책상 위에 제도용 고무 책받침이 깔려 있다. 그는 막 일어서려는 것처럼 그대로 굳어 있다. 의자 등받이에 몸을 기대지 않고, 무릎을 약간 들어 올린 채, 무언가에 긴장한 사람처럼, 그러나 아직은 모든 것이 그대로 놓여 있다. 음영이 드리워진 그의 얼굴이 풀을 먹인 옷감처럼 울어 있다. 그는 환각을 누락하기 위해 일지를 쓴다. 어쨌든 그의 생활이란 일지를 벗어나지 않는다. 그가 아무것도 하지 않는 대부분의 시간조차 그렇다.

표범과 마주치면 손을 흔든다. 말을 건다. 표범은 대답이 없다. 매몰된 코들이 평평한 지면 위에 돌부리처럼 튀어나와 있다. 그는 표범을 향해 돌을 던진다. 표범은 날아오는 돌을 가볍게 피해버린다. 꼬리를 배트처럼 치켜세운 채 명중한 돌을 받아내는 것이다. 그는 약이 오른다. 펄펄 날뛴다. 표범은 심드렁한 얼굴이다. 시신이 출몰하는 빈도가 날이 갈수록 잦아지고 있다.

그는 표범이 내팽개친 먹이들을 온실에 유기한다. 그것은 환각 전체를 온실 속에 처박기 위해서다. 망상을 격리하기 위해서다. 사실을 말하자면 표범은 없다. 표범이 해치운 유해만이 밀림 도처에서 발견될 뿐이다. 시신을 은폐하는 일은 그의 몫이다. 어디까지나 표범이란 그가 저지른 환각이기 때문이다. 그럼에도 불구하고 그는 표범이 사람을 습격하는 것을 막을 수 없다.

밀림이 과열되고 있다. 그는 일지에 시신들이 발견된 날짜와 위치를 표시한다. 이 표시란 오직 그만이 해독할 수 있는 은밀한 암호들로, 이 암호로 말미암아 그는 시신에 관련한 기억들을 그럭저럭 명확한 채로 간직할 수 있다.

시간이 멎어 있다. 경과하는 것은 일지다. 일지는 시간의 눈금이다. 그는 자리를 떠나지 않는다. 자리가 흐르고 있는 것 같다. 자리가 허물어지고 있는 것 같다. 그는 미끄러지지 않는다. 지금 의자는 비어 있다. 탁상시계가 정각에 멈춰 있고, 당일의 날짜가 기입된 일지가 펼쳐진 채 삐뚜름히 놓여 있다. 그는 돌아오지 않는다. 일지가 환영을 열람하고 있는 것이다. 환영이 일지를 받아쓰고 있는 것이다. 사무실 철문이 열린다. 그는 지쳐 있다. 순찰 때문이다. 작업복 밑단이 눅진하게 삭아 있다. 그는 눈이 부신 것처럼 미간을 찡그린 채 사무실 안을 두리번거린다. 의자 위에 앉는다. 등받이가 세차게 휘청거린다. 이내 그는 무언가를 찾으려는 것처럼 책상 서랍들을 소란스레 여닫기 시작한다. 잡동사니들이 서랍 바깥으로 마구잡이로 튀어나온다. 정신없이 서랍을 뒤지는 그는 당황한 사람이다. 절망하고 있는 사람이다. 절망 때문에 스스로를 낭비할 수밖에 없는 사람이다. 일지는 곧 기록된 환각을 깡그리 잃어버리게 된다.

*

온실은 어수선하다. 소풍을 나온 늙은이들이 열을 지어 밀림의 출구를 향해 나아가고 있다. 거동이 불편한 몇몇 늙은이들이 지팡이를 짚고 있고, 그들로 인해 열의 이동이 점진적으로 지연되는 중이다.

피켓을 든 인솔자가 무리 말미에서 늙은이들을 통제하고 있다. 그들은 지금 막 표범이 올라앉아 있는 나무둥치 밑을 지나고 있는데, 이동이 정체되는 바람에 그들은 곧 자신들이 만든 벽들 사이에 갇혀 옴짝달싹할 수 없는 처지가 된다. 이때 그는 노인들을 따라붙으며 표범을 감시하는 중이다. 시신이 발각될 우려도 있다.

표범이 코피를 흘리고 있다. 사람들은 자신의 머리 위에 드리워진 그림자가 실은 표범의 그림자라는 사실을 알지 못한다. 표범이 코를 훌쩍인다. 새어 나온 피를 비강 안쪽으로 되넘기는 것이다. 그는 표범과 노인들을 번갈아 바라본다. 코피가 노인들의 이마로 방울져 떨어진다. 노인들은 자신들이 닦는 땀이 실은 표범의 코피라는 사실을 의식하지 못하고 있다.

"안녕하시오." 그가 말한다.

열 밖으로 빠져나온 노인 하나가 탈의를 시도하고 있다. 바지를 벗어버리려는 것이다. 저고리 밑단으로 노인의 비쩍 마른 고추가 모습을 드러내고 있다. 인솔자가 노인을 향해 뛰어온다. 노인의 허리춤을 경쟁적으로 붙들기 시작한다. 노인이 인상을 찌푸린 채 끙끙거린다. "네."

인솔자가 화답하는 사이 노인은 손에 든 지팡이로 인솔자의 등짝을 거침없이 후려치고 있다.

"좀 도와줘요." "아야." "아야."

딸꾹질을 하는 것 같다. 인솔자가 고삐를 놓친다. 어느새 노인들은 나무 뒤에 숨어 인솔자와 탈의자 사이에서 벌어지는 지지부진한 난투극을 예의 주시하고 있다. 노인이 제 바지를 완전히 벗어버린다. 인솔자는 밀림 안쪽으로 사라져가는 노인의 하반신을 황량한 표정으로 쳐다보고 있다.

“어떻게 해야 될 것 같은데.” 그가 말하자 인솔자가 울상이 된다. “내버려두면 돼. 일부러 저러는 거요. 말려주길 바란다니까.” 그는 고개를 가로젓는다. 노인들이 숲을 쏘다니며 덩굴을 쥐어뜯고 있다. 손아귀로 딸려 온 나뭇가지들이 포물선을 그리며 팽팽하게 휘어 있다. 마치 줄다리기를 하는 것 같다. 인솔자가 확성기에 대고 호통을 친다. “그러지 마요. 그러지 말라니까!” 호통이 쪼그라든다. 쪼그라들어서 겁먹은 목소리가 된다. “여러분이 자꾸 그렇게 하시면 말예요…… 숲이 다치잖아요……” 이내 인솔자는 입에 맞붙이고 있던 확성기를 힘없이 떨어뜨린다. “나는 확성기에 대고 소리친다오. 자, 철수합시다. 자, 얼른 열을 맞춰 서세요. 그럼 노인들이 발작을 하는 거요. 혼절하는 노인들도 있지. 갑자기 꿀 먹은 벙어리가 돼서는 굳어버리는 작자들도 있고. 것뿐만 아니오. 갑자기 데굴데굴 구른다니까.”

“그럼 어떡해요.” 그가 묻는다.

“버티는 거야. 가자고 하면 가지 않소. 오라고 하면 오지 않지. 죽지도 않고. 살려고 하지도 않는단 말야.” “어떻게 좀 해요.” “뭐.” “손을 써야지. 당신이 책임자니까.” “싫어.” 인솔자는 퉁명스럽다. “난 싫소.”

인솔자가 나뭇가지를 주워 든다. 그리고 개흙에 동그라미를 그리기 시작한다. 연이어 그린다. 신나게 그린다. 안으로 그리고 바깥으로도 그린다. 동그라미가 증식한다. 노인들이 술래를 쫓아 밀림을 뛰어다니고 있다. 이때 술래는 바지를 벗은 노인이다. 그는 꽤 민첩해 보이는데, 늙은이 몇이 술래에게 양팔을 뻗다 수풀에 발을 헛디딘 채 나동그라지고 있다. 숲을 헤집는 노인들의 손길이 바빠진다. ‘금방이라도 기절할 것 같군.' '표범 말이야.' 표범의 코피가 멎지 않는다. '며칠 밤을 샌 모양인데.' '안색이 좋지 않고.'

노인들이 나무 한 그루씩을 부둥켜안고 있다. 인솔자는 이제 입가에 옅은 미소를 띠고 있는데, 노인들의 기행을 방관하는 것에 재미를 붙인 모양이다. 그러면서 동그라미를 또 그린다. 엄청 그린다. 그가 동그라미를 짓밟으며 말한다. "여기서 나가요." 그가 소리친다. "데리고 나가라니까!" 인솔자가 어깨를 으쓱한다.

술래를 경험한 노인들은 역할이 끝나도 여전히 바지를 벗고 있다. 이내 그들은 표범이 올라앉아 있는 나무 밑에 몰려서서 껑충 발을 구르기 시작한다. 표범의 꼬리를 붙잡기 위해서다. 가지 밑으로 늘어진 꼬리가 썩은 동아줄 같다. 노인들이 표범을 끌어내린다. 표범이 나무에서 떨어진다. 잡풀이 풀풀 날린다. 표범이 허둥지둥 달아난다. 노인들이 표범을 포위한다. 표범이 물러선다. 인솔자가 혀를 찬다. "저거 봐." 그는 본다. 노인들이 표범의 입안에 제 고추를 물리고 있다. 밀림의 내부는 횃횃하고 진창처럼 미끈거린다. 노인들은 지팡이 하나씩을 들고 있다. 표범을 구타하는 것이다. 면상을 갈길 때마다 표범이 밭은기침을 한다. 표범의 눈망울이 벌겋게 이지러진다. 표범은 저항하지 못하고 자신을 향해 쏟아지는 지팡이에 제 몸을 내맡기고 있을 뿐이다. 얻어터진 표범이 눈물을 줄줄 흘린다. 범벅이 된다. 손이라도 있다면 빌었을 것이다. 노인들은 낑낑거리는 표범을 재차 걷어차고 있다. 두개골에 지팡이를 처박고 있는 것이다. 숲이 달아오른다. 그는 다리에 힘이 풀리고 눈앞이 캄캄해지는 것을 느낀다. 그는 눈을 감아버린다.

*

이제 그는 밀림에 도달하기 위해 표범의 먹이가 되는 것 같다.

*

그는 잠들지 않는다. 그는 하품을 하고, 하품의 형상이 오후를 떠가는 풍선이라도 되는 것처럼 하품이 지나는 궤적을 응시하고 있다. 청회색 다마스 한 대가 사무실 앞에 마련된 주차 구역으로 들어선다. 얼어붙은 노면 위로 바퀴가 공회전을 한다. 미등에 불이 들어올 때마다 차체가 금방이라도 엎어질 것처럼 출렁거린다.

다마스에서 내린 사람은 총 셋이다. 모두가 마스크를 쓰고 새하얗게 다림질된 방진복을 입고 있다. 마스크 틈새로 새하얀 입김이 새어 나온다.

그들이 말한다.

"방역 중엔 돔을 폐쇄해주십시오."

"사람이 있으면 안 돼요."

"우리 빼고요."

마스크 때문에 목소리가 뭉개져 있다.

그들이 다마스에서 내린 후 처음으로 하는 일은 트렁크를 열고 방역에 필요한 장비들을 꺼내는 일이다. 트렁크 안에 방역 튜브와 소독용 분사기들, 노즐이 연결된 연료통, 작업에 쓰이는 농약들이 무질서하게 널려 있다. 하차를 완료한 용역들은 이내 마스크를 턱밑까지 내린 채 담배를 피우기 시작한다.

그들이 말한다.

"뭐해요."

"빨리 내보내야지."

그들이 손가락으로 온실을 가리킨다.

"사람들."

온실에는 표범뿐이다. 그가 대답한다. "텅 비었어요." "아무도 없다고요?" "네." 용역들이 수군거리기 시작한다. 머리를 둥글게 맞댄 채, 마치 자기들끼리 무언가 중대한 이야기라도 나누려는 것처럼 그를 따돌리고 있는 것이다. 그는 용역들이 무슨 이야기를 나누고 있는지 알 도리가 없다. "그럼 일을 시작하면 되겠네?" 이윽고 용역들 중 하나가 고개를 쳐들며 말한다. "네. 지금 바로." "일하기 전에 커피 한잔 줄 수 있소?"

그는 사무실로 돌아와 전기포트에 물을 끓인다. 그를 따라 사무실에 들어선 용역들이 앉을 자리를 찾지 못한 채 엉거주춤하게 서 있다. "앉아요." 그가 용역들에게 의자를 권하며 말한다. 용역들이 의자를 뚫어져라 바라본다. "누가 앉지?" 그러면서 서로의 얼굴을 힐끔거린다. "우린 셋인데." "내가 앉을게." "돌아가며 앉자." 용역들이 쑥덕거린다. "하나 둘 셋 하면 같이 앉자." "먼저 앉게 된 놈이 의자의 주인이야." 포트가 증기를 뿜어낸다. "됐어." 용역들 중 하나가 그를 향해 의자를 밀치며 말한다. "우린 앉지 않기로 결정했소."

"네."

그는 그때부터 의자에 앉아 있다. 책상 위에는 종이컵 셋이 간격을 두고 놓여 있는데, 종이컵 안에 남은 커피가 진득하게 말라붙어 있다. 그는 저절로 눈이 부시다. 어깨쯤에 고여 있던 햇빛이 지금 막 어깨를 넘어섰기 때문이다. 창밖의 온실은 소독 작업으로 인한 연기 때문에 뿌옇고, 그림자들이 일렁거리고, 그것이 식물들인지, 표범인지, 아니면 소독 작업을 진행하는 용역들인지, 모호하고, 희뭄한 온실은 미심쩍으며, 무슨 일이 일어나고 있을 것만 같고, 일어난다면 필시 표범에 의한 대량 살상이, 아니면 용역들에 의한 표범 퇴치가, 그것이 무엇이든, 일어나고 있을 것이므로, 이때 그는 그것을 기대하거나 기다리는 자의 마음가짐을 갖고 있다. 용역들은 종일 돔 안에 머물렀다. 평소라면 방역을 마치는 데 두 시간이 채 걸리지 않았을 터였다.

*

그는 상상한다.

그녀를.

상상 속에서 그녀는 어김없이 제자리에 쭈그려 앉아 있다. 눈을 감은 채 말이다. 온실이 물속처럼 먹먹하다. 그녀는 온실에 있다. 청각이 기포처럼 들끓고 있다. 그녀는 점점 숨이 가쁘고 물속에서 의식을 유지하는 것이 힘들어진다. 그는 그녀의 두려움이 충분히 무르익을 때까지 상상을 진척시킨다.

상상 속에서

그는 표범이며 적록색맹이다. 갑작스레 시야가 밝아지고, 중심이 색을 빨아들이는 속도로 시야가 캄캄해진다. 마치 오래된 영화를 관람하고 있는 듯하다. 이때 표범은 오래된 영화를 관람하는 그의 시야를 공유하고 있다. 혹은 그는 여전히 책상 앞에 앉아 있다. 떨리는 손으로 제 무릎을 움켜쥐고 있는 것이다. 밀림이 직물처럼 얽혀 있다. 그녀는 밀림을 벗어날 수 없다. 예감이 성사될 경우 그녀는 죽는다. 예감은 실체로서의 표범을 요청한다. 표범이 순식간에 가까워진다. 잎의 낱장들이 밀림을 모자이크하고 있다. 표범이 그녀를 뒤쫓고 있다.

표범은 생각한다.

'나는 그가 상상을 번복할 때마다 그녀를 추적하고 있다. 밀림이란 아무리 양보해도 인간의 머릿속인 것이다. 밀림을 벗어날 수 없는 나는 가엾고 무능한 표범에 불과하다. 말하자면 나는 격발된 탄환이고, 숲 속에 고립된 탄환에 가깝다. 그는 초를 세고 있다. 탄환이 머릿속을 관통하는 데 필요한 시간 말이다. 그러니까 나는 그의 머릿속을 맴돌며 유쾌하거나 유쾌하지 않은 추적을 되풀이하고 있는 것이다. 그녀는 뛰면서 밀림을 발가벗긴다. 나는 탈진한 것 같고 토끼몰이를 당하는 것처럼 그녀를 뿌리치지 못한다. 그는 내가 제풀에 쓰러지기를 바라고 있는 듯하다.'

그녀는 생각한다.

'나는 표범을 올려다봤지. 그러자 팔을 들어 표범의 잔등을 쓰다듬을 수도 있을 것 같았고 그럼에도 표범은 제 앞발을 거두지 않고 있었어. 표범은 몹시 괴로워 보였지. 목구멍에 커다란 가시가 박혀 있는 듯했어. 인상을 찡그리고 있었고 눈은 원래의 빛을 잃은 채 둔하고 탁한 빛을 띠었지. 표범은 내 가슴에 얼굴을 묻고 있었어. 온순했지. 무언가가 표범을 고통스럽게 하는 모양이었어. 안쪽에서 미약한 고동이 느껴졌지. 그때 표범이 앞발을 거둬들였어. 비틀거리며 밀림의 저편으로 사라져갔지. 마음이라는 것이 막 생겨난 사람 같았어. 나 또한 마음만 남은 사람 같았지. 내가 겪은 죽음이라는 일이 구름 위의 일처럼 멀게 느껴졌어. 그때 표범이 되돌아오는 소리가 들렸지. 저벅거리는 발소리였어. 그러나 모습을 드러

낸 것은 표범이 아니었어. 그였지.'

곧 그는 표범을 추격하고 있다. 장총을 치켜들고 있다. 우거진 수풀이 그의 시야를 교란한다. 그는 챙이 넓은 등산용 모자를 쓰고 있다. 방아쇠를 당길 때마다 푸드덕거리는 새들이 온실 천장에 머리를 부딪혀 즉사한다. 천장이 깨져 있다. 유리가 산산이 부서진다. 그는 나무 밑에 서서 비를 피하고 있다. 밀림이 천장 바깥으로 범람한다. 그는 침을 삼키고, 숲이 수런거리는 방향을 겨냥한다. 나뭇잎 사이에서 표범의 그림자가 솟구친다. 그는 공중으로 장총을 발포한다. 성난 표범이 나무 사이를 건너뛴다. '오늘이 저놈의 최후가 될 거야.' '왜 아니겠어.' 그는 표범을 따라 진창을 질러간다. '악연이었지.' 표범이 숲을 뚫는다. 그는 표범의 입안으로 총구를 집어넣는다. 표범의 앞발이 식물들을 할퀴고, 숲의 장막이 대치하고 있는 그들 사이를 뒤덮는다.

표범은 생각한다.

'내가 지금 그의 목을 잡아채거나 그의 힘줄을 물어뜯고 그를 발기발기 찢어서 숲 여기저기에 팽개친다고 해도 혹은 그가 나를 죽여서 나의 가죽을 분리하고 심장을 적출하고 뼈를 삶아 국을 끓인다고 하더라도 그것은 모두 그의 머릿속에서 벌어진 일일 뿐이며 그가 이러한 상상에 몰입하는 동안 밀림은 조금씩 변주되고 나는 돔 안에서 또 한 차례 사람을 먹고 사람의 맛을 좀처럼 잊을 수가 없는 것처럼 그러니까 사람이란 가만 보면 바로 선 자세라 덮치기 힘든 것처럼 보이지만 사람보다 연약하고 아무런 저항의 수단도 가지지 못한 먹이는 없으며 그러므로 한 번이라도 사람을 먹잇감으로 삼은 짐승들은 사람만 노리게 되는 것으로 그것은 사람이 아주 간편한 도시락이라는 사실을 깨달은 까닭인데 나로 말할 것 같으면 이빨은 무디며 몸은 앙상하고 그의 환각을 좇기에 이미 늙고 병들어 사람들의 발길이 무두질하는 방망이처럼 나를 두들기는 가운데 나는 네 다리를 공중에 부려놓은 채 바르르 떨고 있는 중풍 걸린 나귀와 다를 바가 없고 이때 나는 내가 표범이라는 사실을 믿을 수가 없는 것으로 내가 표범이 아니라면 대체 뭐란 말인가 나는 날조되어 있고 그의 환각에 좀처럼 다다를 수가 없는 것이다.'

그는 상상을 그만두었다. 허리가 결렸다. 마치 요추에 가느다란 바늘이 박혀 있는 듯한 느낌이었다. 그는 요의를 느끼고 자리에서 일어났다. 사무실 밖으로 나갔다. 얼음에 대고 오줌을 눴다. 얼음이 둥그렇게 패었다. 그는 작업복을 추슬렀다. 이내 그는 체조를 하기 시작했다. 날이 어두워지고 있었다. 몸을 움직일 때마다 뻐근한 근육이 팽팽해졌다. 그는 초조했다. 용역들이 파묻은 시신을 발견했을지도 모를 일이었다. 그는 발뺌할 수 없을 것이다. 그야말로 표범에게 먹이를 던져준 꼴이 되지 않겠는가.

온실 밖으로 빠져나온 용역들은 기름통 하나씩을 어깨에 짊어지고 있었다. 연기가 문틈 사이로 뭉게뭉게 피어올랐다. 복장이 이상했는데, 깨끗했던 방진복이 흠뻑 절어 있었기 때문이다. 온몸에 머드를 처바른 사람들 같았다. 용역들은 무언가 심각한 말을 전하려는 것처럼 입을 꾹 다문 채 사무실을 향해 다가오고 있었다. 그는 뒷걸음질했다. 사무실로 돌아갔다. 철문을 닫았다. 가슴이 뛰었다. 이내 용역들이 철문을 두들기기 시작했다. "문을 여시오." "지체할 수 없는 일이란 말이오." 용역들이 다급하게 말했다. "잠시만!" 그는 문밖을 향해 소리쳤다.

*

온실 안은 여태 걷히지 않은 살충제 때문에 희부연 안개에 휩싸여 있었다. 농약 냄새가 났다. "저것 좀 봐." 용역들 중 하나가 말했다. 그러나 눈앞은 안개뿐이었다. 손을 휘두르자 덩굴이 만져졌다. 그는 덩굴을 잡아챘다. 덩굴이 우수수 잎을 흩뿌리며 그의 면전까지 딸려왔다. "뭘 보라는 거요." 그가 말했다. 용역들 중 하나가 대꾸했다. "좀만 기다려 봐." 용역들이 쭈그려 앉았다. 그리고 담배를 태우기 시작했다. 담배가 침침한 연기 속에서 타들어갔다. "말로 하시오." 입속이 텁텁했다. "그리고 여기서 담배는 안 돼."

"알았소." 그들이 피우고 있던 담배를 바닥에 지졌다.

거무스름하게 불어 있던 식물들의 형체가 한층 명확해지고 있었다. 연기가 일렁거리며 나부꼈다. 사위는 우중충한 빛을 띠었다. 어스름이 가시면서 희미했던 식물들이 점차 질감을 갖추기 시작했다. 믿을 수 없는 광경이었다. 한 구역이 난장판이었는데, 지저분하게 벌목된 식물들이 우듬지를 바닥에 처박은 채 고꾸라져 있었던 것이다. 진흙에 전 잎사귀들, 겹쳐진 나뭇가지들이 온실 바닥을 촘촘하게 메우고 있었다. 용역들의 것으로 추정되는 발자국들이 널브러진 식물들 사이에서 방향을 잃고 번져 있었다. 그는 용역들을 돌아봤다. 용역들은 비장한 표정이었으며 무슨 신호를 주고받듯 서로를 향해 고개를 끄덕거리고 있었다.

"처치가 곤란했지."

"어쩔 수가 없었어."

"우리는 조치를 했고."

"결과가 이렇다는 거지."

용역들이 합창했다.

완연히 드러난 온실은 철판이며 쇠시리들이 산더미처럼 전시되어 있는 폐차장을 떠올리게 했다. 무더기로 교차된 나무들이 가교처럼 서로를 떠받친 채 위태롭게 기울어져 있었다. 걸음을 뗄 때마다 신발에 덩굴이 걸렸다. 덩굴은 끊어지지 않았다. 실제로 식물들은 무더기로 뒤엉켜 있었다. 엉망으로 꼬부라지고 헝클어진 모습이 한 뭉치의 덤불 같았다.

"밀림이 죽어가는 동안 너는 무얼 했지."

"탓하진 말게."

"몰랐겠지."

"우리가 숲을 구한 거야."

용역들이 구시렁거리는 소리가 귓전에 어른거렸다. 마치 그를 향해 변명을 하고 있는 듯했다. 그는 다시금 뒤를 돌아다봤다. 용역들이 황망히 시선을 피했다. 그러면서 우물쭈물했다. 마치 소심한 원숭이들 같았다. 벌목된 지대에 그들이 피우고 버린 것으로 추정되는 담배꽁초들이 어지럽게 널려 있었다. 그는 안쪽으로 걸음을 옮겼다. 용역들이 밀림을 배회하며 꽁초를 줍기 시작했다.

밀림이 깊어지자 더더욱 기이한 광경이 펼쳐졌다. 몇몇 나무들이 가느다란 팔을 아래로 떨어뜨린 채 수액을 맞고 있었던 것이다. 푸른 혈관을 노출한 채 말이다. 나무에게도 혈관이라는 것이 있다면 말이다. 혈관에는 주삿바늘이 박혀 있었다. 믿을 수 없는 광경이었다. 푸르스름한 혈맥이 몸통에 박힌 굵은 주삿바늘을 중심으로 잔금처럼 갈라져 있었다. 뻗친 가지마다 허물들이 매달려 있었다. 푸들푸들하게 시든 이파리들이었다. 색이며 쭈그러든 정도가 길쭉한 매미 허물을 떠올리게 했다. 가까이서 보니 거꾸로 잠든 박쥐들의 형상이었다. 그는 나무를 향해 다가갔다. 그러자 나무가 팔을 들어 그의 머리를 쓰다듬었다. 수척한 손이었다. 비닐 포대에 담긴 액체가 노즐을 타고 바늘을 향해 구불구불 흘러들고 있었다. 나무들이 각혈을 하고 있었다. 그러나 그것은 그의 상상일 뿐이었다. 나무들은 우두커니 서 있었다. 덜렁거리는 주사기들이 환하게 빛을 발하는 필라멘트를 연상시켰다.

"사실상 회생이 불가능해."

"응급처치일 뿐이고."

"조만간 대머리가 되겠지"

그는 눈금을 가만히 들여다봤다.

수액이 서서히 닳고 있었다. 거의 느껴지지 않는 속도였다.

용역들은 손안에 자신들이 수거한 꽁초를 모아 쥐고 있었다. 그러고는 그를 향해 손바닥을 펼쳐 보였다. 세어보니 한 갑이 채 되지 않았다. 그는 현기증을 느꼈다.

"저게 보이오?"

그는 표범을 가리키며 물었다.

표범의 입가에 빨건 피가 묻어 있었는데, 막 식사를 끝마친 듯했다.

"안 보이지."

그들은 눈을 감은 채 기도하듯 서로의 손을 마주 잡고 있었다. 마치 밀림의 최후를 애도하고 있는 사람들 같았다. "표범." 그가 말했다. "표범?" 용역들은 쨍한 표정을 지었다. 그리고 눈을 떴다. "안 보여." 표범이 크게 으르렁거렸다. "숲이 울고 있군." 개중 하나가 말했다. "온실이 문제야." "병이 빠져나갈 틈새가 없거든." "병이라는 게 그렇소." "밖은 겨울이니까." "보기엔 멀쩡하지." "속이 까맣게 썩어 있는 거요." "이게 다 역병을 앓고 있는 식물들이지." "조만간 잎이든 줄기든 다 떨어져 나갈걸." "이참에 식물들을 갈아치우는 것도 좋겠군." "아프다고 하잖아." "입이 없을 뿐이지." "당신이 문제야." "사람은 죽으면 눕는데." "식물은 죽으면 단단해지지." "석화되는 거요." "돌덩이처럼." "그 전에 뿌리를 끊어내야지." "태워버려." "무엇을 걱정하시오?" "병이 옮을까 걱정하는 거요?" "깔깔깔." "사람에게 병을 옮기는 식물은 없지." "그런데 뭘 보고 있는 거요?" "표범." "표범은 밀림에나 있지." "깔깔깔." "당신 정상이 아니군." "혼날 줄 알았는데." "얻어맞을지도 모른다고 생각했소." "맘대로 나무를 베어냈으니까." "자업자득이지." "으르렁." "무섭군." "표범인가?" "표범이라니." "표범인데." "거짓말 마." "뭐야." "놀랐잖아." "우린 입이 셋이나 되니까." "누가 말한 거야." "놈은 어디 간 거야." 그는 없다. "거름이라도 주지." "이렇게 만지면 알아." 그들 중 하나가 손바닥으로 땅을 짚는다. "뭐야." "왜?" "아냐." "땅이라도 파볼까." "냄새가 고약해." "기절할 것 같군." "이 지경이 되도록 뭘 한 거지." "시간이나 때웠겠지." "일지나 쓰고." "그런데 으슥하군." "밤이잖아." "겨울이고." "손전등 있어?" "약이 다 된 것 같군." "으르렁." "무슨 소리야." "대답 좀 해봐." "야." "왜?" "아직 있군." "없는 줄 알았잖아." "뭐." "나가자." "깜깜해." 그들은 허둥거린다. "그런데 그는 어디 갔지." "간다고 했어." "그런 말 못 들었는데." "우리 손이라도 잡을까?" "싫어." 그들은 길을 잃는다. "무거워." "잠시 벗어둬." "내일 찾으면 돼." "내일?" "그래." "주사기도 놓고 가자." "그래." "본격적으로 추궁해야지." "뭘?" "그 말이야." "창백하던데." "뭘 몰래 먹다 들킨 사람처럼." "깔깔깔." "시체라도 숨겨놓은 모양이지." "그렇던데." "뭘?" "아까 봤잖아." "표범?" "아니." "시체?" "응." "정말?" "혼비백산해서 달아나던데." "언제?" "아까." "왜 말 안 했어." "아는 줄 알았지." 그들은 잠시간 묵묵히 걷는다. "농담 마." "깔깔깔." "진짜야?" "응." "그런데 왜 웃어." "그냥." "그래." "더워." "나도." "아까 봤어?" "아니." "나도." "그런 생각 마." "진짜로." "괜한 얘기를 했어." "담배라도 피울까?" "그래." "그러자."

*

밀림에서 그는 길을 잃지 않는다. 잎사귀들이 그가 나아가는 방향에서 사선으로 갈라져 있다. 가면을 쓰고 있는 듯하다. 무량하게 돋아난 잎사귀들 말이다. 가면을 벗고 있는 듯하다. 덤벙덤벙 날리는 잎사귀들 말이다. 잎이 떨어진 자리마다 휑한 얼굴들이 짓무른 채 맺혀 있다. 얼굴을 향해 양팔을 뻗으면 끈끈한 황금빛 체액이 호박처럼 팔꿈치를 향해 흘러내린다.

지금 열매들은 밀림의 고름 같다.

이제 그는 나무의 밑동을 더듬기 시작한다. 하려는 것이다. 적당하게 굵고 적당하게 깡마른 나무 앞에 서서, 바지를 무릎까지 내린 채, 밑동의 뚫린 구멍에 성기를 우겨넣으며, 성기에 차오른 고름을 뽑아내려는 사람처럼, 안에서 바깥으로, 맹렬하고 거칠게, 따끔거리는 성기를 재차 참아내면서 말이다. 하는 동안 그는 천장을 본다. 열매를 부리로 쪼개고 있는 앵무새들의 환상을 본다. 사정을 하면 기분이 좋다. 기분이 아주 좋아서 날아갈 것 같다. 욕망을 내팽개친다는 것이, 나무와 섹스를 한다는 것이 이런 기분이구나 하는 것을 조금씩 느끼게 되는 것이다.

한편, 나무의 안팎으로 피어난 푸른 이끼들 사이를 유유히 헤엄치는 것들이 있다. 그가 나무와의 섹스에 몰입하는 동안 그것들은 습한 이끼들을 벗겨 먹으며 적당한 기회를 엿보고 있다. 그것들은 실뱀처럼 꼬리가 길고, 미끈하며, 기척을 내지 않는다. 구멍의 테두리를 둘러싼 마른 껍질들이 버석거리며 부스러진다. 그는 한동안 이러한 방식의 섹스를 멈추지 않는다. 이내 그는 비명을 지른다. 고통스러운 표정이다. 구멍에 기생하던 흡혈메기들이 나무에 박힌 그의 성기를 향해 후루룩 빨려들고 있기 때문이다…… 요도에서 피가 튀고, 그는 성기를 재빨리 거둬들인다. 성기가 딱딱하게 솟아 있다. 그는 제 성기를 쥐어본다. 성기는 그대로다. 음경 끄트머리가 물오른 산딸기 빛깔로 부풀어 있다.

그럼에도 불구하고 그는 불알 안쪽에서 꿈틀거리는 흡혈메기들의 움직임을 또렷하게 감지할 수 있다. 성기가 화끈거린다. 그는 제 성기를 빤히 내려다본다. 성기가 수그러들기 시작한다. 마치 묵념을 하고 있는 듯하다. 성기 말이다. 지금 성기는 기가 질려 있다. 시선 때문이다. 그의 시선이 성기를 몰아붙이고 있는 것이다. 성기는 마치 수줍음이 많은 소년 같다. 그는 나무 앞에서 무릎을 꿇는다. 메기들의 움직임이 잦아들고 있다. 그는 안도하며, 발목 부근까지 말려 내려가 있는 작업복을 주섬주섬 추스른다. 그는 구멍에 눈을 대본다. 이끼들 사이로 흡혈메기들이 쉭쉭 소리를 내며 기어 다니고 있다. 연못이 있다. 연못이 있다는 사실이 놀랍지 않다. 그것을 서술할 수 있다는 사실이 놀랍지 않다. 나무 안의 연못을 상상할 수 있다는 사실이, 불투명한 연못, 물을 보면 물이 보이는 연못, 관능의 연못, 방금 무언가가 뛰어든 것처럼 뽀글거리는 연못, 말하자면 나무의 내부는 연못이 있는 암실이다. 그리고 그는 감광지에 상(像)이 맺히듯 연못에서 떠오르는 시체를 또렷하게 목도할 수 있다.

*

그림자들만으로 한 권의 삶을 마련할 수 있을까?

그림자가 있다면 그림자의 그림자가 있다. 그림자의 그림자가 있으면 그림자의 그림자의 그림자가, 겹쳐진 그림자들이, 복수의, 두꺼운, 그것은 더 이상 그림자가 아니라 그림자들이 겹겹이 쌓인 책이다. 낱장들을 엮어 만든 책, 그림자를 읽으면 그림자가 나타나는 책, 그림자들을 무한히 넘기는 방식으로 지속되는 삶.

그는 책상 앞에 앉아 있다. 책상 앞에는 하루의 내력을 기록한 일지가 놓여 있고, 일지의 오른쪽 측면으로 전자식 탁상시계가 흐릿한 광채를 내뿜고 있다. 지금 그는 펼쳐진 일지에 이마를 가볍게 얹은 채 잠들어 있는데, 등받이 뒤에서 보면 그는 정확히 자신의 그림자와 이마를 마주 대고 있는 모습이다. 타액이 일지의 필체를 누릿한 빛깔로 적시고 있다. 책상을 향해 고꾸라진 그의 등과 의자 등받이 사이의 틈새로 녹슨 지퍼가 보이고, 엉덩이 부근까지 내려간 지퍼 양쪽으로 작업복의 좌우 자락이 어슷한 부채꼴 모양을 그리며 갈라져 있다.

예컨대 그는 죽은 것처럼 잠들어 있다. 평온하게, 뒤척이지 않고, 고르게 숨을 쉬며, 미약한 빛 속을 떠다니는 먼지와, 흐르는 시간, 점차 권역을 넓혀가는 타액의 흔적, 그러한 것들에 아랑곳하지 않은 채. 그는 꿈을 꾸고 있다. 꿈속에서 곤히 잠든 자신의 뒤통수를 가만히 내려다보고 있는 것이다. 뭉개진 필체가 뒤통수를 중심으로 촛불처럼 번져 있다.

이윽고 그는 잠에서 깬다.

그는 밀림을 순찰하다가 자연사한 표범과 마주친다. 부패한 표범 주위로 환각의 파리들이 어지럽게 날아다니고 있다. 그는 표범을 샅샅이 뒤진다. 환각이 다 빠져나간 표범은 음습한 거적때기를 연상시킨다. 표범을 들추자 고약한 냄새가 난다. 그는 표범을 뒤집어본다. 밑단에 지퍼가 달려 있다. 이제 그는 한 벌의 작업복이 된 표범을 받아 들고 있다. 그는 표범을 입는다. 표범의 아가리 속으로 머리를 집어넣는 것이다. '숨을 못 쉬겠군.' '깜깜해.' '답답하고.' '비좁군.' 그는 표범처럼 네 발을 지면에 마주 댄 채 포복해 있다. '지독한 냄새야.' '탈을 쓰고 있는 것 같군.' 이내 그는 어둠 속을 내달린다. 온몸이 축축하다. 더운 공기 때문에 숨을 쉬는 일이 곤궁하게 여겨진다. 그는 꼼짝없이 나무에 머리를 부딪치고 만다. '이러다 내가 죽겠어.' '꼬리만 쫓고 있는 꼴이잖아.' 그는 엉덩방아를 찧고 잠시 얼떨떨한 기분을 느낀다. 그는 제자리에 가부좌를 틀고 앉는다. 지금 그는 무언가를 골똘히 생각하고 있다. '표범이 되려면 어떻게 해야 하지.' '표범이 되려면.' 탈이 벗겨지지 않는다. '잘 생각해야지.' 그는 환각을 본다. 뱀 한 마리가 하얗고 미끄러운 벽을 기어오르고 있다. 그는 눈을 감았다 뜬다. 눈앞은 잿빛이다. 이번 환각은 균열 같다. 균열을 뚫고 자라나는 밀림이 있다. 이때 눈은 밀림을 기르는 온실이다. 표범은 먼 왜성(矮星)을 응시하듯 밀림을 기다린다.

선 정 의　말

—

양선형의 「표범의 사용」은 폐쇄된 온실 속에서 자신의 환각과 더불어 살아가고 있는 한 남자의 이야기를 그리고 있다. 아니, "그리고 있다"고 하는 것은 적당한 표현이라고 할 수 없는데, 왜냐하면 이 소설은 일정한 사건을 충실하게 옮기는 일반적인 서사적 글쓰기가 아니라, 텍스트 자체의 물질성을 현실로 착각하고 다시 그 착각을 신뢰하는 지독한 텍스트 근본주의자의 글쓰기에 가깝기 때문이다. 제목의 "사용"이라는 단어가 말해주고 있듯, 이 소설은 의식의 추격전을 방불케 하는 문장들의 끈질긴 흐름 속에서 망상과 환각을 적극적으로 사용하는 방식으로 사건, 시간, 공간을 갱신해나가며 소설 속 온실을 어느새 불길하고도 부조리한 밀림으로 바꿔버린다. 주변으로부터 격리된 의식 속에서 더욱 선명해지는 감각들로 빚어진 문장들은 현실의 격자를 파쇄하고, 명백한 초현실의 돔 한가운데에 독자를 유폐시킨다. 소설을 다 읽은 독자라면, 이 텍스트의 가장 중요한 소재인 표범이 실제로 존재하는 대상이 아니라 우리 의식의 환부이자 모든 의미의 구멍이며 공백임을 어렵지 않게 깨달을 수 있다. 그 공백을 향한 지치지 않는 추격전 속에서, 작가의 표현을 빌리자면, 현실의 그림자들로 이루어진 텍스트가 점차 씌어지고 있는 셈이다. 그렇다면 이것은 온전히 무의미한 착각과 환영에 불과한 것일까. 물론 현실의 잔영이 실제의 삶과 같다고 할 수는 없으나 그림자 없는 신체가 존재할 수 없듯, 저 공백으로서의 그림자는 우리의 삶을 증명하고 심지어 장악하고 조종하는 것이기도 하다. 양선형의 공백 – 그림자에 대한 자의식을 따라가다 보면 영원히 폐기되지 않을 저 환각이 차츰 우리의 숨통을 조여오고 있다는 것을 느끼게 될 것이다. **강동호**

2015년 7월

이달의 소설

앓던 모든 것

홍희정

1978년 인천에서 태어났다. 2008년 『서울신문』 신춘문예로 등단했고, 장편소설 『시간 있으면 나 좀 좋아해줘』가 있다.

작가노트

봄

●••

—열 재주 가졌다고 빼기다가 저녁 찬거리도 못 건질 놈.

박순례가 물속에 퉤, 하고 침을 뱉으며 말한다. 보나 마나 남편 얘기다.

—뭐 배운 게 많다며.

—옘병, 많이 배우면 손바닥에 털이라도 나나. 물 한잔도 지 손으로 못 떠먹고.

박순례가 갑자기 떠올랐다는 듯 내 어깨를 치며 말한다.

—성님도 많이 배웠다며? 예전에 책도 몇 권 냈었다고, 한숙자가 그러던데.

바쇼를 좋아했다. 발레리도. 전생 같은 일들. 사고로 아버지가 죽고 연달아 어머니도 죽고 그 뒤 2년간 내가 큰 병치레를 하는 사이, 각별한 문우가 죽었다. 그런 것들이 문학의 원동력이 된다는 이들도 있지만 내 경우는 다행인지, 불행인지 그러지 못했다. 내가 아무런 대꾸를 하지 않자 박순례는 제자리걸음을 하며 중얼거린다.

—문학병자는 불치병 환자나 진배없어. 천인공노할 짓거리를 잔뜩 해놓고 주변 사람들은 아무도 용서 안 했는데 말도 안 되는 이유를 대며 지 혼자 전부 용서해버려.

강사가 호루라기를 불며 손짓하자 풀 안에 흩어져 있던 회원들이 이동식 스피커 쪽으로 모여든다. 회원들이 풀 오른쪽에서 왼쪽으로 천천히 움직이기 시작한다. 본격적인 수업 전에 몸을 푸는 시간인데 10분 정도 물속을 천천히 걸으며 서로 이런저런 이야기를 나눈다. 평범한 아파트 단지의 스포츠센터 수영장이어서 오전 회원들은 대부분 주부들이다. 더군다나 아쿠아로빅 수업은 육십 줄이 넘는 여자들뿐. 젊은 사람들은 자유 수영을 즐기는 분위기다.

—어이! 어이!

박순례가 늦게 도착한 회원들을 향해 요란스레 손을 흔든다. 박순례는 올해 일흔둘이다. 우리 반에서 두번째로 나이가 많은데 간혹 사람들이 다 보고 있는데도 물속에 침을 뱉는다. 수업 중에 물속에서 손을 잡고 다들 오른쪽으로 걸을 때도 홀로 왼쪽으로 걷는다. 별나다고나 할까. 나는 가끔 박순례와 밥을 먹는다.

—뉴스 봤어?

안현자가 다가와 눈을 동그랗게 뜨며 묻는다.

—봤지, 우리 동네가 뉴스에 다 나오고. 오래 살고 볼 일이야. 용의자가 젊은 남자라지?

박순례가 고개를 끄덕이자 조금덕이 끼어든다.

—시체 허리가 돌아가버렸다네. 택시 기사라는데. 택시는 산 밑

에서 발견됐고.

한숙자가 자신의 목을 가리키며 말한다.

—금목걸이만 없어진 노인들 시체도 찾았다고 하지 않았어?

—다 같은 놈이 한 짓이래. 블랙박스가에 전부 나왔대.

천종숙의 말에 박순례가 나를 보며 묻는다.

—성님, 무섭지 않아?

무섭지 않다. 정말 무서운 건 박순례가 일주일에 7일을 술에 취해 들어오는 남편에게 하루도 빠지지 않고 저녁은 드셨어요?라고 묻는 것이다. 50년 넘게, 시간이 몇 시든 간에 박순례는 상다리가 부러지도록 남편의 식사를 차렸다. 문학병자라고 욕하면서도 더 맛있는 밥해주려고 환갑 넘어 한식, 중식, 양식 조리사 자격증까지 땄다.

뉴스에 살이 붙어 이야기가 걷잡을 수 없이 부풀려지는데 강사가 음악 소리를 키우고 구호와 함께 동작을 시작한다. 허리며 허벅지에 군살이 오른 사십대 강사가 반짝이는 타이츠를 신고 신나게 춤춘다. 회원들도 한껏 흥이 올라 강사의 동작을 따라 하기 시작한다. 말 그대로 하이텐션이다. 박순례를 따라 등록하고 첫 수업을 듣던 날은 동작을 따라 하며 천형을 받는 기분이었지만 이제는 나도 그럭저럭 분위기를 맞춘다.

20분쯤 지났을까. 에어로빅도, 체조도, 춤도 아닌 동작들이 연달아 이어지며 숨이 차오른다. 대열에서 벗어나 천천히 물살을 가로질러 레인 끝으로 향한다. 아무에게나 기대고 싶을 만큼 온몸이 나른해진다. 누군가에게 기대어 잠든 적이 언제였더라. 물속인데도 버석거리는 피부를 쓸어내리며 헤아려본다. 열한 살 때인가, 열두 살 때인가. 산 중턱 공터, 반쯤 무너진 벽에 낙서를 하던 중이었다. 누군가 내 왼쪽 어깨를 쥐었다. 친구 남순의 오빠였다. 둘째 오빠였나, 셋째 오빠였나, 아니 넷째였던가. 헐렁한 중학교 교복이 유난히 까맣게 동공을 덮쳤다. 발버둥 쳐봐야 소용없을 것 같아 죽은 척해버렸다. 그가 나를 두어 번 흔들어보더니 어휴, 하고 알 수 없는 소리를 내뱉고는 벌러덩 자빠져버렸다. 한참을 누워 있는데 벽 뒤에서 고개를 빠끔히 내밀고 지켜보고 있던 남순의 다른 오빠(분명 첫째였다)가 비실거리며 다가왔다. 셋이서 지친 듯 나란히 누워, 어쩔 수 없어 웃었다. 해가 지고 어두워지자 사방에서 들려오는 날짐승들의 울음소리가 무서워 셋이서 몸을 꼭 붙이고 집으로 돌아갔다.

한사코 일흔셋이다. 수영모를 반쯤 벗고 수영장 벽에 허리를 기댄 채 천천히 숨을 고른다. 자꾸만 떠오르는 상념들을 쓸어 담으며 윤오가 자주 헤엄쳤던 레인 쪽을 물끄러미 바라본다. 윤오는 요즘 수영장에 나오지 않는다. 집에서 매일 보는데도 허전한 기분이다. 인간이 머물다 간 자리가 그토록 상처일 수 있음에 놀란다.

윤오를 처음 본 건 한 달 전이었다. 한창 아쿠아로빅 수업이 진행 중이었는데 갑자기 한 청년이 레인 쪽으로 다가왔다. 나도 모르게 레인 끝에 선 청년의 몸을 따라 고개를 쭉 뽑았다. 강사가 호루라기를 연달아 부는데도 시선을 거둘 수가 없었다. 몸. 인간의 몸이 있었다. 인간의 몸이 직립해 있었다. 간결하고 담백하기 그지없는, 구차함과 번잡함을 죄다 걷어버리고 뼈처럼 서 있는 몸. 한없이 헐벗고 가여웠다. 청년이 스트레칭하듯 두 팔을 뻗었다. 그 모습이 청각을 자극했다. 누군가 끝이 뾰족한 HB연필로 스윽, 하고 올려 그은 선 같았다. 나는 목이 꺾이도록 청년을 올려다보았다. 청년도 나를 내려다보았다. 그 눈이 청춘을 회임한 듯 반지르르 윤이 났다.

무례함도 잊은 채 청년의 눈을 빤히 바라보는데 청년의 입이 벌어지고 목울대가 떨렸다. 벽에 기대고 있었는데도 나도 모르게 뒷걸음질을 쳤다. 청년은 짖었다. 정확히 말해 개처럼 짖었다. 내가 뭐라 말을 건네려 하자 청년이 황급히 물속으로 몸을 던졌다. 물방울이 튀고, 축축하고 청량한 냄새가 코끝을 스쳤다. 잠시 이해가 가지 않아 출렁이는 수면 위를 바라보다가 물속에서 흔들리는 시커먼 머리카락을 보고는 이내 고개를 돌렸다. 사정이 있나 보구나. 어떤 이름으로 부를 수 없는 이유가 청년에게도 있는 듯했다. 다시 수영모의 매무새를 바로잡았다. 동그랗게 원을 만들고 구호를 외치며 돌고 있는 회원들 쪽으로 몸을 돌리려는데 다리에 힘이 빠지며 저절로 무릎이 꺾였다. 입을 벌렸지만 소리가 나오지 않았다. 물속과 물 밖을 몇 차례 오르내렸을 때 누군가가 겨드랑이를 들어 올렸다. 얼핏 흰 몸을 본 것 같았다. 그날 처음, 윤오가 내 집에 왔다.

*

집에 도착하자마자 거실 마루에 대자로 눕는다. 양말부터 벗고 한숨 돌리려는데 현관문 열리는 소리가 들린다. 누운 채로 고개만 돌리자 윤오가 운동화를 벗으며 종이봉투를 바닥에 내려놓는다. 나는 세밀화를 관찰하듯 미간을 모은다. 목과 머리를 구분 짓는 파르스름한 이발 자국과 머리를 숙이면 수직으로 펼쳐지는 까만 앞머리, 그 아래 가려진 홑겹으로 긴 눈과 고개를 돌릴 때마다 두드러지는, 귀 뒤에서 쇄골까지 뻗어나간 이름 모를 근육 선을 가만히 응시한다. 그러다 왠지 모르게 그것을 그냥 응시하는 것 이상으로 응시하고 있다는 느낌이 들기 시작한다. 응시가 오히려 나를 응시하는 기분이랄까, 나를 도닥이는 기분이랄까, 나에게 웃음을 건넨다고 할까, 그런 상태로 아무리 응시해도 윤오는 눈치 채지 못한다.

식탁으로 향한 윤오가 들고 온 종이봉투를 열며 말한다.

—친구가 말차를 줬어요.

윤오가 내 집에 온 첫날도 우리는 말차를 마시며 간단히 자기소개를 했다. 먼저 이름을 밝힌 윤오는 자신의 나이가 스물한 살이고, 문예창작과를 휴학한 뒤 작사 공부를 하는 중이라고 소개했다. 자취방을 나와 한동안 친구 집을 전전했고 이제 다시 지낼 곳을 알아봐야 하는데 아마도 고시원으로 가게 될 것 같다며 단숨에 말한 윤오가 차를 한 모금 마시고 나지막이 중얼거렸다.

—남들이 말하는 성숙함이라는 감정에 있어 저는 빈곤층이나 다름없어요.

윤오의 말에 아마도 나는 졸부쯤 되려나, 하고 속으로 헤아렸다. 윤오가 고개를 숙이며 말했다.

—아직 세상 밖으로 나갈 준비가 안 됐어요.

세상은 안도 밖도 없다고 생각했지만 나는 별말 없이 차를 마셨다. 하나뿐인 찻잔을 윤오에게 주어서 손잡이 없는 유리컵에 담긴 뜨거운 차를 마시느라 조용히 애를 먹었다. 윤오가 무슨 말이라도 해주기를 바라는 듯 내 얼굴을 물끄러미 바라보았다. 싹 베어도 비린내도 안 날 것처럼 눈빛이 생생했다. 아름답다고 생각했다. 매미 떼가 우는 나무 밑에서 윤오가 자신의 이야기를 하고 매미 소리에 귀가 먹은 채 나는 저 눈을 마주하고 싶었다. 온종일 마주하고 싶었다. 윤오가 두 손으로 머그컵을 쥐며 조심스레 입을 뗐다.

—일종의 가위눌림 같은 거예요. 이유를 알 수 없는 압박감에 사로잡히고, 그럴 때면 저도 모르게 저절로 짖게 돼요. 개처럼 짖고 있을 때 누군가 나를 흔들어 깨워주면 좋을 텐데요.

윤오가 입은 낡은 티셔츠는 옷감의 의지를 상실한 채 죽은 가축처럼 어깨에 늘어져 있었다. 가벼운 지병을 안고 태어난 사람마냥 윤오의 어깨는 쓸쓸히 좁고 낮았다. 여전히 내가 아무 말을 하지 않자 윤오는 손거스러미를 만지작거리며 뜯어내길 반복했다. 봉숭아 꽃잎으로 덮어주고 싶은 손이었다. 윤오가 찻잔을 내려놓고는 곁에 있던 배낭을 집어 들며 자리에서 일어났다. 차 잘 마셨습니다. 윤오가 환갑에 낳은 딸을 바라보듯 나를 내려다보았다. 나는, 간신히 말해버렸다.

—당분간 여기서 지내도 괜찮아.

말을 꺼내는 순간 귓가에 이번 생의 업보가 더해지는 소리가 또렷하게 들렸다. 윤오가 머뭇머뭇 물었다. 진짜요? 갑자기 짖어도 괜찮으시겠어요? 생활비도 아주 조금밖에 드릴 수 없는데도요? 나는 질문이 무엇이든 고개를 끄덕거리며 생명의 은인이니까, 하고 대꾸했다. 잠시 고민하던 윤오가 터무니없이 환하게 웃으며 배낭을 내려놓았다. 윤오가 차를 더 마시지 않겠느냐며 부엌으로 향했다. 그러면서 자신이 작사한 가사들을 들려주었다. 주로 저염식과 명상, 상실에 관한 가사였다. 병에 대한 생각이 깊은가 보다고 생각했다. 윤오가 주전자에 물을 받고 찻가루를 덜었다. 먹 선이 휘어지듯 윤오의 팔이 가냘프게 운동했다. 언제일진 몰라도 죽는 날 마지막으로 봤으면 싶은 정경이었다.

그날처럼 물을 끓이는 윤오의 뒷모습을 바라보고 있는데 윤오의 휴대폰이 울렸다. 윤오가 나를 보며 고갯짓을 하고는 전화를 받았다.

영상통화인 것 같았다. 윤오가 인사말을 하기도 전에 상대방의 목소리가 쏟아지듯 흘러나왔다.

—소네트를 읊조리면서 여자들을 목 졸라 죽이는 셰익스피어형 연쇄살인범 어때? 아니면 『테레즈 라캥』 로맨틱코미디 버전. 그건 완전 나라서 주인공과 거리를 유지할 수가 없겠지. 너무 완전하니까 도무지 묘사가 필요 없는 거 말이야. 아, 왠지 좆망인 거 같아. 언제까지 내가 쓴 걸 읽을 때마다 수치를 느껴야 해? 낭만과 수치의 미묘한 경계가 뭐라고 생각하냐. 이웃 증오자이자 명예시민인 사람의 이야기는 어때? 이중 오염이라고 해야 되나. 야, 너 아직도 갑자기 짖냐? 개소리 내냐고. 흠, 음악계 종사를 희망하고 원인을 모르는 정신병을 앓고 있다. 완전 힙스터네. 갑자기 타로밀크티 먹고 싶다, 타피오카 넣어서 당도 백으로. 야, 너 나랑 내일 공차 갈래?

윤오는 차 준비를 하면서 어, 아, 하는 애매한 소리로 대답을 했다. 윤오가 전화한 상대를 좋아하는 것인지는 확실치 않았다. 윤오는 가부좌를 하고 앉아 몸을 이리저리 흔들며 휴대폰 화면을 내려다보았다. 소돔과 고모라 같은 통화 내용에 윤오의 얼굴은 그지없이 충만했다.

윤오는 몇 명의 사람을 만나고 헤어졌을까. 윤오를 만난 뒤 헤어짐에 대한 상념이 더욱 커졌다. 지난날 헤어진 사람들의 얼굴이 떠오른다. 윤오를 만나고 새삼 그 상실이 수시로 기억난다. 일흔셋이란 스물하나의 세 배 반이 되는 수다. 스물하나라. 겨우 스물. 그리고 겨우 하나란 말이지. 휴대폰에서 쏟아지는 언어설사를 들으며 나는 아무렇게나 말린 옷가지처럼 외로웠다.

*

—문학병이라는 게 불치병이야. 한번 들면 평생 낫지를 않아. 마늘장아찌가 생마늘로 변하지 않는 것과 마찬가지야.

박순례는 강사의 동작을 간신히 따라하면서 음악 소리에 질세라 큰 소리로 분개한다.

—카프칸지 뭔지 그 책이 우리 집에 백 권이야, 백 권. 똑같은 책을 왜 백 권이나 사냐니까 그 책의 가치는 130만 원인데 만 3천 원에 팔기 때문에 백 권을 사야 한대. 그렇게 쥐 방귀 같은 소리나 싸지르는 놈이야, 망령나기 전에 지각 안 날 놈이라니까. 내 덕에 입성이나 하고 살았지. 내가 부지런하지 않았으면 뒷산의 잡초들이 우리 집 구들장을 뚫었을 거야.

언젠가 박순례 집에 놀러갔다가 장독 뚜껑 위에 누름돌 대신 허먼 멜빌의 『모비 딕』이 올려진 걸 본 적이 있다. 박순례에게 책이란 무게와 크기로 그 쓰임새가 결정되는 것 같았다. 나는 그런 박순례가 좋았다.

—우리 첫째가 자방자방 걸을 때니까, 결혼하고 2년째지 아마. 전기도 안 들어오는 살림이지만 문학병자 밥상만큼은 귀한 것 다 가져다 차렸거든. 아직도 기억이 생생해. 고들빼기랑 병어조림, 꼬막무침에 수육, 약식까지 빈틈이 안 보이게 상을 채워서 아랫도리가 후들거리게 가져다 줬는데 한사코 안 먹겠다는 거야. 얼마나 애가 타던지. 책상 앞에서 그림처럼 꼼작 안 한 게 이틀째였거든. 그래서 내가 숟가락을 억지로 쥐여주면서 드시고 또 쓰시면 되지요, 하고 밥

상 앞으로 데려오려 애를 썼더니 말이 많다고 밥상을 던져버려. 마당으로 쏟아진 음식을 개가 먹으려고 뛰어오는 걸 내가 쓸어 담고 주워 담아 씻어 먹었어. 허, 배부르고 좋데. 그리고 울면서 또 밥상을 차렸어. 내가 울건 말건 문학병자는 밤새 등잔불을 켜놓고 쓰고 또 쓰고. 그리고 아침이면 콧구멍이 새까매져서 패악을 부려대고. 그런데도 그 사람이랑 사는 게 재미있었어. 무서운 게 하나도 없었어. 성님, 나는 아무리 서러워도 나를 욕하지는 않아. 욕이 아까워서.

문득 예전 일들이 떠오른다. 귀갓길에 주운 다시마 한 봉지로 이틀을 버티며 시를 썼던 여름밤, 모나미 볼펜의 명상적인 색감, 책상 위 관찰자처럼 나를 지켜보던 스탠드의 예민한 기울기, 원고지를 향한 결코 문드러지지 않는 편애, 첫 책을 부여받고 손과 발에 느껴지던 온기, 갓 태어난 송아지를 쓰다듬듯 표지를 쓸어내리던 마음, 언제나 말할 준비가 되어 있던 입술의 물기, 하지만 내내 참았다가 하루치의 말을 모두 귀이개로 파내버리던 저녁.

—성님, 수업 끝나고 와플 먹으러 갈까?

박순례가 지친 듯 숨을 헐떡이며 묻는다. 박순례는 와플을 좋아한다. 좋아하는 일을 하루에 한 번 이상 하는 것. 그게 박순례의 인생철학이다. 쉰 살 때까지는 캐치볼을 좋아해서 막내아들과 매일 한 시간씩 공을 주고받았다고 한다. 동네 사람들이 가정부인이 황당하게 무슨 야구냐고 나무라듯 참견할 때도 박순례는 꿋꿋이 매일 야구를 했다.

강사가 마무리 동작의 포즈를 취한다. 내가 가장 좋아하는 동작이다. 다리는 모으고 두 팔은 벌린 채 수직으로 서서 물속을 들여다본다. 어린 시절 강 하구에서 물고기를 잡다 문득 이렇게 서서 하염

없이 물속을 들여다봤다. 좋아하면, 보란 듯이 홀려버렸다. 어머니는 밀물이 들어오는 줄도 모르고 허리까지 잠겨 물속을 들여다보는 나를 몇 번이나 꺼내 왔다고 했다. 타고난 성정이 습(濕)성인 것 같다며, 너무 젖고 눅눅하면 이내 스스로 찢어지거나 뭉개져버리고 다른 것들이 곁에 오래 머물지 못한다고 근심이 많으셨다.

어제 윤오가 자는 사이 윤오 휴대폰을 가져와 이것저것 살펴보았다. 죄의식도 없이 문자 메시지를 내키는 대로 골라 읽었다.

너냐?

아니

송지는?

하루 종일 울다 미련사했음

사겼냐?

서로 속눈썹 떼어주는 사이

좆나 쓸데 있다

무슨 말들을 주고받는 건지 뉘앙스조차, 기미조차 알 수 없었다. 한참을 들여다보자 글자 모양마저 낯설어 보였다. 그런데도 입술을 움직여가며 반복해서 읽었다. 나중엔 입을 다물어도 음의 울림이 혀 위에서 뱅뱅 돌았다.

좆나 쓸데 있다. 중얼거리며 수영장 천장을 올려다본다. 유리천장을 뚫고 햇빛이 수면 위로 떨어지며 뿌옇게 부서진다. 얘야, 여전하구나. 어머니가 걱정스런 얼굴로 혀를 차는 소리가 들린다.

*

집 근처 카페는 주인 여자가 의욕 없어 보이는 게 마음에 든다. 주문받을 때 이외에는 좀처럼 말을 걸지 않고 창밖을 보며 라디오만 듣는다. 주파수는 언제나 같다. 오전에는 클래식이, 오후에는 민요가, 저녁엔 제3세계 음악이 나온다. 아쿠아로빅 수업이 있는 날은 카페에서 박순례와 와플을 먹으며 한 시간 정도 시간을 보낸다.

—동네 흉흉하게 연쇄살인범이란 놈은 왜 안 잡히는 거야.

주문을 마친 박순례가 느닷없이 성질을 내며 의자를 끌어다 앉는다. 어떤 의견을 가지려다 만 나는 그저 고개를 끄덕인다. 박순례가 무슨 할 말이라도 있는지 자꾸 내 눈치를 본다. 나는 와플을 굽는 주인 여자의 움직임만 지켜볼 뿐이다. 어쩐지 조바심이 난다. 윤오가 집에 들어와 있을 것만 같다.

—성님, 걱정돼서 하는 말인데.

와플이 나왔는데도 박순례가 허겁지겁 달려들지 않고 염려스런 표정이다.

—성님, 성님네 집에 젊은 남자 있다며.

불경스런 말이라도 하듯 눈을 내리깐 박순례 때문에 웃음이 나와 괜한 헛기침을 하며 대답한다.

—대학생이라는데 휴학 중이래.

—그러니까, 말하자면 백수라는 거구먼.

—요즘엔 누굴 만날 때 말고는 명상하고 산책만 해. 자영업자는 몸 관리가 중요하다고.

—백수 주제에 무슨 자영업자야.

—사생활의 질을 잘 꾸려가는 것도 중요하지.

—백수 놈한테 공적인 생활이 있긴 있어?

—실패하려면 차라리 대단한 것을 하다 실패하겠다고 열심히 구상 중이야.

더 이상의 추궁이 소용없다고 생각했는지 박순례가 자세를 고쳐 앉고 내 손을 힘주어 잡는다.

—성님, 요즘 뉴스도 그렇고 아무나 집에 들이는 거 아니야. 그 놈 가방 속에 칼이라도 숨겨두었는지 어떻게 알아? 성님이 평생 혼자만 살아서 순박한 건 이해하는데, 설사 그 백수 놈이 해괴한 놈이어서 성님한테 분발한다고 해도 그건 나무둥치를 껴안고 있는 거나 마찬가지야. 왜 두 팔로 감싸 안아도 손이 안 닿는 큰 둥치 있잖아. 오래오래 싹을 틔우고 비를 맞고 꽃망울을 터뜨리고 열매를 맺고 그 열매를 근방에 떨어뜨려 다시 그걸 양분 삼아 한 뼘 자라고 몇 번이나, 몇 번이나, 기억할 수 없을 만큼의 시간을 보낸 뒤 그 속에 어떤 흔들림도 알맹이도 다 빠져나간 둥치. 그런 걸 가만히 껴안고 있으면 누구나 아득해지면서 일단은 머물고 싶어지거든.

문학병자 남편이랑 살더니 덩달아 문학병자가 된 모양이다. 나는 일부러 박순례의 얼굴을 빤히 보며 물었다.

—왜, 미련사라도 할까 봐?

—그게 무슨 말이야?

—서로 속눈썹 떼어주는 사이일 뿐이야.

황당해하는 박순례의 얼굴 대신 벽에 걸린 액자에 눈길을 준다. 색연필로 그린 작은 그림들이 더해진 시가 제목도 없이 가지런한 글씨로 씌어져 있다.

> 나는 그 애만 보면
> 무조건 놀린다.
> 아니면
> 무조건 때린다.
> 그러면 그 애도 나를 때린다.
> 그때는 아프지가 않다.

홍승기, 장곡초등학교 5학년*

아, 그야, 안 아프지, 안 아파. 한 김 식어버려 눅눅해진 와플을 내려다보며 나는 얼굴도 모르는 초등학생에게 대꾸했다.

*

집에 들어가기 전에 근처 상가 화장실에 들러 머리매무새를 만지고 얼굴에 로션을 새로 바른다. 립스틱을 손끝에 찍어 입술에 최대한 엷게 두드려 바른다. 또래 중에 제일 빨리 화장을 시작한 조숙한 중학생처럼 거울을 보며 웃는다. 나만 알아볼 칠보단장에 열과 성을 다한다. 건강을 지키고 위험을 피하는 것. 목욕물 온도와 커피의 농도 정도로 관심을 제한할 것. 박순례가 당부했던 말을 떠올리며 다시 한 번

* 홍승기, 「안 아프다」, 『쉬는 시간 언제 오냐』, 휴먼어린이, 2012.

웃는다. 마흔이 넘은 뒤부터 나는 언제나 사라질 채비를 해왔다. 하지만 오늘은 아니다. 태어나서, 살아 있어서 다행이라고 생각한다.

집으로 향하며 생각한다. 빈 황도 통조림이 깡통이 매달린 연통 아래 동그랗게 몸을 말고 윤오와 반나절 정도 이야기를 나누고 싶다. 가구 하나 없는 작은 방, 차가운 보리차가 가득한 물 주전자 하나와 유리컵 하나를 사이에 두고 윤오와 마주 보며 앉아 있고 싶다. 가을비가 내린 땅이 축축하다. 젖은 흙냄새가 좋다. 내가 죽은 건가. 땅속은 대개 축축하니까 죽고 나면 흙냄새를 실컷 맡을 수 있겠지. 서둘러 걷는다. 나는 늙어서 시간이 없다.

현관문이 열려 있어 놀래주려고 살금살금 들어서는데 윤오는 누워서 통화 중이었다. 내가 들어온 줄도 모르고 메모지에 무언가를 적어가며 대답에 열심이다. 발꿈치를 들고 윤오 곁으로 다가간다. 휴대폰 스피커에서 예의 그 목소리가 쏟아져 나온다.

—교수 입에서 섭섭하다는 말 나오면 좆망. 고개 숙이고 같이 소주 마시면서 내가, 로 시작되는 말 두 시간 동안 들어주다가 택시 잡아주고 문까지 닫아줘야 되는 거임. 괜찮아, 나는 아직도 나만 바라보니까. 칭찬받고 싶어서 그랬어. 야, 나 뭔가 병적인 걸 격정적인 서정성으로 가리려고 하고 있어. 세상에서 제일 슬픈 일이 재능 없는 사람이 재능 있는 줄 알고 애쓰는 걸 곁에서 지켜보는 일이래. 너 그래? 나 볼 때 그러냐고. 아, 썅, 알바 가기 싫다. 장학금 안 되면 등록금 만들어야 되는데. 야, 나 친환경 싫어, 힐링 싫어, 인문학적 사고 좆나 싫어, 괜한 죄의식 느끼게 해. 수지는 이민호랑 사귄다고 영국서 찍힌 파파라치 컷 떴던데. 수지 몰라? 국민 첫사랑 수지! 진심, 작사한다는 애가 그것도 모르냐? 너 그러니까 자꾸 짖는 거야. 다른 사

람들 사는 것도 좀 보고 그래라. 여튼, 나 사실 수지 남친 생긴 건 별로 안 부럽거든? 근데 카메라 보고 피자 맛있게 먹고 돈 받는 건 좆나 부럽다. 시팔! 이건 시발도 아닌 시팔이야. 짜장면 30초 만에 먹고 크림빵 두 개 먹고 싶어. 누룽지 개 쩌는 돌솥비빔밥 먹고 싶어.

얼굴이 궁금해 휴대폰 화면을 살폈지만 무슨 영문인지 잔뜩 구겨진 생수병만 비춰질 뿐이다. 전화가 끊겼는데도 윤오는 휴대폰을 손에 쥔 채 물끄러미 검은 화면을 바라보고 있다.

—생수병만 비출 거면 영상통화를 왜 해.

놀란 윤오가 상체를 벌떡 일으킨다.

—공짜거든요. 페이스 타임이라고.

—공짠가 그게.

—네, 할머니도 지마켓에서 페이스 타임 하나 주문해드릴까요?

—그게 돼?

—그럼요. 그것만 있으면 할머니랑도 언제든 얼굴 보고 통화할 수 있어요.

역시 젊은 사람이 낫다. 나는 조용히 감탄한다.

—농담이에요. 어떻게 페이스 타임을 지마켓에서 주문해요. 그건 애플 제품 사용자들끼리 무료로 사용할 수 있는 영상통환데요, 할머니도 쓰고 싶으시면 일단은……

농담이었구나. 윤오의 설명이 하나도 귀에 들어오지 않는다. 언젠가 윤오가 욕실에서 나오는 걸 본 적이 있다. 내가 잠든 줄 알았는지 문을 연 채로 옷을 갈아입고 있었다. 부스럼도 없이 깨끗하게, 아담하고 예쁘장한 엉덩이였다. 그때만큼 윤오가 멀게 느껴졌다.

—할머니, 삶은 기쁜 건가요?

갑작스런 질문에 대답을 고민하는데 윤오가 일어나 부엌으로 향하며 말한다.

—오늘 지하철에서 미친 듯이 짖었어요.

한참 적막하다 윤오가 다시 입을 연다.

—막무가내로, 아무에게나 기대서 잠들고 싶을 때가 있어요.

가스레인지를 끄는 윤오의 뒷모습을 물끄러미 올려다본다. 무슨 말이라도 꺼내려는데 윤오가 또 묻는다.

—할머니는, 제가 나가도 하나도 안 허전하시겠죠?

찻물을 따르는 윤오를 바라보며 말차의 신에게 기도한다. 말차와 윤오를 성심껏, 죽을 때까지 성심껏 부양하겠다고. 그러니 함께 있게 해달라고.

—허전할 것까진 없으시겠죠, 제가, 뭐 얼마나…… 아, 지난번에 구워주신 그 생선이요. 박대? 그거 또 있어요? 진짜 맛있던데.

—허전하지 않을까.

나는 겨우 말한다.

—그럴까요?

—아닐까.

별것도 아닌 대화에 식은땀이 흐른다. 내 진심을 들키고 싶다. 내 거짓말을 들키고 싶다. 내색하지 않으면 의미가 없다. 내색, 입이 쓰다.

—그럼 말이죠. 윤오가 찻잔을 내 앞에 내려놓고는 생각났다는 듯 방으로 들어간다. 배낭을 손에 쥐고 나온 윤오가 싱글벙글 웃으며 말을 잇는다. 이렇게 해보는 게 어떨까요. 이 집을 나가기 전에 미리 한 번 나가보는 거. 윤오가 신발을 신고 문밖으로 나간다. 잠시 정

적이 흐르고 집 안 풍경이 윤기를 잃고 부예진다. 아무래도 일어나서 나가보고 싶지만 그럴 수가 없다. 8월의 마지막 날, 아스팔트 위로 소리 없이 보슬비가 내리는 것 같다. 물론, 아스팔트는 나다. 열기가 아지랑이처럼 이글거리는 검고 납작한 표피 위로 작디작은 물방울들이 흩날린다. 미지근한 빗방울이 스치듯 살포시 내려앉을 때마다 살갗이 따끔거린다. 연기가 치익, 하고 솟아오른다. 차라리 억수같이 쏟아져 내렸으면. 과감하게 바람과 함께 몰아쳐주었으면. 마침내 적의 없는 그 빗방울들이 애가 타도록 끝끝내 스며들어가, 흘러흘러 브라질까지 닿을 때쯤 윤오가 다시 문을 열고 들어오며 환하게 웃는다. 역시 아니죠? 웃으니까 소년이 된다. 소년이라기보단 어린아이다. 허, 참, 이거 참, 차라리 저 배낭에 칼이라도 들었으면 좋으련만. 어쩔 수 없어, 나는 겨우 웃는다.

*

박순례 남편이 죽었다. 어제 남편이 아프다며 박순례가 전화를 하긴 했지만 전혀 예상 못한 일이었다. 박순례는 수업에 못 가겠다며 아침 일찍 나에게 전화를 했었다.

—성님, 어제 아침에 말이야, 문학병자하고 같이 길을 걸어가는데 맞은편에서 오는 여자가 싱글싱글 웃으며 걸어오는 거야. 문학병자가 저 여자는 뭐 좋은 일이라도 있나 보네, 하기에 내가 대뜸 당신 같은 남자가 남편이었는데 그 남편이 오늘 죽었나 보네요, 하고 대꾸했더니 문학병자가 흠, 역시 좋은 일이네, 하는 거야. 요 며칠 글 쓴다고 얼마나 예민하게 구는지 내가 좀 부아가 났었거든. 근데 어젯밤

에 문학병자가 진짜로 머리가 아프다고 내내 잠을 못 자는 거야. 나 아쿠아로빅 수업도 못 나가겠네. 같이 병원에 가봐야 할 거 같아. 근데, 성님, 기분이 이상해.

환절기라 아마도 감기 기운이 든 모양이라고 박순례를 다독였었다. 실제로도 그렇게 생각했다. 느닷없는 죽음이었다. 이른 저녁을 먹다 부랴부랴 장례식장으로 달려갔다. 아쿠아로빅 회원들은 내일 함께 온다고 해서 일단 먼저 가보려고 채비를 하는데 뻣뻣하게 굳은 내 얼굴이 걱정된다며 윤오가 따라나섰다. 윤오와 함께 향을 꽂고 절을 하고 한참을 서성이다가 밖으로 나왔다. 주차장에 서서 휴대폰을 쥐고 그저 기다렸다. 박순례를 보지 못해서였다. 혼절해서 막내아들이 수액을 맞히러 갔다고 했다.

저녁 바람이 제법 찼다. 옷깃을 여미는데 윤오가 휴대폰을 들고 주차장 뒤쪽으로 향한다. 주변이 고요해서 드문드문 윤오와 상대방의 목소리가 들린다. 아니다. 내가 윤오 쪽으로 슬금슬금 다가가고 있다. 걸음을 뗄 때마다 똑바로 누워 밤고구마를 삼키는 것처럼 목구멍이 막혀온다.

—오늘 도서관에서 무작정 쓰다가 생각했어. 차라리 저 책들 사이에서 태어날걸. 나는 왜 사람의 배에서 태어나 이토록 쓸쓸한 걸까. 오늘 단편 쓰면서 갑자기 수식하는 말들이 다 불필요하게 느껴져서 수식어 삼겹살을 모조리 걷어버리기로 작정했어. 그래서 꼭 필요한 말만 남기고 다 지우고 봤더니 노트북 모니터에 불이야! 사람 살려!밖에 안 남았다. 완전 좆망. 필사를 일곱 권 하면 용이 나타나 내 소설로 바꿔주면 좋겠다. 야, 근데 너 아직 그 할머니 집에 있어? 우와, 내가 그렇게 알아듣게 말했는데, 너 설마 나보다도 생각이 없는

거냐?

터벅터벅 걸어 윤오에게서 멀어진다. 야트막한 산 아래 낙엽이 수북이 쌓여 있다. 낙엽을 밟으며 산 쪽으로 자꾸 다가간다. 메마르고 버석거리는 것들이 끝도 없이 넓고 두텁게 흩어져 있다. 그 속에 섞여 내가 늙음의 주체가 아니라 그저 자연의 무한 영역에 일조하는 것뿐이라 생각한다.

한 사람은 무엇으로 이루어질까. 꿈, 소화 기능, 손톱, 황홀경, 입속의 시, 피와 뼈, 주먹과 무릎. 걸음을 옮길 때마다 낙엽 냄새가 짙다. 윤오의 몸을 뒤덮고 있는 2제곱미터의 피부, 몸에 솟은 돌기, 모든 구멍을 떠올린다. 그 구멍 안으로 들어가 죽고 싶다. 아니, 바닥까지 죽어 다시 살고 싶다.

지친 듯 낙엽 위에 눕는다. 어느새 전화를 끊고 다가온 윤오도 내 곁에 나란히 눕는다. 윤오도 나도 최후의 자세는 같을 것이다. 이 낙엽도, 나도, 윤오도 바람에 짓이겨지고 비에 뭉개져서 흙과 함께 섞일 것이다. 처음으로 공평하다. 감긴 눈 안쪽의 어둠을 응시한다. 물기가 가신 건조한 선과 드문드문 끊어진 길 같은 게 어둠 사이로 어른거린다. 두렵거나 불길하기보다는 평화롭고 안락하다.

—인생은 끝이 있어 참 다행이에요.

내 사정도 잊을 만큼 윤오의 표정이 쓸쓸하다. 순간, 나는 진심으로 윤오를 응원하는 사람이 된다. 부모가 자식을 위해 손으로 만든, 벽에 드리운 작은 새의 그림자처럼 다정하고 지극한 마음이 된다.

—이왕 하는 거, 작사를 좀 저돌적으로 해봐. 화장품 가게나 휴대폰 판매점에서 흘러나오는 노래들처럼.

윤오가 터무니없이 환하게 웃는다. 위해주는 사람에게만 보여주는 미소.

—병원을 다녀봐도 원인을 몰라요. 병명조차, 병원마다 다 다르고.

명랑하게 말하지만 눈꼬리에 수심이 깊다.

—병에 굳이 이름은 붙여서 뭐하게. 이름 밝히면 좀 낫나.

윤오가 더 이상 이전으로 돌아가지 못할 눈으로 나를 바라본다. 그러고는 손을 잡는다. 손바닥이 젖어 있어 따뜻하다. 내 손을 잡은 채로 윤오가 제 두 손을 자신의 가슴팍 위로 가져간다. 몇 가지의 행동이 나를 순진한 곳으로 옮겨놓는다. 무릎까지 오는 스커트에 짧은 카디건을 걸친 차림으로 두 손 가득 책을 들고 캠퍼스 계단을 오른다. 아직 더 배울 것이 남아 있는 내가 된다.

윤오의 가슴이 고분고분 오르락내리락한다. 윤오가 내 쪽으로 비스듬히 상체를 기대며 물음표 모양으로 몸을 구부린다. 잠시 아찔했지만 부유하는 마음에 넓적한 돌멩이 하나를 차분히 올려놓으며 나는 간신히 입을 뗀다.

—지금 하려는 거 하지 마.

—지금 하려는 게 뭔데요.

—모르는 척하지 마.

—그러면, 자주 가시는 카페에서 제대로 시작하면 어때요?

—거기서 너랑 나랑 뭘 하는데.

—아메리카노를 마시며 예쁜 얘기라도 나누죠.

—예쁜 얘기라는 건 또 뭐야.

나란히 누워, 어쩔 수 없어 웃는다. 윤오가 집 나가기 시연을 한 다음 날, 나는 옷걸이에 걸린 윤오의 티셔츠 하나를 훔쳤다. 잠들기 전 벽에 걸어두고 오래도록 응시했다. 티셔츠가 선생처럼 나를 내려다보았다. 어제 윤오가 산책을 나갔을 때 나는 욕실 샤워기에 물을 틀어놓고 나와서 욕실 문 앞에 마치 방금 티셔츠를 벗어놓은 것처럼 연출해놓았다.

티셔츠를 섬기는 심정을 윤오는 알까. 티셔츠 하나로 성찬을 차리는 마음을 너는 짐작이나 할까. 윤오의 머리칼로 향하려는 손을 간신히 배낭 쪽으로 뻗는다. 때가 타 반질반질한 촉감을 손끝으로 느끼다가 문득 박순례의 말을 떠올린다. 새삼 배낭이 무거워 보인다.

—저기, 배낭에 말이야. 칼이라도 들어 있나?

윤오가 영문 모를 얼굴로 되묻는다.

—칼이요?

—아니면 시체 토막 같은 거라도.

윤오가 힘없이 고개를 젓는다.

—그런 건 아무나 들고 다니나요.

하늘을 올려다보며 한숨을 쉬는 윤오를 물끄러미 바라본다. 내 몸 밖에서 영원히 선회하는 청춘. 그림자를 판 사나이든가. 무엇이든 팔아 얻고 싶다고 생각한다. 윤오가 잡은 내 손을 허공에 힘껏 흔들며 웃는다.

—거대한 건포도 같아요.

—너는 잣 같다.

가혹하다고 생각하는데 윤오가 말한다.

—저, 아직 숫총각이에요.

—그게 어때서.

—사람이 다 때가 있는 건데요.

분발하는 마음으로 묻는다.

—어디에 반했나.

물끄러미 쳐다보는 윤오에게 다시 설명한다.

—페이스 타임 애인 말이야.

—어, 애인 아닌데.

방어적인 말투에 나도 모르게 주눅이 든다. 윤오가 어깨를 움직여 조금 거리를 둔다.

—꿈에 대한 자세가요.

그리워하는 표정으로 윤오가 덧붙인다.

—애절한데, 당당하게 애절하잖아요.

거의 책임감으로 다시 묻는다.

—그렇게 당당한 비결이 뭔가.

—규칙적인 자위래요.

웃으면서 어색하지 않게 윤오의 손을 놓는다. 윤오한테 내가 묻을까 봐. 내 늙음이 묻을까 봐.

*

—성님, 나는 죽음이 두렵고 시체는 무서워. 고운 잔디가 펼쳐지고 소나무가 둘러싸고 있으면 뭐해. 아무리 풍경이 신성해도 혼자서는 못 갈 거 같아. 교감 선생하던 시누가 내 말을 듣더니 가르치듯 그러는 거야. 사람이 죽으면 혼은 승천하고 백은 땅으로 스며드는데 귀는 공중에서 떠돌아다니다가 기일이 되면 제사 때 찾아온다고. 귀와 백은 풍수지리하고 연관돼서 지속적으로 산 사람한테 영향을 미친다면서 죽는 것과 사는 것은 존재 전이일 뿐, 별반 차이가 없대. 존재 전

이? 소가 웃고 쥐가 하품하는 소리하고 자빠졌네. 별반 차이가 없긴 뭐가 없어. 물렁하고 뜨끈한 영감 살이 다 재가 되고 즙이 되는데. 그렇게 큰 덩치로 괴팍하던 인간이 최후로 순해져서 꼼짝도 안 하는데. 그 시누이가 퇴직하고 교회에서 권사님인지 장로님인지 열심이거든. 나보고 임종 때 목사도 안 불렀다고 막 나무라는 거야. 천국 가려면 죽기 전에 회개해야 한다나. 문학병자가 천국이 아쉬울까 봐? 살아서 하고 싶은 거 다 하고 살았는데 내세에 간절함 같은 게 왜 필요해.

휴대폰을 통해 들리는 박순례의 음성이 여전해서 마음을 놓는데 박순례가 말을 덧붙인다.

—성님, 웃기지. 교회는 내가 다니기로 했어. 영감 때문이 아니라 나 때문에. 영감 죽고 자꾸 한밤중에 깨서 숨이 안 쉬어지는 거야. 무르팍을 쥐어뜯다 새벽에 차도로 막 뛰쳐나간 적도 있어. 차도 한가운데 웅크리고 앉아 꼬챙이에 찔린 달팽이처럼 몸을 비틀고 움찔거렸어. 할 수 없이 종이에 부처님, 예수님, 알라신이라고 쓴 다음에 눈감고 하나를 골랐더니 예수님이 걸렸어. 성님, 나는 지금 아무 데나 찍어서 의지해야 돼. 안 그러면 자식들 괴롭힐 거야. 오늘로 예수 믿은 지 사흘 됐어.

인생에서 일어나는 모든 일들을 필연이라고 생각한다면 우리는 그것들로부터 거리감을 유지할 수 있을까. 남루한 심상은 전부 다 걷어버린 채 임상적인 수치로만 여길 수 있을까.

전화를 끊고 부엌으로 가 차를 덜어낸다. 의식도, 예배도, 축원도 아닌 행동에 몸과 마음을 몰입한다. 찻가루를 담은 잔에 뜨거운 물을 부으니 스스로 한 바퀴 원을 만든다.

찬 공기가 고파서 베란다로 향한다. 힘주어 창문을 열었는데 익숙한 음성이 들린다.

—왜 써야 되냐니. 너 그런 질문 좀 품고 살지 마라. 그러니까 자꾸 짖는 거야. 인간이니까 쓰고 인간이니까 사랑하는 거지. 다들 무슨 의미인지 묻는데 그럼 인생의 의미는 대체 뭐냐.

창턱을 짚고 상체를 숙이니 윤오의 뒷모습이 보인다. 가로등 아래서 누군가와 마주 보고 있다. 윤오에게 쉼 없이 말을 내뱉는 상대를 유심히 관찰한다. 버섯 모양의 머리스타일 말고는 평범한 차림이다. 코는 납작한데 입이 미세하게 튀어나오고 입술도 위아래로 도톰해서 말할 때 꼭 지저귀는 것 같다. 기어이 말하고 말겠다는 비장한 움직임으로 입술이 쉴 새 없이 움직인다. 음성이 높고, 커서 2층 베란다까지도 또렷이 들린다.

—야, 너 나랑 해바라기를 잇는 서정 듀오를 만들어서 국민서정가요나 만들자. 돈도 벌고 세상도 좆나 온화하게 만들면 좋잖아.

위에서 내려다보는 것뿐인데 풍경이 아주 다르다. 밤거리가 한층 포근하다. 가로등 빛이 두 사람의 발밑을 노랗게 비춘다.

—교수가 내 소설 보고 그러더라. 미친년 칼춤 추는 구경은 재미있지만 누구도 돈 내고 예술의전당에서 보려고 하지는 않을 거라고.

아기를 업은 여자가 칭얼대는 아기를 어르느라 낮게 노래를 부르며 천천히 지나간다. 아기의 엉덩이를 부드럽게 토닥이며 가만가만 박자를 맞춘다. 검둥개야 짖지 마라, 꼬꼬닭아 우지 마라, 우리 지윤이 잘도 잔다.

—야, 넌 왜 맨날 아무 말이 없어. 물론 모르는 미친년은 무시하고 피해가는 게 상책이지. 근데, 니 미친년이잖아. 너만 보듬어줄 수 있다고. 그러니까 내 말은…… 하아, 이렇게까지 하는데도 못 알아듣

냐, 너도 진짜, 하아.

습자지 같은 입맞춤이었다. 얼굴이 붉어졌을까. 좀더 제대로 해 주었으면 싶었는데 윤오가 다시 다가간다.

라일락 향기가 코끝을 스친다. 이미 봄인가. 멀리 시선을 두자 밤바람에 낙엽이 스치듯 날리고 있다. 꽃향기가 아니다. 요즘 젊은이들은 향기도 좋구나. 안도와 피로가 희미하게 피어오른다. 낙엽마저 거의 떨어진 앙상한 나뭇가지를 보고, 아기 업은 여자를 보고, 공터에 걸린 플래카드를 보고 다시 그쪽을 본다. 당연히 외롭다.

하늘을 올려다보니 감청색 밤하늘이 펼쳐져 있다. 여린 숙주가 잔뜩 들어간 녹두부침개가 먹고 싶다. 박순례에게 전화해볼까. 휴대폰의 버튼을 누르며 어쩔 수 없어, 나는 겨우 웃는다.

선 정 의 말

—

홍희정의 「앓던 모든 것」은 일흔셋의 독신 여성(연애 혹은 결혼의 경험이 소개되지는 않는다)과 스물한 살 윤오의 동거를 그린다. 수영장에서 위험에 처한 '나'를 구해준 인연으로 오갈 데 없는 윤오는 '나'의 집에서 신세를 지게 된다. 한때 책 몇 권을 출간한 작가였던 '나'와 문예창작과를 휴학하고 작사 공부를 하는 중인 윤오는 엄청난 나이 차에도 불구하고 어느 정도 서로의 삶에 교감하는 사이로 그려진다. 물론 이 작품이 가장 공들여 묘사하는 것은 일흔셋의 내 눈에 비친 스물한 살 청춘의 모습이다. '나'는 윤오의 몸을 앓고 있다. 그러나 "청춘을 회임한 듯 반지르르 윤이" 나는 윤오의 눈, "봉숭아 꽃잎으로 덮어주고 싶은 손" "아담하고 예쁘장한 엉덩이"에 대한 '나'의 응시는, 일흔셋의 삶에 활기를 불러일으키기보다는 오히려 상실과 외로움을 증폭시킨다. 이 소설은 여성 버전의 『은교』처럼 읽히기도 하는데 작가로서의 '나'의 권위가 성적 매력으로 치환되거나 노년의 고통스러운 욕망이 적나라하게 묘사되지는 않는다. 그런 점에서 「앓던 모든 것」은 롤리타 콤플렉스의 완벽한 성적 역전을 불가능하게 하는, 우리의 어떤 감수성에 대해 생각게 하는 소설이 되기도 한다.

일흔셋의 내가 '앓는 것'은 청춘의 몸뿐이 아니다. 그녀는 청춘의 말도 앓는다. 윤오와 친구의 전화 통화, 혹은 주고받은 메시지들은 그녀에게 "소돔과 고모라 같은" "언어설사"처럼 들리기도 하는데, 그 알 수 없는 대화 내용들은 구시대 "문학병자"들의 문장보다 훨씬 더 문학적인 것으로 읽히기도 한다. 사실 이 소설의 가장 큰 매력은 일상적인 대화들을 문학적인 문장으로 배치하는 작가의 능력이다. 직접 읽고 그 문장의 맛을 느껴보라고 권하고 싶다. 소설 속 박순례의 "문학병자" 남편이 저지른 평생의 패악과 갑작스러운 죽음과는 달리, 언제나 진지하고 아름답고 극적인 것만이 문학적인 것은 아니라는 사실을, 이 소설이 말하고 싶었는지도 모르겠다. **조연정**

2015년 8월

이달의 소설

첫사랑

백수린

ⓒ 강재훈

1982년 인천에서 태어났다. 2011년 『경향신문』 신춘문예로 등단했고, 소설집 『폴링 인 폴』이 있다.

작 가 노 트

꽃이 또 핍니다. 곧 질 줄도 모르고.

●••

아르바이트를 할 생각이 없냐고 물었다. 나는 돈이 없는 대신 시간이 많았다. 하겠다고 답하니 날짜와 장소가 적힌 문자 메시지가 날아왔다. 다이어리를 펼쳐서 해당 날짜를 찾아 빈칸에 볼펜으로 시간과 장소를 꾹꾹 눌러 기입했다. 다이어리에는 무언가 기록되어 있는 네모 칸보다 비어 있는 칸이 더 많았다.

아르바이트를 하기로 한 날은 사 월 칠 일 금요일.

나는 모처럼 일찍 깨서 씻고 나갈 준비를 했다. 버스 기사가 틀어놓은 라디오에서 기상 캐스터는 밝고 산뜻한 목소리로 주말 동안 나들이하기 좋은 날씨가 이어질 거라고 알려주었다. 벚꽃이 가장 예쁠 때라고도 말했다. 꽃놀이를 하러 가고 싶다,고 잠깐 생각했다. 말하자면 완연한 봄이었다.

문자 메시지에 적힌 대로, 땅값이 가장 비싼 시내에 위치한 N백화점 정문에 도착한 시간은 열 시 십 분 전. 쓸데없이 지각하지 않기 위해 서두른 보람이 있었다. 한 손에 휴대전화를 쥔 채 정문 안으로 들어섰다. 유리 회전문을 밀고 안으로 들어서자마자 나와 비슷한 차림새를 하고 로비 한쪽 구석에 서 있던 두 명이 눈에 들어왔다.

"어머나, 이게 얼마 만이야."

그러니까 이게 대체 얼마 만이지.

정문 안쪽 구석에 쪼르르 서 있던 이는 영과 담이었다.

"결국 이런 데서야 셋이 보네."

우리는 반갑게 웃었다. 대학 졸업한 이후 셋이 한꺼번에 본 적은 없었다.

누군가 아마 우리를 찾으러 오겠지? 아마 그럴 거야.

내게 아르바이트할 사람을 찾는다고 단체 메시지를 보낸 사람은 영이었다. 영의 예전 회사 선임이 N백화점으로 이직해 일하고 있는데 급히 아르바이트생을 구한다고 말했다. 그가 무슨 일을 하는지는 정확히 모르지만, 아무튼 정직원인 것만은 확실했다.

우리가 기다리는 사람이 그 사람인가? 아마 그렇겠지.

우리는 벽에 기대어 서서 기다렸다. 내가 아는 한 영의 예전 선임인 김 팀장은 영이 짝사랑했던 남자기도 했다. 언제나 자신감이 넘치고 호탕한 성격으로 뭇 여직원들의 흠모를 받던 인물이라는 이야기를 한동안 귀에 못이 박히도록 들었던 터라 어떻게 생긴 인물일까 내심 궁금했다. 우리는 누군가가 찾으러 오기를 기다리면서 백화점 안을 두리번거렸다. 백화점 안은 향기롭고 환했다. 일 층의 대부분을 차지하는 화장품 매장마다 고객들을 유혹하는 빛깔이 넘실거렸다. 매대 위에 놓여 있는 크고 작은 거울 위로 빛이 반사되어 사방으로 퍼졌다. 그동안 어떻게 지냈어? 응, 응, 잘 지냈지, 너는? 회전문을 따라 백화점의 고객들이 경쾌한 발걸음으로 들어왔다. 뭔가 다소 민망해 우리는 고개를 숙였다. 열 시가 넘고, 열 시 십 분이 넘고, 열 시 십오 분이 되었지만 아무도 우리를 찾으러 오지 않았다.

"여기서 보는 게 아닌가?"

"여기 맞지 않나?"

영이 휴대전화를 꺼내어 문자 메시지를 확인했다. 문자 메시지에는 틀림없이 로비라고 되어 있었다.

"전화를 해볼까?"

영이 의견을 냈다.

팀장님, 저희 로비에 와 있어요.

우리는 소심하게 문자 메시지를 적어 보냈다.

응, 그래. 담당자가 내려갈 거야, 조금만 기다려.

시간은 열 시 이십 분을 넘어섰다. 백화점 안으로 들어서는 고객들이 우리를 흘깃 쳐다보고 지나갔다. 우리는 벽에 기댄 채 서로의 근황을 물었다.

"아르바이트생들이죠?"

반듯한 구두에 정갈하게 넥타이를 갖춰 맨 남자가 우리 앞에 멈춰 선 시각은 열 시 삼십이 분. 우리가 고개를 끄덕였다.

"여기가 아니라 사무실 전용 엘리베이터가 있는 로비에서 기다리셨어야죠."

남자가 못마땅한 투로 말했다. 우리는 남자를 따라 밖으로 이동해 옆 건물의 직원 엘리베이터를 탔다. 우리는 무슨 일을 하는지 아직 알지 못했다.

고백하자면 내가 아르바이트를 하기로 결심한 것은 J선배 때문이었다. 마음이 심란해 밤늦게 산책하고 집에 돌아오는 길이었다. 휴대전화의 진동이 울렸다. 지난 학기 교무위원회의 결정에 따라 학과 통폐합 관련 문제가 대두되면서 학과 차원에서 이런저런 연락이 시도 때도 없이 오고 있었다. 대기업이 학교를 인수하면서 인문사회 계열의 일부 학과들을 통폐합하는 대대적인 학제 개편안이 추진된다는 소문이 돌고 캠퍼스 곳곳에 대자보가 붙었다. 마음이 심란한 것은 나 같은 대학원생이나 학부생 모두 마찬가지였다.

그렇지만 그날 밤 가로등 아래서 휴대전화를 꺼냈을 때 내가 발견한 것은 J선배의 이름이었다. 나는 선배의 이름이 액정 화면에 뜰 때마다 늘 그래왔듯이 나도 모르게 걸음을 멈추고 길가에 서서 메시지를 확인했다. 일교차가 커서 제법 쌀쌀했던 밤이었는데, 인적 없는 인도 한복판에 우두커니 서서 선배와 만날 약속을 잡기 위해 문자 메시지를 몇 통 주고받고 나니, 집으로 향하는 길에는 얼굴이 뜨거워 춥지조차 않았다.

J선배와 연락이 닿은 것은 아주 오랜만이었다. 내가 교환학생으로 러시아에 갔다가 돌아왔을 때 선배는 이미 석사과정을 마치고 학교를 떠나 있었다. 유학 준비 중이라는 근황을 몇 해 전 다른 선배로부터 전해 들은 적은 있었다. 선배와 나는 더 이상 안부 전화를 주고받는 사이가 아니었다. J선배와 나는 내가 러시아에 가 있던 일 년 동안 빈번히 연락을 주고받다가, 가끔 연락하게 되었고, 그러다가 J선배에게 여자친구가 생기고 나서는 드문드문 연락을 이어가게 되었다. 선배와 마지막으로 통화했던 것은 스승의 날이었나, 아무튼 선후배

들이 학교 근처 맥줏집에 잔뜩 모여 학과 행사를 치렀던 어느 밤이었다. 선배가 내게 전화를 건 것은 아니었고 내가 선배에게 걸었던 것도 아니었다. 뒤풀이에 찾아온 J선배의 동기가 갑자기 내게 전화기를 건넸다. 대학원에 갈까 생각하고 있어요. 술집 안이 시끄러워 선배의 목소리가 잘 들리지 않아 나는 수화기를 귀에 댄 채 테이블 밑으로 고개를 숙였다. 여전히 기특하구나. 술집의 소음은 물 밖에서 들려오는 것처럼 아득했고, 선배의 그 말 한마디가 또렷이 귓가에 울렸다. 나는 정말 기특한 사람이라도 된 것처럼 뿌듯한 기분이었다. 열심히 해라. 나는 정말 무엇이든 열심히 할 수 있을 것만 같았다. 선배와 연락이 닿은 것은 그때가 마지막이었다. 언젠가, 선배의 아버지가 암 투병 끝에 돌아가셨다는 소식을 듣기는 했지만, 내가 그 소식을 들은 것은 장례식이 끝나고 한참 후라 위로의 문자 메시지를 보내기도 이미 늦은 때였다.

J선배의 목소리는 변함이 없었다. 혹시 결혼했니? 아니요, 선배는요. 나도 아직. 선배는 사귀던 여자와 얼마 전 헤어졌다고 했다. 오랜만에 얼굴이나 볼까? 어떻게 변했나 한번 보고 싶다, 야. 선배가 우리 동네까지 찾아오겠다고 말했다. 약속을 잡은 것은 다음 주 목요일이었다. 마땅한 옷을 한 벌 사고 싶다는 생각이 든 것은 붕 뜬 기분으로 집에 돌아와 세수를 할 때였다. 선배를 만나기 전까지 턱 밑의 뾰루지가 없어졌으면 좋겠다던 생각은 자연스럽게 선배를 만날 때 무슨 옷을 입으면 좋을까, 하는 걱정으로 이어졌다. 옷을 마지막으로 산 게 언제인지 기억도 나지 않았다. 삼 년 만에 재회하는 선배 앞에서 예쁘기는커녕 보풀이 잔뜩 일고 유행이 지난 옷차림을 하고 싶지는 않았다. 급히 아르바이트를 구한다는 영의 연락을 받은 것은 돈이 어디

서 생기면 좋겠다고 생각하며 인터넷 쇼핑몰 사이트에 접속해서 봄 신상을 구경하던 며칠 후였다. 하루 온종일 일하고 일당 팔만 원. 팔만 원이면 봄 원피스 한 벌 정도 구입하는 데 보탤 수 있을 것 같았다. 영의 단체 문자 메시지에 응답한 것은 휴학생인 나와 얼마 전까지 다니던 직장에서 재계약하는 데 실패했다는 담, 이렇게 둘이었다.

우리가 해야 하는 일은 아크릴판을 세척하는 일이었다. 남자를 따라 올라간 백화점 꼭대기 층의 대회의실에는 수많은 아크릴판이 겹겹이 쌓여 있었다. 백화점 VIP고객들에게 발송할 무슨 초대장에 필요한 것이라고 했는데, A4 용지 반의반만 한 크기의 길고 투명한 아크릴판이었다.

"기스가 나지 않게 깨끗이 닦으면 돼요."

남자는 간단한 설명을 하고 사라졌다. 우리는 남자가 준비해놓은 것들, 대회의실 바닥에 놓여 있는 알코올병과 분무기, 거즈 수건 같은 것들을 보았다. 대회의실 한 면을 다 차지하는 유리창으로 봄볕이 쏟아졌다.

아크릴판이 햇빛에 반짝반짝.

우리는 각자 자리를 잡고 앉았다. 모두가 망설이는 사이 영이 먼저 자리를 잡고 의자에 앉았다. 나와 담도 쭈뼛대다가 영을 따라 거즈 수건을 집어 들었다. 나는 사실 뭘 어떻게 해야 할지 알 수가 없었다. 둘러보니 그것은 영도, 담도 마찬가지인 것 같았다. 그렇지만 닦아야 할 아크릴판은 많았고 시간이 없었다. 나는 아크릴판을 거즈로 문질렀다. 회의실이 넓고 조용해서 액체를 따르는 소리가 크게 들렸다. 가죽 의자는 또 무거워서 의자를 끌어당길 때마다 시끄러운 소리가 났다. 서울에서 산 세월이 쌓이면서 이 백화점에 들락거린 횟수는 늘어났지만 회의실에 온 것은 처음이었다.

"셋이 여기 이러고 앉아 있으니 왠지 옛날 생각이 난다."

담이 말하는 '옛날'이 언제를 가리키는 말인지 나는 알고 있었다. 나 역시 그때를 생각하고 있었으니까.

방적 과정을 거치지 않은 울 소재 테일러드재킷과 프랑스산 실크 보타이, 정교하게 끝마무리 처리된 토트백과 보스턴백, 송아지 가죽으로 만든 펌프스 힐 같은 것들이 휘황하게 빛나며 고객들을 유혹하는 매대. 백화점은 말 그대로 백 가지 재화가 있는 곳이었다. 꼼짝도 못하고 서 있던 나를 쿡 찔렀던 것은 재수를 한 탓에 나와 담보다 한 살이 더 많은 영이었다.

"기죽은 티 내면 안 돼."

말은 그렇게 했지만 영도 불안한 눈빛이었다. 우리는 의식적으로 턱 끝을 들고 당당하게 걸었다. 백화점 명품관쯤이야 아침 먹고 산보 삼아 매일 들르는 사람들처럼. 수많은 물건들 중 우리가 찾는 것은 딱 하나였다. 갈색 가죽에 로고가 박힌 명품 가방. 신입생 오리엔테이션 기간에 몇몇 여자 동기들이 그 가방을 들고 나왔을 때만 해도 나는 그 가방의 진가를 몰랐다. 그것이 고가의 명품이라는 것 정도야 알고 있었지만 내가 살 수 있는 가방도 아니었고 더군다나 지나치게 고풍스러워 보여 내 취향과는 거리가 멀어 보였을 뿐이었다. 그렇지만 개강 초만 해도 반반 정도를 이루었던 명품 가방을 들지 않은 동기들과 든 동기들의 비율이 중간고사 즈음이 되자 달라지기 시작했다. 학기가 삼분의 사 정도 지나자 우리 과 신입생 중에서 명품 가방을 들고 다니지 않는 것은 우리 셋뿐이었다. 엄청 비싼 백이라고 하지 않았나? 영문을 알 수 없는 일이었다. 우리가 알 수 있었던 유일한 것은 모양이나 크기는 약간씩 차이가 있지만 같은 로고를 박은 가방으로 대동단결한 동기들의 흐름에서 우리가 소리 없이 주변부로 밀려나고 있다는 사실이었다. 이렇게 계속 가장자리로 밀려나다가는 알 수 없는 곳에서 표류하게 되겠다는 위기감을 가장 민감하게 느낀 것은 영이었다. 중학교 시절부터 유행하는 일제 펜을 필통 한가득 넣고 학교에 가야 공부가 더 잘된다는 것을 깨우친 영은 어느 날, 학생 식당에서 하이라이스를 먹다가 말고 우리도 가방을 장만해야 하지 않겠냐고 결연한 말투로 말했다. 명품 가방을 하나 장만하면 연어 떼처럼, 우리를 두고 흘러간 강물을 거슬러 오를 수 있을 거라고 확신하는 얼굴로. 영의 말투가 너무 결연해서 나와 담은 고개를 끄덕였다.

그렇지만 결과는? 그날 명품관을 걷던 우리를 본 사람이 있었다면, 그 누군가는 우리가 연어는커녕, 강물을 유유히 헤엄치는 민물고기들 틈에 어쩌다 불시착한 세 마리의 주꾸미 같았다고 기억할 것이 틀림없다. 우리는 의식적으로 최대한 자연스럽게 걸으려고 애썼으나 그 결과 행동거지 하나하나가 부자연스러웠다. 통장에는 여름방학 동안 아르바이트해서 모아두었던 돈이 저금되어 있었다. 고향에서 부모님이 보내주시던 생활비가 부족할 때 보태 쓰기 위해 마련했던 돈이었다. 이렇게 큰돈을 가방 하나 사는 데 써도 되는 걸까. 촌스럽다는 말을 들을까 봐 생각을 입 밖에 꺼내지는 못했지만 심장이 벌렁거렸다. 앞장서서 걷던 영이 발걸음을 멈췄다. 영이 쳐다보는 곳에 우리가 찾던 가방이 진열되어 있었다. 동기들이 메고 있을 때는 내 눈에 그저 그렇게 보이던 가방이었는데 유리벽 너머 진열되어 있는 가방의 존재는 뭐랄까 압도적이었다. 은은한 조명 아래 고혹적으로 떨어지는 가방의 라인, 고급스러워 보이는 가죽 스트랩과 금색 펜던트. 매장 안의 모든 것들이 반짝반짝 빛났다. 하얀 장갑을 낀 점원들이 우리 쪽을 흘깃 보았다. 그들의 자세는 진열장 위의 가방처럼 반듯했고 얼굴은 무표정이었다. 주눅 들어야 할 필요가 전혀 없다는 것을 알면서도 기가 죽었다. 점원들은 우리가 이런 데 매일 드나들어본 존재가 아니라는 것을 한눈에 간파했을 거였다.

"들어가나 보자."

오기가 생겨 내가 담과 영을 잡아끌었다. 그러나 영은 그 자리에 붙박인 듯 서 있었다. 주먹을 꼭 쥔 채. 그때 영은 무슨 생각을 하고 있었을까. 놀랍게도 영이 거의 울 것 같은 표정을 짓고 있어서 나는 아무 말도 하지 못한 채 영의 옆에 서 있었다. 유리 진열장의 바깥쪽에. 누군가가 우리를 스치고 매장 안으로 들어갔다. 매장의 직원들이 웃으며 고개를 숙였다.

"배고프다. 밥이나 먹으러 가자."

내 옆에 서 있던 담이 안경을 손끝으로 추켜올리며 말했다. 석 달치 월세보다 비쌌던 그 백을 우리는 결국 사지 못했다.

아크릴판을 닦는 일은 지루했고 무엇보다 어깨가 아팠다. 상처가 나지 않게 조심조심 닦는다고 닦다 보니 판에 묻은 얼룩이 쉽게 지워지지 않았다. 닦아야 하는 아크릴판의 개수는 정해져 있었다. 담은 닦다가 금세 멈추고 자리에서 일어나 스트레칭을 했다. 아크릴판을 다 닦아야 집에 갈 수 있는데. 닦아도, 닦아도 아크릴판의 수는 줄어들 것 같지가 않았다. 그러고 보니 담은 원래부터 좀 끈기가 없었지. 예전에 담이 공무원 시험을 준비했을 때, 시험에 붙기 어렵지 않을까 의심했던 것은 나만이 아니었다. 그렇기 때문에 담이 몇 차례나 연거푸 공무원 시험에 낙방한 끝에 사립 고등학교의 계약직 교직원으로 취직했다는 이야기를 들었을 때 아무도 놀라지 않았다.

"근데, 도대체 VIP가 몇 명이나 되길래 아크릴판이 이렇게 많을까?"

영이 아크릴판을 햇빛에 비춰보며 말했다. 원래도 조막만 한 얼굴에 이목구비가 뚜렷한 편이었지만 햇빛을 등진 영은 광고 모델처럼 예뻐 보였다. 영도 나나 담처럼 작업하기 좋은 허름한 옷차림에 낡은 운동화를 신고 있었지만 머리는 아침 일찍 일어나 손질한 듯 컬이 살아 있었고 화장도 공들인 듯 피부가 윤이 났다. 짝사랑하는 상대에게 예쁘게 보이고픈 마음이야 나도 이해할 수 있었다. J선배가 기억하는 나는 어떤 모습이려나. 몇 년 사이 찐 옆구리 살을 J선배가 알아채면 어쩌나 걱정이 되었다.

"그런데 말이야."

말없이 아크릴판만 계속 닦는 것이 지루해 우리는 관심도 없는 연예인 가십이나, 동창 중 누군가가 결혼했다거나, 실연했다거나 같은 유의, 아무튼 우리랑 상관도 없는 얘기를 주섬주섬 꺼내어 주고받았다.

"참, 너네 그 얘긴 들었니?"

이번에는 담이 무슨 이야기인가를 꺼냈다. 닦아야 할 아크릴판은 여전히 많아 남아 있었고, 일은 단순하고 반복적이었다.

"무슨 얘긴데?"

"K선배 말이야."

학교 다닐 때 과 선배와 사귀어서 선배들의 소식에 밝은 담은 그동안 듣지 못했던 이들의 근황을 전해주었다. 대개는 어떤 선배의 연봉이 얼마고, 누구는 결혼하는 데 돈을 얼마 썼고, 또 누구는 집을 마련할 비용이 없어 차였다더라, 하는 식의 이야기들이었다.

나는 아크릴판에 알코올을 뿌렸다.

"아, 이거 다 떨어진 것 같다."

"여기 알코올 더 있어."

분무기에 알코올을 따라 부었다.

"일 학년 때는 우리가 이렇게 백화점 꼭대기에 앉아서 아크릴판이나 닦고 있을 줄 상상도 못했는데."

별로 웃긴 말도 아니었는데 내 말에 담과 영이 푹— 하고 웃었다. 오랜만에 만난 친구들과 둘러앉아 시답잖은 이야기를 주고받기 때문일까, 아니면 J선배와 만날 약속을 잡아놨기 때문일까, 마치 예전으로 되돌아간 것만 같은 기분이 들었다. 그렇게 생각하자 둥그렇게 앉은 우리 사이에 커다란 나무 한 그루가 천천히 가지를 뻗으며 자라나기 시작했다. 밑동이 튼튼하고 가지마다 하얀 꽃잎이 촘촘히 달린 벚나무. 향기로운 나무 그늘이 닿는 자리 저만치에는 선배들이 앉아 있다. 그 가운데 어딘가에는 J선배도. 러시아어 스터디를 빙자해 대낮부터 고량주를 마시던 사월의 어느 날처럼.

"그런데 우리 과 없어진다던데, 진짜니?"

가지가 우거지고 꽃송이가 아름드리 늘어진 나무 아래 앉아 담과 영이 궁금하다는 듯 나를 쳐다보았다. 유리창으로 햇살이 타고 들어와 눈이 부셨다.

내가 이렇게 말하면 J선배는 억울하다고 말할지 모르겠지만 나는 내가 대학원에 진학하는 데 가장 결정적인 역할을 한 사람이 아마도 J선배였던 것 같다고 항상 생각해왔다. J선배와 우리는 같은 과 선후배 사이로 만났다. 지금 생각해보면 여섯 살 차이 정도야 별것도 아니지만 신입생 시절 여섯 학번 차이는 어마어마하게 큰 거였다. J선배는 내가 대학에 갓 입학했을 때 이미 졸업반이었기 때문에 학과 차원에서 전통적으로 이어져오던 신입생 대상 기초 러시아어 스터디에는 참석하지 않아도 되었다. 스터디의 중심이 되는 것은 원래 이삼 학년이었다고 했으니까. 그렇지만 우리가 스터디에 참석하기 위해 처음 과방 문을 열었을 때, 환기가 잘되지 않아 꿉꿉한 냄새가 나던 과방에 붙박이 가구처럼 혼자 앉아 있던 사람은 J선배였다. 목까지 단추를 다 잠근 체크무늬 셔츠에 유행이 지난 스노진을 입고 앉아 있던 J선배. 선배는 일주일에 한 번씩 우리를 과방에 앉혀놓고 즈드랍스트부이테, 라트 프스트레체 같은 문장들을 가르쳤다. 선배가 신입생들을 대상으로 하는 기초 러시아어 스터디에 적극적이었던 것은 후배들과 원서 강독을 하고 싶다는 원대한 꿈이 있었기 때문이었다.

그렇지만 선배의 꿈이 얼마나 허황한 것인지 밝혀지는 데는 오랜 시간이 필요하지 않았다. 애당초 러시아어나 러시아 문학이 좋아서 진학한 신입생들보다는 성적에 맞춰 노어노문학과에 흘러들어온 동기들이 대다수였다. 그렇기 때문에 레르몬토프가 쓴 십구 세기 고전시나 러시아어의 어휘론적 특징을 가르치는 교수를 앞에 두고 대부분의 노문과 학생들은 토익 단어를 외우거나 한자능력자격증 시험을 준비했다. 교수들도 포기한 원서 독해를 추구했던 J선배의 열정은 무모해 보였다. 처음에는 이십 명쯤에 달했던 스터디의 인원이 줄고, 줄고 줄어서 한 학기 만에 열 명도 채 남지 않았다. 그중에는 나도 포함되어 있었다. 특별히 러시아어에 열정이 있었던 것은 아니었다. 씨를 뿌렸으면 거둬야 한다는 부모님의 가르침대로 살아온 십구 년 동안의 습성을 버리지 못한 결과였다고나 할까.

아마 명품 가방을 사려던 우리의 시도가 보기 좋게 실패로 끝나고 한 달쯤 지난 때였던 것 같다. 영도 담도 나도 그 일에 대해서는 약속이나 한 듯 더 이상 이야기를 하지 않았다. 그렇지만 가을비가 내리던 하늘처럼 그즈음 내 마음은 우중충했다. 내가 그토록 우울했던 까닭이 무엇인지는 정확히 알 수 없었지만 그것이 가방을 사고 못 사고의 얄팍한 문제 때문이 아니었다는 것만은 분명했다. 내가 넘을 수 없는 문턱들이 세상에 존재한다는 깨달음 때문만도 아니었다. 창백한 형광등 빛 속에서, 다가갈 수 없는 유리벽 안쪽을 노려보며 주먹을 꼭 쥔 채, 울 것 같은 얼굴로 서 있는 영과 담과 나를 생각할 때면 느껴지던 그 이상한 감정은 내가 살아온 세상이 실은 결코 넘지 못하는 문턱의 이쪽 편에 불과할지도 모른다는 열패감도 아니었다. 그렇지만 신입생들이 다 같이 우르르 몰려가 듣던 전공필수 과목이 끝나고 텅 빈 강의실에 홀로 앉아 있거나 하굣길, 모두가 한 방향을 바라보며 신호가 바뀌기를 기다리는 횡단보도 앞에 서 있다 보면 문득문득 나의 존재가 지닌 밀도라는 것이 얼마나 희박한가 하는 생각이 들었다. 나는 이제 겨우 스무 살을 지나고 있을 뿐이었고 살아가야 할 날이 살아온 날들보다 훨씬 많았는데 그것은 정말 피로한 일이었다.

"무슨 일 있어?"

내가 시무룩해 보였는지 스터디를 끝내고 뒷정리를 하고 있는데

J선배가 물었다. 어느새 다른 동기들이 다 빠져나간 과방 안에는 J선배와 나 둘밖에 없었다.

"아니요."

나는 종이컵 안 수북한 담배꽁초들을 쓰레기통에 버리고, 빈 깡통들을 납작하게 찌그러뜨렸다.

"넌 왜 노문과에 왔냐?"

나와 같이 어질러진 책상 위를 정리하던 J선배가 불쑥 내게 물었다. 솔직히 말하면 나 역시 내 성적으로 지원할 수 있던 학과 중에서 그나마 마음에 들었던 것이 노문과였기 때문에 지원했던 것뿐이었다.

"안나 카레니나를 좋아해서요."

나는 선배를 실망시키고 싶지 않았다. 아니나 다를까, 내 답에 J선배가 눈을 반짝였다.

"그래? 일제 강점기에 가장 많이 읽힌 외국 소설이 뭔 줄 아냐. 바로 톨스토이야."

선배와 나는 뒷정리를 마치고, 과방의 불을 끄고, 좁다란 문과대 복도를 함께 걸어 밖으로 나왔다. 창밖으로는 빗소리가 요란했다. 내게 우산이 없어서 우리는 선배의 우산을 같이 쓰고 정문까지 걸었다. 비가 오나 눈이 오나 J선배가 매일같이 입던 청바지 밑단이 비에 젖어 파랗게 변해갔다.

"선배는 왜 노문과를 선택했어요?"

두 사람의 머리를 간신히 가릴 수 있는 우산을 공유하는 동안만큼은 대화를 이어가야만 했다.

"푸시킨을 처음 읽었을 때, 존재에 빛이 깃드는 느낌이 들었거든."

J선배는 아무도 일상에서 쓰지 않는, 문학 책에서나 볼 수 있을

법한 낯간지러운 문어체의 표현들을 아무렇지도 않게 쓰곤 했다. 선배의 목소리는 그의 왜소한 체구에 어울리지 않게 성우처럼 울림이 좋은 저음이었다. 그 탓인지 J선배가 아무렇지도 않게 사용하는 그런 표현들은 다소 극적으로 들렸고, 선배의 지나친 진지함과 더불어 그런 말투를 나는 조금 우스꽝스럽다고 생각해왔었다. 그렇지만 선배의 숨결이 느껴질 정도로 우리가 가까이 있었기 때문인지, 우산 위로 규칙적으로 떨어지던 빗소리 때문인지, 아니면 내 쪽으로 기울인 우산 탓에 선배의 어깨가 점점 젖어갔기 때문인지, 그날 선배의 말은 하나도 우습게 들리지 않았다.

"나중에 기회가 되면 푸시킨도 읽어봐."

J선배는 내가 러시아 문학을 사랑해 학과를 선택한 몇 안 되는 후배라고 생각한 모양이었다. 선배의 얼굴이 모처럼 환했다. 선배와 나는 방향이 갈리던 약국 앞 골목에서 헤어졌다. 선배는 내게 우산을 쥐여주고 가방으로 머리를 가린 채 빗속으로 뛰어들었다. 선배의 발걸음을 따라 바닥에 고인 빗방울이 사방으로 튀었다. 다음 날 과방 테이블 위에는 선배의 글씨체로 내 이름이 씌어진 서류 봉투가 하나 놓여 있었다. 서류 봉투 속에 들어 있던 것은 푸시킨의 『예브게니 오네긴』 번역본이었다.

그러니까 결국 『예브게니 오네긴』은 내가 최초로 읽게 된 러시아 소설인 셈이다. 푸시킨의 문장들은 아름다웠고 오네긴과 타티아나의 이루어지지 않은 사랑이 애달팠지만, 내가 푸시킨의 가치를 알게 된 것은 시간이 더 많이 흐른 후였다. 처음 내 관심을 끌었던 것은 그보다는 선배 쪽이었다. 촌스러운 차림의 선배가 세련되어 보이기 시작했다거나, 선배의 얼굴이 갑자기 잘생겨 보였다거나 한 것은 아니었다. 그렇지만 선배에게 돌려주어야 했으나 돌려주지 못해 내 비좁은 자취방 화장실에 여러 날 동안 펼쳐져 있던 선배의 싸구려 자동 우산을 볼 때마다, 이상하게도 내 마음이 우산처럼 둥글게 부풀어 올랐다. 나는 J선배가 보고 싶을 때마다 "나의 봄날은 날아가버렸단 말인가?/정말 그것은 되돌아올 수 없는 것인가?/내가 정말 곧 서른 살이 된다는 것인가?"나 "행복은 거의 가능한 듯,/거의 손에 잡힐 듯했는데!"* 같은 문장들을 뜻도 모른 채 노트에 베껴 적었다. 그러다 보면 선배를 온전히 이해할 수 있는 날이 오기라도 할 것처럼. 선배도 그런 나를 알았을까. 아마 알았겠지. 그 당시 내가 선배를 좋아하게 되었다는 것을 아는 사람은 아무도 없었지만, 선배는 너무 먼 사람이었고, 내게 고백해볼 주변머리 같은 것은 없었지만, 선배만은 알았을 거다. 선배는 작은 기척에도 반응하는 늙은 기린처럼 고요하고 섬세한 사람이었으니까.

점심시간에 우리를 백화점 식당가에 있는 중식당에 데리고 간 것은 처음 우리를 대회의실로 데리고 갔던 남자였다. 영에게 일을 부탁했다는 김 팀장이 원래 점심을 사줄 계획이었는데 회의가 있어서 들르지 못하고 대신 후임을 보냈다고 했다. 영은 다소 실망한 낯빛이었다. 우리는 말없이 후임을 따라 식당으로 내려갔다. 후임의 잘 다려진 셔츠와 반듯한 넥타이에 계속 눈길이 갔다. 나는 어쩐지 주눅이 들었다. 메뉴판에 적힌 음식의 가격은 상당히 비쌌다. 영과 담은 고민 끝에 자장면을 하나씩 시켰고 나는 짬뽕을 시켰다. 결국 자장면 세 개

* 알렉산드르 세르게예비치 뿌쉬낀, 『예브게니 오네긴』, 허승철·이병훈 옮김, 솔, 1999.

에, 짬뽕 하나.

영은 사회생활을 해본 사람답게 실망한 기색을 감추고 싹싹하게 후임과 이야기를 나눴다. 담도 그럭저럭 대화에 잘 섞여들었다. 나만 말없이 짬뽕 속의 애꿎은 홍합 껍데기를 젓가락으로 집었다가 놓기만 반복했다. 직장생활을 안 해본 게 이런 식으로 티가 나는구나. 어쨌거나 담이나 영은 계약직이었지만 졸업 후 직장생활을 해봤으므로 나와 처지가 달랐다. 후임은 VIP 초대장 발송 건이 꼬이는 바람에 중간에서 곤란하게 되었다며 아크릴판을 말끔히 세척해주는 일이 얼마나 중요한지 강조했다. 일의 프로세스도 잘 모르는 다른 부서 출신이 상무로 발령받아 오는 바람에 중간에서 난감하게 되었다고도 말했다.

"아무튼 쉬운 게 없어요."

후임이 깊게 한숨을 쉬었다.

그렇죠. 쉬운 게 없죠.

대학원에 진학하는 결정을 내리는 것도 쉬운 일은 아니었다. 졸업을 앞뒀던 겨울, 설 연휴를 맞아 집에 내려가서 떡국을 먹다가 대학원에 진학하겠다고 말을 했더니 아버지가 숟가락을 바로 내려놨다. 그게 대체 무슨 소리냐. 아버지는 평소 큰 소리를 내지 않는 성격이었다. 가뜩이나 청년 실업, 청년 실업, 뉴스에서 나오는데 대학원에 가서 대체 무얼 하려고. 사실 아버지의 말은 다 맞았고, 나 역시 고민하고 있던 문제였기 때문에 그날 먹은 떡국이 그대로 다 얹혀서 나는 밤새 끙끙 앓았다. 러시아 문학이 아니면 죽음을 달라 할 정도의 열정은 없었지만 엄마가 비난하듯 말했던 것처럼 사회에 뛰어들기가 두려워서 유예기간을 갖고 싶었던 것도 결코 아니었다. 부모님을 설득해 겨우 대학원에 입학했을 때까지만 해도 일 년 만에 학과 통폐합설이 나돌 줄은 꿈에도 몰랐다. 늦은 밤까지 연구실에서 사전을 찾아가며 원서를 읽고 나서 선배들과 인문대 건물 바닥에 쭈그리고 앉아 '경쟁 반대' '집중 투자 반대' 같은 대자보를 쓰고 집으로 돌아오는 밤이면 이상하게도 J선배와 걸었던 초여름 밤의 골목들이 생각났다.

그러니까 선배가 내 자취방까지 바래다주는 동안 함께 걸었던 컴컴한 골목들. 내가 2학년이 되고 선배가 석사 1학기 차에 접어들었을 때, 선배는 기초 러시아어 스터디에 끝까지 참여했던 나와 몇몇의 동기들을 데리고 러시아 소설 읽기 모임을 운영하고 있었다. 대학원생이 되어버린 선배가 바빠서 드문드문 이어지기는 했지만 우리는 금요일 느지막이 고골이나 투르게네프 같은 작가들의 소설을 번역본으로 읽었다. 간혹 모임을 끝내고 다 같이 술을 마실 때도 있었다. 술자리가 파하면 선배는 나를 자취방까지 데려다주곤 했다. 그날도 그런 금요일 밤 중 하나였다. 늦은 시간이었지만 대학가의 금요일 밤이 대개 그렇듯 함께 걷던 골목에서는 만취한 신입생들이 주저앉아 소리를 질렀다. 나는 선배와 팔꿈치라도 닿을까 봐 잔뜩 긴장을 한 채로 걷느라 어깨가 아플 지경이었다. 그렇지만 방사형으로 이어지던 골목을 걸으면서, 어둠을 입은 나무들을 올려다보면서, 나는 그 길이 영원히 끝나지 않기를 속으로 가만가만 바랐다. J선배는 평소 말수가 적었기 때문에 선배에 대해 알 기회가 별로 없었다. 선배가 남쪽의 소도시에서 태어나 자랐다거나, 선배 부모님의 경우 장남이 쓸데없이 계속 공부하는 것을 탐탁잖게 생각하신다는 사실 같은 것들을 모두 나는 선배와 밤 골목을 걸으며 알았다. 집까지 같이 걸어오는 동안 그가 내게 해주던 한두 마디의 말들을 통해서 그가 어떤 사람인지를 헤아려 보는 일이, 그가 살아왔을 삶을 짐작해보는 일이 나는 싫지 않았다.

"그래도 선배는 선배가 좋아하는 일을 하니까 멋있어요."

내가 그렇게 말했던가, 술김이었던가, 말해놓고 얼굴이 달아올라 숨을 쉴 수가 없었던가.

"어쨌든 우리가 읽은 소설에도 씌어져 있었잖아. 우리에게 자유를 주는 것은 의지라고."

선배는 담담한 말투로, 그러나 그 무엇도 침범할 수 없을 것 같은 견고한 얼굴로, 그렇게 말했다. 그날 밤, 선배를 문 앞에서 배웅하고 집 안으로 들어와 나는 우리가 같이 읽었던 소설책을 펼치고 선배가 말했던 대목을 찾아 밑줄을 그었다. 모든 것이 처음이었고, 심장이 귓속에서 뛰는 것 같았고, 정신이 없었다. 나는 선배의 뒷모습을 한 번이라도 더 보고 싶어 창문을 열었다. 어둠 속에서, 내 방 창문을 올려다보던 J선배가 천천히 뒤돌아서고 있었다.

우리는 식사를 끝마치자마자 곧바로 대회의실로 돌아와야 했다. 원래는 일찍 식사를 끝내고 원피스 구경이나 할 겸 백화점을 한번 둘러볼 계획이었지만, 후임이 일의 진행 상황을 확인하자고 들었다. 회의실의 문을 열자 지독한 알코올 냄새가 훅 끼쳤다. 창문을 열어보려 했는데 열어지지가 않았다.

"자살 방지 차원에서 창문을 안 열리게 만들었대요."

우리를 뒤따라온 후임이 설명했다. 백화점 꼭대기 층에서 투신하는 사람이라니. 아크릴판을 닦는 일이 너무 지겨워 투신하는 사람이라도 있는 걸까. 우리는 대회의실 벽 쪽으로 얌전히 쪼르르 서 있고 후임은 근엄한 표정으로 우리가 닦아놓은 아크릴판을 손끝으로 집어 햇빛에 비추어 살폈다.

"좀더 속도를 내주셨으면 좋겠어요."

후임이 사무적인 말투로 말했다.

"그리고 좀더 깨끗하게요."

쌰.

후임이 나가고 우리는 다시 맨바닥에 둘러앉았다. 숨을 쉴 때마다 알코올 성분이 떠도는 공기 탓에 몽롱해지는 기분이었다. 문이라도 열까? 그치만 그럼 우리가 말하는 소리를 직원들이 다 들을걸? 우리는 결국 알코올을 폐에 가득 들이마시는 쪽이 낫다는 데 합의했다. 담이 몇 개를 닦다 말고 휴대전화를 꺼내 메시지를 보내기 시작했다.

집에는 대체 몇 시에 가려는 거야.

"너 아까 보니까 혼자 짬뽕 먹더라."

바닥에 주저앉아 다시 아크릴판을 닦고 있는데 영이 내 쪽으로 돌아앉았다.

"그러면 안 된다."

영은 심각한 표정이었다.

"니가 아직 학생이라 모르나 본데, 앞으로는 그러면 안 돼. 남들이 자장면을 먹으면 너도 자장면을 먹을 수 있어야 사회생활도 한다."

담도 영의 말이 맞는다는 듯 저만치에서 휴대전화를 만지작거리며 고개를 주억거렸다.

"그리고 얘깃거리 없어도 말도 잘 섞고 그래야 해. 한국 사회 좁다. 한 다리 건너면 다 아는 사람이야. 니가 그 사람이랑 어떻게 얽힐지는 알 수 없는 거다."

그렇게 사회생활을 잘해서 너네도 나처럼 여기서 알바나 하냐, 하는 말이 목구멍까지 차올랐지만 나는 말을 삼켰다.

"우리 커피 마실래? 내가 사 올게."

문자 메시지 전송을 끝냈는지 담이 우리 쪽으로 다가오며 물었다.

"그럴까?"

영이 내 쪽을 쳐다봤다. 나는 커피가 마시고 싶지 않았고, 언제 끝내고 집에 갈 계획이냐는 생각이 들었지만, 고개를 끄덕였다.

"난 아메리카노."

"나도."

영과 담이 나를 쳐다보았다. 나는 캐러멜마키아토가 마시고 싶었다.

"나도 아메리카노."

아메리카노는 쓴데, 썅.

커다란 창밖으로는 해가 지기 시작했다. 틴팅이 되어 있는 탓에 하늘은 실제보다 더 어두워 보였다. 양털 같은 구름이 연보랏빛으로 물들어 높고 낮은 빌딩 뒤쪽으로 느리게 흘러갔다. 영이 기다리는 팀장은 아무래도 우리를 보러 오지 않을 심산인 것 같았다. 음료수를 가지고는 직원 엘리베이터를 탈 수 없다는 규정 탓에 커피를 들고 계단으로 올라와야만 했다던 담의 얼굴엔 지친 기색이 역력했다. 영의 눈 화장이 번져 눈 밑이 검게 물들었다. 나는 손을 펼쳐보았다. 알코올 때문에 쭈글쭈글해진 손끝은 내 것이 아닌 느낌이었다. 반복되는 움직임에 어깨가 아파와 아크릴판을 잠시 바닥에 놓고 기지개를 켰다. 그래도 힘을 내야지. J선배 앞에서 어수룩한 학부생이 아니라 조금은 여자다운 모습을 선보일 기회라고 생각하면 어깨가 아픈 것도 견딜 만했다. 바닥에 앉은 탓인지 하늘은 더욱 아득히 높아 보였다. 구름은 이제 좀더 진한 분홍색으로 물들어갔다. 시간의 흐름에 따라 달라지는 구름의 빛깔을 관찰한 지 오래되었다는 생각이 들었다. 시간은 정해져 있고, 우리는 구름을 바라보거나 아크릴판을 닦거나, 둘 중에 하나밖에 할 수 없으니까. 모든 것은 결국 '선택'의 문제다. 총장은 그렇게 말했다.

우리는 지금 어디로 가고 있습니까? 지난겨울 내내 본관 앞에 걸려 있던 현수막에는 그런 문구가 씌어져 있었다. 학생회에 속한 학생들끼리 문장의 어미를 '있습니까?'로 정할지 '있나요?'로 정할지를 놓고 잠시 의견 충돌이 있었다는 이야기를 건너건너 들었다. 어미 따위가 흐름을 바꾸는 데 영향이나 미치겠냐는 생각을 누군가는 했겠지만, '있습니까'와 '있나요'의 차이에 대해서 그들은 무심하지 않았다. 학생들의 농성이 계속되어도, 인문, 사회대의 몇몇 학과들만 대상으로 하던 통폐합의 논의는 오히려 영화과와 영상과, 텍스타일 디자인과와 공예과의 통폐합 계획으로까지 번져갔다. 농성은 어차피 금세 수그러들 거였고 관건은 취업률과 효율성이었다.

싫은 소리를 들을까 봐 설 연휴에는 일부러 집에 내려가지 않았는데, 전화를 걸어 아버지에게 새해 복 많이 받으세요, 하니 아니나 다를까 아버지가 요새 뉴스에 나오는 게 너네 학교냐, 하고 물었다. 대학원 때려치우고 취업이나 해라, 아버지가 말했다. 취업을 준비할 땐 하더라도 지금은 아니에요, 내가 말하고 전화를 끊었다. 문제가 되는 학과의 교수들은 학과의 취업 현황을 조사해서 자료로 만들라고 지시를 내렸다. 나는 난방이 되지 않는 학과 사무실에 앉아 졸업생 명단에 나온 순서대로 선배들에게 전화를 돌렸다. 전화를 받은 졸업생들 중 몇몇은 취업을 했고 몇몇은 취업을 하지 못했다. 핑계 김에 J선배의 목소리를 듣고 싶었지만 J선배는 전화를 받지 않았다. 선배는 유학 자금을 마련하기 위해 여전히 학원 아르바이트를 하는 걸까. 생활비만 벌면, 러시아 정부의 장학금을 받을 수 있는 기회가 있다고 들었으니 선배가 가고 싶어 했던 모스크바로 이미 떠났을 수도 있겠다고 나는 막연히 짐작했다. 이맘때쯤이면 모스크바 대학 캠퍼스의 자작나무와 사과나무 위에는 눈이 많이 쌓였을 텐데. 짐을 챙겨서 학과 사무실에서 나오는데 차갑고 건조한 바람이 불었다. 나는 잔뜩 움츠린 채 바람을 거스르며 걸어갔다. 본관 앞 커다란 나무 사이에 걸려 있던 현수막이 요란한 소리를 내며 위태롭게 펄럭였다. 나는 어둠 속에 아우성치는 현수막을 보았다. 아니, 본관 앞에 심어진 벚나무를 보았던 걸까? 아니면 벚나무를 내려다보던 J선배와 나를?

J선배도 바쁘고 하려는 인원도 적어서 소설 스터디가 흐지부지 끝난 지 반년 가까이 되어가고 있던 겨울. 그렇지만 선배가 문과대 건물 안의 연구실에 주로 있었기 때문에 선배가 보고 싶어지면 나는 노문과 연구실이 있던 사 층을 서성이곤 했다. 첫눈이 내렸던 그날도 나는 사 층의 복도를 왼쪽에서 오른쪽으로, 오른쪽에서 왼쪽으로 열 번은 넘게 오가고 있었다. 눈이 귀한 고장 출신이라 서울에 와 가장 좋았던 것이 눈을 자주 볼 수 있다는 사실이라 했던 J선배의 말을 나는 기억하고 있었다. J선배는 좀처럼 마주쳐지지 않고, 눈이 그칠 것 같아 맘은 초조하고, 뭔가 핑계를 만들어 문자 메시지나 보내볼까, 시

무룩한 마음으로 궁리를 하고 있는데 어딘가를 갔다 오는 것인지 어깨 위에 눈이 쌓인 J선배가 사 층으로 올라오다가 나를 발견하고 고요히 웃었다.

우리는 자판기에서 달달한 커피를 뽑아가지고 문과대 현관에 서서, 본관 앞 벚나무 위로 소리 없이 떨어지는 눈송이를 내려다보았다. 선배와 나란히 서서 첫눈을 보기 위해 내가 얼마나 오랫동안 텅 빈 복도를 서성였는지 선배는 영원히 알 수 없을 테지. 그러거나 말거나 떨어지는 눈송이는 아름다웠다. 손을 뻗으면 눈송이가 손바닥 위로 내려앉았다가 소리도 없이 사라져버렸다.

아름다워요.

선배도 나를 따라 손을 허공에 뻗었다. 선배의 거뭇한 손 위로 하얗고 여린 눈송이가 조용히, 그리고 영원처럼 천천히 떨어져 내렸다.

"꼭 벚꽃잎 같네."

선배가 나지막이 속삭였다. 선배는 고향에 쌍계사라는 절이 있는데 그 근처 십리길을 따라 죄다 벚나무가 심어져 있다고 했다.

"그 벚꽃 길을 같이 걸으면 백년해로를 한다더라."

선배가 장난스런 표정을 지으며 내게 말했다. 선배, 선배는 왜 그런 말을 내게 하는 거예요, 나는 발뒤꿈치를 들고 엄마에게 쓰다듬어 달라고 머리를 들이미는 아이처럼 선배에게 자꾸 묻고만 싶었다. 청회색에 가까웠던 어둠 속에서 겨우 형체만 가늠할 수 있던, 본관 앞 벚나무의 새까만 가지 위로 함박눈이 쌓이는 소리가 들리는 것만 같았다. 선배는 내게 할 말이 있는 듯 계속 망설였다. 나는 고개를 숙인 채 선배의 발끝만 보았다. 얼마만큼의 시간이 흘렀지? 선배가 결국 맥없이 웃으며 내 머리를 커다란 손으로 쓰다듬었다. 선배 손에서 나던 은은한 담배 냄새. 내가 교환학생으로 선발되어 러시아로 떠날 준비를 하고 있지 않았다면 뭔가 달라졌을까? 불도 켜지 않고 방 한구석에 쭈그리고 앉아, 시간 가는 줄 모르고 J선배와 통화를 하던 밤들이 떠오르면 나는 가끔 그게 궁금했다. 선배도 알았을 텐데. 그날 선배 옆에 서서, 흔적도 없이 녹아 사라질 사월의 눈을 맞으며, 십 리를 선배와 하염없이 걷는 날이 왔으면 좋겠다고 내가 속으로 기도했다는 것을.

"참, 너네 J선배 소식 들었어?"

작업이 무료해졌는지 담이 입을 열었다.

"선배가 혹시 너도 찾아왔어?"

"아, 그럼 너도?"

영과 담이 주고받는 질문들 속에 등장하는 J선배라는 이름에 나는 나도 모르게 고개를 돌렸다. 영과 담은 그런 나와 상관없이 무료한 표정으로 아크릴판에 알코올을 뿌렸다.

창밖으로 무엇인가 하얀 것이 떨어져 내렸다. 눈인가? 눈일 리는 없는데. 그러면 저것은 꽃잎인가? 저렇게 자꾸만 자꾸만 떨어져 내리는 것은?

우리는 당초 예상했던 것보다 한 시간가량 늦게 비로소 일을 끝마쳤다. 작업의 마감을 확인하러 온 것은 이번에도 김 팀장이 아니라 후임이었다. 우리는 직원 엘리베이터를 타고 일 층으로 내려왔다. 이미 폐점한 백화점 안은 어두웠다. 하얀 천들이 몇 시간 전까지만 해도 빛나던 상품들을 덮고 있었다. 영과 담은 지하철을 타러 간다고 했다. 나는 불 꺼진 백화점 정문 앞에서 친구들과 헤어졌다. 거리를 혼자 걷고 싶었다. 상점마다 온갖 빛이 가득한 거리는 어딘가를 향해 바쁘게 걸어가는 사람들로 가득했다. 환한 점포를 등지고 선 호객꾼들이 외국어로 관광객을 향해 뭐라고, 뭐라고 소리를 질렀다. J선배와 닮아 보이는 정장 차림의 사내가 취기를 이기지 못하고 보도블록 위에 주저앉아 있었다. 나는 서류 가방을 끌어안은 채 전신주에 기대어 조는 사내를 멈춰 서서 잠시 바라보았다. 머리숱이 적은 사내의 얼굴은 앳되어 보였다. 초조한 눈빛으로 연신 이마의 땀을 닦아냈다던 J선배. 담의 말에 따르면 선배가 입도 대지 않아 커피는 테이블 위에서 그대로 식었다고 했던가.

밤거리를 오래 걷다가 집에 돌아오니 방음이 잘되지 않는 외벽을 타고 누군가의 집에서 늦은 밤 세탁기 돌리는 소리가 들려왔다. 기분 탓인지 온몸에서 알코올 냄새가 나는 것 같았다. 나는 겉옷을 벗어 빨래 바구니 속에 던져 넣었다. 책상 위에 올려둔 휴대전화로 문자 메시지가 도착했다는 진동음이 울렸다. 그것은 조교장이 보내온 공지 문자 메시지겠지만 만날 약속을 잊지 않았는지 확인하는 J선배의 메시지일 수도 있었다. 나는 메시지를 확인하는 대신 서랍장을 열어 갈아입을 속옷을 챙겼다. 서랍에서는 마른 버섯 냄새가 났다. 이상한 냄새잖아, 하고 속으로 중얼거리다가 문득 어떤 생각이 떠올라 나는 책장 두번째 칸에서 『첫사랑』을 찾아 꺼냈다. 책을 펼치니 책갈피에는 한때 가볍고 향긋했던 하얀 꽃잎이 바스러질 듯 마른 채 끼워져 있었다. 그 뒤로 한 페이지를 넘기자 오래전 푸른색 펜으로 내가 밑줄 그은 문장이 눈에 띄었다. 무심한 사람의 입으로부터 들었노라, 죽었다는 소식을. 그리고 나도 또한 무심한 사람의 얼굴과 같은 표정으로 이를 들었노라.* 그 문장을 읽는데 알 수 없는 어떤 이유에서인가 눈물이 났다. 아르바이트비는 월말에 입금될 예정이라고 했다.

* 이반 세르게예비치 투르게네프, 『첫사랑』, 박형규·이준형 옮김, 어문각, 1986.

선정의 말

—

이 소설을 제목이 주는 익숙함 그대로 상실의 서사로 읽는 것은 가능한 일이다. 첫사랑의 질감은 한 시절의 광휘를 앗아가는 시간의 폭력 때문에 아련하고 덧없는 것이 된다. 그런데 이 소설에서 청춘의 서사는 '신자유주의적' 현실로 요약되는 참담한 상황을 두드러지게 함으로써 낯익은 상실의 감수성 안에 뼈아픈 현실성을 새겨 넣는다. 백화점에서 아크릴판을 닦는 아르바이트를 하는 '나'에게 백화점이라는 '교환가치의 거대한 신전'이 주는 위압감과 소외감은 피할 수 없다. '푸시킨'과 '투르게네프', 그리고 'J선배'로 상징되는 한 시절의 문학적인 열정은 대학마저 시장의 논리에 의해 파괴되어가는 현실 속에서 바래져간다. 정규적인 제도권 안에 진입하지도 못하고 다니던 학과가 사라지면서 청춘의 한 시절과 미래를 빼앗겨버린 열패감은, 이 소설을 참담한 '입사식의 서사'로 만든다. "문득 문득 나의 존재가 지닌 밀도라는 것이 얼마나 희박한가"를 깨닫는 청춘의 피로. "흔적도 없이 녹아 사라질 사월의 눈"처럼 설레고 부드럽고 모호한 느낌들이 얼마나 견고한 무력감으로 변해가는지를 깨닫는 시간이 이 소설의 과거와 현재 사이를 규정한다. 그 사라지고 변질되는 것들과 도저히 넘어설 수 없는 것들에 대한 낭패감, 한 시절에 대한 애도조차 무심한 표정으로 감당해야 하는 시간들을 소설은 섬세한 문체로 그린다. 'J선배'가 결국 어떻게 망가졌는지를 생략하는 것은, 다만 미학의 문제가 아니라, 끝내 지키고 싶은 청춘의 영예에 대한 마지막 예의일 것이다. **이광호**

2015년 9월

이달의 소설

누군가는 할 수 있어야 하는 사업

김솔

1973년 광주에서 태어났다. 2012년 『한국일보』 신춘문예로 등단했고, 소설집 『암스테르담 가라지세일 두번째』가 있다.

작 가 노 트

May I order this sandwich and cafe Americano?

Black or with milk?

Without black please.

●••

오늘의 유럽에는 납세하는 시민과 불법이민자, 극우주의자, 유태인, 그리고 로마니만 존재한다.

불법이민자인 열다섯 살의 나우팔 첸토프는 주차장에서 발레파킹을 한다.

그는 또래보다 덩치가 크고 표정이 어둡기 때문에 나이를 속이고 취업할 수 있었다.

그래도 노파심에 그는 턱수염을 기르고 담배를 피운다.

말을 아끼되 부득이 응대해야 할 경우에만 턱을 끌어당기고 성대를 짓눌러서 허스키한 목소리를 짜낸다.

하지만 뛰어난 운전 실력만큼은 속일 수가 없었다.

동료들이 다섯 대의 자동차를 세울 수 있는 공간에 그는 한 대를 더 끼워 넣을 수 있다.

경험과 지식이 상상과 행동을 제한했다면 결코 드러나지 않았을 재능이다.

게다가 그의 뛰어난 기억력과 방향감각도 명성을 유지하는 데 큰 도움이 되었다.

그는 주차장에 세워진 모든 자동차의 종류와 번호판, 위치, 그리고 주인의 인상착의까지 정확히 기억할 수 있다.

여행을 마치고 주차장으로 돌아온 고객은 나우팔의 안내를 받아 미로와도 같은 주차장 안에서 단 한 번도 길을 잃지 않고 가장 빠르고 짧은 경로를 따라 자신의 자동차에 다다른다.

나우팔은 마치 허공에 정지한 채 체스 판을 내려다보는 벌새와 같다.

그의 나안 시력은 2.0이 훨씬 넘지만 2.0으로 기록된다.

하지만 발레파킹은 체스보다는 루빅스 큐브를 다루는 일에 가깝다.

벽을 없애거나 통로를 연결하여 공간을 조정할 순 없고, 일정한 공간을 채우고 있는 것들의 순서만을 바꿀 수 있을 뿐이다.

뛰어난 기억력과 방향감각, 시력은 어머니로부터 비롯되었다.

어머니의 가계도에서 양 떼와 카라반을 이끌고 사막을 넘나들던 조상의 이름을 찾을 수 없는 시기는 없다.

비록 지금은 주차장 안에만 머물면서 백여 대의 자동차들을 관리하는 목동 같은 신세지만, 열아홉 살이 되어 운전면허증을 정식으로 발급받는다면 주차장과 주차장 사이, 주차장과 길 사이, 길과 길 사이까지 넘나들며 모계의 전통을 따르게 될 것이다.

아직은 주차장 밖으로 자동차를 몰고 나가선 안 된다.

그의 턱수염과 허스키한 목소리는 교통경찰들의 선병질적 의심을 결코 견뎌낼 수 없다.

하지만 갑자기 주차장으로 들이닥친 이민국 공무원들 앞에선 자신을 관광객으로 위장할 수 있다.

그래서 그와 동료들은 매일 여권과 슈트케이스를 들고 주차장으로 출근하는 것이다.

주차장은 오를리 공항 근처에 있다.

주차장이라고 해봤자 사무실로 사용하는 컨테이너 하나와 열 대 가량의 자동차를 세워둘 수 있는 공간이 전부다.

사무실에는 주차장의 인터넷 사이트를 관리하는 직원 한 명만 상주한다.

인터넷을 통해 예약한 고객이 자동차를 몰고 찾아오면 사무실 앞에서 미리 기다리고 있던 승합차가 마치 목동의 개처럼 앞장을 서며 그들을 한 방향으로 이끈다.

최종 목적지는 공항 부근에 위치한 음료회사의 물류 창고 앞이거나 자동차 부품 공장의 운동장이거나 전자회사의 공터다.

평일 저녁이나 휴일에는 쓸모가 없어지는 공간들이므로 임대계약의 조건은 까다롭지 않았다.

나우팔과 그의 동료들은 그곳에 하루 종일 나뉘어 머물면서 고객의 자동차 열쇠를 받아 발레파킹을 한다.

그들에게 자신의 자동차 열쇠를 넘긴 고객은 슈트케이스를 들고 승합차에 오른다.

승합차는 음료회사의 물류 창고 앞과 자동차 부품 공장의 운동장과 전자회사의 공터를 거쳐 오를리 공항으로 향한다.

여행에서 돌아온 고객은 오를리 공항에서 다시 승합차를 타고 자신의 자동차가 세워진 곳으로 돌아와야 한다.

자기들끼리는 아랍어로 이야기하는 직원들이 여전히 미덥지 않은 고객을 안심시키려면 그의 자동차 종류와 번호를 묻지도 않은 채 즉각 열쇠를 건네면서, 마치 그곳에 단 한 대의 자동차밖에 보관되어 있지 않아서 직원들 모두가 특별한 주의를 쏟아 관리했다는 듯한 메시지를 전달하는 게 필요하다.

이때 나우팔의 비범한 능력이 요구된다.

그는 한 달에 하루를 쉴 수 있지만 그 권리마저도 동료들을 위해 기꺼이 포기한다.

주차장은 1년 중 단 하루도 문을 닫지 않는다.

왜냐하면 세상 모든 사람들은 자신의 일생의 일부가 파리에 도착하길 희망하는 반면, 파리의 시민은 관광객이 기웃거리지 않는 일상을 찾아 잠시나마 파리를 떠나려 하기 때문이다.

만약 자동차를 세울 곳이 없다면 파리는 그저 19세기 역사에 잠시 드러났다가 사라진 신기루와 다를 바 없다.

그래서 카이사르 사장은 자신의 헌신 덕분에 파리의 명성이 유지되고 있다고 자부한다.

나우팔도 자신에게 일자리를 제공해준 카이사르 사장에게 깊이 감사한다.

카이사르 사장 역시 어머니의 가계도에 포함되어 있다.

낡은 가방 하나 들고 파리로 건너온 뒤로 그가 20년 동안 쌓아 올린 개인사를 나우팔은 어려서 어머니에게 들은 적이 있다.

하지만 카심 아저씨가 어떻게 카이사르로 불리게 되었는지는 어머니도 알지 못했다.

카이사르 사장은 자신의 뛰어난 사업 수완이 이탈리아의 유산으로 간주되는데도 애써 교정하려 하지 않았다.

합법적인 파리 시민으로서 그는 자신에게 부과된 세금을 줄이기 위해 회계사를 고용하고, 유태인의 탐욕과 로마니의 방종에 반대하는 정치인에게 투표한다.

그는 지금 파리 시내 두 곳과 오를리 공항 근처에 주차장을 소유하고 있다.

하지만 그의 성공은 마흔두 살에 파리 19구역의 지하철역 화장실 하나를 도맡아 청소하게 되면서 시작되었다.

화장실은 시민혁명의 산물이 아니어서 유럽 시민이 직접 청소해야 할 의무는 없다.

화장실을 청소하는 일은 유럽 시민의 인권 장정에 의해 결코 보호받지 못한다.

그래서 불법이민자가 나서야 비로소 유럽 시민의 인권은 보호받을 수 있다.

공익을 위해 쓸모가 분명한 소수의 불법이민자만큼은 무해한 유령으로 간주되어 무관심의 보호를 받을 수 있다는 사실도 알려졌다.

카심 아저씨는 고객이 지불하는 화장실 사용료와 화장지를 팔아 얻은 수입으로 지하철회사에 임대료를 지불하고 수도세와 전기세도 납부해야 했다.

구두 계약을 계속 유지하려면 지하철회사의 직원들과 친밀하게 지내야 했다.

뇌물이라고 부를 수 있는 특별한 거래는 없었지만, 통상 비용으로 간주할 수 있는 거래는 많았다.

특히 예고도 없이 새벽에 들이닥친 지하철 직원에게 그는 대청소를 하거나 하수관을 교체하기 위해 침낭을 준비할 수밖에 없었다는 핑계를 대면서 푼돈이라도 쥐여주어야 했다.

화장실에서 숙식을 해결하면서 모은 돈은 모두 모로코의 가족들에게 송금되었다.

그 지하철역에는 열 개의 출입구와 세 개의 화장실이 있었는데, 카심 아저씨의 화장실 앞으로 지나다니는 사람들의 숫자가 가장 적었다.

설상가상으로 지하철역 출입구 사이를 연결하는 횡단보도가 지상에 생겨나면서 고객의 숫자는 더욱 줄어들었다.

하지만 설상가상이 있으면 전화위복도 있는 법.

화장실을 이용하는 고객이 줄어들자 콧구멍과 입안으로 모래바람처럼 밀려들던 악취가 사라졌다.

드물게 나타난 고객은 등 뒤에 길게 늘어서 있는 자들의 검열 없이 느긋하게 몸의 균형과 리듬을 유지하면서 배설할 권리를 누릴 수 있었다.

임대료는 줄지 않았지만 수도세와 전기료, 그리고 지하철 직원과의 통상 비용이 줄어들면서 모로코의 가족들에게 송금하는 금액은 오히려 늘어났다.

그리고 배설 이외의 목적을 지닌 고객이 은밀하게 찾아오기 시작했다.

그들 역시 대부분은 파리 19구역을 오아시스로 여기고 찾아온 불법이민자이었다.

어떤 고객은 물수건으로 몸뚱이를 닦고 향수를 뿌렸다.

어떤 고객은 도색잡지를 펼치고 수음을 했다.

어떤 고객은 헤로인 주사를 맞았다.

어떤 고객은 자신의 항문 속에다 콘돔으로 싼 지폐 뭉치를 쑤셔 넣었다.

어떤 고객은 주먹으로 입을 틀어막고 울었다.

어떤 고객은 노루잠을 잤다.

어떤 고객은 홀로 늦은 저녁 식사를 해결했다.

카심 아저씨는 변기에 앉아 우는 자들과 잠자는 자들을 제외하고 모두 쫓아내었다.

그리고 나중엔 노루잠을 방해한다는 이유로 우는 자들의 출입마저 막았다.

무거운 울음이 아니라 순수한 상태의 잠을 통해서만 불법이민자가 위안을 얻을 수 있다고 생각했기 때문이다.

게다가 꿈의 세계는 그들에게 비자를 요구하거나 체류 목적과 출국 날짜를 묻지 않고 입·출국이 허락되는 유일한 유럽의 국가였다.

카심 아저씨는 특별히 제작한 플라스틱 의자를 변기 위에 고정시키고 칸막이벽과 출입문에는 스티로폼을 붙였다.

추가 금액을 지불하면 고객은 담요와 베개뿐만 아니라, 귀마개와 안대, 방향제, 식수, 알람 서비스까지 제공받을 수 있었다.

그곳에서 하룻밤을 온전히 보내기 위해선 적어도 이틀 전에는 예약을 마쳐야 했으며, 사흘 이상 연속으로 이용할 순 없었다.

수상한 낌새를 감지한 지하철 직원들이 감시를 강화하였기 때문에 카심 아저씨는 더욱 엄격한 규정을 적용하였다.

그 덕분에 고객은 인종이나 재산, 국적과 상관없이 밤거리의 범죄와 자괴심으로부터 공평하게 보호받을 수 있게 되었다.

카심 아저씨의 화장실이 파리 19구역에서 가장 값싸고 안전한 숙소로 알려지면서 그의 가족들의 생활은 안정되었다.

반면 불법이민자를 둘러싼 생존 조건은 조금도 나아지지 않았다.

폭력과 망각만이 그들의 생존 방편이자 유희였다.

크고 작은 소동 때문에 카심 아저씨 역시 노루잠을 자거나 입을 막고 우는 날이 많아졌다.

그러다가 결국 고객 중 누군가가 그의 엄격한 규정에 불만을 표시하며 칸막이벽에 불씨를 붙였다.

옆 칸에서 미처 잠들지 못한 자들이 신속하게 대처한 덕분에 큰 화재를 막을 순 있었지만 예민한 화재경보기의 비명까지 막을 수는 없었다.

소화기를 들고 들이닥친 지하철 직원들은 그제야 비로소 왜 북쪽 화장실의 청소부가 유독 자신들에게 곰살궂게 굴었는지 이해하게 되었다.

하지만 이미 불법이민자의 오아시스와 그것의 관리인은 흔적도 없이 사라진 뒤였다.

전 재산을 챙겨 들고 무사히 도망친 카심 아저씨는 20여 년이 흐른 지금까지도 그 지하철역 주변을 얼씬거리지 않는다.

연금과 노동조합 덕분에 여전히 같은 자리에서 지루한 업무를 담당하고 있을 지하철 직원들과 마주칠 위험이 있기 때문이었다.

아마도 그 사건이 카심 아저씨에게 카이사르라는 가명을 만들어 주었는지도 모른다.

그는 파리 7구역에 위치한 빌딩의 화장실 몇 개를 빌려 숙박 사업을 다시 시작하였고, 사업이 정상 궤도에 올라섰을 때 지인에게 권리를 팔아넘기고 다른 곳에다 새로운 숙박 시설을 세우는 방식으로 재산을 불렸다.

그러고는 마침내 60살의 나이에 파리 시민이 되었다.

파리 시민이 된 뒤로 그는 유럽 시민의 인권을 보장해주기 위한 노동을 멈추었다.

하지만 성공에 도취되어 길을 잃을 때마다 그는 그날의 화재를 떠올리면서 멀리 도망친 마음을 사막 한가운데 다시 세운다고, 언젠가 술에 취해서 나우팔에게 말한 적이 있다.

무슬림은 결코 술을 마셔서는 안 된다고 코란에 적혀 있다.*

물론 코란의 가르침에도 불구하고 하루에 다섯 번씩 기도하지 못하는 무슬림이 파리에 아주 많이 살고 있다는 사실을 나우팔은 잘 알고 있다.

불법이민자는 병을 앓고 있거나 여행하고 있는 자들과 같은 처지에 있기 때문에 종교적 의무를 부과하지 않는 게 율법의 정신이라고 카심 아저씨는 설명했다.

세상의 처음과 끝인 알라는 자신의 불경이 선행을 위해 불가피한 선택이었다는 사실을 이미 이해하고 있으며, 술을 마시지 않거나 담배를 피우지 않는 파리 시민은 거의 없다고도 덧붙였다.

그래서 나우팔은 파리 시민으로 인정받기 전까지만 담배를 피우

* 믿는 자들이여 술과 도박과 우상숭배와 점술은 사탄이 행하는 불결한 것들이거늘 그것들을 피하라 그리하면 너희가 번성하리라(코란, 5:90)

기로 결심했던 것이다.

하지만 하루에 다섯 번씩 기도해야 하는 규율만큼은 결코 어기지 않았다.

매번 메카의 위치를 확인해야 하는 절차는 그의 방향감각을 단련시켰을 뿐만 아니라, 낙타와도 같은 마음이 칼날 같은 일상 위에서 곧추서도록 고삐를 바투 잡게 만들어주었다.

발레파킹 도중에 경미한 사고라도 일으킨다면 그의 모계적 특성은 더 이상 파리에서 아무런 쓸모도 없어질 것이다.

그래서 알라이Alrai가 될 준비를 마칠 때까지라도 알라의 자비 안에서 머물 수 있게 해달라고 하루에 다섯 번씩 나우팔은 정성을 다해 기도하는 것이다.

석별의 인사도 없이 카심 아저씨에게서 도망치는 일은 결코 일어나지 않길 진심으로 바란다.

알라이로 독립한 뒤에도 카심 아저씨의 선의를 결코 잊지 않을 것이며, 불법이민자에게 정착의 기회를 찾아주는 일에 자신도 헌신하겠다고 약속하겠다.

비록 파리와 자동차를 발명하진 못했지만, 파리에 주차된 자동차들을 값싼 숙소로 활용하는 방법을 발명해낸 무슬림을 알라는 무척 자랑스러워할 것이다.

하지만 자신의 선행과 희생을 좀더 깊이 이해받고 싶다면, 카심 아저씨는 나우팔과 동료들이 알라이라고 부르는 자들을 더 이상 볼뢰Voleur라고 매도해서는 안 된다.

알라이는 아랍어로 목동이라는 뜻이고 볼뢰는 프랑스어로 도둑을 의미한다.

파리 곳곳에 알라이가 등장한 이후로 카이사르 사장의 수입이 줄어든 것은 사실이다.

하지만 어느 누구도 카이사르 사장의 주머니에서 돈을 훔치지 않았다.

지적재산권을 침탈당했다는 그의 주장은, 그 사업이 법으로 보호받지 않는다는 사실만으로 간단히 부정될 수 있다.

날달걀을 세울 수 있는 방법을 발명했다고 해서 전 세계의 모든 달걀을 소유하고 통제할 권한까지 얻게 되는 건 결코 아니다.

주차된 자동차들을 숙소로 빌려주는 사업이 공공의 목적을 지닌 이상, 카이사르 사장의 동의 없이도 누군가는 할 수 있어야 하는 사업이라고 나우팔은 생각한다.

목적의 제약과 수단의 독점은 필경 선의를 위악으로 만든다.

게다가 고객의 욕망은 비가역적 반응을 통해 무한 증식하므로 누구도 결코 예측할 수 없다.

그러니 무한 경쟁과 자연도태만이 자본주의의 유일하고 위대한 원칙이다.

그걸 카이사르 사장은 어느 누구보다도 잘 이해하고 있기 때문에 파리의 서로 다른 세 곳에 주차장을 만들 수 있었던 게 아닌가.

파리는 저임금 노동자가 아주 많이 필요하지만 그들이 파리의 낭만과 자유에 포함되는 걸 원하지 않는다.

저임금 노동자는 파리 안에서 일자리를 구할 수 있지만 숙소를 구할 여력은 없다.

오를리 공항 부근에 주차되어 있는 자동차는 숙소로서 많은 장점을 지녔다.

자동차 주인이 되돌아올 날짜와 시간을 정확히 알고 있기 때문에 투숙객은 그의 갑작스런 방해를 걱정하지 않고 한곳에 오랫동안 머물 수 있다.

또한 자동차의 숫자가 투숙객의 그것보다 많기 때문에 기호에 따라 숙소를 선택할 수 있을 뿐만 아니라 장기 계약일 경우 비용을 할인받을 수도 있다.

마을과 멀리 떨어져 있기 때문에 이웃의 감시를 받지 않고 자유롭게 생활할 수 있다.

가족이나 반려동물과 함께 지낼 수 있으며 간단한 취사 행위도 가능하다.

하지만 시내버스와 지하철을 이용해서 매일 파리 시내로 출퇴근해야 하는 자들에겐 교통비 부담이 너무 커서 위의 장점들이 거의 무시될 수도 있다.

게다가 일행이 없는 투숙객에겐 섬과 같은 공항 주변의 일상이 지루해질 수도 있다.

그런 자에게 카이사르 사장은 파리 시내에 위치한 두 곳의 주차장을 추천한다.

물론 그곳 생활의 단점에 대해 고객에게 미리 고지하는 것은 주차장 직원의 의무다.

주차장 주변에 살고 있는 이웃 때문에 생겨난 제약 사항을 이해시키는 일이 가장 어렵다.

주차장으로의 출입은 이웃이 잠드는 새벽에만 가능하고 일단 숙소에 들어간 투숙객은 주차장 직원들의 허락 없이 밖으로 나올 수 없다.

숙소 안에서 취사 행위를 하거나 반려동물을 키우는 것은 금지되어 있다.

또한 마약, 섹스, 도박, 음주, 흡연을 할 수 없으며 히터나 전등, 라디오를 켜서도 안 된다.

땀 냄새나 기름 자국이 실내에 남지 않도록 투숙객은 손발을 씻고 깨끗한 옷으로 갈아입은 다음 취침해야 한다.

대부분의 자동차는 하루 단위로 머물기 때문에 장기 투숙을 예약하는 것은 불가능하다.

자동차 주인이 한밤중에도 주차장으로 나타나 자동차 열쇠를 요구할 수 있기 때문에 빠른 도피를 위해서 투숙객은 자신의 짐을 주차장 직원에게 맡겨야 한다.

만약 주인에게 발각된다면 이는 전적으로 투숙객의 책임이며 주차장 측은 아무런 보상도 해주지 않는다는 조건으로 숙박료를 할인해준다.

하지만 주차장 직원들 역시 밤잠을 설치며 투숙객을 보호하기 위해 최선을 다한다.

직원들은 투숙객에게 자동차 문을 열어주기에 앞서 연료와 배터리 잔량, 운행 마일리지, 라디오 주파수, 쓰레기, 매트 상태, 실내 공기 청정도, 글러브 박스 안의 보관품 등을 세심하게 확인해야 한다.

만일 이상이 발견되면 투숙객의 소지품을 검사하고 수리비를 요구하기도 하는데, 이를 거부하는 고객과 실랑이를 벌이다가 자동차 사이드미러나 범퍼를 파손한 적도 있다.

결국 카이사르 사장은 순수한 인류애만으로 수리비를 감당할 수 없다는 판단 아래 투숙객의 안전과 편의, 그리고 직원들의 인권을 담보로 숙박료를 올렸다.

자연히 고객의 원성이 높아지면서 알라이의 등장은 예견되었다.

왜냐하면 불법이거나 익명의 방법만이 가난한 불법이민자의 욕망을 충족시킬 수 있기 때문이다.

자정 무렵부터 파리 시내 어느 곳이든 10여 분만 서성거린다면 그날 밤 숙소로 사용할 수 있는 자동차의 문을 열어줄 사람을 쉽게 발견할 수 있다.

여러 명의 투숙객을 끌고 다니면서 길가에 줄지어 세워진 자동차를 차례대로 배정해주는 자들에게 목동이라는 이름은 너무 잘 어울렸다.

알라이는 어느 조직에 속해 있거나 어느 특정 지역에 머무르지 않고 독립적으로 활동했지만 최근에는 지역별로 연대를 시작했다는 소문도 들렸다.

그들은 불법으로 사유물을 점유하여 이익을 편취하고도 자동차 파손이나 물품 도난으로 인한 금전적 손해를 자동차 주인에게 고스란히 떠넘기고 있으며, 주인에게 발각되었을 경우 자신이 먼저 도망치기 때문에 잠든 투숙객의 신변까지 위협하고 있다고 카이사르 사장은 핏대를 세우며 비난했다.

하지만 그렇게 무능력하고 무책임한 알라이는 무한 경쟁 속에서 자연도태되기 때문에 카이사르 사장의 비난은 정당하지 않다.

지금이라도 그가 알라이의 등장을 자본주의와 대도시 발전의 역사 속에서 필연적으로 나타나는 결과로 인정하고 오를리 공항 근처의 주차장을 알라이 훈련 학교로 활용한다면, 오히려 더 많은 명예와 부를 얻게 될 텐데.

카이사르 사장만 알지 못할 뿐, 그의 주차장에서 일하고 있는 직원들의 대부분은 알라이가 되는 것이 파리의 시민이 되는 가장 빠른 방법이라는 사실을 잘 알고 있다.

파리의 시민이 된 뒤에도 카이사르 사장으로부터 여전히 볼뢰라고 불린다면 나우팔의 여생은 쓸쓸함과 죄책감 사이를 오갈 것이다.

설령 시간이 오래 걸리더라도 나우팔은 카이사르 사장에게 진 빚을 혼자 힘으로 갚고 싶다.

불법이민자에게 빼앗긴 일자리를 되찾기 위해 이민법을 개정해야 한다고 주장하는 프랑스 극우주의자들의 선동이 나우팔을 조급하게 만들고 있지만, 알라이가 될 준비를 마치기도 전에 이런저런 이유로 인해 카이사르 사장과 절연하는 상상을 미리 하고 싶진 않다.

유능한 알라이가 되기 위해선 운전 기술과 기억력, 방향감각과 시력 이외에도 자동차 정비 기술은 필수적이어서, 투숙객이 일으킬 수 있는 모든 문제들을 해결할 수 있어야 한다.

요즈음엔 리모컨으로 문이 여닫히거나 경보장치와 블랙박스가 설치되어 있는 자동차가 많아졌기 때문에 멀리서 대충 훑어보는 것만으로도 잠재 위험을 완벽히 간파할 수 있는 능력이 필요하다.

자동차의 상태로 주인의 성향과 생활 패턴을 유추해낼 수 있다면 금상첨화다.

숙소로 사용 가능한 자동차의 목록을 만들고 수시로 정보를 업데이트하는 성실함은 시행착오와 위험을 확실히 줄여줄 수 있다.

투숙객의 정체를 정확히 파악하는 능력 또한 사업의 성패를 좌우한다.

세계 모든 곳에서 파리로 도착하는 투숙객의 언어로 간단한 의사소통을 할 수 있다면 위기와 맞닥뜨렸을 때 큰 도움을 받을 수 있을 것이다.

그 언어에는 지리와 종교, 문화와 정치에 대한 지식이 포함되어야 한다.

자신의 직업이 불법이민자뿐만 아니라 유럽의 미래에 미칠 긍정적 영향을 생각한다면, 범죄자와는 분명히 구별되는 직업의식을 투철하게 구축해야 한다.

직업윤리로선 세속주의나 신정분리주의가 유리하다.

자신의 일상을 구성하고 있는 배경과 사람과 사건 사이의 인과관계를 끊임없이 찾아라.

하지만 배경이나 사람이나 사건은 하나같이 모든 가능성 위에 적절히 산포되어 있는 양자적 현상에 지나지 않기 때문에 하나의 진실은 또 하나의 거짓으로 해석될 수 있다는 역설을 이해해야 한다.

그럴 자신이 없다면, 세상은 오로지 자신을 철저하게 절망시키기 위해 존재한다고 간주하는 편이 낫다.

하지만 오를리 공항 부근의 주차장에서 1년 내내 갇혀 지내는 열다섯 살의 나우팔이 이해하기엔 너무나 모호하고 어려운 잠언일 따름이었다.

생의 중요한 가르침은 오로지 실수와 후회, 그리고 침묵을 통해서만 전달될 수 있다니, 그런 가르침이 불법이민의 현실을 벗어나는 데 어떤 쓸모가 있단 말인가.

나우팔의 평정심을 뒤흔든 사건들이 몇 차례 일어났지만, 그의 일상은 궤도를 벗어나지 못했다.

궤도를 벗어나지 못했으므로 궤도와 궤도 사이를 건너갈 때 별처럼 잠깐 반짝이는 희망과 열정을 발견할 수도 없었다.

한번은 로마니 소녀에게 매혹되어 그녀의 숙박비를 자신이 대신 지불한 적이 있다.

그녀는 검은색 벤츠 E220에서 일주일 남짓 머물면서 투숙객들에게 몸뚱이의 일부를 팔았다.

화대로 받은 코카인을 처음으로 흡입하다가 소녀는 쇼크 상태에 빠졌다.

그녀를 태운 검은색 벤츠 E220이 인근 병원의 응급실에 5분만 늦게 도착하였더라면 나우팔의 전 재산은 소녀의 장례식 비용으로 지불되었을 것이다.

또 한번은 투숙객이 회색 아우디 A6를 훔쳐 달아났다.

나우팔만 겨우 주차시킬 수 있을 정도로 비좁은 공간에 세워놓았기 때문에, 허공에 정지한 채 체스 판을 내려다볼 수 있는 벌새만이 유력한 용의자였다.

파리에서 사라진 자동차들이 시베리아나 튀니지에서 발견된다는 소문은 공공연했다.

나우팔은 자신의 슈트케이스에다 급히 소지품을 쑤셔 넣다가 문득 자신의 모계적 특성을 떠올렸다.

그 절도범의 얼굴과 그의 슈트케이스에 붙어 있던 항공사 태그가 기억났다.

그래서 오를리 공항 출국장에서 동료들과 나흘 동안 잠복한 끝에 범인을 붙잡을 수 있었다.

다행히 회색 아우디 A6는 프랑스와 독일 국경 부근에 숨겨져 있었다.

범인 역시 불법이민자라는 사실을 참작하여 현금과 귀중품을 빼앗는 것으로 사적 처벌을 끝냈다.

동료가 회색 아우디 A6를 찾아오자 나우팔은 자신의 노트에 기록된 대로 연료와 배터리 잔량, 운행 마일리지, 라디오 주파수, 쓰레기, 매트 상태, 실내 공기 청정도, 글러브 박스 안의 보관품 등을 세심하게 조정하였다.

다음 날 오후 승합차를 타고 주차장으로 되돌아온 아우디 A6 주인은 파리의 날씨와 공기에 투덜대면서 에어컨 다이얼과 라디오 볼륨을 최대로 올린 채 액셀러레이터를 힘껏 밟았다.

하지만 하늘색 시트로앵 C5의 주인이 예고도 없이 일정보다 이틀이나 일찍 크레타 섬에서 귀국하는 바람에 투숙객이 현장에서 발각되는 사건도 있었다.

그때 나우팔은 보라색 스코다 옥타비아를 발레파킹하고 있어서 위험을 미처 감지하지 못했다.

장기 주차된 자동차의 실내 청소를 맡은 직원이 너무 피곤해서 잠깐 잠들었던 것뿐이라는 해명은 그와 함께 실내에서 발견된 슈트케이스와 음식 쓰레기까지 설명할 순 없었다.

자신의 동의 없이 사유재산을 침해한 사실을 주차장 사장이 직접 사과하고 금전적 배상을 하지 않는다면 경찰에게 신고하겠다며 하늘색 시트로앵 C5의 주인은 직원들을 협박했다.

사과나 배상이란 단어에는 아무런 반응을 보이지 않던 나우팔과 동료들은 경찰이라는 단어를 듣자 흥분하기 시작했다.

결국 시트로앵 C5의 주인은 자신의 자동차 트렁크에 실려 루마니아 국경까지 끌려갔다가 자신의 무례함을 사과하고 일체의 금전적 배상을 요구하지 않겠다는 약속을 한 뒤 겨우 풀려났다.

양보와 이해가 부족하면 투쟁과 반목이 이어진다.

투쟁과 반목은 늘 승자와 패자를 만들어내기 때문에 끝없이 반복될 수밖에 없다.

그러니까 하늘색 시트로앵 C5의 주인은 카이사르 사장이 시작한 사업의 공익성을 이해한 뒤 자신의 권리를 자발적으로 양보했다가 되찾아간 것이라고 간주해버리는 편이 나았다.

나우팔은 자신이 직접 휘말린 사건보다도 더 극적인 것을 상상하기도 했다.

나치 친위대의 추적을 받던 유태인 은행가가 절체절명의 순간에 카이사르 사장의 주차장으로 숨어든다.

나우팔은 순수한 인류애에 이끌려 도망자를 흰색 혼다 어코드 안에 숨겨준다.

그리고 기꺼이 알라이를 자처하며 자신도 회색 포드 머스탱 속에 숨는다.

주차장의 출입문을 봉쇄한 나치 친위대는 도망자와 협력자를 찾기 위해 카이사르 사장과 주차장의 직원들을 모두 붙잡아 고문한다.

고통보다는 공포를 참지 못한 직원 한 명이 나우팔의 신상에 대해 발설한다.

나치 친위대는 주차장에 보관된 모든 자동차를 샅샅이 수색한다.

하지만 나우팔의 뛰어난 기억력과 방향감각, 시력 덕분에 그와 은행가는 결코 발견되지 않는다.

연합군의 진격이 임박해오자 나치 친위대는 급히 후퇴하면서 카이사르 사장과 직원들을 학살한다.

카이사르 사장은 죽기 직전에 자신의 재산 목록이 적힌 비밀 장부를 주차장 안에 숨기면서 나우팔만 해독할 수 있는 유언장을 남긴다.

연합군마저 떠나고 마침내 은신처 밖으로 모습을 드러낸 나우팔은 비밀 장부를 찾아내어 카이사르 사장의 가족에게 돌려주려 한다.

유태인 은행가가 행정적 처리를 자원한다.

그때 주차장 문을 부수며 자동차 주인들이 들이닥친다.

그들은 자신의 자동차가 크게 파손된 걸 알아차리고 나우팔에게 일제히 몰려와 배상을 요구한다.

나우팔이 소란에 대처하는 사이 유태인 은행가는 비밀 장부를 훔쳐 달아나면서 나우팔이 나치 친위대에 협력한 로마니라고 경찰에 신고한다.

주차장으로 들이닥친 경찰은 자동차 주인들 중 아랍계 남자를 나우팔로 오인하고 그를 폭력으로 제압한다.

그사이 나우팔은 갈색 토요타 캠리의 트렁크에 몸을 숨기고 밤의 연쇄반응이 세상을 검은 진흙덩어리로 변모시킬 때까지 기다린다.

마침내 낯익은 세계가 사라지자 비좁은 트렁크 내부는 빅뱅 직전의 에너지로 가득 채워진다.

유태인 은행가가 파괴한 순수한 인류애를 회복하는 것이 갱생의 유일한 목적이다.

면허증 없이 길과 길 사이를 넘나들기 위해선 낮에 잠들고 밤에 운전해야 하기 때문에 목적지에 이르는 데까지 시간은 많이 걸리겠지만, 자신의 모계적 특성이 반드시 그곳에 데려다줄 것이라고 나우팔은 확신한다.

추적자의 인생은 도망자의 그것보다 항상 길기 마련이다.

그래서 그는 어스름과 작달비가 동시에 내리기 시작한 밤에 토요타 캠리의 트렁크에서 빠져나와 합목적성(合目的性)을 회복한 인생에 시동을 걸었다.

하지만 주차장을 빠져나가려는 순간 온몸을 날려 그의 진격을 저지하는 동료들 때문에 급히 브레이크를 밟아야 했는데, 작달비가 뼈와 살을 완전히 분리한 뒤에야 비로소 그는 갈색 토요타 캠리 안에서 꿈을 꾸었다는 사실을 깨닫게 되었다.

하마터면 발레파킹 도중에 사고를 일으키고 알라의 자비 밖으로 추방될 뻔했던 것이다.

동료들은 그날의 사건이 자신들을 돕느라 1년 내내 단 하루도 마음 편히 쉬지 못했던 나우팔을 위해 알라가 보내는 경고 메시지로 해독하고, 그의 특별 휴가를 카이사르 사장에게 부탁했다.

그 덕분에 반강제적으로 사흘을 쉬면서 나우팔은 피로감과 불안감을 다소 덜어낼 수 있었으나, 망상이 언제 또다시 발작하게 될는지 걱정되어 대인 관계에 더욱 소극적일 수밖에 없었다.

나중에 알라이로 독립하게 되더라도 지금의 동료들에겐 적어도 피해를 입히지 않겠노라고 그는 거듭 다짐했다.

권력이 없는 약자에겐 연대의 방법만으로 창과 방패를 마련할 수 있으니까.

하지만 나우팔과 동료들이 미처 헤어질 준비를 마치기도 전에 인생은 이미 다른 곳으로 흘러가버리고 말았다.

어쩌면 각자의 인생 속으로 내동댕이쳐졌다는 표현이 더 어울릴지도 모르겠다.

왜냐하면 어느 누구도 그 당시의 배경과 사람과 사건 사이의 인과관계를 논리적으로 설명할 수 없기 때문이다.

오를리 공항 근처에서 발레파킹을 했던 일곱 명의 직원들 중에서 고작 한 명만이 알라이로 독립하여 지금까지 활동하고 있다.

그는 나우팔이 아니다.

이제 열여덟 살이 되었을 나우팔의 근황에 대해 아는 자는 없다.

갑작스레 이별한 직후에 동료들은 그가 모로코로 돌아가 조그만 카펫 가게를 열었다고 믿었지만, 어떤 자가 스위스와 이탈리아의 국경 마을에서 그의 빨간색 포르쉐 카이엔을 직접 보았다고 증언하면서부터 괴이한 소문들이 이어졌다.

나우팔을 프랑스 이민국에다 신고한 사람이 카이사르 사장이라고 확신한 자도 있었다.

파리의 주차장 세 곳을 모두 팔아버리고 연금에만 의존하여 살게 된 카이사르 사장은 나우팔 첸토프라는 이름을 들을 때마다 불같이 화를 냈다.

법은 전기 철조망처럼 모든 파리 시민들에게 평등하게 적용되어야 한다고 그는 강변했다.

그리고 그는 더 이상 불법이민자의 딱한 사정 따윈 괘념치 않았다.

대신 술과 담배를 끊고 하루에 다섯 번씩 기도했다.

이웃들은 그의 성실한 일상 속에서 음험한 과거의 단서를 찾아낼 수 없었다.

그가 항상 주머니 속에 사탕을 가득 채워 다닌다는 사실을 잘 알고 있는 아이들은 그의 집 주변을 서성거리다가 그가 나타나면 일제히 달려가 인사를 했다.

나중엔 인근 초등학교의 발전위원회장으로 임명되어 교육부를 방문하기도 하였다.

그러니까 3년 전 그 사건은 카이사르 사장의 일상을 낯익은 궤도에서 일탈시켰지만, 타고난 운 덕분에 그는 더욱 안정된 준위(準位)의 궤도로 옮겨갈 수 있었던 것이다.

그때 궤도와 궤도를 건너간 나우팔 역시 별처럼 반짝이는 희망과 열정을 발견했을까.

하지만 그 사건 이후로 오직 나우팔만이 파리에서 추방되었다는 사실로부터, 한때 그의 동료였으며 지금도 여전히 불법이민자의 신분에서 벗어나지 못한 남자는 나우팔과 불운의 인과관계를 설명하려고 했다.

가장 그럴듯한 설명은 이러하였다.

주사위를 한 번 굴렸을 때 각 숫자가 나올 확률은 정확히 6분의 1이지만, 열두 번쯤 굴렸을 때 각 숫자가 나올 확률은 결코 6분의 1이 아니다.

무한 반복의 결과로 6분의 1이라는 확률에 수렴해갈 수는 있겠지만 인생에서 무한히 반복할 수 있는 사건은 결코 일어나지 않는다.

만약 그 사건 역시 무한히 반복될 수만 있다면 그때 그곳에 있던 사람들에게 정확히 같은 확률로 일어났을 것이고, 나우팔이 혼자서 그 불운을 감당하지 않을 수도 있었다.

하지만 그 사건은 그들에게 두 번 반복되었으므로 불운이 그들 중 한 명을 선택할 확률은 서로 달랐다.

첫번째 사건이 일어나서 마무리될 때까지 그들은 마치 한밤중의 허공 속을 날아간 나비처럼 그것의 위험을 전혀 감지하지 못했다.

그래서 같은 사건이 두번째 일어났을 때 그들은 자신이 선택될 확률이 동료와 정확히 같기 때문에 쉽사리 피해갈 수 있다고 방심했던 것이다.

방심한 육신은 위험에 오히려 강하다, 잡초가 나무보다 강풍을 더 능숙하게 버텨내듯.

동료와 뚜렷이 구별되는 모계적 특성을 지니지 않았더라면 오히려 나우팔은 쉽게 파국을 피할 수 있었겠지만, 모든 시공간이 자신 안에 응축되어 있고 자신의 의지가 그것을 작동한다는 생각이 그를 경직시켰다.

나우팔의 동료는 두 사건을 정확하게 기억해냈다.

어느 5월의 여름밤에 은색 피아트 500 안에서 연기가 희미하게 피어올랐다.

불길한 생각이 들었지만 거동이 불편한 노파에게 실내에서 간단한 취사 행위를 허락한 이상 자동차 문을 무례하게 열어젖히면서 싫은 소리를 할 순 없었다.

다음 날 아침 은색 피아트 500의 문을 열었을 때 노파는 보이지 않고 매캐한 냄새만 남아 있었다.

진공청소기로 실내를 청소하고 방향제를 뿌리면서 나우팔은 투덜댔다.

그리고 이틀 뒤 카이사르 사장은 오를리 공항 부근의 공터에서 노파의 시체가 발견되었다는 뉴스를 심드렁한 표정으로 전달하면서, 경찰의 갑작스런 방문을 조심하라고 일렀다.

하지만 경찰은 찾아오지 않았고 노파의 죽음은 자연스런 현상으로 처리되었다.

삼 개월이 지난 뒤 이번엔 파란색 재규어 XF에서 연기와 함께 비명이 새어 나왔다.

그 안엔 포르투갈에서 건너온 젊은 연인들이 머물고 있었다.

공포를 감지한 나우팔이 급히 달려갔을 때 그들은 이미 죽어 있었다.

언어도단의 처참한 현장은 죽음이 그들의 의지를 거스르며 찾아왔다는 사실을 말해주었다.

숙소에서 잠을 자다가 나우팔의 연락을 받은 동료들이 급히 주차장에 도착하였다.

그들은 승합차를 타고 음료회사의 물류 창고 앞과 자동차 부품 공장의 운동장과 전자회사의 공터를 돌아다니면서 107대의 자동차 내부를 일일이 확인하였다.

61대의 자동차 속에서 잠들어 있던 79명의 투숙객은 소란을 감지하자마자 소지품을 급히 챙겨 한밤의 허공 속으로 박쥐처럼 몸을 피했다.

미처 도망치지 못한 열두 명의 투숙객은 일곱 대의 자동차 속에서 시체로 발견되었다.

그들이 머문 자동차의 유리 창문은 하나같이 조금씩 열려 있었고 불씨에 그을린 하얀 가루들이 시트 위에 흩뿌려져 있었다.

피해자들은 에어컨을 사용할 수 없어서 유리 창문이라도 열고 열기를 식히려 했던 것 같다.

반세기 전 나치가 유태인과 로마니에게 적용한 방식을 누군가 치밀하게 연구한 게 분명했다.

하지만 미국과 이스라엘이 버티고 있는 한 유태인은 안전하다.

박해는 유태인 대신 무슬림에 집중된다.

로마니는 종교와 국가를 전적으로 부정한다는 이유로, 반대로 무슬림은 종교와 국가에 지나치게 경도되었다는 이유로 극우주의자들은 자신들의 혐오를 정당화한다.

오를리 공항 부근의 주차장을 로마니와 무슬림의 게토로 여겼을 수도 있다.

마을과 멀리 떨어져 있어서 이웃의 감시를 받지 않고 사적 정의를 자행할 수 있을 뿐만 아니라 범죄 사실을 숨기는 데에도 이보다 적합한 곳이 없었으리라.

하지만 유감스럽게도 로마니나 무슬림이 아닌 시체도 발견되었다.

그러니까 종교와 국가에 전혀 관심이 없는 자들도 오로지 가난하다는 이유로 이웃에게 처참히 살해된 것이다.

자동차 문을 열자마자 쏟아져 나오는 매캐한 연기에 나우팔과 동료들은 연거푸 기침을 하다가 구토를 하고 두통과 오한을 느꼈다.

시체에서 흘러나온 토사물로 실내는 더럽혀져서 아무리 공들여 청소한다고 하더라도 자동차 주인을 속일 자신이 없었다.

그렇다고 여기서 파리의 시민권을 포기할 수도 없었다.

동료 두 명이 시체를 황토색 랜드로버 레인지로버에 싣고 루마니아 남부의 숲에다 버리고 돌아오는 사이, 나우팔과 나머지 동료들은 여섯 대의 자동차에서 좌석을 모조리 떼어내고 고압 호스까지 동원하여 내부 세차를 끝낸 다음 시트커버를 새것으로 바꾸고 다시 좌석을 조립하였다.

그리고 모두 힘을 합쳐 황토색 랜드로버 레인지로버의 청소까지 마무리 지었다.

하지만 프랑스에서 완전 범죄는 결코 불가능하다는 사실을 나우팔과 동료들은 인정하지 않을 수 없었다.

경찰이 찾아온다면 가장 먼저 나우팔을 의심하게 될 것이라는 데 동료들은 동의했다.

허공에 정지한 채 체스 판을 내려다보는 벌새처럼 주차장 전체를 훤히 내려다볼 능력이 살인자에게 없었더라면, 미로처럼 배치되어 있는 자동차 사이를 오가면서 피해자를 찾아내지 못했을 뿐만 아니라, 나우팔이나 동료들에게 들키지 않고 빠져나갈 수도 없었을 것이다.

그렇게 뛰어난 기억력과 방향감각, 시력을 지닐 수 있는 자는 나우팔이거나 적어도 그의 모계와 연결되어 있는 자일 수밖에 없었다.

하지만 증거 없는 의심으로 나우팔을 괴롭히고 싶진 않았다.

그래서 동료들은 십시일반 돈을 거둬 나우팔이 모로코로 돌아갈 수 있는 항공권과 작은 선물을 마련해주었다.

덩치가 크고 표정이 어두울 뿐만 아니라 턱수염까지 기르고 있는 나우팔은 이미 세상은 오로지 자신을 철저하게 절망시키기 위해 존재한다는 것을 사실로 받아들였기 때문에, 울거나 분노하지 않았다.

대신 평소와 다름없이 시간에 맞춰 기도를 올린 다음 작별 인사를 짧고 뜨겁게 나누었다.

그때도 턱을 끌어당기고 성대를 짓눌러서 허스키한 목소리를 짜내었다.

나우팔의 덤덤한 모습은 그가 파리와 영영 작별하는 게 아니라는 사실을 동료들에게 각인시켜주었다.

그래서 동료들은 죄책감을 조금이나마 덜어낼 수 있었다.

나우팔을 태운 모로코행 비행기가 오를리 공항을 이륙하자마자 그들 역시 서로에게 작별 인사를 한 뒤 자신의 슈트케이스를 끌고 각자 파리 시내로 숨어들었다.

하지만 알라이로 성공한 한 명을 제외하고 나머지들은 모두 얼마 되지 않아 자동차 절도 혐의로 경찰에게 붙잡혔다.

그들은 프랑스 정부가 마련해준 항공권으로 파리에서 추방되었는데, 훗날 비유럽연합 국가들을 거쳐 파리로 다시 숨어드는 데 성공했다.

하룻밤 사이에 흔적도 없이 사라진 직원들을 대신하여 카이사르 사장은 성난 자동차 주인을 상대하느라 곤욕을 치렀다.

파리 시내 두 곳의 주차장에서 급히 불러들인 직원들은 루빅스 큐브처럼 세워져 있는 자동차를 고객의 요구 순서에 맞춰 차례대로 꺼낼 수 없었다.

카이사르 사장은 나우팔의 능력에 지나치게 의존했던 걸 너무 늦게 후회했다.

나우팔에 필적할 만한 직원을 미리 확보하지 못한 것도 자신의 잘못으로 인정했다.

결국 카이사르 사장은 크레인을 동원해서 자동차를 공중으로 들어내었다.

하지만 자동차 주인의 원성을 제압할 수 없을 정도로 작업은 너무 더디었고 그마저도 이런저런 파손 사고 때문에 한참 동안 멈춰야 했다.

사흘 동안의 악몽에서 겨우 벗어나자마자 카이사르 사장은 음료회사의 물류 창고 앞과 자동차 부품 공장의 운동장과 전자회사의 공터를 사용하기 위한 임대계약을 해지하였다.

그리고 파리 시내의 두 곳의 주차장도 적당한 때를 봐서 팔아넘

기겠다고 결심했다.

돈벌이도 중요하지만 파리 시민권을 박탈당할 위험은 무조건 피해야 했기 때문이다.

현재의 재산과 프랑스 정부로부터 매달 받게 될 연금만으로도 그는 여생을 안락하게 보낼 수 있을 것이다.

자신의 헌신이 없어도 파리는 명성을 유지할 것이며, 나중엔 파리 곳곳의 주차장마저 관광 명소가 될지도 모른다.

납세하는 시민과 불법이민자, 극우주의자, 유태인, 그리고 로마니가 유럽에 존재하는 한, 주차장이나 길가에 주차된 자동차를 숙소로 빌려주는 사업은 번창할 것이다.

납세하는 시민의 인권을 침해할 소지가 높다는 이유로 자동차에 경보장치나 블랙박스를 설치하는 걸 불법 행위로 간주하는 프랑스 정부의 무능력에 오랫동안 기생할 것이다.

그러니 파리 시민이라면 자신의 자동차는 집 차고에 넣어두고 대중교통을 이용해서 파리 시내를 이동하는 게 바람직하다.

부득이 자신의 자동차를 집 밖에 밤새 세워두어야 할 경우엔 담과 폐쇄 카메라로 보호된 장소를 골라 주차한 뒤 반드시 경고문을 유리창에 붙여놓아 볼리의 접근을 막아야 한다고 카이사르 사장은 충고한다.

가능하다면 그는 나우팔의 사진을 파리 시내 곳곳에 붙여놓고 파리 시민들의 각별한 주의를 당부하고 싶다.

오를리 공항 부근의 주차장 사업을 정리한 뒤부터 그는 파리 곳곳에서 나우팔처럼 보이는 젊은이를 발견할 때마다 끝까지 쫓아가 신분을 확인하고 있다.

한번은 나우팔의 먼 사촌이 우연히 파리에 들렀다가 그에게 봉변을 당했다.

자신은 나우팔의 근황을 전혀 알지 못한다고 아무리 이야기해도 카이사르 사장은 멈추지 않고 지팡이를 휘둘러댔다.

참다못한 나우팔의 사촌이 긴급 전화로 경찰을 불렀는데, 그가 노동 허가서 없이 여섯 달 동안 프랑스 남부의 포도원에 머물렀다는 사실이 발각되면서 피의자로 내몰렸다.

불법체류보다 더 극악한 범죄가 오늘의 유럽에선 존재하지 않는 게 분명했다.

선정의 말

—

이 이야기는 (김솔이라는 이름의 벨기에 거주 한국인 작가가) 파리에 거주하는 모로코 출신 불법이민자의 삶에 대해 쓴 소설이다. 역설적이게도 혁명의 도시 파리가 안고 있는 불법이민자 문제, 인종주의 문제의 심각성에 대해서라면 익히 알려진 바대로다. 그러나 그것이 국제적으로 시금석이 될 만큼 중요한 문제라고 해서 저절로 소설의 주제가 되는 것은 아니다. 극복할 것이 아주 많기 때문이다. 무엇보다도 한국과 벨기에와 프랑스와 모로코, 최소한 이렇게 네 나라의 사회·문화적 차이, 언어적 차이, 감수성의 차이가 극복되거나 아니라면 어떻게든 전경화되어야 한다. 제아무리 유럽 문화에 친숙한 작가라 하더라도 쉬운 일일 리 없다. 소재주의를 피하고자 한다면 말이다. 그런데 김솔의 최근 소설들은 이 무모하고도 불가능해 보이는 작업을 시도한다. 단순히 무대와 소재를 국제화해서는 어림없는 일이다. 항상 내용에 걸맞은 형식을 고민하던 문장의 달인답게, 김솔은 아예 어떤 국제적인 문체를 고안해낸다. 도대체가 국적을 알 수 없는 번역 투 문장의 어눌함(철저하게 계산된 이 어눌함은 마치 아랍인이 발음하는 프랑스어의 톤을 닮았다), 유럽식 냉소와 유머, 인권 장전의 나라 프랑스 사회의 누추한 이면에 대한 정교한 관찰력, 이런 것들이 단편 「누군가는 할 수 있어야 하는 사업」을 보기 드물게 국제적인 작품이게 한다. 김솔은 현재 활동하고 있는 한국 작가들 중, 그 시야에 있어서나 문체에 있어서나 감수성에 있어서나 가장 국제적인 작가임에 틀림없다. **김형중**

2015년 10월

이달의 소설

애호가들

정영수

ⓒ 김봉곤

1983년 서울에서 태어났다. 2014년 창비신인소설상으로 등단했다.

작 가 노 트

아니, 이런 시대에도 여전히 소설 같은 걸 읽는 사람이 있단 말입니까?

●••

진행 중인 강의만 모두 끝내면 더 이상 강사 일은 하지 않을 생각이었다. 몇 년 전부터 이 일이 내게 맞지 않는다고 느끼던 참이었다. 접속법 하나도 제대로 이해하지 못하는 학생들에게 세 시간 동안 중세 스페인어에 대해 떠들어대는 일이나, 한 학기에 책 한 권 거들떠보지 않는 아이들에게 로페 데 베가의 희곡에 대해 설명하는 일, 형편없는 수준에 성의까지 없는 리포트에 점수를 매기는 일이나 성적 입력 기간이면 밀려오는 억지투성이 메일에 일일이 대꾸해줘야 하는 일 등 모든 것에 진력이 났다. 그럼에도 불구하고 내가 이 일을 계속한다면 그건 혹시 언젠가 교수가 될 수 있지 않을까 하는 기대 때문일 텐데, 요즘은 그에 대한 의욕조차 시들해진 게 월급 좀더 받고 정년이 보장된다는 것만 제외하면 교수라고 해도 하는 일은 시간강사와 전혀 다를 것이 없다는 사실을 깨달았기 때문이다. 앞서 말한 지긋지긋한 일들을 평생 해야 한다는 점에서 보면 오히려 상황이 더 안 좋았다.

차라리 번역이 멍청한 학생들을 가르치는 것보다는 훨씬 더 보람 있는 일이었다. 몇 년간 부업 삼아 스페인 문학을 번역해온 결과 나는 그 작업이 다른 어떤 일보다 내게 잘 맞는다는 사실을 알게 되었다. 그뿐 아니라 내 번역은 꽤 훌륭한 편이었는데 나만 그렇게 생각하는 게 아니라 내 담당 편집자도 그렇게 말했다. 그에 따르면 적어도 로페 데 베가의 작품만큼은 나보다 더 잘 번역할 수 있는 사람이 이 나라에는 없다는 것이었다. 그래서 나는 계획을 하나 세웠는데 조만간 지긋지긋한 강사 일을 때려치우고 스페인으로 날아가, 이를테면 그라나다 같은 곳에 볕이 잘 드는 2층 아파트를 구해 창 너머로 생기 넘치는 거리를 내려다보며 번역 작업을 하는 것이었다. 매일 아침 오래된 도시를 산책하고 카페에 들러 에스프레소를 한잔 마신 다음 열린 창으로 선선한 바람이 불어오는 책상에 앉아 베가의 희곡을 천천히, 하루에 스무 쪽 정도씩 번역하는 삶은 꽤 멋지지 않은가. 평생 그러겠다는 건 아니고 1년 정도, 운이 좋다면 2년 정도는 그렇게 할 수 있을 것 같았다. 다행히도 그 계획이 곧 현실로 다가올 조짐이 보였다. 얼마 전 편집자와 저녁을 먹는 도중에 그가 자그마치 천2백 면에 달하는 로페 데 베가의 희곡 선집을 준비 중이며 역자를 물색하고 있는데 아무래도 나만 한 사람이 없을 것 같다고 넌지시 운을 뗀 것이다. 그렇게 상세하게 기획에 대해 이야기했다는 것은 이 바닥의 법칙으로 봤을 때 계약서만 안 썼다뿐이지 사실상 내게 의뢰를 한 것이나 다름없었기 때문에 나는 겉으로는 그런가요, 하고 말았지만 실은 당장 일어나 뜀박질이라도 하고 싶은 기분이었다. 그 작업은 아무리 짧게 잡아도 1년은 걸릴 것이었고 연이어 다른 작업을 시작한다면 2년까지 그라나다에 머무는 것도 가능했다. 그렇게 되면 넌더리 나는 학생들과도 영영 안녕이었다. 내 머릿속엔 오로지 로페 데 베가와 그라나다의 볕이 잘 드는 2층 아파트뿐이었다. 그래서 나는 오영한이 교수 자리를 꿰찼다는 소식을 듣고도 아무렇지 않을 수 있었다.

나는 그 소식을 '근대 스페인 문학의 이해' 수업 종강 모임에서 들었다. 내가 진행한 수업은 아니었지만 우리 학과에는 각 학기의 마지막 수업 뒤풀이에 강사들이 모두 참석하는 전통 비슷한 게 있었기 때문에 가게 되었다. 거기에는 오영한과, 타 학교 출신으로 이번 학기부터 수업을 하게 된 새로 온 강사 그리고 석사과정 중인 조현수가 있었다. 그 외에 다섯 명 정도 더 있었지만 내가 아는 얼굴은 그 정도였다. 일부러 조금 늦게 가려고는 했는데 너무 늦었는지 벌써 몇 명 정도는 집에 간 모양이었다. 그런데 술자리에 도착하자마자 나는 분위기가 평소와 조금 다르다는 느낌을 받았다. 대화가 지나치게 오영한에게 집중되어 있었다. 아무래도 이상해서 새로 온 강사에게 내가 오기 전에 무슨 일이라도 있었느냐고 물었더니 그가 조금 호들갑을 떠는 말투로 오영한의 조교수 임용 사실을 말해주었다. 아직 정식으로 발표는 안 했지만 사실상 결정은 됐고 다음 학기부터는 지도학생까지 받게 되었다는 것이었다. 나는 물론 동요하지 않았다. 하지만 내가 그 소식을 듣고 놀라지도 않았다고 한다면 거짓말일 것이다. 아무리 이 나라 인문대학이 사대주의에 찌들어 유학파라면 깜빡 죽는다고 해도 아직 서른다섯도 되지 않은 데다 강의를 시작한 지는 3년도 채 안 된 햇병아리가 교수라니 웃기지도 않는 일이었다.

그 이야기를 듣고 나니 눈앞에 펼쳐진 풍경이 더욱 가관이었다.

학생 서넛이 오영한 주위에 둘러앉아 눈을 빛내며 그 인간의 말 한마디 한마디에 꼼꼼하게 추임새를 넣어주고 있었는데 특히 조현수가 제일 신난 것 같았다. 그놈이 내 수업을 세 학기 연속으로 들었을 뿐 아니라(거기다 그중 하나는 청강이었다) 종종 진로나 연애에 대한 상담도 요청하고 심지어는 자기가 쓴 평론을 보여주기도 했던 것을 생각하면 조금은 당황스러울 정도였다. 이번 학기에는 안 보인다 했더니 오영한의 수업을 들은 모양이었다.

어쨌든 듣긴 들었으니 오영한에게 다가가 축하한다고 말해주었다. 그는 유난스러울 정도로 대수롭지 않은 말투로 이게 뭐 축하할 일인가요,라고 대답했다. 나는 반사적으로 무슨 소리야 교수 못 돼서 안달인 사람이 얼마나 많은데,라고 마음에도 없는 소리를 했는데 말을 하고 보니 내가 꼭 그 교수 못 돼서 안달인 사람처럼 느껴졌을 것 같다는 생각이 들었지만 정정하겠답시고 한마디 더 했다가 오히려 괜한 오해나 살 것 같아서 그만두었다. 어쨌든 오영한이 그렇게 겸손하게 나오니 더 보탤 말이 없어 나는 머쓱해진 채 제자리로 돌아와 앉았고 그다음부터는 맥주나 마시는 것밖에는 더 할 일이 없었다. 새로 온 강사와 이야기를 좀 나누긴 했는데 관심사도 잘 안 맞고 해서 대화는 좀처럼 이어지지 않았다. 그는 유머 감각이 부족하고 무슨 말을 해도 쓸데없이 긍정적인 방향으로(그럴 수도 있죠, 다 잘될 거예요, 요즘 다들 힘들죠 뭐, 그래도 그 정도면 괜찮은 겁니다, 하는 식의) 반응하는 사람이었다. 그래서 점점 대화가 줄어들었고 나중에는 맥주 한잔 마시고 옆 테이블에서 들려오는 웃음소리에나 귀를 기울이다가 다시 한잔 마시고 하며 시간을 보냈다.

왜 그랬는지는 모르겠지만 2차까지 따라가게 되었는데 그때쯤 되니 다들 취해 있었다. 특히 조현수가 제일 많이 취한 것 같았다. 난데없이 주먹을 휘두르며 아무도 물어보지 않은 자신의 문학관을 펼치기 시작한 것이다. 그러면서 보르헤스가 어떻다느니 옥타비오 파스가 어떻다느니 하더니 이어서 제3세계의 향취가 나는 작가들의 이름을 나열하기 시작했는데(알베르토 푸게트니 오라시오 키로가니…… 기억도 잘 안 난다) 평소 대화를 나눠본 바로 나는 그놈이 그들의 작품보다는 그저 발음하기 어렵고 어딘지 그럴듯해 보이는 이름들을 들먹이는 걸 좋아할 뿐이라는 데 전 재산도 걸 수 있었다. 어느 순간 보니 말을 하고 있는 것은 조현수뿐이었다. 다른 사람들은 모두 그놈의 수다에 지칠 대로 지친 모양인지 아무도 입을 열지 않고 있었다. 나도 그때는 꽤 취한 상태였고 피곤하기도 해서 별말을 하지 않고 있던 참이었다.

그러다 마침내 새로 온 강사가(이름이 뭐였더라?) 긴 시간의 침묵을 깨고 입을 열었다. 그는 분위기를 전환하고 싶었는지 오영한의 교수 임용을 축하하자면서 1차 때 수도 없이 되풀이했던 무의미한 건배 제의를 또다시 했다. 그러면서 한다는 소리가 내 이름을 들먹이면서 다음은 선생님 차례입니다,였다. 갑자기 나한테 시선이 집중되었고 나는 다른 계획이 있다고 아까 그 선생과 대화할 때 이미 말했음에도 그따위 소리를 하는 저의가 궁금했지만 학생들 보는 눈도 있고 해서 적당히 넘어가려 했는데 그때 조현수가 혀 꼬부라진 소리로 내게 분발하셔야겠네요 선생님, 하고 말한 것이다. 거기에는 명백히 조롱의 기색이 묻어 있었고 그 말을 들은 순간 나는 불현듯 끝 간 데 없는 분노에 사로잡히고 말았다. 그다음에 내가 한 행동은 나 자신도 놀랄 만한 것이었다. 그에게 거의 욕설에 가까운 거친 말들을 퍼부어

대기 시작한 것이다. 나는 그의 무례한 언사를 지적했고 진실하지 못한 태도를 비난했으며 조악한 현실 인식을 까발렸다. 그러니까 나는 그가 오로지 남들에게 그럴듯하게 보이고 싶다는 생각만으로 제대로 알지도 못하는 작가들의 이름을 늘어놓는 짓거리를 하고 있다고 했고 덧붙여서 지금까지 내게 제출한 그의 리포트들이 얼마나 거지 같았는지, 나아가 그가 썼다고 내게 보여준 평론은 또 얼마나 형편없었는지, 그것을 읽을 때 내가 얼마나 고통스러웠는지 하는 얘기를 거침없이 늘어놓았다. 그러는 동안 조현수는 얼빠진 얼굴로 나를 쳐다보고만 있었다. 이야기를 하다 보니 점점 감정이 고조되었고 나중에는 내가 무슨 말을 했는지 기억도 나지 않을 정도로 아무 말이나 마구 쏟아냈다. 한참을 쉬지 않고 말했더니 발음이 꼬이고 숨이 찰 지경이었다. 나는 그 모든 것들을 쏟아내고는 자리에 앉아 다시 맥주를 마시기 시작했고 그다음 일은 잘 기억이 나지 않는다.

다음 날 눈을 떠보니 전화가 여섯 통이나 와 있었다. 두 통은 출판사에서 온 것이었고 나머지 네 통은 은영에게서 온 것이었다. 웬일로 이른 아침부터 전화들인가 싶어서 시계를 보니 오후 3시였다. 머리가 지끈거리고 몸 여기저기가 쑤신 걸 보니 간밤에 내가 생각한 것보다 훨씬 많이 퍼마신 듯했다. 실내는 후텁지근했고 온몸이 땀에 젖어 끈적거렸다. 커튼을 쳐두어서 빛이 방 안까지 들어오지는 않았지만 창밖에는 햇볕이 뜨겁게 내리쬐고 있는 모양이었다. 문자 메시지도 두 개 와 있었는데 내용은 '어디야? 왜 전화 안 받아?'와 '제정신이야? 문자 보면 바로 전화해'였고 모두 은영이 보낸 것이었다. 나는 그것을 보고 점심에 그녀와 만나기로 했었다는 사실을 깨달았다. 중요한 약속은 아니었고 그녀가 내 가죽 소파가 너무 낡았다고 해서 같이 새 소파를 사러 가기로 한 것이었다. 나는 내 소파에 아무 문제가 없다고 생각하는 데다 그런 데에 돈을 쓰는 것도 아까워 그럴 필요가 없다고 말했지만 그녀는 고집을 피웠다. 소파에서 나는 오래된 인조가죽 냄새를 견딜 수가 없단다. 이렇게 퀴퀴한 냄새가 진동을 하는데 어떻게 거기 앉아서 책을 읽을 수 있는지 모르겠다고 했다. 그 말을 듣고 보니 무언가 냄새가 나긴 했다. 그러나 거슬릴 정도는 아니었다.

그라나다에 가기 전에 해결해야 할 것이 하나 있었는데 그것은 바로 은영이었다. 아직 그녀에게는 그 계획에 대해 말하지 않았다. 보나마나 가지 말라고 할 것이고 어쩌면(이것이 더 나쁜 경우인데) 같이 가겠다고 할 수도 있었다. 우리는 벌써 반년 전부터 자극 없는 지지부진한 만남을 이어오고 있었지만 제대로 마무리할 시점을 찾지 못하고 있는 상황이었다. 사실 뭐 급할 거 있나 하는 마음도 있었다. 우리는 적당히 만나서 적당히 저녁을 함께 먹었고 가끔은 서로의 집에 가서 밤을 보내기도 했다. 그녀를 꽤 많이 좋아했던 시기도 있었는데 지금은 그런지 아닌지 잘 모르겠다는 생각이 들 때가 많았다. 이렇게 미지근하게 지내다가 어영부영 같이 살게 되는 것은 내가 바라는 바가 아니었다. 나는 그녀의 화가 가라앉을 때까지 기다린 후에 연락해야겠다고 생각했다. 지금 당장 전화해봐야 좋은 꼴은 못 볼 테고 아마 저녁때쯤 되어서 전화하면 적당히 마음을 추스른 상태일 것이다. 분노도 촉매가 있어야 지속적으로 타오를 수 있는 법이니까.

그것은 내 경우에도 그랬다. 나는 눈을 뜨자마자 지난밤 일을 후회했다. 도대체 내가 어떻게 그런 폭언을 퍼부을 수 있었는지 이해할 수가 없었다. 나는 살면서 누군가를 때려본 적도, 앙심을 품고 상처가 될 만한 말을 한 적도 없었을뿐더러 그런 짓을 할 만한 성격도 못 됐다. 더 의아한 것은 실제로 내뱉은 것만큼 조현수의 문학에 대한 이해나 애정이 부족하지 않다는 사실을 나 스스로도 알고 있었으며 그가 보여준 평론도 미숙한 면이 있긴 했지만 그럭저럭 봐줄 만해서 은근히 다음 글을 기다리고 있었기 때문이다(그러나 이후에는 감감무소식이었다). 나는 그 일을 떠올리자 기분이 침울해졌고 조현수에게 사과를 해야겠다고 생각했다.

자리에서 일어나 샤워를 하고 커피를 한 모금 마시고 나니 기분이 조금 나아졌다. 출판사에서 혹시 메일을 보냈을까 해서 확인해보았지만 새로 온 메일은 없었다. 물론 전화를 한 이유는 볼 것도 없이 마감일이 얼마 남지 않아 진행 상황을 확인하려고 한 것일 터였다. 두 번이나 건 것을 보면 팀장이 아침부터 한마디한 모양이었다. 얼마 전에 바뀐 담당자는 왠지 미덥지 못한 면이 있었다. 뭘 부탁해도 한 번에 처리하는 법이 없고 메일을 보낼 때 종종 첨부 파일을 빼먹었으며 이모티콘을 많이 사용하는 것으로 보아 초짜인 게 분명했다(베테랑 편집자는 메일에 절대 이모티콘을 쓰지 않는다). 원고는 얼마나 잘 봐줄지 두고 봐야 할 일이겠지만 지금까지 하는 것으로만 보면 그것도 시원찮을 것이 뻔했다. 나는 필요하면 연락하겠지 싶어 출판사에도 전화를 걸지 않았다.

커피를 다 마시니 정신이 조금 들어서 책상에 앉아 원고 파일을 열어보았다. 요즘 학기 말이라 리포트 채점이다 뭐다 해서 정신없이 시간을 보내는 통에 번역에는 거의 손을 못 대고 있었다. 남은 분량을 가늠해보니 게으름을 피우지 않으면 사나흘 안에 끝낼 수 있을 것 같았다. 내가 번역하고 있는 것은 로페 데 베가의 『베들레헴의 목동들』이라는 소설이었는데 중세 스페인어로 되어 있다는 것 말고는 별로 까다로울 것이 없는 작품이었다. 나는 구텐베르크 사이트에서 현대 스페인어판 텍스트를 구했고 그것을 참고하면서 수월하게 작업할 수 있었다. 이 작품은 이미 국내에 여러 차례 번역된 바 있는 것이었는데 나는 기출간 판본들을 모두 찾아 읽어본 뒤 하나같이 쓰레기 같은 번역이라는 결론을 내렸다. 1980년대 말에 번역된 한 판본은 의외로 괜찮은 부분도 있었지만 전체적으로 보면 형편없기는 마찬가지였다. 그러나 나는 그것들을 구석으로 치워버리는 대신 옆에 두고 내가 번역한 문장들과 비교했다. 그 무엇에서도 미덕을 찾아낼 수 있다는 것이 나의 지론이었고 이러한 작업 방식 때문에 내 번역이 더욱 완벽해졌다는 것을 생각하면 그간 형편없게나마 작업을 해준 다른 번역가들에게 차라리 감사할 일이었다. 어떤 번역가는 작업을 할 때 다른 판본은 전혀 확인하지 않는 것이 정도(正道)이며 그렇게 해야 자신만의 고유한 번역 작품이 나올 수 있다고 주장하는데 내가 보기에는 황당한 생각이다. 번역에 번역자의 고유한 무언가가 들어갈 수 있다는 생각은 번역의 본질을 몰라도 너무 모르는 것이었다. 오로지 작품 그 자체만이 스스로 고유하게 존재한다는 것을 생각하면 기본적으로 그것이 어떤 언어로 되어 있든 각 언어가 지시하는 대상, 각 문장이 만들어내는 의미는 하나일 수밖에 없음이 당연한 이치였다. 그러니 번역에서 가장 중요하며 사실상 유일하게 중요한 요소는 한 치의 오차도 없는 '정확성'이고 그것을 위해서 기존 판본을 참고하는 행위는 필수적이라 이 말이다. 어떤 이는 번역의 다양성을 옹호하면서 폴 리쾨르가 『번역에 대하여』에서 쓴 "같은 것을 다른 방식으로 말하는 것은 늘 가능하다"라는 말을 인용하기도 하는데 내가 보기에 그 문장에서 방점을 찍어야 하는 부분은 '다른 방식'이 아니라 '같은 것'으로, 이 말은 사실상 구조주의 언어학에서 말하는 '언어는 달라도 그것이 지시하는 대상의 본질은 동일하다'라는 말의 동어반복에 불과하다. 각기 다른 언어라 하더라도 의미를 지닌 최소 단위의 단어는 하나의 방향성을 지닐 수밖에 없으며 마치 직선과 곡선이 교차하며 복잡하게 얽혀 있지만 결국은 정중앙의 한 점을 향해 뻗은 거미줄처럼 서로 다른 세계의 언어가 하나의 의미를 지시하고 있기 때문에 그 선의 방향을 올바르게 지정하는 것이 번역자의 소임일 뿐 고유니 뭐니 하는 소리는 완전히 헛소리라는 말이다. 이 같은 사실 때문에 해럴드 블룸을 위시한 혹자들이 '번역은 불가능하다'느니 '모든 번역은 오역이다'느니 하고 말하는 것과 달리 사실 번역은 가능하며 심지어 언제나 가능하다.

지금까지 말한 그릇된 인식은 학계에도 만연한데 이를테면 스페인 문학을 공부하기 위해서는 반드시 스페인어를 완벽히 이해해야 하고(이건 어느 정도는 일리가 있는 말인데) 그러기 위해서는 스페인에서 학위를 받아야 하며(여기서부터 좀 이상해진다) 스페인어로 말을 하고 스페인 음식을 먹고 스페인어로 논문을 쓰고 그것을 스페인의 학회지에 실어야 한다고 생각하는 현상이 그것이다. 그러니까 이를테면 보르헤스 같은 작가를 완전히 읽어냈다,라고 말하기 위해서는 번역된 글이 아닌 그의 영혼의 손때(표현이 뭐 이따위인가 싶지만)가 그대로 남아 있는 원어 텍스트를 읽어야 한다는 것이며 그렇게 해야 보르헤스의 미학, 의미, 가치 혹은 그게 뭐가 됐든 아무튼 그런 걸 모두 이해할 수 있다는 뜻이다. 물론 그것은 잠꼬대 같은 소리에 불과한데 예를 들어 'Vamos a casa'라는 스페인어 문장을 '집에 가자'라는 우리말로 바꾸었다고 해서 어떤 미학적이나 의미론적인 손실이 일어날 수 있다는 말인지 의문스럽다. 문장이 길어지면 좀더 다양한 선택지가 나타나겠지만 원문이 가리키는 의미와 어감을 가장 정확하게 표현하는 문장은 반드시 존재하며 그것을 찾아내는 게 번역가의 진정하고 유일한 역할이라고 할 수 있다. 하지만 그럼에도 여전히 잘못된 인식, 원어 근본주의에 거의 신앙과도 같은 믿음을 품고 있으며 그것을 강화하고 퍼뜨리는 일을 주저하지 않는 이들이 있는데 대표적인 인물로 공상영 교수가 있다. 그는 다름 아닌 기본도 안된 햇병아리 오영한을 그가 단지 바르셀로나 국립대학에서 박사를 따고 구멍가게보다 못한 스페인의 이류 학회지에 소논문을 실었다는 이유만으로 교수 자리에 앉힌 장본인이다. 내가 학부생일 때만 해도 석사논문은 물론 박사논문까지 우리말로 쓰는 것이 장려되었는데 요즘에는 박사논문은 물론 석사논문까지 스페인어로 쓰기를 종용하니 문학의 심연을 탐험한다는 우리 학과의 설립 목표를 생각하면 주객이 전도되었다고 하지 않을 수 없다. 어차피 모국어가 아닌 바에야 숙련된 번역가가 혼신의 노력을 기울여 '정확하게' 번역한 텍스트를 곧바로 수용하는 것이 훨씬 효율적이고 합리적인 방법이 아닌가 말이다. 그러니 공 교수가 단지 오영한이 (심히 전략적으로) 스페인어로 논문을 써왔다는 사실 하나만으로 그를 높게 산 것은 머저리 같은 판단일 수밖에 없다. 이러한 조건에서 결론적으로 연구자가 갖춰야 할 소양이 무엇인가 숙고해보면 당연하게도 문학에 대한 심도 깊은 이해가 필요충분조건이 될 수밖에 없는데 그 점에 있어서라면 내가 보기에 오영한은 조현수보다도 못할 정도로 빈약한 수준이었다.

조현수의 연락처를 알아내는 것은 어렵지 않았다. 학생처에 연락해보니 내가 누군지 확인하지도 않고 전화번호를 알려주었다. 나는 그에게 문자 메시지를 보냈다. 문자에 어느 정도 사과의 메시지를 집어넣을까 고민하다가 그냥 학교 근처에 있다면 잠깐 만나고 싶다는 의사만 전했다. 20분쯤 후에 답장이 왔는데(내게 우호적인지 아닌지 가늠할 수 없는 애매한 시간이었다) 지금 도서관 대출대에서 일하고 있다는 것이었다. 밤 열 시나 되어야 끝난다고 해서 나는 잠깐 들러 사과만 하고 돌아올 생각으로 집을 나섰다.

그런데 도서관에 가기 전 간단히 끼니나 해결하겠다고 들른 학교 앞 일식당에서 내가 누굴 마주쳤느냐면 바로 공 교수였다. 그와 함께 식사를 하고 있는 사람은 아니나 다를까 오영한이었다. 혹시나 마주칠까 하는 마음에(내가 왜 그런 마음을 먹었는지는 모르겠지만) 학생식당을 피해 학교 밖에서 밥을 먹으려 했던 것인데 거기서 딱 맞닥뜨려버린 것이다. 나는 못 본 척 지나가고 싶었지만 가게에 들어서는 순간 문에 달린 종이 유난히 큰 소리를 내며 울렸고 오영한과 공 교수가 동시에 내 쪽을 쳐다보았기 때문에 꼼짝없이 인사말 정도는 나눠야 하는 상황이 되어버렸다. 공 교수는 이 우연한 만남을 조금 과도하다 싶을 정도로 재미있어 하다가(기껏해야 학교 정문에서 50미터도 채 떨어지지 않은 곳이었는데) 마침 내 이야기를 하고 있었다고 했다. 나는 들어보지 않아도 무슨 이야기를 했을지 알 수 있었다. 오영한이 내가 어젯밤 조현수에게 한 짓을 떠벌린 것이 분명했다. 나는 그의 말을 듣고서야 내가 왜 그를 마주치고 싶어하지 않았는지 깨달았다. 세상에서 소문이 가장 빠른 곳이 있다면 바로 학교일 것이다. 공 교수는 앉아서 같이 먹자고 했는데 나는 합석하고 싶은 마음이 고양이 오줌만큼도 없었기 때문에 급히 가봐야 할 곳이 있다고 둘러댔다. 식당 문을 열고 들어와서는 갑자기 급한 일이 있다고 돌아 나가는 것만큼 황당한 소리도 또 없겠지만 공 교수는 굳이 짚고 넘어가지 않았다. 대신 그는 갑자기 나를 진심으로 걱정하는 듯한 얼굴을 하더니 번역은 잠시 미루고 논문에 집중해보는 것이 어떻겠느냐고 했다. 자기도 나를 추천하고 싶지만 연구 실적이 부족해서 방법이 없다는 것이었다. 그가 말하는 실적이란 이류 스페인 학회지에 하나 마나 한 소리를 길게 늘려놓은 논문을 싣는 것이었다. 나는 설혹 내가 그렇게 한다고 해도 그가 나를 추천할 마음이 전혀 없다는 것을 알고 있었지만 예 예 알겠습니다 그래야 하고 말고요 하고 적당히 대답했다. 그는 내게 한 이삼 주라도 일을 내려놓고 푹 쉬다 보면 기분이 나아질지도 모른다고 했다. 내 기분이 어떤지 자기가 도대체 어떻게 안다고 그런 소리를 하는지 알 수가 없는 노릇이었지만 나는 다시 예 예 알겠습니다 그래야 하고 말고요 하고는 적당한 인사말을 남긴 뒤 얼른 식당을 빠져나왔다. 그가 내게 마지막으로 한 말은 다음 주에 오 교수의 임용 축하연이 있으니 참석하라는 얘기였다.

"물론입니다. 다른 사람도 아니고 영한이가 교수가 되었다는데 당연히 가야죠."

하지만 당연히 가지 않을 생각이었다. 나는 아직 정식으로 발표도 안 났는데 벌써부터 오 교수라니 잘들 놀고 있다는 생각을 했다.

솔직히 말하면 나는 오영한이 스페인에 간다고 했을 때 무사히 학위를 마치고 돌아올 거라고 생각하지 않았다. 기껏해야 2년 정도 버틴 다음 엉터리 같은 핑계를 대면서 돌아와 유학파 행세나 하고 다닐 거라고 생각했다. 내가 오영한을 처음 봤을 때, 그러니까 내가 학부 3학년생이고 그놈이 신입생이었을 때 그놈은 갓 서울로 올라온 시골뜨기였는데 전형적인 자수성가형 모범생으로 공부 말고는 할 줄 아는 게 없었고 뭘 해도 서툴러서 책상 하나도 제대로 옮길 줄을 몰랐다. 거기다 공부만 하느라 책 읽을 시간은 없었는지 문학에 대해서도 아는 것이 전혀 없었다. 믿기지 않겠지만 오영한은 입학했을 당시 보르헤스가 누구인지도 몰랐다. 지금은 뭐 하고 살고 있는지 모르겠는 내 동기 한 놈이 나한테 야 얘 보르헤스도 모른대,라고 해서 나는 진심으로 보르헤스의 작품 세계에 대해 그다지 아는 바가 없다는 뜻인 줄 알았다. 그런데 정말 그런 작가가 있다는 것 자체를 모른다는 뜻이었다. 마르케스는 들어본 적이 있다고 했다. 그래서 나는 오영한에게 보르헤스를 읽어보라고, 그리고 시간이 남으면 마르케스를 읽으라고 말해주었다. 그러던 놈이 방학 때 무슨 짓을 했는지 가을 학기부터는 라틴아메리카 작가들의 이름을 줄줄 늘어놓기 시작한 것이다. 나는 그때부터 그것을 이상하게 생각했는데 결정적으로 우리의 관계가 이상해져버린 사건이 있었다. 오영한과 내가 교양 수업을 같이 들을 때 그에게 리포트인가 기말고사 족보인가를 빌려다 복사하려고 한 적이 있었다. 그가 가방에 있다고 하길래 얼른 꺼내서 가져가려고 하다가 무언가가 딸려 나와서 보니 필기 노트 같은 것이었다. 거기에는 수십 명의 라틴아메리카 작가의 이름과 생몰년, 대표작과 작풍 같은 것이 작은 글씨로 꼼꼼하게 정리되어 있었다. 마치 수험생이 정리해 놓은 핵심 요약 노트 같았다. 나는 그것을 얼른 다시 가방에 집어넣었다. 왠지 민망한 장면을 봐버린 듯한 기분이었다. 나는 누구에게도 그것을 봤다는 이야기를 하지 않았다. 오영한에게도 마찬가지였다. 그런데 그는 내가 그걸 봤다는 사실을 알았던 것 같다. 그다음부터는 나를 대하는 태도가 눈에 띄게 어색해졌기 때문이다. 작가들의 이름을 읊어대다가도 내가 나타나면 갑자기 머뭇거리거나 다른 이야기를 했다. 그러다가 나중에는 나와 거의 얘기도 하지 않을 정도로 거리를 두었고 그가 유학 가기 전에 있었던 환송회에는 아예 나를 부르지도 않았다.

오영한을 다시 본 건 내가 박사과정을 마치고 모교에서 강의를 하고 있을 때였는데 나는 그가 스페인에서 박사를 무사히 마치고 왔으며 나와 같이 강의를 하게 되었다고 해서 깜짝 놀랐다. 어렴풋이 그가 더 이상 문학과는 상관없는 삶, 그러니까 어디 증권회사나 전공을 살린다면 남아메리카에서 목재를 수입하는 무역회사 같은 곳에서 일하면서 살고 있을 거라고 생각했으니까. 그런데 거의 8년 만에 만난 오영한은 나를 대하는 게 영 이상했다. 서먹해한다거나 어색해하는 게 아니라 아주 모르는 사람 취급했던 것이다. 처음 내가 반말로 인사를 건넸을 때 그는 나에 대한 기억을 떠올리려 애쓰는 얼굴을 했다. 나는 딱히 친하게 지내고 싶은 마음이 있었던 것도 아니었기 때문에 그냥 그러려니 했다. 나는 오영한이 강의하는 것을 본 적이 없는 데다가 다시 돌아온 뒤로 그와 거의 얘기를 나눠본 적도 없어서 그의 스페인 문학에 대한 지식이나 애정이 얼마나 되는지 알 길이 없었다. 솔직히 박사과정을 졸업한다는 게 얼마나 지난하고 고역스러운 일인지 알기 때문에 어느 정도는 그를 인정하고 싶다는 생각도 들었다. 하지만 그럴 때마다 그의 가방에서 본 노트가 떠오르는 것은 어쩔 수 없었다. 그건 내가 어떻게 할 수 있는 일이 아니었다.

오영한에 비하면 차라리 조현수는 명석한 학생이었다. 조금 허세가 있긴 해도 문학을 대하는 태도 면에서는 진지한 편이었다. 나는 이번 학기에는 그를 보지 못해서 잊고 있었지만 조현수와 이야기하는 것이 꽤 즐거웠다는 사실을 떠올렸다. 생각해보면 학생 중에서는 물론이고 학교 전체에서 그처럼 나와 많은 이야기를 나눈 사람은 없었다. 조현수는 다른 학교에서 학사를 마치고 이 학교 대학원에 입학했다. 학부 때는 경영학인가 경제학을 전공했다고 했다. 그래서인지 오히려 문학이라는 예술형식 자체에 더 깊이 파고드는 면이 있었다. 그는 그러면서도 끊임없이 회의하기를 멈추지 않았는데 언젠가는 내게 그와 관련한 질문을 하기도 했다. 우리가 왜 스페인 문학을 공부하고 있는지 알 수가 없다는 것이었다. 우리가 17세기 스페인 문학을 연구하는 이유가 뭘까요? 21세기의 서울에 사는 우리가 베가나 케베도를 연구해서 뭘 어쩌자는 걸까요? 우리와는 전혀 상관없는 일이잖아요. 그러니까, 우리가 쓴 걸 과연 그들이 관심이나 가질까요? 우크라이나 사람이 박지원의 소설을 연구해서 박사학위를 받는다고 하면 그것이 우리에게는 어떤 의미가 있죠? 내가 그때 그에게 무슨 대답을 해주었는지는 잘 기억나지 않는다. 그렇게 무의미하고 쓸데없는 것이 바로 문학의 본질이니 뭐니 했던 것 같기도 하다. 어쩌면 그저 의미 있는 것처럼 보이는 일을 하면서 시간을 흘려보내고 싶은 것뿐일지도 모르겠다. 적어도 「프란시스코 데 케베도의 시에 드러난 탈지성주의적 경향과 그 한계」 같은 제목의 논문을 쓰는 것이 정말로 의미가 있는 일인지는 알 수 없는 노릇이었다. 그에 비하면 번역은 논란의 여지없이 중요한 작업이었다. 특정 시대, 특정 언어권에서 가치 있는 작품을 다른 시대, 다른 언어권에 존재하게 해 그것이 인류 보편의 가치를 획득하게 할 수 있는 유일한 행위는 번역뿐이기 때문이다. 그러니 문학을 수용하고 공유하는 과정에서 필요한 것은 오로지 번역 작업밖에 없고 나머지는 있으나 마나 한 변죽일지도 모를 일이다. 그렇게 생각해보면 조현수가 제기한 의문은 꽤나 타당했고 거의 정곡을 찌르 셈이었다. 여기까지 이르자 나는 조현수와 나의 우정이 내가 생각했던 것보다 더 깊을지도 모른다는 생각이 들었다. 그렇기에 지난밤 내가 그에게 했던 말이 더욱 후회스럽기도 했지만 동시에 그가 내가 우려하는 만큼 화가 난 상태가 아닐지도 모른다는 기대를 품을 수도 있었다. 평소 우리의 대화는 늘 어느 정도 신랄한 면이 있었고 지난밤에도 내가 술에 취한 상태였기 때문에(사실 지난밤 일이 모두 명확하게 기억나는 것은 아니었다) 그렇게 느껴졌을 뿐이지 보통 때와 크게 다르지 않은 어조였을 수도 있었다. 문자 메시지의 답장이 조금 늦은 것도 서가 정리를 하다가 그랬을 가능성이 높았다. 이런 생각을 하고 나니 조금 마음이 놓였고 어느 정도 가벼워진 마음으로 도서관에 들어갈 수 있었다.

그런데 도서관에 도착했을 때 조현수는 보이지 않았다. 대출대에는 조현수 대신 노랗게 염색한 머리를 양 갈래로 묶은 여학생 하나만 앉아 있었다. 그녀는 내가 들어오자 스마트폰 화면을 서둘러 끄고는(아마도 게임 같은 걸 하고 있었던 모양이다) 내 얼굴을 바라보았다. 나는 그녀에게 여기서 일하는 남학생은 어디 갔느냐고 물었다. 그녀는 그가 두 시간 전에 나갔다고 했다. 문자를 몇 번 주고받고는 잠시 생각에 잠겨 있는 것 같더니 갑자기 급한 일이 생겼다면서 가버렸다고 했다. 그러고는 자신도 약속이 있었는데 조현수 때문에 못 가게 되었다면서 불평을 했다. 나는 그녀의 불평이 끝날 때까지 그 자리에서 있었다. 두 시간 전이면 내가 문자 메시지를 보낸 시각이었다. 내 연락을 받고 어딘가로 달아나버린 것이다.

나는 은영에게 전화를 걸었다. 우리는 그녀의 집 앞에 있는 카페에서 만났다. 화가 나 있을 것이라는 애초의 예상과는 달리 그녀는 기분이 좋아 보였다. 소파에 대해서는 잊어버린 듯했다. 그녀는 새로운 소식이 있다고 했다. 나와 관련된 거야? 하고 묻자 그녀는 그럴 수도 있다고 했는데 나는 그 말을 듣고 그 소식이 나와는 티끌만큼도 관계가 없는 일이라는 걸 알았다.

그녀는 잠시 뜸을 들이다가 자신이 지방에 있는 대학에서 강의를 맡게 되었다고 했다. 교양 과목이고 꽤 먼 곳에 있는 학교여서 차비가 강의료보다 더 들겠지만 어쨌든 경력에는 도움이 될 테니까,라고 그녀는 말했다. 내가 봐도 나쁜 조건은 아닌 것 같아서 축하한다고 말해주었다. 그녀는 몇 년 동안 박사논문을 쓰지 못해 고생하고 있었고 실제로 돈을 벌지 못해서라기보다 자신이 서른이 넘도록 경제적으로 무언가 생산해낼 수 없는 인간이라는 사실 때문에 자괴감을 느끼고 있던 참이었다. 수업 하나 맡아봤자 버는 돈이라고는 뻔하지만 정신적으로나마 도움이 될 것이었다.

나는 그녀에게 오영한이 교수가 되었다는 사실을 말해주었다. 그녀는 나와 달리 놀라지 않았다. 일어날 일이 일어났다는 식이었다. 그녀는 오영한이 스페인에서 박사를 따고 논문을 『로스 파펠레스』(그 이류 학회지의 이름이다)에 실었다는 이야기를 들은 뒤로는 그가 어떤 일을 하든 놀라지 않았다. 그녀는 그가 나를 모르는 사람 취급하는 이유에 대해서도 납득한다고 했다. 나라도 '그런 걸' 본 사람은 잊고 살고 싶겠어. 오히려 자기보다 그 사람이 더 불편한 상황일걸? 나는 도대체 자기가 왜 그 사람을 이렇게 신경 쓰는지 모르겠어. 그녀의 말에도 일리가 있었다. 하지만 나는 내가 오영한을 신경 쓰고 있다고 생각하지는 않았다. 그냥 학교에서 일어나는 이 모든 일들이 우스울 뿐이었다. 그 순간 나는 이 모든 일들이 정말로 지긋지긋해졌고 이제는 떠나야 할 시간이 되었다는 생각이 들었다. 강의도 모두 끝났고 성적 처리 같은 자잘한 일들만 정리하면 학교에 더 이상 남아 있을 이유가 없었다. 그래서 나는 지금이 그녀에게 다음과 같은 말을 하기에 적당한 타이밍이라고 생각하지는 않았지만 그냥 지금 해버리는 게 낫다고 생각해서 이야기를 꺼냈다.

"우리 생각할 시간을 갖는 게 좋을 것 같아."

"뭘 생각해? 이미 하기로 했는데."

"그거 말고. 우리 관계에 대해서 생각해보자는 뜻이야."

그녀는 잠시 혼란스럽다는 얼굴을 했다.

"아니, 왜 얘기가 갑자기 거기로 점프해?"

"모든 것을 다시 생각해봐야 할 것 같아."

"지금 헤어지자는 소리야?"

"그게 아니라 생각을 해보자는 얘기야. 이번에는 조금 오래."

그녀는 잠시 말이 없었다. 나는 그녀가 화를 낼 거라고 생각했는데 그녀는 그러지 않았다. 그저 가만히 앉아 있다가 가방을 챙겨서 카페를 나갔다. 나는 10분쯤 앉아 있다가 계산을 하고 집으로 돌아왔다. 집에 온 지 얼마 지나지 않았을 때 문자 메시지가 왔다. 거기에는 '생각해봤어. 다시는 연락하지 마'라고 씌어 있었다.

나는 그라나다에 가는 일을 앞당기기로 했다. 그래서 그 후로 사흘 동안 번역 일에만 매달렸다. 『베들레헴의 목동들』을 끝내야 뭐가 되든 될 것 같았다. 그사이에 조현수에게서는 연락이 오지 않았고 내가 은영에게 연락하지도 않았다. 나를 찾는 사람은 아무도 없었다. 나는 조금 홀가분한 기분이었다. 『베들레헴의 목동들』만 마치면 모든 것을 새로 시작할 수 있을 것 같았다. 그래서인지 번역 작업도 평소보다 즐겁게 느껴졌고 새삼스럽지만 무언가 가치 있는 일을 하고 있다는 기분도 들었다. 나는 오영한에 대해서는 더 이상 생각하지 않았다. 어차피 나와는 이제 관계가 없는 사람이었다. 아니 생각해보면 애초에 관계가 있었던 적도 없었다.

출판사에서 전화가 온 건 내가 마침 번역을 다 마쳤을 때였다. 받아보니 그 신입 편집자가 아니라 편집부장이었다. 우리 집 근처에 올 일이 있는데 차나 한잔 할 수 있느냐는 것이었다. 나는 원고를 끝내기도 한 데다가 편집부장이 전화한 걸 보면 예전에 그 신입 편집자의 전임자가 내게 얘기했던 로페 데 베가 희곡 선집 얘기를 하려는 것 같아 흔쾌히 나가겠다고 했다.

만나기로 한 카페에 도착하니 편집부장으로 보이는 중년 남자와 서른이나 되었을까 싶은 남자가 하나 앉아 있었다. 메일만 주고받아서 실제로 본 적은 없었지만 어린 쪽은 그 신입 편집자가 틀림없었다. 편집부장은 처음에는 특별한 용건이 없는 것처럼 생각나는 대로 아무 얘기나 하기 시작했다. 이를테면 날씨 얘기라든가 최근 출판계 동향이라든가 하는 것들. 나는 그가 희곡 선집 얘기를 꺼내기를 기다렸지만 그는 한참 동안 사설만 늘어놓고 본론으로 들어가지 않았다. 그는 그러다가 책을 한 권 꺼내 테이블 위에 올려놓았다. 로페 데 베가의 『과수원지기의 개』였는데 꽤 오래전에 내가 번역한 책이었다. 그는 조금 망설이는 듯한 동작으로 그 책을 내 쪽으로 밀었다. 나는 영문을 모르겠다는 뜻으로 어깨를 한 번 으쓱하고는 책을 들어 열어보았다. 아무 페이지나 펼쳐보았더니 형광펜으로 줄이 가득 그어져 있는 것이 눈에 들어왔다. 얼마나 줄을 많이 쳤는지 노란 형광빛에 눈이 부실 정도였다. 책장을 넘겨보니 페이지마다 평균 절반이 넘는 부분에 줄이 쳐져 있었다. 편집부장은 곤혹스럽다는 얼굴로 회사에서 다른 출판사에서 나온 판본과 내가 번역한 판본을 대조해서 이 같은 사실을 발견했다고 했다. 그러니까 밑줄이 그어진 부분은 다른 출판사에서 이미 나와 있던 번역본과 정확하게 일치하는 부분이라는 것이었다. 그는 마치 당연한 수순이라는 듯이 내가 번역한 판본은 곧바로 절판시켰으며 그동안 애써주신 것도 있으니 손해배상 같은 것을 요청할 생각은 없다고 했다.

나는 화가 났다. 눈에 띄게 불편한 얼굴을 하고 있는 것으로 보아 그 초짜 편집자가 내 번역과 다른 판본을 대조했다는 장본인인 것 같았다. 도대체 그놈은 뭘 안다고 그런 짓을 했단 말인가? 아니 그건 그렇다 치고 편집부장까지 이렇게 나오는 것은 도무지 이해할 수가 없었다. 어떻게 편집자란 인간들이 번역이라는 행위에 대해 이렇게 무지할 수가 있을까. 형광펜으로 그어진 문장들은 정확했고 더 이상 손볼 필요가 없었다. 그 문장들을 바꾼다면 그건 원작이 표현하고자 하는 바를 변질시키는 일이 될 뿐이었다. 그 이미 나온 판본의 5백 문장은 그런 문장들이었다. 나머지 3백 문장은 명백히 틀린 번역이었다. 나는 그것을 완벽한 문장으로 대체했고 그래서 내가 번역한 『과수원지기의 개』는 완벽한 판본이 된 셈이었다. 완벽한 문장들까지 단지 이미 다른 책으로 나왔다는 이유 하나만으로 틀린 문장으로 바꿨어야 했을까? 웃기는 소리였다.

"그 문장들은 완벽했어요. 수정할 이유가 없었습니다."

그러나 편집부장은 계속 죄송하다고만 했다. 뭐가 죄송하다는 건지 알 수가 없었다. 내가 알 수 있는 건 로페 데 베가의 희곡 선집 번역 일은 물 건너갔다는 사실뿐이었다.

나는 노랗게 빛나는 『과수원지기의 개』를 들고 집으로 돌아왔다. 오래 걸었더니 온몸이 땀에 흠뻑 젖어 있었다. 찬물로 샤워를 한 뒤 커피를 내리려던 차에 원두가 남아 있지 않다는 사실을 깨달았다. 나는 인터넷으로 새 원두를 주문했다. 그러고는 조교실에 전화를 걸어 오영한의 임용 축하연이 언제인지 물어보았다. 다음 주 수요일이었다.

선 정 의 말

—

정영수의 「애호가들」은 같은 것을 어떻게 다른 방식으로 말할 수 있을까, 혹은 같은 것을 다르게 말한다는 것은 과연 가능한가,라는 질문에 대해 서사적으로 추론하는 이야기다. 스페인 문학을 전공하여 문학박사 학위를 취득하고 대학에서 강의하면서 번역가로 활동 중인 주인공은, 폴 리쾨르가 "번역의 다양성을 옹호하면서" 『번역에 대하여』에서 쓴 이런 문장을 주목한다. "같은 것을 다른 방식으로 말하는 것은 늘 가능하다." 물론 리쾨르는 "다른 방식"을 강조했지만, 주인공은 "같은 것"에 방점을 둔다. "언어는 달라도 그것이 지시하는 대상의 본질은 동일하다"는 구조주의 언어학의 관점에서 "각기 다른 언어라 하더라도 의미를 지닌 최소 단위의 단어는 하나의 방향성을 지닐 수밖에 없으며" "결국은 정중앙의 한 점을 향해 뻗은 거미줄처럼 서로 다른 세계의 언어가 하나의 의미를 지시하고 있기 때문에 그 선의 방향을 올바르게 지정하는 것이 번역자의 소임"이라고 강조한다. 그러면서 원서라는 같은 것에 가장 근접한 번역을 할 수 있고, 스스로 그런 번역가임에 자부심을 지닌 인물이다.

그러나 그를 둘러싼 환경은 결코 녹록지 않다. 스스로는 학덕이 높다고 생각하지만, 스페인 유학파 후배 오영한이 먼저 교수로 임용된다. 주인공이 보기에 그 후배는 문학적 천품을 타고 나지 못한 데다가 공부의 깊이도 일천한 수준이다. 그럼에도 외국 학술지 실적이 있다는 이유로 교수 임용이 결정되자 자신을 따르던 후배나 대학원생들이 벌써부터 권력

해바라기를 하는 모습을 보인다. 화가 난 주인공은 취중에 대학원생 조현수에게 심한 모욕을 준다. 여자친구인 은영과의 관계도 씁쓸하게 정리된다. 그럼에도 출판사와 새로운 번역 계약을 하고 그라나다에 가서 1, 2년 머물며 지낼 기대에 부풀어 그 모든 것들을 사소한 것으로 치부하려 한다. 그러나 출판사로부터 기존의 번역서가 상당 부분 표절임이 밝혀졌으며, 새로운 계약도 당연히 할 수 없다는 통보를 받는다. 그는 기존의 번역 판본 중 5백 문장은 너무나 정확해서 새로 고칠 필요가 없었고, 나머지 3백 문장은 명백히 틀린 것이어서 자신이 바로잡았으니, 자기 번역서야말로 "완벽한 판본"이라고 주장하지만, 표절 번역가의 혐의를 벗지 못한다.

번역의 가능성 내지 번역 윤리와 관련해 매우 의미심장한 문제 제기의 일환으로 보인다. "정중앙의 한 점"이라는 "같은 것"을 지시할 수 있는 다른 번역어를 찾을 수 있는가, 그 다른 번역어는 원천으로서의 같은 것을 위반할 소지는 없는가, "같은 것"을 지향하면서 조금 다르게 말할 수 있는 행운은 어디서 나오는가, 후발 번역가는 선발 번역가의 영향으로부터 오는 불안을 어떻게 넘어설 수 있을 것인가, 혹은 자신이 참조하거나 비판한 선발 번역문의 영향을 넘어서 윤리적이고 자율적인 번역 지평을 마련할 수 있을 것인가, 결국 번역은 가능한가, 더 나아가 글쓰기의 숙명은 무엇인가 등등의 질문들이 이어질 수 있다.

물론 이런 코드로만 읽는 것은 어떻게 보면 「애호가들」을 좁혀 읽는 결과를 낳을 수도 있겠다. 작가의 의도가 그런 쪽에 있지 않을 수도 있으며(그렇다는 것은 이 문제를 주밀하게 서사적으로 논증한 것이 아닌 것으로 보이기도 하기에), 요즘 우리 사회의 주요 현안 중의 하나인 외국 박사를 절대적으로 우대하는 신사대주의 문제 및 대학의 시간강사 문제, 그리고 표절 문제를 시사적으로 환기하면서 복합적인 문제 제기를 하고 싶었던 작품으로 넓혀 읽을 수도 있다. 혹은 어설픈 알라존과 함께하는 상호 비판의 이야기일 수도 있다. 겉으로는 강한 듯, 실력 있는 듯, 외국 박사를 우대하는 대학 현실을 비판하고 비속한 학계와 번역판을 조롱하는 듯 보이지만, 실상은 그 자신도 별 볼일 없는 표절 번역가에 불과한 것으로 전락한다. 사정이 좋지 않게 되자 자신이 비판한 대상의 눈치를 보려 한다는 이 희극적 폭로, 그렇지만 결코 쉽게 웃을 수만도 없는 비속한 현실의 비극성 등등 결코 간단치 않은 서사 담론이다.

어쩌면 나는 지금, 「애호가들」이라는 텍스트의 "정중앙의 한 점을 향해" 가는 길을 잘 모르거나 회피하고 있는지도 모르겠다. 요즘 한국 문단의 표절 정국처럼 아득한 느낌이 들기도 한다. 물론 나는 이 소설의 주인공처럼 "같은 것"에 방점을 두는 편이 아니다. 오히려 리쾨르처럼 "다른 방식"에 무게를 두고 싶어 한다. 어쩌면 이 소설에서 주인공의 문제 또한 이 지점에 있지 않았을까. 내면으로는 "다른 방식"을 지향하면서도 겉으로는 "같은 것"을 내세우며 알리바이를 확보하려는 음모 같은 게 있지 않았을까. 결국 나는 아무런 답을 할 수 없다. 같은 것을 다르게 말할 수 있지만, 누구나 그럴 수 있는 것은 아닌 것 같다. **우찬제**

2015년 11월

이달의 소설

버드아이즈 뷰

박민정

1985년 서울에서 태어났다. 2009년 작가세계 신인상으로 등단했고, 소설집 『유령이 신체를 얻을 때』가 있다.

작 가 노 트

목적 없는 수단, 행위의 목적은 오직 그 행위를 더 잘 수행하는 것이라는 말을 생각했다. 죄가 없으면서도 적발되지 않으려고 최선을 다해 도망치는 여자가 있다. 그런 이미지를 떠올리며 시작했다. 작자인 나 자신은 시체를 찾는 수색대 대원의 심정을 헤아려봤다. 최선을 다하고 최악을 기대해야 하는 자의 심정 같은 것을.

●••

유월에는 그놈 생각이 난다. 숫대문학회가 둘러앉은 자리에서는 원래도 자주 나오던 말이었다. 그해 유월 그놈이 쓴 시는 흡사 정훈 영화의 오프닝 크레디트 같았다. 마침 신입생 전원이 현충원 소풍을 다녀온 지 얼마 되지 않은 때였다. 유월은 호국 보훈의 달, 우리는 당신들의 희생을 잊지 않겠습니다. 한동안 쭈뼛거리던 재혁이 읽은 자기 시의 첫마디였다. 현충원 곳곳에 널린 현수막 글귀를 베껴 쓴 것이 틀림없었다. 2학년들은 허탈해서 한숨을 쉬었다. 입학 후 몇 달 동안이나 고전문학 작품을 읽게 하고 좋은 문장을 필사하게 했는데 기껏 쓴 시가 그 모양이라니 기가 막혔다. 재혁은 유월을 '육월'이라 발음했다. 그런 바람에 그는 한결 더 멍청해 보였다. 그게 시냐? 2학년들은 화를 냈고 1학년들은 민망해했다. 선배들에게 좋은 작품을 보이고 싶어서 방과 후 스터디도 했던 그들이었다. 그들은 스터디에 재혁을 끼워주지 않은 것을 후회했다. 75기 전체의 이미지가 굳어지는 것이 싫었다. 유월은 호국 보훈의 달, 그들은 그 후로도 오랫동안 그런 문구를 보면 자연스레 재혁을 떠올렸다.

그래, 유월하면 재혁이었다. 솟대 75기들이 모두 성인이 된 후에도 그들에게 유월 즈음은 순국선열이 아닌 마치 재혁을 추모하는 시기 같았다. 모두의 머릿속에 재혁은 공부 잘하는 멍청이의 표상으로 남았다. 명문대 나온 후임 고문관을 볼 때 혹은 입사 성적 1등인 진상 신입을 볼 때면, 그들의 머릿속에는 자연히 재혁이 떠올랐다 사라졌다. 호국 보훈 이후 재혁은 그들과 한결 더 멀어졌다. 재혁은 그런 놈이었다. 평소에는 하는 것도 없는데 꼴 보기 싫었고 그가 뭔가를 용기 내서 하면 그렇게 마음에 안 들 수 없었다. 사내놈이 분홍빛이 도는 안경을 끼고 다니는 모양새도 그랬고, 통 좁은 교복 바지도 그랬다. 두발 자유화가 된 지 얼마나 되었다고 볼품없이 길러 동충하초처럼 뻗친 펌도 그의 '쪼다 같은' 인상에 한몫했다. 선배들이, 대 중남고 선배들이 이런 찐따가 후배로 들어왔다는 걸 알면 경을 칠 거다. 그들은 가끔 그런 말로 재혁을 모욕하곤 했지만 그뿐이었다. 수업 시간에는 잠만 잔다는 녀석이 모의고사 성적은 항상 전교 1, 2등을 다투어 선생들의 입에 오르내리곤 했으므로 솟대의 일원으로서 별나게 모자랄 것도 없었다. 1학년이나 2학년이나 재혁을 학교 밖에서 따로 만나지 않았을 뿐 굳이 따돌린 적 없었다. 다만 그들은 한 해 가장 중요한 행사인 가을 축제 시화전에서 그를 제외했을 뿐이었다. 그들은 교복을 다려 입고 비니나 스냅백 등 각종 모자를 눌러쓴 채 학군 내 여고들을 돌며 축제 사전 홍보를 했다. 재혁에게는 연락하지 않았다. 보이스카우트나 아람단 시절에도 자연스레 무리와 섞이지 못하는 아이가 있었고 데면데면 지내면 그뿐이었다. 본데없는 시골 학교 애들처럼 두들겨 패는 것도 아니고 욕을 하는 것도 아니었다. 전교생 530명의 어머니 530명 전원이 어머니회 소속인 강남 한복판 사립학교에서는 그런 일이 벌어지지 않았다.

졸업한 지 15년이 지났고 고등학교 시절은 별다른 추억으로도 남지 않았다. 재혁을 제외한 솟대 75기들 전원이 여전히 간혹 모임을 가졌지만 그들은 더 이상 고등학생이 아니었고, 이제 삼십대 중반의 남자들이었다. 그들이 처음 만난 곳이 중남고 문예부 솟대문학회라는 사실은 별달리 중요하지 않았다. 간혹 재혁의 이야기가 나오면 그의 우스꽝스러운 행동거지나 옷차림, 특히 '호국 보훈'이 생각나 실소를 터뜨릴 뿐이었다. 그들이 공유하는 그 시절 추억은 이제 재혁 외에 거개 사라지고 있다고도 볼 수 있었다. 그 시절을 반추하며 살기에는 당면한 일상이 바빴다. 대다수가 이미 결혼했고 간혹 아이를 키우는 친구도 있었다. 어느 날 국밥을 먹다 문득 콧잔등에 시나브로 맺힌 땀을 발견할 때, 게다가 그런 자신이 뚝배기를 두 손에 받쳐 들고 처먹고 있을 때, 땀에 젖은 여름 와이셔츠에 등살이 달라붙을 때, 그들은 그토록 혐오했던 아저씨가 되어가는 중임을 깨닫고 자기를 잠시 혐오했다 그만두곤 했다. 비니나 스냅백 같은 모자는 이제 결코 착용을 시도해볼 수도 없는 물건이었다.

열사 J가 다름 아닌 재혁이라는 걸 알았을 때 솟대 75기, 그의 동기들은 모두 박장대소했다. 그러나 저간의 사정을 검색해보니 마냥 웃을 일만은 아니었다. 오래 살다 보니 이런 날이 오는구나. 그들은 정색하고 말했다.

그는 내처 하늘을 보며 팔을 허우적댔다. 동호대교였다. 그들은 열사라 불리는 재혁을 보았다. 찐따라 불리던 녀석이었다. 녀석은 하나도 늙지 않았고, 여전히 볼썽사나운 스타일에, 뭔가를 하고 있지만 대체 뭘 하는지 모르겠는 꼴로 팔을 허우적대고 있었다. 그들은 다 함께 재혁을 봤다. 동호대교를 빠르게 지나는 3호선 열차에서, 한강 둔치 계단에서, 마침 동호대교 위를 지나던 헬리콥터에서, 우연히도 그의 바로 옆에서, 그럴 리는 없었다. 그들은 뉴스 생중계 화면을 통해 녀석을 보고 있었다. 야, 이번 육월은 유난히도 덥다. 그렇게 말하는 녀석은 자신이 평소 쓰지 않는 말, 재혁의 말을 따라하고 있다는 것을 깨닫지 못했다. 무더위와 열대야가 이르게 찾아온 여름이었다. 그들은 냉방 중인 호프집 실내에서 연신 부채질을 해댔다. 너무 더우니까 애들이 자다가 경기를 하더라. 원래 유월이 이렇게 더웠나? 맥주를 벌컥벌컥 들이켜던 녀석이 TV화면을 일별하다 순간 경기하듯 입안의 것을 내뿜었다.

저 새끼 저거 재혁이 아니야?

그들 대부분 클로즈업되는 남자의 얼굴을 알아볼 수 있다는 사실에 조금 놀랐고, 그가 오랫동안 보지 못한 재혁이 놈이라는 사실에 조금 더 놀랐다. 재혁의 얼굴이 그들 앞으로 바짝 다가왔다. 마치 고등학교 시절과 더불어 한 번도 모임에 동석하지 않았던 그가 이제야 합석을 청하듯. 재혁의 눈은 뭔가를 갈급하듯 애처로웠다. 와, 저 새끼 지금 옆에 있는 것 같네. 그들은 다시 잔을 부딪쳤다. 저 새끼 왜 저러는 건데, 뭔가 찜찜했고 이러면 안 될 것 같은 기분이 드는 것이 몹시 불쾌했다. 저 새끼가 왜 우리를 불쾌하게 하는 거지. 모두의 머릿속에 그런 생각이 스쳤다. 저 새끼, 기분 나쁘다.

빨강 티셔츠 저거 붉은악마 티셔츠냐?

누군가 모두의 생각을 대변하듯 뇌까렸다. 모두는 이제 잔을 부딪치면서 웃을 수 있었다. 그들에게는 어쩌면 집보다, 최소한 신혼집보다는 편한 호프집이었다. 그들 배냇저고리 때부터 6단지 아파트 중심상가 지하에서 영업해온 곳이었다. 주민등록증이 풀리기 전에도 그들은 사장에게 퉁을 받으며 맥주를 마셨다. 축제가 끝나면 이곳부터 들렀고, 조인트한 여고 친구들을 데려오기도 했다. 간혹 어른과 형 들을 만나도 변죽 좋게 웃으면 술을 얻어먹을 수 있는 곳이었다. 그들이 각기 취직과 결혼을 한 후로부터 이곳에 대한 애정은 더욱 각별해졌다. 솟대 75기의 모임 장소는 언제나 고향인 6단지, 그리고 이곳 호프집이었다. 그런데 이곳에서 저놈 때문에 기분이 나빠지다니, 안 될 일이었다. 모임이 끝나면 애가 울거나 와이프가 노려보거나 늙은 어머니의 눈치가 매서운 집으로 돌아가야 하는데. 그저 기분 좋게 한잔하러 왔는데.

재도 중남고니?

사장이 지나가며 물었다. 삼십대 남자 동호대교에서 예고대로 자살 소동. 마치 마른안주나 치킨을 놓고 월드컵 경기 중계나 연예 대상 시상식을 관람할 때 기분과 비슷했다. 그들은 주말 아직 환한 하오에 동호대교에서 하늘을 향해 팔을 휘젓는 재혁이 원하는 게 뭔지 몰랐다. 한 달 전부터 SNS에 자살 예고. 고딕체의 자막을 발견한 누군가 소리를 질렀다. 야야, 지금 죽으려고 저러나 본데?

탄수화물 중독이야, 조심해야 해, 이제 우리 나이에는 더더욱. 친구들의 말을 들을 때마다 유경도 자기 건강이 걱정스러웠다. 끼니를 대충 때워 버릇한 지가 오래되었다. 술 취한 아버지와 오빠가 누워 있는 집에서 제대로 된 밥을 먹어본 적 없었다. 그들을 일으켜 세워 국을 떠먹이고 찬을 집어준다는 건 상상만으로도 끔찍하게 싫었다. 그렇다고 그들을 모른 척하고 혼자 식사할 수도 없는 노릇이었다. 유경은 손이나 입에 묻히지 않고 한 끼 든든하게 때울 수 있는 음식이 좋았다. 간이 의자에 앉아서 먹거나 걸어 다니면서 먹을 수 있는 음식이라면 더욱 좋았다.

유경은 지금은 없어진 백화점 지하 식품매장 한편에서 팔던 교자만두가 먹고 싶었다. 더러 생각나면 고등학교 시절이 그리웠고 그뿐이었지만 간혹 못 견디게 그 맛이 간절했다. 작은 일회용 접시에 알뜰하게 담긴 교자만두는 여덟 개에 4천 원이었다. 주름이 두세 개씩 접힌 만두피는 촉촉했고 만두소로 차곡차곡 재운 고기와 채소가 매운 간장과 어울려 달콤했다. 유경은 교자만두 코너의 간이 의자에 앉아 허겁지겁 만두를 먹었다. 유경이 이후 먹어본 어떤 만두보다 맛있었다. 그러나 백화점이 없어진 이후 당연하게도 그 집의 만두를 맛볼 수 없었다. 편의점에서 파는 각종 브랜드 만두뿐 아니라 후미진 골목에 위치한 장인의 맛집에서 먹은 것들도 그만 못하기는 매한가지였다.

유경은 만두를 좋아했다. 특히 그 집의 교자만두를 생각하면, 여름 교복을 입고 허겁지겁 끼니를 때우던 자신이 애처롭다가도 곧장 백화점을 돌아다니며 브랜드 물건들을 구경하다 뿌듯해하던 자신이 떠올라 우스워지곤 했다. 결국 그 시절에 관한 모든 기억은 통틀어 애틋함으로 남았다.

남자의 집에서 숫대문학회 배지를 발견하고, 그가 다름 아닌 중남고 학생이라는 걸 알아챈 후부터는 더욱 자주 그 생각이 났다. 유경은 그 시절 식품매장을 돌며 왁자지껄 시식하던 녀석들을 떠올렸다. 가을 축제를 일주일 앞두고 뻗대고 다니던 녀석들이었다. 아직 더운 날씨에 보카시 니트 비니를 쓴 녀석이 바퀴 달린 운동화를 신고 유경의 앞까지 달려와 쭉 미끄러졌다. 유경은 그를 알아봤다. 아침 등굣길에 교문 앞에서 누님 꼭 놀러오세요, 하고 웨이터 같은 소리를 하던 녀석이었다. 통을 크게 해서 멋은 냈다만 황갈색 교복 바지는 멀리서 보면 마치 아무것도 입지 않은 양 흉측했다. 그런 황갈색 바지는 중남고 애들이 입던 것이었다. 유경의 중학교 동창생들 중 남학생들은 대부분 중남고로 배정받았다. 중남고는 유경이 다니던 여고에서 버스로 두 정거장 떨어져 있었다. 중남고 애들은 가을 축제 때만 되면 무리 지어 돌아다니며 동아리 행사를 홍보하느라 바빴다. 같은 학군이었고 두 학교 학생들 모두 사는 데가 고만고만했으므로 유경도 심심찮게 그들을 볼 수 있었다. 바퀴 달린 운동화를 신은 녀석은 착지하듯 몸을 사뿐히 꺾어 다시 온 방향으로 신발을 끌며 달려갔다. 지나던 아주머니들이 혀를 찼다. 유경은 아직 배낭에 들어 있는 유인물을 생각했다. 그들의 교복 셔츠 주머니에 달린 배지 모양과 같은, 장대 끝에 용이 달린 '솟대' 모양의 로고가 유인물에 커다랗게 박혀 있었다. 솟대문학회. 시화전을 한다고 했다. 유경은 껄렁해 보이는 남자애들이 시를 쓴다는 것을 좀처럼 믿을 수 없었다. 문학이라는 것에 관심은 없었지만 유경의 생각에 시는 뭔가 아름다운 것이었다. 유경은 절(節) 중에 가장 아름다운 절은 바로 시,라고 배웠던 것을 생각했다. 운동화를 타고 다니면서 껄렁대는 아이들이 그런 아름다운 것을 만든다니 이상했다.

그건 네가 몰라서 하는 소리야. 유경의 친구는 중남고 문예부에 대해 잘 알고 있었다. 거긴 자부심이 얼마나 강한데. 백 년 전통의 중남고에서 가장 먼저 만들어진 동아리라고 했다. 일제 강점기 중남고 선배들은 항일 시를 써서 문집을 냈다. 이화학당과 함께 독립운동을 하다가 투옥된 선배들도 많다고 했다. 게다가 그 시화전은 일제 강점기 때부터 이어져온 중남고 솟대문학회가 가장 자랑하는 전통이야.

유경은 어이가 없어 친구에게 물었다. 넌 어떻게 그렇게 자세히 알아? 친구는 멋쩍어하며 말했다. 우리 오빠가 거기 출신이거든. 친구는 중남고 제일의 문예부야말로 각 학급에서 가장 공부 잘하는 애, 집안 좋은 애, 하다못해 잘생겼거나 싸움이라도 잘하는 애가 들어가는 동아리라는 말을 덧붙였다. 유경이 다니는 학교에도 그런 동아리가 있었다. 성적순으로 입학한 것도 아니고 가정환경도 비슷한데 신생이자 그린벨트 인근에 있어 학군 내에서 무시당하기 일쑤인 학교였다. 인물 반반하고 공부는 못하는 애들이 다닌다는 소문을 증명하기라도 하듯 교복을 바짝 줄여 입고 눈썹을 그리는 아이들이 있었다. 개중 눈썹을 제법 그리는 아이들이 차출되는 동아리도 있었다. 적십자 로고를 내세운 봉사 동아리였다. 그 애들도 가을 축제 시즌만 되면 교복에 하이힐을 신고 온 동네를 쏘다니며 동아리 행사 홍보를 했다.

유경은 친구의 말을 듣고 코웃음을 쳤지만 곧 호기심이 생겼다. 그들이 쓰는 시라는 게 어떤 것인지 궁금하기는 했다. 유경은 중남고 문예부에 대해 잘 알고 있는 친구를 졸랐다. 그냥 잠깐 들러서 구경만 하고 오자. 도수 높은 안경을 쓴 친구는 한사코 거절했다. 나는 안 돼. 우리 오빠 후배들이잖아. 오빠가 그런 데 간 걸 알면 뭐라고 할걸. 유경은 의아했다. 그게 무슨 상관이야? 유경이 캐묻자 친구는 솔직하게 털어놓았다. 나는 그 애들 몇 번이나 마주쳤는데도 초대장 못

받았어. 초대장 못 받은 애는 축제 못 가.

유경은 이후로 오랫동안, 종종 아무 맥락 없이 그날을 떠올리곤 했다. 중남고 문예부 녀석이 준 유인물은 한동안 배낭 한구석에 구겨져 있었다. 교과서와 문제집에 눌려 반쯤 찢어진 채였다. 초대장 못 받은 애는 축제 못 가. 친구의 말에 유경은 입을 다물었다. 친구는 무척 상심한 듯했다. 그런 걸로 뭘 그렇게 뾰루퉁해, 그냥 가자, 누가 그 초대장 검사한대? 그런 말을 내뱉었다가는 영영 친구를 잃고 눈치 없는 애로 낙인찍힐 것 같았다. 유경은 대학 진학 후 도수 높은 안경을 벗고 콧대를 세워 몰라보게 예뻐진 친구를 볼 때마다 과거의 그 말을 떠올리고 혼자 웃곤 했다. 유경은 친구를 잃고 싶지 않아 혼자 중남고 축제에 들러봤다는 사실도 털어놓지 않았다.

75기는 그들 각자의 집에서 일제히 TV를 켜고 아직 환한 하오의 자살 소동을 다시 지켜봤다. 어지간한 케이블 채널에서는 죄다 녀석의 소동을 다루고 있었다. 재혁은 다만 동호대교 위에서 하늘을 보고 있었을 뿐이었다. 그러나 그의 제스처는 전부 '자살 소동'으로 해석되었다. SNS에서 자신이 지정한 날짜에 동호대교에서 자살을 하겠노라고 예고했기 때문이었다. 경찰이 그를 설득해 집에 돌려보냈다는 후속 보도가 짤막하게 등장하긴 했지만, 녀석의 모습을 끝없이 반복 재생하는 탓에 그는 여전히 자살 소동을 벌이는 중으로 보였다.

75기들의 부모나 형제, 아내는 TV 앞으로 다가와 한마디씩했다. 어머, 저런 미친놈. 어쩌자는 거야? 그나마 재혁을 챙겼던 주원은 아내의 말이 거슬려 그녀를 노려봤다. 여보, 재 나랑 동창이야. 아내는 아연실색했다. 뭐? 저 사람 유명한데. 당신 몰라?

아내는 스마트폰을 두드리더니 주원의 눈앞에 들이밀었다. 이것 좀 봐. 트위터에 계속 며칠 후면 자기가 동호대교에서 떨어져 죽겠다고 도배하던 인간이야. 주원은 아내가 보여주는 화면 속 내용보다 그녀가 트위터 같은 쓸데없는 데에 빠져 시간을 낭비한다는 게 더 어이없었다. 아이 보느라 힘들다고 틈틈이 투덜대더니 하고 싶은 건 다 하고 사는구나 싶어 짜증이 났다. 아내는 눈치도 없이 떠들어댔다. 이것 좀 봐. 이것 좀 봐. 미쳤나 봐. 중남고라고? 문예부였어? 웬일이야. 자기 선배들도 알아?

주원은 참다못해 에이씨, 버럭 소리를 내며 침실로 들어갔다. 동창이라고 했는데도 계속 지껄이는 저의가 뭔지, 자기를 무시해서 저러는 건지 도통 알 수 없었다. 당최 집에서는 쉴 수가 없었다. 주원은 발을 탕탕 굴렀다. 저 멍청한 놈이 왜 다리 위에서 염병을 떨고 있는 거지. 주원은 숨을 씩씩 고르며 74기 범석에게 전화를 걸었다.

아, 형. 재혁이 새끼 TV 나오는 거 봤어요?

범석은 너 인터넷 안 하니, 되물었다. 몰라요. 인터넷은 무슨. 저희 동기들이 다 같이 봤는데 모두 처음 보는 꼴이었는데요, 뭐. 범석은 낄낄거렸다. 너만 모를걸. 인터넷 하는 애들은 다 알아. 주원은 기분이 몹시 나빠졌다. 아 예, 끊어요. 형.

야, 그 새끼 열사야. 인터넷에서 정신 빠진 새끼들이 다 열사라고 부르던데?

범석이 다급하게 제보한바, 재혁은 아내가 말한 대로 '열사'로 불리는 중이었다. 단어의 어감이 하도 어처구니없어 주원도 잠시 박장대소했다. 재혁은 과연 열사였고, 수많은 다른 열사들과 구별 짓기 위해 '열사 J'가 되어 있었다. 이런 허접스러운 네이밍이라니, 주원은 인터넷의 가벼움이 한심스러웠다.

주원은 밤새 인터넷 창을 열고 닫으며 재혁에 관한 저간의 이야기들을 수집했다. 재혁이 법학과에 진학했다는 것까지는 주원이 이미 아는 내용이었다. 재혁은 공부를 잘했고 별 탈 없이 대학에 진학했다. 원래부터 공부를 잘하는 녀석이었는데도 그가 서울대 법대에 합격했다는 소식을 듣자 마음이 놓였다. 주원은 솟대 이후 재혁을 본 적 없었다. 2학년을 마치자 더는 문예부 형들에게 소집될 일이 없었다. 후배들이 필사를 하거나 강독을 하는 동아리 방에 들러 가끔 잘난 척만 해주면 그만이었다. 재혁은 기왕에 무리에 끼지 못했으므로 내내 나타나지 않았다. 주원은 시한폭탄 같은 재혁을 다시 볼 일 없다고 생각했다. 단단히 입막음해두었으니 녀석이 허튼짓을 할 리는 없었다.

이제와 그 일을 떠올리면 당시의 자신이 미친 듯이 한심스러웠다. 형들과 어울리다 보면 인근 여고 학생들 정도는 너무 쉬웠다. 술에 취한 누나들은 슬쩍 손을 잡거나 뒷덜미를 쓰다듬어도 가만히 있었다. 주원은 모든 것이 그냥 그런 정도의 일이라고 생각했다. 장난일 뿐이었다. 그러나 그 일은 살아가는 동안 종종 주원의 발목을 잡았다. 내가 고작 그 정도밖에 안 되는 놈이었나. 암만 고등학생이었다고 해도. 그토록 유치하고 비열하고 조잡스러운 행동을 할 정도밖에 안 됐나. 아내에게 막말을 하고 난 후에도 그 일이 생각났고, 상사에게 욕을 먹고 난 후에도 그 일이 생각났다. 이토록 오랫동안 자신을 괴롭힐 줄 알았다면 굳이 그런 짓을 하지는 않았을 터였다.

그래서 너는, 법대 나와서, 기껏, 한다는 짓이, 아직도, 이딴 거냐?

주원은 HD Full TV 화면을 통해 본 재혁의 모습을 떠올렸다. 어쩐지 하나도 늙지 않은 녀석의 모습이 주원을 불쾌하게 했다. 너도 아직 여기 있어,라고 그가 말하는 것 같았다. 하수구에서 딸려 나오는 머리카락 뭉치처럼 지저분한 장면들이 몰려왔다. 주원은 습관대로 조용히 자신에게 질문했다. 사과하지 않았잖아? 용서받지 못했잖아? 그보다, 자백하지 않았잖아.

그러나 그런 일을 털어놓는다고 해서 뭐가 달라질까 싶었다. 시화전 뒤풀이에서의 기억은 주원에게 다만 지긋지긋한 반성의 매개일 뿐이었다. 적어도 자신은 그 일을 잊지 않았고, 마음으로는 용서를 빌었고, 반성하며 살고 있었다. 주원은 화가 났다. 마치 너 때문이라는 듯 울먹이던 녀석이 더한 짓거리를 하는 놈들을 위해 살아왔고, 그 덕에 열사 호칭을 얻었다니 기가 막혔다. 그렇게나 멍청하더니 자기 멍청함을 어쩌지 못해 입때껏 이렇게 살고 있다. 재혁이라는 녀석은. 재혁을 추종하는 사이트에서는 벌써부터 검은 리본을 달 기세였다. 주원은 모니터를 부숴버리고 싶을 정도로 짜증이 났다. 멍청한 놈들. 원하는 게 대체 뭐냐? 문득 주원은 호들갑 떨던 아내에게도, 껄껄 웃던 범석에게도, 그보다 재혁을 함께 목격한 호프집에서의 75기들에게도 가장 중요한 것을 묻지 못했다는 사실을 깨달았다.

그런데, 왜 죽겠다는 거지?

유경은 소동을 벌이는 남자가 그라는 것을 바로 알지 못했다. 이미 유명해질 대로 유명해진 재혁이었으나 SNS나 뉴스를 보지 않으면 모를 일이었다. 유경은 재혁과 커피를 마셨고 악수까지 나눴지만 그의 얼굴조차 얼른 떠올릴 수 없었다. 유경은 낯선 사람의 집을 임대해서 살고 있다는 짜릿함과, 혼자만의 공간이 주는 안락함에 빠져 있었다.

낯선 사람의 집. 그러나 자신에게 6개월간 허락된 집이다. 그의 살림을 훔쳐보고 싶다는 욕구는 날로 강렬해졌다. 집주인은 외국에 사는 가족을 만나러 갔고, 따라서 불시에 들이닥칠 일도 없었다. 그가 쓰던 어지간한 물건들이 그대로 있었다. 햇볕이 드는 거실에서 내 것이 아닌 가족사진을 보는 일은 옷장에서 모르는 옷들을 발견한 것 같은 이상한 기분이 드는 일이었다.

남자의 집에 들어가게 된 계기는 단순했다. 유경에게는 집이 필요했다. 대학에 가면 얻으리라고 생각했지만 그러지 못했다. 오랫동안 참아왔으니 직장을 구한 후에 얻으리라고 생각했다. 실패했다. 어쩐지 원하는 액수의 보증금은 좀처럼 모아지지 않았다. 고시원이라도 얻어 볼까, 생각했다. 그러나 번듯한 집에서만 살아온 자기 삶의 조건을 거스르기란 쉽지 않았다. 아예 불가능했다.

비록 쓰레기장처럼 방치해둔다고 할지언정 유경에게 집이란 곳은 너른 거실이 있고 화장실과 욕실은 각각의 용도에 맞게 분리되어 있으며 다이닝과 키친 역시 그러한 공간이어야 했다. 아버지는 주로 패브릭 소파에 구겨져 있다 한 달에 한 번쯤 정신 차리고 일어났다. 흘린 술이며 침이 범벅된 패브릭 소파에서 사시사철 냄새가 났다. 유경이 거기 앉지 않은 것도 이미 오래된 일이었다. 겨우 정신 차린 아버지가 불러주는 도우미 아줌마들이 집 안을 정리하고 나면 당분간 그럭저럭 견딜 만했다. 내처 방에서 잠만 자던 오빠 역시 집 안이 정리되면 슬슬 기어 나왔다. 유경은 비 오는 날 지렁이처럼 꼬물꼬물 움직이기 시작하는 그들과 자장면조차 나눠 먹고 싶지 않았다. 이렇듯 40평대 아파트조차도 사람 사는 곳 같지가 않았는데 창문 하나 겨우 달린 단칸짜리 방에서는 아예 생존할 수 없을 것 같았다.

간혹 터무니없이 저렴한 값을 부르는 집만을 부러 구한다는 사람의 이야기를 들은 무렵이었다. 찜찜한 사연이 깃들어 있을 것 같아서 오히려 그런 방은 대개 피한다고 했다. 유경의 친구는 그것도 옛날 말이지 요즘 같은 주택난에는 해당되지 않는 이야기라고 비웃었다. 별일이 있었다 해도 임대인 쪽에서 애초에 싼값에 내놓지도 않을 거라고 했다. 너도 알다시피 집 가진 게 유세니까. 유경의 생각에도 그럴듯했다.

인터넷 부동산 사이트에서 주변 아파트 전·월세 시세를 알아보는 것을 소일 삼던 유경의 눈에 마치 직전 세입자가 죽어 나가기라도 한 것처럼 싼 집이 들어왔다. 유경은 친구에게 전화를 걸어 상의했다. 그냥 6개월만 쓰는 거래, 집주인이 외국 나간 동안. 나도 독립은 처음이니까 연습 삼아 살아보면 어떨까. 보증금도 필요 없다고 하고 월 20만 내면 된다는데. 그런데 쓰리 룸 아파트가 이런 조건이라니, 이상하지 않니? 유경의 친구는 집주인이 잠시 비우는 집이니 그런 걱정할 필요는 없을 것 같다고 했다. 카우치서핑이니 에어비앤비가 유행하는 시대에 주인이 비워준 집에 정당한 요금을 지불하고 사는 일이니 더는 걱정 말라는 것이었다. 유경의 생각에 친구의 말은 그럴듯했다.

그에게는 수건을 둥글게 말아 접어두는 습관이 있었다. 대형 마트에서 다량으로 구입한 순면 수건이었다. 유경이 그의 수건을 사용할 일은 당연히 없었다. 샤워 부스 옆 벽면에 있는 수납장은 순전히 남자 생활의 역사를 보여주는 물건이었다. 혼자 산 지 10년 넘었어요, 라고 말하던 남자에게 왜 가족을 따라 가지 않았어요?라고 묻고 싶었던 순간이 떠올랐다. 사실 딱히 궁금하지 않았다. 궁금하지 않은데도 묻고 싶었다. 그것과 비슷했다. 굳게 닫힌 방문 너머를 알고 싶다는 기분이 드는 것도. 남자가 그 방만은 결코 열지 말라고 지시한 것도 아니었다. 말보다 더욱 완강한 명령처럼 문손잡이에 단단히 묶여 있는 수건 때문이었다. 꼼꼼하게 매듭지어진 채로 감겨 있는 수건은 분명한 금기의 표지처럼 보였다. 유경에게 그 방은 냄새나는 오빠의 방을 떠올리게 했으므로 굳이 열어보고 싶지는 않았다. 그보다 다른 곳들에 대한 궁금증이 더해졌다. 비밀번호도 걸려 있지 않은 애인의 휴대전화가 손 안에 들어 있는 기분이었다. 가령 남자의 책상 서랍이나 거실 자개장, 어머니가 쓰던 것으로 추정되는 경대 서랍 따위를 열어본다면. 고작 유통기한이 다 된 옛날 화장품 몇 개와 누드교과서 따위가 나온다고 해도 구경해보고 싶었다.

훗날 유경은 남자의 집에서 솟대의 배지를 발견하던 순간을 떠올릴 때마다 그 순간 역시 결국 자신의 쓸데없는 호기심이 촉발한 것이었고, 모든 일에 일정 부분 자기 책임이 있다는 생각을 쉽게 떨치지 못했다.

그의 데스크톱 문서에 손대기 시작한 때는 계약 만료를 한 달 정도 앞둔 시점이었다. 유경은 퇴근 후 그가 다운받아둔 영화를 봤다. 그도 호러를 좋아하는 모양이었다. 유경에게는 볼 만한 영화들이 많았다. 자신이 구하지 못했던 작품들이 나올 때마다 유경은 마냥 즐거웠다. 유경은 그의 영화들을 거의 다 볼 무렵부터 그의 자료들을 구경하기 시작했고, 이윽고 그의 사진 폴더에 손을 댔다. 그는 수건을 정리하듯 엽렵하게 카테고리별로 폴더를 정리해두었다. 하드디스크를 바꿀 때마다 사진들을 잃어버리곤 했던 유경과 다르게 그는 오래

전 사진들도 연도별로 꼼꼼하게 보관하고 있었다. 사진 폴더에서 드러나는 정리 벽은 서가나 화장실, 부엌 찬장에서 본 것 이상이었다. 매년 매월의 네임택을 붙인 폴더들 대부분 비밀번호가 걸려 있었다. 자물쇠 아이콘이 달려 있지 않은 폴더는 십수 년 전 것들 몇 개뿐이었다.

사진과 더불어 유경에게 발견된 각종 카메라들은 전부 값비싼 물건들로 보였다. 옛날식 필름 카메라와 최신 디지털 카메라에 이르기까지 전부 고급스러웠고 새것처럼 깨끗했다. 유경은 감히 손대볼 생각은 못했다. 기종을 하나씩 검색해보며 놀라워할 뿐이었다. 남자는 침대 밑 수납장에 그것들을 차곡차곡 보관해두었다. 유경은 카메라들을 구경하다 문득 그의 도큐먼트 폴더에서 열어본 몇 장의 사진들을 떠올렸다. 기계에 관해 잘 모르는 유경의 눈에도 고가로 보이는 카메라를 수집하는 사람의 사진이라고 하기에는 뭔가 허접스러웠다. 책걸상이나 사물함, 잔디가 깔린 운동장과 농구 골대 등이 흐릿하게 찍힌 사진들의 색감은 먼지가 만져질 것처럼 혼탁했다. 특히 빈 교실 등 실내 정경이 찍힌 사진들일수록 그랬다. 사진들을 하나씩 클릭하던 유경은 얼마 안 가 보기를 그만두었다. 기왕에 훔쳐보는 거였지만 유독 CCTV화면을 보는 것처럼 찜찜한 기분이 들었다.

그럼에도 유경은 그의 폴더 안에 가득 담긴 학교가 그 옛날 직접 방문해본 적 있는 중남고라는 것을 결코 알아채지 못했다. 학교의 정경은 대개 엇비슷했다. 다만 폴더에 붙은 연도가 자신이 고등학교에 다니던 무렵과 비슷하다는 것을 깨닫고 그때를 떠올려봤을 뿐이었다.

사진들을 발견한 그날 이후, 유경에게는 오래전 그날이 반복해서 떠올랐다. 유경은 또래들과 달리 혼자 다니는 것을 꺼려하지 않았다. 그날도 여름 교복에 핸드백을 메고 혼자 개천을 건너 중남고에 갔다. 유경은 늘 메고 다니던 캔버스 배낭을 벗어두고 핸드백을 들었다. 학교 이름이 오버로크된 하얀 양말 따위는 벗고, 피부가 훤히 비치는 성인용 스타킹을 신은 채였다. 유경은 백화점 정문 앞에서 치마의 허릿단을 두 번 접었다. 지하 주차장에서 올라온 차들이 두어 대 빠져나가자 교통 안내를 하는 남자 직원들이 팔을 들어 건너가라는 신호를 했다. 백화점에 바로 면한 중남고에서 벌써부터 왁자지껄 떠드는 녀석들의 소리가 들렸다.

교문 앞에 진을 치고 있던 한 무리의 녀석들과 또 다른 한 무리의 녀석들. 다트 게임을 하고 물풍선을 던지고 음악을 틀어놓고 오락실 펌프 스텝을 밟는 흉내를 내던 녀석들. 그 녀석들의 이미지가 하나로 단단히 뭉쳐 유경의 머릿속에 떠올랐다 사라지곤 했다. 특별한 날이 아니었다. 은색 정장을 입은 녀석이 장미꽃 한 송이를 들고 다가왔다가 죄송합니다, 하고 사라졌다. 녀석의 등에는 사랑의 메신저라는 문구가 붙어 있었다. 그걸 보자마자 유경은 시화전이고 뭐고 구경하고 싶지 않아졌다. 모든 게 시시하게 여겨져 집에 돌아가고 싶었고, 두 번 접은 허릿단이 몹시 머쓱해졌다. 유경은 그만 집에 가야겠다고 생각했다. 그대 중남의 자랑이어라, 축제를 맞아 조회대 지붕에 걸어둔 교훈이 우스꽝스러웠다. 7층짜리 벽돌 건물을 한 번 쳐다보고, 남자애들이 흙먼지를 날리며 뛰어다니는 연병장 같은 운동장을 둘러본 후 유경은 그곳을 나왔다.

유경은 남자의 물건을 뒤져본 것이 미안해졌다. 카메라들을 보관해둔 수납장에서 솟대의 배지를 발견한 이후였다. 남자는 유경보다

한 살 어렸으므로 그해 당연히 시화전에 참여했을 터였다. 그날 운동장 한가운데에서 돌아 나오지 않았다면, 둘은 만났을 수도 있었다. 사실 오랫동안 한동네에서 살아왔으므로 어디서든 마주쳤을 수 있었다. 백화점에서 유인물을 주던 그 녀석이었을까. 그런 생각을 하고 보니 남자의 물건에 손을 댄 행위 자체가 그의 인생에 함부로 개입하려 든 것처럼 여겨져 민망했다. 유경은 자신의 생각이 짧았음을 반성했고, 계약 만료까지 남은 일수를 헤아려보았다. 적은 액수나마 요금을 지불하고 살다 보니 사는 동안만큼은 내 집처럼 여기자고 생각한 게 화근 같았다. 유경도 사실 알고 있었다. 이 동네에서 오랫동안 살아온 동년배들의 동선이 가끔은 놀라울 만큼 겹친다는 것을. 문득 유경은 자기 옷차림을 살폈고, 어딘가에서 남자의 시선이 느껴지는 양 흐트러진 옷매무새를 가다듬었다.

재혁은 일주일 후 동호대교에 다시 나타났다. 하늘을 향해 왼손을 뻗어 허우적대는 녀석의 오른손에는 태블릿 PC만 한 물건이 들려 있었다. 지난번에도 저런 거 들고 있었나? 범석이 과자를 잘근잘근 씹으며 물었다. 저게 뭐냐?

형도 느리시네. 세상 물정에. 저거 드론 리모컨이잖아요.

그게 뭔데?

리모컨으로 조종해서 하늘을 날게 하는 휴대용 비행기.

범석은 씹던 과자를 뱉어가며 웃었고, 주원은 그런 그를 노려봤다.

아니, 애도 아니고 그런 걸 왜 하는데?

그러게. 튀어 보이려고 저러나. 지금까지 한 짓이 아예 다 관심받으려고 안달하는 짓이던데. 저 나쁜 방송국 놈들, 지금 뭐하는 거야?

화면에는 익숙한 자막이 깔려 있었다. 삼십대 남자 동호대교에서 예고대로 자살 소동. 재혁은 마치 행위예술을 하는 것 같았다. 진짜 죽지는 않는 거지? 중계만 하는 것 보니까. 자살 소동만 한다는 거지? 누군가 말했고 주원은 욕지거리가 치미는 것을 꾹 눌러 참았다.

저 나쁜 방송국 놈들. 게을러 빠져서 지난주에 썼던 자막 그대로 쓰는 거잖아. 그럼 저 화면이라고 지난주에 찍어둔 게 아니라는 증거 있어? 주원은 그의 말을 정정해줬다. 아냐. 지난번에는 드론 안 띄웠잖아. 이것도 생방송일 거야.

주원은 갑자기 들고 있던 맥주잔을 깨버리고 싶은 충동을 느꼈다. 생방송이면 어떻고 아니면 어떻고. 저 새끼는 대체 왜 죽겠다는 거야. 주원은 혼잣말처럼 말했다. 그 새끼들은 뭐하는데? 열사니 뭐니하며 시끄럽게 굴던 놈들. 열사가 저 지경인데 내버려둔다는 거야?

범석이 주원의 옆구리를 쿡 찔렀다.

그래도 옛날부터 우리 중에 저 자식 걱정해주는 사람은 너밖에 없다. 야, 너무 걱정 마라. 재혁이 너보다 잘 살아. 성희롱으로 고소당한 새끼들 인터넷에서 법률 자문해주고, 그 병신들 추첨해서 합의금 턱턱 지원해주고. 그래서 열사라고까지 하는데. 넌 그럴 여유, 그럴 돈 있어? 그리고 저렇게 장난감 좋아하는 놈들 치고 쉽게 죽고 이러는 놈 없어.

주원은 어이가 없어서 웃었다.

형, 지금 그걸 논리라고 펼치는 거예요?

논리는 무슨. 하는 소리지. 그냥 술이나 마셔.

주원은 동호대교에 올라 있는 재혁을 배경으로 농을 지껄이는 남자들이 역겹게 느껴졌고, 자신이 그들 중 일부라는 사실이 소름 끼쳤지만 오래전 일을 떠올리지 않을 수 없었다. 만약 재혁을 괴물로 만든 탓이 솟대에 있다면, 그중 가장 지대한 책임을 갖고 있는 사람은 다름 아닌 자신일 터였다. 솟대뿐만 아니라 다른 동아리들도 가을 축제 시즌만 되면 머리가 돌아버린 것처럼 으레 여자 문제를 일으키곤 했다. 그래도 학교나 부모 귀에 들어갈 만큼 심각한 문제들은 아니었고, 그들 생각에는 그것도 자랑거리였다. 한 번 논 걸로 깽값 요구하는 애는 없으니까, 형들 말은 그랬다. 형들이 그랬듯 우리도 그랬다. 술 취한 여자애들이 비틀거리면 그녀들을 만져보고 자세히 들여다봤지만 그 이상은 하지 않았다. 그게 그냥 같이 노는 거였으니까.

당시 유행하던 커다란 배낭에 통이 넓은 바지는 술병을 숨기는 데 유효했고 취하면 그것을 숨기지도 않았다. 학교 뒷골목 구멍가게 아저씨는 그들이 원하는 얼마든지 술을 내주었고, 노래방 아줌마는 그들이 뭘 하든 상관하지 않았다. 솟대 열 명에 여기저기서 주워온 여자애들 열 명이 만원 엘리베이터에서처럼 몸을 붙이고 모여 앉았다. 노래방의 러닝타임은 계속되었다. 아줌마는 묻지도 않고 계속 시간을 넣어주었다. 더러 노래를 부르는 녀석도 있었지만 대부분 술만 마셨다. 그날 여자애들은 죄다 심각하게 취했다. 집에 가겠다고 우는 애들 몇을 골목 끝으로 데려다주던 주원의 눈에 재혁이 들어왔다. 재혁은 찐따처럼 문제집을 보면서 걷고 있었다. 야, 이 한밤에 그게 보이냐? 주원은 재혁을 잡아끌었다. 같이 놀자. 재혁은 주원의 손에 이끌려 노래방에 들어왔다. 여자애들 몇이 빠져나가자 김이 샜는지 그새 형들이 자리를 옮긴 것 같았다. 남은 인원은 전부 엎드려 있거나 누워 있었다. 헤아려보니 솟대보다 여자애들이 더 많았다. 주원은 그 사실에 희열을 느꼈다. 주원은 배낭 어깨끈을 양손으로 붙들고 우두커니 서 있는 재혁을 힐끗 쳐다봤다.

아마 요즈음 같은 때였다면. 주원은 처음으로 상상해봤다. 요즈음처럼 누구나 고화질의 카메라를 휴대하던 시절이었다면. 그날 자기가 무슨 짓까지 했을지 상상만으로도 끔찍했다. 용량도 무제한이니 더 많이 찍어댔을 것이었다. 당시 핸드폰에 내장된 카메라는 카메라라고 하기에도 한참 부족한 물건이었다. 그랬으니 망정이지,라고 주원은 생각했다. 여기저기 뻗어 있는 여자애들의 치마를 들춰내고 속옷을 들어 올려 찍은 사진들을 주원은 한참 동안이나 갖고 있었다. 잠들기 전에 보고 등교하면서 보고 공부가 안 되면 보고 하면서도 죄책감을 느끼지 못했다. 그녀들이 살아 움직였고 수줍게 인사를 건네고 웃으며 자신과 맥주를 먹던 인간들이라는 사실은 별로 중요하지 않았다. 그런 것이 보고 싶을 때 봐야만 하는 마음이 훨씬 더 컸다.

주원은 재혁을 만나보고 싶지 않았다. 그가 예전과 다름없는 얼굴로, 늙지도 않고 다시 나타났다는 게 불쾌할 뿐이었다.

재혁은 리모컨의 스틱을 좌우로 천천히 움직였다. 드론이 제자리에서 반시계 방향으로 돌았다. 옵션으로 장착한 카메라는 국내 시판된 제품들 중 최고가였다. 수입된 물건이 워낙 없어 중고 매물 거래 사이트에서 겨우 구한 물건이었다. 재혁은 한 손으로 리모컨을 조종하며 다른 한 손을 흔들었고 그런 자신을 촬영했다. 한강 다리 위에서 드론을 날리는 것은 불법이었다. 그러나 합법적으로 드론을 날릴 수 있는 곳은 몇 군데 없었다. 지금은 죽기 직전. 법 같은 건 중요하지 않았다. 어차피 비행 금지 구역 따위는 길바닥에 담배꽁초를 버리는 것보다 와 닿지 않았다. 녀석들한테 누누이 말했듯 법감정이라는 게 중요했다. 이게 법이 이렇게 돼서 그런 거에는 이렇게 적용이 되고 저렇게는 안 된다는 걸 누가 아냐? 너희들 같은 새끼들이 아냐? 채팅창으로 그런 말을 쳐 보낼 때마다 재혁은 신이 났다. 이제는 헬리콥터에서 촬영하는 놈들의 카메라나 자신의 카메라나 다르게 느껴지지 않았다.

형님 연락 드릴게요. 헤어질 때마다 실실 웃으며 고개를 조아리던 녀석들이 약속이라도 한 듯 연락이 없다. 재혁은 분노했다. 문예부 놈들보다 못한 놈들이, 듣도 보도 못한 지방에서 올라와서 고시원 단칸방에나 사는 쓰레기 같은 놈들이. 형님, 형님 하면서 따르는 척하다 결국 단물만 빼먹고 모른 척한다. 지금은 자신을 '열사'라 부르고 있었다. 그런 말은 살아 있는 인간에게 붙이는 말이 아니라는 것도 모를 만한 놈들이었다. 자신들의 커뮤니티에서 주야장천 글이라는 것을 써대지만 문맹이나 다름없는 놈들이었다.

재혁은 자신을 찍는 여러 대의 카메라를 올려다보며 자신의 모습을 상상했다. 오래전부터 꿈꿔온 풍경이었다. 자살을 중계하는 쓰레기 같은 뉴스 카메라. 그가 사랑하는 호러 영화에서나 나올 법한 디스토피아였다. TV뉴스 채널이 쓸데없이 많아질 때 재혁은 그가 꿈꾸던 장면에 다가가고 있다는 것을 직감했다. 반정부 집회 장면을 비추며 집회 참가자가 든 피켓에 쓰인 폰트가 북한에서 쓰이는 폰트라는 내용을 진지한 얼굴로 아나운싱하던 여자를 보던 날 재혁은 자신의 날이 도래했음을 깨달았다. 미래는 항상 우리보다 먼저 도착해 있다. 엿 같은 모습으로. 재혁은 트위터에 멘트를 남겼다.

재혁은 리모컨을 발치에 내려놓았다. 그의 발치에 이미 스마트폰이 있었다. 꽃신을 벗어두고 강물로 뛰어드는 소녀처럼. 재혁은 갑자기 이런 죽음의 장면이 진부하게 느껴져 당황했다. 겨우 술 먹고 뻗은 여자애들의 몸을 휴대전화 카메라로 몰래 찍던 녀석이 떠올랐다. 너도 찍어봐. 괜찮아. 녀석이 하도 간곡하게 애원해서 재혁은 그 짓에 동참하는 흉내를 냈을 뿐이었다. 녀석은 그 후로도 오랫동안 자신에게 미안했던 모양이었다. 대학 시절 녀석은 굳이 재혁에게 메일을 보냈다. 법대 간 소식 들었다는 둥, 다행이라는 둥, 보태준 것도 없이 주제넘게 지껄이는 내용이었다. 주원은 자신은 오랫동안 깊이 반성 중이라고 떠들었다. 차라리 누가 나를 벌해주었으면 좋겠어. 누나들에게 너무 미안해. 왜 나를 벌해주지도 않지. 애초부터 재혁에게 숫대 녀석들은 죄다 하찮은 녀석들이었지만, 주원이라는 녀석은 심해도 너무 심했다. 찐따 같은 행동이 지나쳤다. 재혁은 메일을 닫으며 한숨을 쉬었다. 그래. 그따위로 딸딸이나 치면서 살아라. 내가 뭘 그렇게 잘못했냐,와 내가 정말 잘못했다,를 반복해서 뇌까리면서.

그러나 재혁은 거듭 주원의 말을 떠올리는 중이었다. 왜 나를 벌하지도 않지. 자신은 그저 자신이 계획한 대로 죽고 싶을 뿐이었다. 죽음의 장면을 자신이 그려온 대로 완성하고 싶을 뿐이었는데. 마치 아직 자기 집에 살고 있을 멍청한 여자에게 벌을 받는 기분이 들었다. 재혁은 갑자기 어찌해야 할지 몰랐다. 경찰은 아직 도착하지 않았다.

재혁의 욕실 거울 옆에는 시계가 달려 있었다. 빨강 망토를 쓴 작은 소녀와 그 뒤를 따르는 강아지가 그려진 앙증맞은 시계였다. 유경은 집주인이 매우 꼼꼼한 성격이리라고 짐작해보았다. 시간이 가는 줄도 모르고 샤워를 하는 일이 없도록 하기 위해 달아둔 것일 터였다. 유경은 샤워를 하면서 시계를 빤히 쳐다보곤 했다. 유리알에 물방울이 가득 맺히면 빨강 망토 소녀와 강아지가 걷는 그림은 비 오는 창밖 풍경처럼 보였다.

유경은 여느 날과 다름없이 샤워를 마치고 거울 앞에 서서 자신의 몸을 관찰하고 있었다. 뿌옇게 김 서린 거울을 유경은 손으로 벅벅 문질러 닦았다. 유경은 자신의 맨얼굴이 여전히 봐줄 만하다고 자평했다. 문제는 몸이었다. 자꾸 끼니를 대충 때워 버릇하고 변변한 운동도 하지 않아서 그런지 날이 갈수록 몸이 무너지는 것 같았다. 허리가 잘록해 보이지 않았고 여기저기 군살이 붙은 것 같았다. 한번 잘못된 건 어떻게 되돌려야 하는지 잘 몰랐다. 관리하지 않아도 내내 괜찮은 몸이었다. 이런 건 어떻게 바로잡아야 하는 건지 유경은 잘 몰랐다. 친구들이 자꾸 우리 나이에는,이라는 말을 들먹였다. 하나씩 무너지기 시작해. 친구들의 말을 떠올리며 유경은 시계를 봤다. 이제 노력해야 해. 운동도 하고. 초침이 빠르게 굴러 떨어지고 있었다. 유경은 초침을 따라 눈을 굴리다 문득 고정 핀에 시선을 멈췄다. 고정 핀은 유경과 함께 한동안 멈춰 있었다. 유경은 겁에 질려 주저앉았다. 고정 핀은 유경을 따라 아래로 기울었다. 평면에 그려진 빨강 망토 소녀가 함께 기울어 유경을 내려다보는 것 같았다. 유경은 소리를 지르며 시계 표면 유리알을 부쉈다. 고정 핀을 뽑자 카메라가 딸려 나왔다. 유경의 입장에서는 생전 한 번도 보지 못한 종류의 카메라였다.

선정의 말

—

재혁은 백 년 전통을 자랑하는 강남 중남고의 잘나가는 동아리 '솟대 문학회'에서 이른바 '은따'로 통하는 인물이었다. 전교 1, 2등을 다투는 수재지만 재혁은 어쩐지 하는 짓마다 꼴불견이었고, 그저 '쪼다' 같고 '진따' 같았다. 졸업한 지 15년이 지난 어느 날 동아리의 멤버들은 TV에 등장한 재혁과 마주한다. 그는 자살 예고를 실행에 옮기고 있는 인터넷상의 유명 인사 '열사 J'가 되어 있다. 그는 왜 자신의 죽음을 중계하려고 하는가.

「버드아이즈 뷰」의 모든 인물들은 '훔쳐보기'에 집중하고 있다. 재혁의 동아리 친구 주원은 고등학교 시절 술 취한 여고 누나들의 알몸 사진을 몰래 찍은 전력이 있다. 그 장면을 목격했던 재혁과 마주하는 일은 주원에게 불쾌할 만치 불편하다. 재혁의 집에 세 들어 사는 유경은 매일 재혁의 물건들을 뒤지고 훔쳐본다. 이 소설의 결말은 작은 반전을 시도하는데 재혁의 집 목욕탕 거울을 통해 자신의 몸을 이리저리 훑던 유경이 자신을 바라보고 있는 몰래카메라를 발견하는 것이다. '쪼다 같은' 재혁은 사실 '훔쳐보기'의 욕망에 그 누구보다도 민감한 인물이었다고 할 수 있다. 자신의 죽음이 생중계되는 상황을 즐기는 듯한 그는 대중들의 관음증을 정확하게 관통하는, 즉 인간의 관음적 욕망을 조감하는 인물이라 할 수 있다.

홈쳐보기는 인간의 본원적 욕망이다. 욕망의 내용에 관한 한 인간은 절대적으로 자유롭다. 그러나 현실의 우리들은 훔쳐보기의 욕망을 비롯하여 인간의 다양한 상상 이상의 욕망들이 일말의 수치심 없이 적나라하게 실행되는 장면들을 수시로 목격한다. 상상의 자유와 현실의 범죄가 점점 뒤섞이고 있는 오늘날, 이 소설을 단순히 '인간의 본원적 욕망'을 묘파해내는 소설이라 읽을 수만은 없을 것이다. 오늘날 소설은 인간의 숨겨진 내면을 발견하는 일보다도 현실의 망각된 수치를 지적하는 일에 더 집중해야 하는지도 모르겠다는 생각을 하게 하는 소설이다. 박민정의 작품들이 이제껏 관심을 보인 일이 정확히 그것이기도 하다. **조연정**

2015년 12월

이달의 소설

나는 카페 웨이터처럼 산다

정지돈

작 가 노 트

과거에는 전혀 좋아하지 않았거나 관심이 없었던 것들에 관심이 간다. 과학이나 수학, 미디어 이론, 재즈, 전자 제품, 리조트, 무용 같은 것들. 사람은 변하나. 나는 다만 몰랐던 것뿐이다. 아니면 오해했거나. 노버트 위너는 에너지가 아니라 정보의 변환이 우주의 근본 구성단위일지도 모른다고 했다. 1948년에 한 말이다.

●••

백화점 직원

아르노 데스플레생Arnaud Desplechin의 영화 「킹스 앤 퀸」(2004)을 이상우에게 추천하고 난 뒤 영화의 장면이 끊임없이 떠올랐다. 파리의 자연사 박물관에 놀러 간 아들과 아버지의 대화를 그린 장면으로 사실 대화라기보다 아버지 혼자 떠드는 것이나 다름없는 장면이다. 아버지 역은 마티외 아말리크가 맡았는데 그는 조금 미쳤지만 많이 미쳤다는 오해를 받아 정신병원에 감금된 오케스트라 비올리스트로 아들을 사랑하지만 딱히 해주는 것은 없다. 「킹스 앤 퀸」은 느닷없고 산만하고 시니컬한 영화지만 영화 전반에 따뜻함이 흘렀다는 생각이 드는데 이는 자연사 박물관에서의 대화 때문인 것 같다. 점프컷으로 구성된 이 장면에서 마티외 아말리크는 아들에게 정성을 다해 가족과 삶에 대해서, 아빠가 미쳤다는 오해에 대해서, 공룡의 뼈에 대해서 이야기한다. 그는 사랑이란 뭔지, 어떻게 존재하고 어떻게 사라지는지 엄마는 아름답고 바쁜 여자니까 니가 엄마를 사랑해야 한다, 아빠는 언제 또 정신병원에 입원할지 모르고 그건 생각만큼 나쁜 일은 아니니 다른 사람들 말에 귀 기울이지 마라, 다른 사람들 말은 들을 게 못 된다, 그 사람들에게 귀 기울이지 말고 스스로에게 귀 기울여라 따위의 말을 하며 아들과 박물관의 복도와 주랑을 걷는다. 대화의 내용을 기술하긴 했지만 매력적인 건 대화의 내용보다 대화가 이루어지고 있다는 사실이며, 대화가 이루어지는 장소, 대화를 주고받는 아들과 아버지의 몸짓, 배경 위로 흐르고 끊어지는 음악들이다. 그렇다고 대화의 내용이 별 볼일 없는 건 아니지만 대화의 내용은 늘 일부만 살아남아 인상이 언어가 되고 언어가 인상이 되는 방식으로 작동한다는 생각이 들었고, 친구인 이상민 역시 이와 비슷한 생각을 했는지 모르겠지만 어쨌든 이 장면을 인상 깊게 봤다고 이야기했다. 이상민은 이 대화가 너무 좋다며 자신의 아버지는 검도와 승마가 취미인 지방 유지로 자식의 성장보다 스스로의 삶을 훨씬 중요시한 사람이었고, 부자간에 대화가 거의 없었으며, 자신은 승마장에도 혼자 갔고 수영장에도 혼자 갔다고, 그래서인지 박물관에서의 대화가 안겨주는 따뜻함이 좋다고 말했다. 이상민이 「킹스 앤 퀸」에 대해 말한 건 8년 전인 2007년의 일로 그는 건축을 전공했으나 그만두고 미술을 전공했고, 잠시 회화에 전념하더니 이후 유리공예·금속공예·조각 설치미술·무용·사진을 거쳐 요리사로 취업해 2년간 돈을 벌며 일기를 쓰다가 클라이밍이 취미인 근육질의 여자친구를 만나 결혼을 하겠다며 내게 축시를 써달라고 부탁한 친구인데, 수많은 작업을 전전하는 동안 단 하나의 작품도 완성하지 못했고, 서울에서 구미로, 구미에서 카셀로, 카셀에서 시드니로, 시드니에서 골드코스트로, 골드코스트에서 대구로, 대구에서 서울로 옮겨 다니다 최근 수원에 정착했다. 그는 말을 느리게 끄는 취미가 있는데 가끔 그와 같은 대화법이 짜증 나고 징그럽게 여겨지기도 하지만 그건 그의 특성이자 매력이고 그가 말을 안 하고 묵묵부답 가만히 입꼬리를 올리고 있으면 어떤 사람들은 불쾌감과 두려움을 느꼈는데 특히 내가 이십대 중반에 일했던 카페의 사장은 학습지 교사 출신의 아니메를 좋아하는 삼십대 중반의 여자로 내가 일을 그만두며 이상민을 추천하자 이상민의 특성을 알면서도 그를 고용하겠다, 내가 그와 일해보겠다, 내가 그의 버릇을 고쳐놓겠다 이렇게 말하진 않았지만 거의 그런 태도로 이상민을 알바생으로 고용했고, 결과적으로 말을 느리게 끌거나 거의 대답을 하지 않는 이상민에게 극도의 불쾌감과 두려움을 느끼며 자신의 교정이 실패했다는 자괴감, 왜 알바생을 교정하려 했는지 지금도 이해할 수 없고 이해하고 싶지 않지만 아무튼 열패감을 느끼며 다시는 이상민을 보려 하지 않았다. 나는 오랜만에 이상민과 통화하며 예전과 다름없구나, 말투는 여전하구나 생각했는데 어떤 면에서는 이상우와 말투가 비슷한가, 아니 이상우는 말이 없고 조용하지만 말을 길게 끈다기보다는 말꼬리를 감추는 듯 들릴 듯 말듯한 전화 통화가 주특기로 어떤 사람들은 그의 이런 특성에 당혹감과 수치심을 느끼기도 하지만 그건 그의 특성이자 매력이고 그가 사람들의 당혹감과 수치심에 대해 당혹감과 수치심을 느낀다는 사실이 떠올라 이건 웃긴 일이구나, 이상우와 이상민은 전화 예절을 배우지 않은 것일까, 그런데 나도 가끔 전화를 걸었을 때 내 목소리가 스피커를 통해 울리면 그때의 불쾌감과 수치심은 이루 말할 데가 없다는 사실이 떠올랐고, 누가 자신의 목소리를 사랑할 것인가, 우리는 모두 자신의 목소리를 처음 듣는 순간 자신이 생각했던 종류의 사람이 아님을 깨닫지 않는가, 내가 생각하는 나는 가장 왜곡된 형태의 나 아닌가 따위의 생각을 했다.

기갑부대 병사

야마구치 가쓰히로는 프레데릭 키슬러Frederick John Kiesler가 이상한 말만 하고 시간 약속도 안 지키는 150센티미터의 괴짜라는 소문을 들었고, 그래서 1961년 그를 만나러 뉴욕에 갔을 때 잔뜩 긴장하고 있었는데, 아니나 다를까 키슬러는 한 시간 반이나 늦은 주제에 비서를 대동하고 거만하게 나타나 손을 내밀며 저는 암컷의 건축가 키슬러입니다,라고 말했다고 했다. 암컷의 건축가 프레데릭 키슬러는 데 스틸, 다다, 초현실주의자들과 어울렸던 미술가이자 건축가로 나는 저술가이자 미술가 김광우의 저서를 검색하던 도중 그의 블로그 '광우의 문화읽기'를 알게 됐고, 블로그를 통해 저술가이자 미술가인 야마구치 가쓰히로를 알게 됐다. 야마구치 가쓰히로는 프레데릭 키슬러를 20세기 미술의 아웃사이더이자 최후의 보루, 극장 설계, 무대장치, 도시계획, 가구 디자인, 그래픽디자인, 조각, 회화, 시, 산문에 능한 기적적인 인물로 그리며, 그에 대한 책 『공간연출디자인의 원류, 프레데릭 J. 키슬러』(2000)를 썼는데 김광우는 그 책의 많은 부분을 자신의 블로그에 필사해두어서 나는 그 기록을 읽으며 프레데릭 키슬러와 야마구치 가쓰히로에 대해 궁금증이 생겨 알라딘으로 야마구치 가쓰히로가 쓴 두 권의 책 『공간연출디자인의 원류, 프레데릭 J. 키슬러』와 『20세기 예술과 아방가르드』(1995)를 검색했으나 출간

된 지 20년이 안 됐음에도 불구하고 두 책 모두 절판된 상태였다. 나는 과거 이상민이 뒤샹을 좋아했다는 사실이 떠올라 어쩌면 이상민이 프레드릭 키슬러를 알고 있을지도 모르겠다고 생각했다. 키슬러는 뒤샹의 몇 안 되는 지인 중 하나였고, 처음 뉴욕에 건너와 남의 집을 전전하던 뒤샹은 키슬러의 집에 얼마간 머물며 미술가들의 한심함에 대해, 방구석에 처박혀 그림이나 그리면서 세상을 다 집어삼킨 듯, 세상을 다 표현해낸 듯, 인간 본연의 감정과 정체성을 다 그려낸 듯 기고만장한 꼴이 우습다고 인간은 DNA와 무의식으로 이루어진 기계장치와 성욕의 조합임이 밝혀졌는데 저기 저러고 있는 꼴 좀 보라고 말했다. 야마구치 가쓰히로는 책에서 키슬러가 뒤샹의 작품 「그녀의 독신자들에게조차 발가벗겨진 신부, 심지어La mariée mise à nu par ses célibataires, même」(일명 큰 유리Le Grand Verre)에 대해 이것은 다다, 추상화, 구성주의, 초현실주의 어디에도 속하지 않는 작품이다, 이것은 단연코 우생학적 결과물이며 20세기 인류사 최대의 발견과도 같다, 나는 뒤샹이 뢴트겐 이후 가장 위대한 인물이라고 생각한다, 그의 그림은 X선 회화다,라고 말했다고 썼는데, 김광우는 이 이야기를 블로그에 옮겨 적으며 자신의 저서 『뒤샹과 친구들』(2001)에 대해 언급하기도 했으니 어쩌면 이상민이 야마구치 가쓰히로와 키슬러에 대해 알고 있을지도 모르겠다, 책을 가지고 있을지도 모르겠다,라고 생각했지만 이상민은 전혀 처음 듣는 이름이라며 사실 나는 책 읽는 걸 좋아하지 않는다, 지금에야 고백하지만 이십대 초반 자취방에 누워 너와 논쟁을 벌일 때 써먹었던 바슐라르와 들뢰즈는 전혀 읽지 않았고, 뒤샹은 사기꾼에 불과하지 않은가 체스나 두며 초연한 척 거들먹거리는 인간 아니냐, 미생이랑 다를 게 뭐냐고 말했다. 어쩌면 그런지도 모른다. 뒤샹은 과대평가된 예술가일지도 모르고, 실패한 체스 마니아일지도 모르고, 진정 위대한 화가는 밥 로스일지도 모른다고 나는 말하며 그런데 원래 뒤샹을 싫어한 건 나였고 좋아한 건 너였는데 왜 지금 반대가 되었냐고 물었지만 다시 생각해보니 뒤샹을 좋아하는 건 아닌 것 같다는 생각이 들었다. 뒤샹은 좋아하기엔 너무 유명했다. 1950년대, 1960년대 화가들이 너무 좋아해 자신의 광신자들에게조차 발가벗겨졌기 때문에 이제 와서 뒤샹을 좋아한다면 그건 커트 코베인을 좋아한다거나 김수영을 좋아한다고 말하는 거나 다름없잖아, 그건 어리석은 동시에 우스운 일이지,라는 생각이 들었지만 그렇다고 재밌는 게 싫을 수 있는지 다시 보니 뒤샹은 확실히 이상하고 다른데 뭐가 이상하고 다른지는 확실히 모르겠지만 이를테면 그가 죽고 15년 뒤에 발표된 유작 「주어진 것: 1° 낙수/ 2° 점등용 가스Étant donnés: 1° la chute d'eau/ 2° le gaz d'éclairage」의 경우 제목부터 어색하고 부정확하여 듣기만 해도 그 명쾌하지 않음이 짜증을 불러일으키는데, 이것은 이후 다른 종류의 전위예술가들의 금방 탄로 나는 이상한 짓이나 독특하다고 생각했지만 사실 감상적이고 낭만적인 작품들과 차원이 다르지 않은가, 뒤샹은 무관심, 전적으로 무관심이 중요하다고 말했으며, 그럼에도 하나의 작품을 10년씩 붙잡고 있었고, 결국 완성도 하지 않고 내팽개쳐버리곤 했는데 그렇게 해서 남은 두 작품이 「그녀의 독신자들에 의해 발가벗겨진 신부, 심지어」와 「주어진 것: 1° 낙수/ 2° 점등용 가스」였다.

키슬러는 이렇게 말했다.

형태는 기능에서 탄생하지 않는다.

형태는 비전에서 탄생한다.

그리고 비전은 태도에서 탄생한다.

베르너 헤어초크는 인터뷰에서 당신의 인물들은 모두 야심이 넘친다, 왜 그런가라는 질문에 야심이 아니다, 그것은 비전이다,라고 대답했다. 그는 야심과 비전은 다른 것이라며 야심은 자신의 커리어나 쌓는 우스꽝스러운 짓이지만 비전은 그런 차원의 것이 아니라고 우주는 실제로 10차원으로 이루어져 있지만 우리는 3차원만 경험할 수 있고 상상적인 차원에서도 겨우 4차원을 떠올릴 뿐인데 비전은 그러한 차원에 대한 생각이라고 그러니까 다른 차원을 요구하는 것, 다른 차원을 원하는 것이라고 말했는데 나는 그 말에서 플로베르의 편지, 내가 예술에서 가장 고귀하게 생각하는 것은 나를 웃거나 울게 하는 것도 아니요, 흥분시키거나 격동시키는 것도 아니요, 나를 꿈꾸게 하는 것이다,라고 쓴 것을 떠올렸다. '비전.' 나는 이 말이 재밌어 금정연이나 이상우, 홍상희 같은 지인들에게 말했는데 아무도 재미있어 하지 않았다. 그런데 키슬러가 비전을 얘기한 이유는 무엇일까, 키슬러는 몬드리안과 함께 '등가적 관계'에 대해 역설하며 선과 색채, 형태로부터의 해방, 건물의 정면, 후면, 좌우측, 위아래로부터의 해방, 화면 밖과 화면 안으로부터의 해방, 건물 안과 건물 밖으로부터의 해방, 단절된 것으로부터의 해방, 예술과 생활의 구분으로부터의 해방을 주장했다. 그는 늘 자기 작품에 대한 기록을 남겼고, 뒤샹이 자기 작품에 대해 레이몽 루셀을 떠올리게 하는 기계적인 어투의 사용법을 남겼다면 키슬러의 기록은 선언, 지구를 구하고 말겠다, 예술을 구하고 말겠다, 인류를 구하고 말겠다, 나의 비전은 이것이다, 우리는 다른 차원으로 간다는 식의 선언으로 사람들을 기겁하게 하거나 민망하게 만들었다. 그가 임종 직전에 쓴 에세이는 자신의 마지막 조각 작품 「우리, 너, 나」(1965)에 대한 것으로 여기에는 평소의 선언적 어투뿐 아니라 내적 고백, 정체를 알 수 없는 중언부언, 시, 일상의 고충 등이 섞여 있다. 내가 해온 일을 아는 것은 오직 신뿐이다, 모든 것은 전혀 계산되지 않았다, 아무것도 존재하지 않더라도 서로를 연결하는 연속성은 존재한다, 여기 우주의 숨결이 있다, 진정한 예술가는 혁명 정도로 만족해선 안 된다, 세계의 근본 체계를 새롭게 만들어야 한다, 갑자기 허기를 느낀다, 나는 샌드위치 두 개와 커피를 사들고 길을 건넜다, 입맛이 없다, 버스를 타고 집에 돌아와 커다란 소파에 몸을 던지고 잠이 들었다.

헌병

*

June 25, 1942. Marcel Duchamp arrives in New York.

하인

나는 대구에서 「무방비 도시」(2008)라는 단편을 썼다. 제목은 로베르토 로셀리니의 영화에서 따온 것으로 나는 네오리얼리즘 영화의 가능성에, 네오리얼리즘이 성행할 때의 가능성이 아니라 대구에 내려가 소설을 쓰겠다고 결심한 내가 네오리얼리즘을 통해 소설을 혁신할 수 있다는 가능성에(정확히는 망상에) 사로잡혀 있었다. 로베르토 로셀리니는 이렇게 말했다. 사물들이 저기 있는데 왜 그것들을 조작하는가. 네오리얼리즘은 우연성, 즉흥성, 흡사 카메라를 들고 민중 속으로 뛰어든 지가 베르토프처럼, 그러나 다큐가 아닌 극영화를, 저기 있는 사물과 사실이 저절로 이념과 운명을 드러내주리라는 믿음, 환상은 사실 속에 깃들어 있다는 믿음, 그러니까 지금은 상반되어 보이는 펠리니가 네오리얼리즘으로 영화 경력을 시작했다는 사실이 사실은 상반된 게 아님을 알 수 있었고 나 역시 「무방비 도시」에서 도시에 깃든 욕망과 조르주 바타유의 에로티시즘과 사적인 연애 경험과 한 장의 사진에 대한 묘사를 통한 파편적이고 우연적인 서술을 시도함으로써 사실 이상의 사실이 드러나길 원했지만 그 소설을 본 유일한 지인인 김정영은 너의 생활을 알 만하다는 냉소적인 평을 남겨 나를 낙담시켰다. 김정영은 「이팔」(2006~)이라는 단편소설을 10년째 쓰고 있는 프리랜서 기자로 최근 삶의 새로운 전기를 마련하기 위해 춘천으로 거처를 옮겼는데 자신의 집 뒤를 둘러싸고 있는 야트막한 산에서 쑥을 캐고 밤을 주으며 시간을 보낸다고 말하며 춘천에 있으니 확실히 생활비가 덜 든다, 돈이 모이면 마가렛 호웰에서 원피스를 사겠다고 했다. 지난해 겨울 그녀를 만났을 때 그녀는 직구로 구입한 DKNY 패딩을 입고 있었는데 나는 DKNY를 한물간 브랜드로 생각했지만 말하지 않았고, 문득 4년 전 잠깐 일했던 대형 마트 홍보팀에서 사수였던 이시은이 DKNY 재킷을 즐겨 입었던 기억이 떠올랐다. 그녀는 영국의 원자력 발전소에서 근무하는 남편을 둔 소설 마니아로 당시 나의 소설인 「창백한 말」(2011)을 점심시간에 읽고 난 뒤 어떻게 이런 묘사를 할 수 있냐, 정말 러시아에 갔다 온 것 같다고 말했고, 내가 맞다, 나는 러시아에 갔다 왔다, 바실리 성당이랑 붉은 광장도 봤다고 말하자 나를 한심하게 바라본 기억이 났다. 김정영에게도 「창백한 말」을 보여줬지만 그녀가 뭐라고 말했는지는 기억나지 않는다. 다만 내가 스물다섯 살에 처음 쓴 단편소설, 내용도 거의 기억나지 않는 믿을 수 없는 수준의 졸작, 그러나 당시에는 「토니오 크뢰거」의 분단 문학 버전이라고 생각했던 단편을 보고 다른 건 모르겠으나 소설 속에 나온 주인공의 악몽, 펜에서 흐른 잉크가 꿈으로 변하는 환상을 묘사한 부분, 천장의 무늬가 대서양의 밑바닥에 스며든 햇살과 북극을 떠도는 빙하의 틈을 넘나드는 환상에 빠진 주인공을 그린 부분에 대해서는 대작가의 싹이 보인다는 터무니없는 평을 해줬는데, 나는 지금도 그 사실에 깊은 고마움을 느끼는 것 같다. 잠깐 영원히 완성되지 않을 것만 같은 그녀의 소설 「이팔」에 대해 이야기하자면 「이팔」은 광진구에 사는 남자가 어느 날 갑자기 작아지는 내용으로 사람이 작아지는 부류의 이야기는 흔해서 그런 모티프 따위는 중요하지 않으며 중요한 것은 주인공인 이팔이 언덕길을 내려오며 부르는 일종의 사랑 노래로 이팔은 자신이 작아지고 있다는 사실에 절망하지만 우연히 사랑에 빠지게 되어(사랑은 늘 우연인가 아닌가!) 자신의 축소를 잠시 망각하고 늦여름 야경을 타고 내려오는 바람에 도취되어 언덕을 깡총깡총 뛰어내려오며 김치와 퇴직금에 대한 노래를 부른다. 김정영은 이팔의 노래를 연을 갈며 서술하는데 나는 그 노래가 가진 리듬과 가사의 사랑스러움, 단어의 생경함에 반해 한동안 「이팔」은 출간되어야 한다, 신춘문예라도 내라, 뽑아줄 리 없지만 「이팔」은 『난쏘공』 이후 최고의 걸작이다 등 말 같지도 않은 소리를 하며 펌프질을 했고, 김정영 역시 조만간 완성시키고 말겠다는 결심을 표했지만 연인과의 잦은 이별, 가족 간의 불화, 은행 계좌의 잔고 부족 등으로 인한 무기력증에 휩싸이며 수년이 흘러 지금에 이르고 말았다. 그러나 소설을 왜 써야 하는가. 소설을 왜 완성해야 하는가. 나는 그녀에게 「이팔」을 완성해야 한다고 종용했지만 수많은 걸작이 결국 미완성인 채로 남지 않았는가, 뒤샹은 10년 동안 「큰 유리」를 만들었지만 미완성으로 버려두었고, 「주어진 것」은 아무도 모르는 곳에 숨어서 20년 동안 만들지 않았나. 그는 뉴욕 이스트 11번가 건물 403호를 빌려서 작업했는데, 그곳은 약에 절은 회계사의 망해가는 사무실 같은 곳으로 문에는 어떤 이름이나 표시도 붙어 있지 않았고, 그를 아는 사람도 보러 오는 사람도 없었다. 그는 그곳에서 오로지 자기 자신의 복잡성 속에서, 자기 자신의 난해함 속에서 자신과 자신이 만든 세계와 게임을 벌이며 에탕 도네, 마리아, 오 삶을 다시 시작한다는 것, 체스, 자위, 서정시, 레이몽 루셀, 기계, 비명횡사, 바람둥이, 키슬러와의 절교, 장 피에르 브리세 등을 떠올리며 작업했고, 그 결과물이 「주어진 것」이었다. 나는 김정영이 뒤샹이라고 생각지 않지만 게다가 그녀의 미술 취향은 카라바조나 브뤼헐로 뒤샹 같은 인간은 얄팍한 사기꾼이라고 생각할 게 틀림없지만 어쩌면 그녀의 골방에서 「이팔」이 가장 좁은 단위의 미로가 되어 탄생할지도 모르겠다, 멀리서 보면 단지 빛나는 결정이지만 볼수록 우리를 길 잃게 만드는 출구 없는 미로, 작아지지만 사라지지 않는 작품. 뒤샹은 이렇게 말했다. 만약 톱이 톱을 자른다면, 그리고 만약 톱을 자르는 톱이 톱을 자르는 톱이라면.

*

만약 우리의 삶이 우리에게 속하지 않았다면 우리가 우리의 삶과 우리의 삶이 아닌 것을 더 이상 구분하지 못한다면

사제

이모션북스에서 나온 레이몽 루셀의 『로쿠스 솔루스』(2014)는 그 내용과 번역의 괴이함 때문에 읽는 것이 불가능에 가까운 책이다. 레이몽 루셀의 책을 번역한다는 불가능에 도전한 것은 고맙고, 결국 번역해서 나왔으니 불가능은 아닌 셈이지만 결과물을 보면 불가능은 불가능이구나 같은 생각이 떠오르기도 하지만, 그래도 옮긴이의 해설에서 알게 된 레이몽 루셀의 아둔하고 열정적인 삶, 첫 소설을 쓰고 난 뒤에 자신의 펜에서 빛이 뿜어져 나와 그 빛을 누가 볼까 두려워 허겁지겁 커튼을 쳤으며, 글이 안 써질 때는 방바닥을 데굴데굴 구르기도 했다는 삶이 너무 좋아서 온갖 비문으로 점철된 책임에도 꾸역꾸역 읽고 있는데, 아무리 읽어도 내용이 기억에 남지 않았지만 바로 며칠 전에 읽은 부분, 4장의 등장인물인 시인 제라르 로웨리가 로쿠스 솔루스의 주인 칸트렐이 만든 신비의 영약 레저렉티느와 비탈리윰을 맞고 죽음에서 부활해 삶에서 가장 인상 깊은 지점을 반복하는 일

종의 좀비-자동기계인형이 되어 젊은 시절 아들 플로랑과 함께 아스프로몬테 산맥으로 떠난 여행에서 산적 그로코에게 납치당해 캠프에 갇히지만 간수 피앙카스텔리와 그의 연인 마르타를 매수해 아들을 탈출시키고 본인은 루이 트로장의 『저승사전』 앞뒤 간지에 60시간에 걸쳐 물로 서정시를 쓰고 그 위에 금화를 갈아 만든 금가루를 뿌려 일명 황금의 시를 완성한 기억을 끝없이 반복하는 부분이 너무 재미나서 포기하지 않고 읽길 잘했어, 읽다 보면 이런 일도 생기는 거야라고 생각했으나 사실 『로쿠스 솔루스』, 그리고 레이몽 루셀의 기이한 작업 전반이 추앙받는 이유는 내가 재미를 느낀 부분이 아니라 내가 알아먹지 못한 부분, 도저히 이해 불가능한 기계장치와 프랑스어 언어유희에 있다는 생각에 이르자 다시 침울해지고 말았다. 이는 평론가 정과리도 마찬가지였는지 그의 블로그 '비평쟁이 괴리'(괴리가 과리의 오타인지 언어유희인지 알 길이 없다)를 보면 그가 마드리드 여행 중에 소피아 미술관에 들러 우연히 레이몽 루셀 특별전을 마주하게 되는 이야기가 나온다. 전시에는 레이몽 루셀의 영향을 받은 수다한 작가들, 뒤샹, 피카비아, 달리, 애쉬베리, 코르타사르, 푸코 등의 작품이 있어 정과리는 오래전 레이몽 루셀에게 도전했다 실패한 기억을 떠올리며, 귀국하면 그의 대표작 중 하나인 『아프리카의 인상*Impressions d'Afrique*』(1910)에 다시 도전해봐야겠다고 투지를 불태우며 집에 도착하자마자 『아프리카의 인상』을 펼쳐 들었지만 역시 진도를 빼지 못하겠다고 투덜대며 블로그 일기의 마지막을 『아프리카의 인상』의 발문을 쓴 티펜 사무아요Tiphaine Samoyault가 자신의 제자인 주현진 박사의 친구라고, 티펜 사무아요의 글이 참 좋은데 주 박사가 친구를 잘 뒀구먼이라는 투로 마무리한다. 『아프리카의 인상』은 스위스 출신 큐레이터인 하랄트 제만Harald Szeemann의 전시 「총각 기계Bachelor machine」(1975)에도 영향을 미쳤는데, 「총각 기계」는 제만의 공상적인 미술관인 '강박관념의 미술관Museum of obsessions'(1973)에서 개최된 전시로 강박관념의 미술관은 건물도 없고 직원도 없이 베른, 베네치아, 뒤셀도르프, 말뫼, 암스테르담 같은 유럽의 도시를 떠돌며 기존의 미술관에 빙의하듯 들려 진행되었으며, 여기서 제만은 뒤샹같이 먹어주는 미술가의 작품뿐 아니라 하인리히 안톤 뮐러Heinrich Anton Müller 같은 아르 브뤼art brut 출신 작가처럼 단순하고 원초적인 강박관념에 목을 맨 작가들의 작품도 함께 전시하여 예술가의 개인화 과정이라는 태도로서의 신화를 창조하려고 했다. 하인리히 안톤 뮐러는 포도밭을 재배하다 미쳐버린 농부이자 발명가로 스위스의 소도시 뮌징겐Münsingen의 정신병원에 입원한 뒤 인간의 배설물로 움직이는 기계의 발명에 몰두했는데, 이는 이를 기계를 자연의 법칙에 결속시켜 영원한 순환의 고리를 창조하는 방법이라고 생각했기 때문이었지만 배설물의 악취가 너무 심해 정신병원의 정신병자들조차 견딜 수 없었고, 병원 측은 하인리히에게 기계 발명보다는 그림을 그리길 권유해 안 그래도 기계를 만들었다 하면 곧장 부수기 일쑤였던 하인리히는 기다렸다는 듯이 망상적이고 소스라치게 매혹적인 그림을 그리며 남은 생을 살았다. 하랄트 제만은 한스 울리히 오브리스트와의 인터뷰에서 자신의 아카이브에는 아르 브뤼에 대한 것뿐 아니라 무용, 영화, 타치노 지역에 대한 것 등 방대한 자료가 있다며 자신은 자신의 자료 사이를 맹인처럼 눈을 감고 돌아다니며 손에 닿는 것을 무작위로 끄집어내는 것을 사랑하지만 이제는 아카이브가 너무 가득 차 그 사이를 걸어 다닐 수 없는 게 아쉽다고 했다. 그는 그럼에도 나는 아직 비전을 갖고 있다는 사실이 자랑스럽습니다,라며 환갑이 지난 지금도 스스로 못질을 한다고 이것은 매우 흥분되는 일이고, 특히 나는 한 번도 부자였던 적이 없고 앞으로도 부자가 될 수 없다는 사실이 너무 신납니다,라는 말로 인터뷰를 마무리한다. 한편 미국의 루셀주의자Rousselian인 윌리엄 클라크William Clark는 레이몽 루셀을 위대하게 만든 것은 그의 작품이 아니라 그의 망상일지도 모른다며 레이몽 루셀은 귀족의 자식으로 태어났지만 전 재산을 자신의 망상에 탕진해 초현실주의자들의 환호를 받았다고 했다. 윌리엄 클라크는 레이몽 루셀의 병적이며 강박적인 언어들은 용도를 알 수 없거나 용도가 없는 복잡한 수중 기계와 비현실적이거나 현실에 존재하지 않는 동물의 형태를 지루하게 묘사하는 데 낭비됐으며, 끊임없이 이어지는 동음이의어는 억지스럽고 부자연스럽기만 해 그의 소설에서는 어떤 감동이나 기쁨, 슬픔 등을 느낄 수 없고 헛웃음이나 졸음만 쏟아질 뿐이라고, 이런 소설을 쓰고도 자신이 빅토르 위고나 쥘 베른이 될 수 있을 거라 착각했다는 게 기가 막힌데, 게다가 루셀은 거금을 들여 자신의 작품을 출판하고 연극을 제작하기까지 했으니 돈 낭비도 이런 돈 낭비가 없다고 했지만 그것이야말로 모든 몽상가가 위대해질 수 있는 지름길이죠,라고 말하며 루셀은 뒤샹의 작품에 나오는 구혼자-기계celibataires-machine로 이 기계는 자기 자신의 비전에 의해 조종당하고 있으며, 그 비전이 루셀을 자살로 몰아넣었지만 그의 주변에 들끓던 초현실주의자들과 다다이스트, 루셀주의자들은 삶을 기계처럼 부자연스럽고 맹목적으로 만든 비전의 우울하고 괴상한 측면에 빠져버린 것 아닐까, 결국 우리를 움직이는 것은 병이 아닐까 하는 생각이 든다고 말했다.

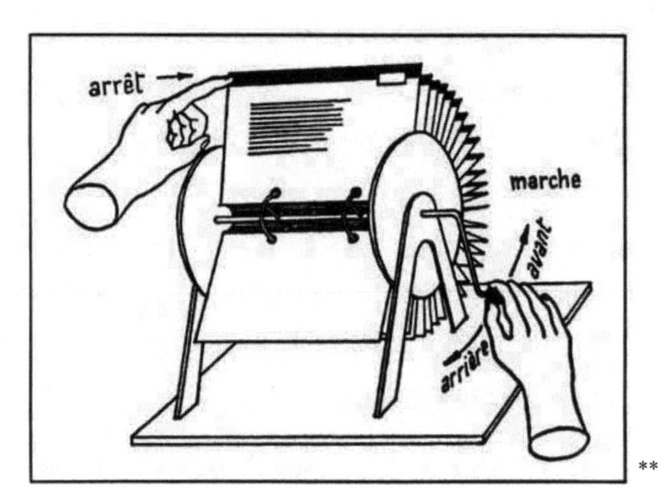

**

Juan Esteban Fassio, 『아프리카의 인상』을 읽는 기계.

치안 요원

만.약.에.우.리.가.비.가.와.도.젖.지.않.고.눈.이.와.도.춥.지.않.고.돈.도.떨.어.지.지.않.고.안.먹.어.도.배.고.프.지.않.고.넘.어.져.도.다.치.지.않.는.다.면.얼.마.나.좋.을.까.요.***

커피 감식가

어제 새벽 이상민의 전화를 받았다. 이상민은 동교동에 있는 이재경의 집에 머물며 서울시에서 하는 광복 70주년 행사를 돕는 중이라고 했다. 그는 조만간 이재경과 한번 보자고, 일이 바쁘지만 시간을 낼 수 있을 것 같다고 말했다. 이재경은 홍콩 부호를 닮은 얼굴의 건축학도로 지금은 대우 인터내셔널에서 상사맨으로 일하며 매년 5~6천의 돈을 벌어들이고 있는 친구인데 한때 나와 같이 살기도 했고(이상민도 같이 살았던 그 집에는 다섯 명의 남자와 한 명의 여자가 살았는데, 한 명의 여자는 다섯 명 중 한 명의 여자친구였다), 내게 라면 한 박스를 선물하기도 했으며, 니가 등단하면 업고 홍대 놀이터를 한 바퀴 돌겠다는 소리를 했던 친구지만 나는 등단했을 때 딱히 재경에게 연락하지 않았다. 재경을 가장 최근에 본 건 반년 전으로 그는 남아프리카공화국으로 파견 나갈지도 모르겠다며 그럼 케이프타운에 와서 글이나 쓰라고 했다. 케이프타운은 세계에서 가장 위험한 도시 중 하나로 대부분의 사람이 총을 들고 다니며 수틀리면 총질을 하고 도적질을 하는 곳인데, 남아프리카공화국은 이를 해결할 능력도 의지도 없지만 자신은 이미 애틀랜타의 현대건설 지점에서 일할 당시 살던 아파트 입구에서 자그마한 흑인에 의해 강도질을 당한 경험이 있었고, 그때 자신의 등에 권총으로 생각할 만한 차가운 금속 물체가 닿았다며 총이 몸에 닿는 것을 상상해보았는지 자신은 오직 한 가지만 생각했다고 혹시 이 멍청한 새끼가 실수로 방아쇠를 당기면 어떡하나, 나를 죽일 생각이 없는데도 총을 다루는 게 서툴러 총알이 발사되면 어떡하나, 애가 나를 죽이려 한다면 어차피 나는 죽는 거지만 죽일 생각도 없는데 오발 사고가 나서 죽으면 어떡하나, 총은 생각이 없고 총은 의지가 없고 총은 실수와 의지를 동일하게 받아들이는 기계니까 이 새끼가 내 지갑을 받아 들다가 아이코 이러면서 방아쇠를 당기면 어떡하나 하는 걱정 때문에 오금이 저렸다고, 지금도 그 생각만 하면 아찔하다고, 그러니까 너도 케이프타운에 올 거면 각오하라고, 너는 의도적으로 죽을 수도 있지만 실수로 죽을 수도 있다고, 꽃가루처럼 날아든 총알에 비명횡사할 수도 있으니 조심하라고 말했다. 나는 재경에게 비명횡사 따위는 전혀 두렵지 않고 케이프타운에 가고 싶다고 답했지만 어쩌면 한 번도 그런 상황에 처해보지 않았기 때문에 나온 말일 수도 있다는 생각을 했다. 내가 케이프타운에 대해 아는 거라곤 영화 「만델라」(2013)와 「디스트릭트 나인」(2009)의 혼합물이 다였고, 그것은 정치적이며 SF적인 혼란, 그러니까 우리가 삶에서 가장 흔히 느끼는 종류의 혼란이었는데 나는 그런 혼란에 별 관심이 없었고, 내가 가고 싶은 나라는 어디인가, 내가 가고 싶은 도시는 어디인가, 나는 정확히 도시에만 관심이 있는데 내가 생각하는 도시란 무엇인가 생각했고, 얼마 전 알게 된 작가 강동주의 개인전 제목이 부도심이었다는 생각이 떠올랐다. 강동주는 그의 동료 이혜진 덕분에 알게 된

화가로 사실 안다고 말하기엔 전혀 모른다 쪽에 가까우며 그의 동료인 이혜진 역시 안다고 말하기엔 전혀 모른다고 하는 편에 가깝지만 우리는 함께 뭔가를 하기로 해서 나는 최근에 내가 본 야하의 하이쿠와 루소의 『고백록』 중 일부를 그들에게 소개했는데, 그들은 거기에 흥미를 표해 우리는 그냥 뭔가를 해도 되겠다, 모르는 사람들도 뭔가를 할 수 있구나, 뭔가를 하기 위해 꼭 뭔가를 알아야 하는 것은 아니다라는 생각을 했고, 결국 뭔가를 알긴 알아야 하는구나라는 생각을 하게 됐지만 그럼에도 우리는 무엇을 알고 무엇을 몰라도 되는가, 우리가 알아야 하는 것의 가장 적절한 수위는 무엇인가라는 생각을 했는데, 이는 얼마 전에 본 영화 「안더스, 몰루시아Differently, Molussia」(2011)의 주요한 모티프를 이루는 것으로 「안더스, 몰루시아」의 감독 니콜라 레Nicolas Rey는 영화의 원작인 귄터 안더스Günther Anders의 소설 『몰루시아의 카타콤*The Molussian Catacomb*』(1932)을 읽지 않고 영화를 만들었다고 했다. 『몰루시아의 카타콤』은 독일어로 씌어졌고, 프랑스인인 니콜라 레는 독일어를 모르니 번역된 적이 없는 이 소설을 니콜라 레가 읽지 못한 것은 당연한 일이지만 읽지 못한 소설을 원작으로 영화를 만드는 일은 당연한 일이 아닐지도 모른다. 『몰루시아의 카타콤』은 가상의 파시즘 국가 몰루시아의 감옥에 수감된 죄수들의 파편적인 기억과 일화로 구성된 소설로 귄터 안더스는 아내인 한나 아렌트와 히틀러를 피해 프랑스로 달아나 책을 출간했는데, 그때 이미 게슈타포의 마수가 유럽 곳곳으로 뻗쳐 있어 귄터 안더스는 『몰루시아의 카타콤』을 랩으로 포장한 후 인도네시아의 환상적인 섬 몰루시아 여행! 책자로 속여서 팔 수밖에 없었다. 그러나 이 속임수가 너무 그럴듯한 나머지 게슈타포뿐 아니라 귄터 안더스와 문학에 관심 많은 독자들마저 『몰루시아의 카타콤』을 허접한 여행 책자로 착각했고, 책은 검열을 피했지만 판매도 완벽하게 피한 채 역사의 저편으로 사라졌다. 귄터 안더스는 2차 대전이 시작되기 직전 다시 미국으로 도망치며 소설의 나머지 부분을 집필해 기존에 출판한 분량의 세 배를 더 썼으나 전쟁은 생각보다 오래 지속됐고 그 어떤 상상보다 끔찍하게 전개되어 히틀러가 죽고 난 뒤에 귄터 안더스의 일부도 함께 죽어버려 귄터 안더스는 더 이상 소설 따위는 쓰지 않고 믿지 않는 비관론자가 되었다. 그는 이후 현대 미디어에 대한 비난, 특히 TV를 맹렬히 비난하는 절망적인 철학자로서의 작업을 수행하며 남은 삶을 살았고, 자신의 작품 『몰루시아의 카타콤』 따위는 완전히 잊어버려 『몰루시아의 카타콤』은 귄터 안더스가 죽은 1992년에야 다시 출간될 수 있었는데, 니콜라 레는 2001년에 친구인 유타와 캐럴의 소개로 『몰루시아의 카타콤』에 대해서 알게 되었다고 자신의 제작노트에서 말하며 읽지 않은 책을 사랑하는 것이 가능하냐는 의문이 있을 수 있지만 그것은 믿음의 문제다, 우리가 무언가를 읽었기 때문에 사랑한다면 그것은 사랑하지 않는 것입니다,라고 말했다. 「안더스, 몰루시아」는 여덟 개의 단편과 한 개의 간주로 구성된 16밀리미터 필름 영화로 니콜라 레는 자신의 전작 「슈스!Schuss!」(2005)의 독일어 자막을 만든 지인 페터 호프만Peter Hoffman을 데려와 마음에 드는 부분을 골라 읽으라고 하고 그 모습을 촬영했으며, 자신은 동료인 나탈리와 카메라를 들고 거리로 나가 이곳이 몰루시아다, 몰루시아는 여기에 있다라고 스스로에게 최면을 걸며 냇가와 바다, 강과 교외의 주택, 지붕과 도로를 찍었다고 『센스 오브 시네마Senses of Cinema』의 대런 휴스Darren Hughes와 한 인터뷰에서 말했다. 이렇게 만들어진

아홉 개의 16밀리미터 필름은 상영 때마다 무작위로 틀어야 합니다, 이 영상들에는 순서가 없고 위계가 없습니다, 그것은 도시의 특징입니다, 그것이 몰루시아의 삶입니다, 정확히는 몰루시아의 감옥에서의 삶입니다, 몰루시아의 감옥에서 구성한 감옥 밖에서의 삶입니다, 「안더스, 몰루시아」의 상영 방법은 36만 2,880개입니다라고 말하며 지금은 모든 사람이 모든 영화를 디지털로 볼 생각만 하고 있는데 이것은 역겨운 전체주의와 다를 바 없습니다, 제 영화를 그렇게 틀겠다고요? 천만에요! 저는 레지스탕스입니다, 당신이 보고 싶은 게 있다면 당신은 그것을 지켜야합니다라는 말로 인터뷰를 마무리 짓는다.

역장

톰 매카시의 소설 『찌꺼기』(2010)의 주인공은 삶의 어느 순간을 완벽하게 재현하려는 망상에 빠진 인물로 소설의 결말에서 하이재킹을 시도한다. 공항에선 당장 귀환하라는 교신이 오고 기장은 그 명령에 따르지만 주인공은 다시 기수를 틀라고 명령한다. 비행기는 공항과 목적지 사이를 8자를 그리며 맴돈다. 기장은 주인공에게 묻는다. 이제 어떻게 합니까. 주인공이 말한다. 뭘? 우리 말입니다, 비행기요.

장의사

뒤샹은 1912년 봄에 레이몽 루셀의 연극 「아프리카의 인상」을 봤다. 「아프리카의 인상」은 루셀의 소설 『아프리카의 인상』을 각색한 연극으로 루셀은 에드몽 로스탕의 조언을 받아 제작했다. 당시 에드몽 로스탕은 연극에 동물을 출연시키는 취미를 가지고 있었는데, 그것은 일종의 서커스이자 동물원을 연상시켰고 프랑스뿐 아니라 영국, 미국 등에서도 화제를 모았다. 그는 동물을 단순히 출연시키는 게 아니라 동물과 함께 놀며 동물과 사랑을 나누고(섹스 또는 오럴섹스), 동물과 대결을 했으며(다리 절단 또는 목을 물린 조련사), 동물과 대화를 나눴다(최초의 애니멀 커뮤니케이터 사라 베르나르). 그의 대표작 「샹트클레르Chantecler」(1910)는 동물을 주인공으로 한 우화극으로 농장 마당에서 사육되는 수탉과 암탉, 꿩, 지빠귀, 양치기 개 등이 등장하는데, 에드몽 로스탕은 처음에는 분장한 배우들을 등장시켜 인기를 끌었지만 다섯번째 공연부터 실제 닭·개·새·꿩을 무대에 올렸으며, 동물들의 연기로 한 시간 넘게 공연을 지속했다. 관객들은 욕을 하고 물건을 집어 던지는 등 난리가 났지만 에드몽 로스탕은 샹트클레르 역할을 맡은 수탉이 방금 명연을 펼치는 걸 못 봤냐고 사라 베르나르가 동물들의 답답한 심경을 번역해줄 것이라고 우기며 무지한 동물 혐오자들과 맞섰다. 그는 「샹트클레르」의 스캔들 이후 과거의 인기를 유지하지 못하고 몰락하게 되는데 순진한 레이몽 루셀 역시 에드몽 로스탕의 꾐에 넘어가 「아프리카의 인상」의 공연에 동물을 올리는 바람에 함께 망조의 길로 들어서게 된다. 에드몽 로스탕은 왜 연극에 동물을 등장시켰는가, 그건 스캔들을 일으키고 싶은 욕심이 아니었는가라는 질문에 당신은 애견인이 아니군요, 저는 동물이 가진 권능과 그들의 육체와 언어를 신뢰하는 단계에 이르렀습니다, 다만 그것이 한때라는 사실을, 공중부양처럼 그러한 경험은 공유될 수 없고 나눌 수 없다는 사실을 몰랐을 뿐입니다라고 말했다고 레이몽 루셀은 말하며, 그 말의 뜻을 깨달았을 때 나는 이미 빈털터리가 된 채 팔레르모의 '종려나무 호텔Grand Hôtel et des Palmes'에서 자살을 준비하고 있었다. 나는 평생 엄청나게 싸돌아다녔지만 소설에는 그 어떤 여행의 경험도 쓰지 않았다,고 자서전 『나는 어떻게 이런 종류의 책을 썼는가*Comment j'ai écrit certains de mes livres*』(1935)에 썼다. 미셸 레리스는 『루셀과의 동행*Raymond Roussel et compagnie*』(1998)이라는 책에서 루셀은 어딜 가나 자신이 미리 염두에 둔 것만 봤다고, 그건 자기 자신을 본 것이거나 스스로의 환상을 본 것이라고 말했다. 미셸의 아버지인 유진은 루셀 가문의 회계사였는데 루셀이 종려나무 호텔에서 바르비투르산염을 마시고 죽게 된 것은 필연적인 결과였고, 루셀 가문 사람들은 대부분 정상이 아니며 다양한 종류의 약을 복용하고 있었다고 말하며 아들에게 미친 자들을 너무 가까이 하지 말라고 했으나 미셸은 바타유나 앙드레 마송과 어울리며 결국 자기 자신을 보거나 스스로의 환상을 보는 작가가 되고 말았다. 레이몽 루셀은 자서전에 자신에게 남은 건 죽음 이후 부활할 거라는 희망뿐이다라고 썼다. 나는 그가 레저렉티느를 맞고 죽음에서 돌아오면 인생의 어떤 시점을 반복할 것인지 생각했다. 백 년이 지난 지금도 위고나 쥘 베른처럼 되지 못했다는 사실에 절망할 것인가, 망상은 죽음 이후에도 계속되는가, 그렇다면 죽음을 넘을 수 있는 유일한 방법은 병에 걸리는 것이 아닌가. 플로베르는 1847년 편지에 자신은 잠을 자거나 담배를 피우듯 나 혼자만을 위한 글을 씁니다라고 썼다. 우리는 묘지 위를 걷습니다. 나는 한 사람의 인간-펜입니다. 나는 바위입니다.

* http://www.warholstars.org/abstractexpressionism/timeline/abstractexpressionism42.html

** http://www.paoloalbani.it/Rousselrelazione.html

*** 김범, 「무제(뉴스)」(5/7), 2002, 싱글채널 DVD, 나무테이블, 107*122*8.

선정의 말

—

정지돈이 「나는 카페 웨이터처럼 산다」에서 사용하고 있는 소설적 장치들을 완전히 새로운 것이라고 말할 수는 없다. 아방가르드와 보르헤스 이후로, 소설이라는 장르에서 새로운 기법이 탄생하기란 낙타가 바늘구멍에 들어가는 것만큼이나 힘든 일일 테니까. 그러나 정지돈(그리고 그의 '후장사실주의자' 동료들)의 최근 소설들을 읽다 보면 두둔하고 싶을 만큼 매혹적인 무언가가 그에게는 있다. 그것은 '후카시(ふかし) 잡다'(사실주의에도 후장이 있다고 주장하는 이들이니 그들이 이 말을 크게 불편해하지는 않으리라 믿는다)라는 말의 의미에 가장 적합해 보이는 어떤 문학적 태도다. 경멸적인 의미에서 하는 말이 아니다. 실은 아방가르드야말로 '예술의 품 재기'가 아니었던가. 예술적 행위에 대한 맹목적인 열정, 무리를 이룬 (소수) 동료들에 대한 한없는 신뢰, 관습을 참지 못하는 끝없는 지적 탐식, 과음과 과언, 이런 것들이 그 품 재기의 내용들이다. 그러니까 정지돈의 소설은 다시는 불가능할 것 같던 예술상의 아방가르드를 우리 시대에 부활시키려는 시도처럼 읽힌다.

전망이 그리 밝지 않다는 걸 그도 그의 동료들도 잘 알 터인데, 아방가르드가 관습이 된 건 이미 오래전 일이고, 시절 또한 20세기 초반과는 많이 달라서 전위에 대해 결코 우호적이지 않기 때문이다. 그러나 실은 바로 그 이유 때문에, 그가 잡는 후카시는 더 매혹적이다. 그것은 마치 불운한 결말을 알면서도 끝을 향해 유쾌하게 달려가는 비극의 주인공에게서 느껴지는 어떤 분위기와 흡사하다. 후회하지만 않는다면 그의 문학은 영웅적일 것이다. **김형중**

2016년 1월

이달의 소설

사랑

오한기

1985년 안양에서 태어났다. 2012년 『현대문학』으로 등단했고, 소설집 『의인법』이 있다.

작 가 노 트

탄생 → (죽음) → (환생) → 죽음

●••

H의 소설에는 내가 나온다. 그 소설에는 내가 그에게 한 이야기들과 공개하고 싶지 않은 사생활들이 여과 없이 들어가 있었다. 게다가 결말은 내가 아는 소설 중 가장 우울했다. 화자가 분홍색 팬티를 입은 뚱뚱한 게이에게 강간을 당한 뒤 처참하게 살해된 것이다. 당연히 나는 H에게 화를 냈다. 내 인생이 H의 소설처럼 흘러갈 것 같은 느낌이 들어서 불길했다. 사실 그렇게까지 화를 낼 만한 일이 아니라는 것 정도는 알고 있었다. 기본적으로 소설은 누군가(나)의 이야기를 누군가(나)에게 들려주는 것이기 때문이다. 더군다나 이런 일은 부지기수였다.

그럼 로베르토 볼라뇨의 「엔리케 마르틴」은? 엔리케 마르틴이란 친구에 대한 소설이잖아.

H도 그 사실에 대해 알고 있었다.

네 마음을 다치게 한 건 미안하지만, 내가 잘못했다고는 생각하지 않아. 지금도 그렇고 앞으로도 그럴 거고.

H가 덧붙였다.

발표하기 전에 동의라도 구했어야지.

내가 왜? 그리고 결정적으로 아무도 이게 너인 줄 모를 거야.

이 말이 나를 더 화나게 만들었다.

분홍색 팬티를 입은 뚱뚱한 게이가 누구야? 네 애인이라도 돼?

얼마 뒤 그 소설을 읽은 몇몇 친구들이 키득거리며 연락을 해왔다.

공산당 같은 새끼.

나는 H에게 전화를 걸어 이렇게 소리를 질렀다. 내 입에서 왜 그런 말이 나왔는지는 아직도 잘 모르겠다.

실직 → 이혼 → 발기부전 → 탈모 → 정신분열 → 강간 → 죽음

그 이후 기분 탓인지 내 인생은 그 빌어먹을 소설대로 풀리기 시작했다. 그 소설의 저주대로 좋지 않은 일이 연달아 일어났다. 급기야 직장에서 쫓겨나고 이혼까지 했다. 나는 직장과 가정생활에서 각각 사회부적응자와 정신이상자로 낙인찍혀버렸다.

넌 소설가잖아.

근본적인 이유는 둘 다 이랬다. 억울한 척했지만 일부 사실도 있었다.

그 뒤로는 차례로 발기부전과 탈모가 왔다. 게다가 콜레스테롤 수치가 급격하게 치솟아 반강제로 금연을 했고 그 여파로 살이 좀 불어났다. 무라카미 하루키가 금연으로 살이 붙어서 이대로 뚱뚱한 소

설가가 될 수 없다며 마라톤을 하기 시작했다는 사실을 어디선가 들은 적이 있었다. 나도 밤마다 인근 초등학교 운동장을 달리기 시작했다. 흙바닥에서 로퍼를 신고 뛰느라 무릎이 망가졌고 그 뒤엔 디스크까지 오는 바람에 하루 종일 누워 있어서 살이 더 쪄버렸지만 말이다. 인간 노릇만큼 힘든 건 없었다.

그 기간 동안 나는 침대에 엎드린 채 H가 나오는 소설을 썼다. 그 소설의 결말은 당연히 H의 죽음이었다. H는 분홍색 팬티를 입은 뚱뚱한 게이로 나왔는데, 자신의 생식기를 입에 넣기 위해 갖은 노력을 하다 허리가 꺾인 채 죽어버렸다. 소설을 발표한 뒤 H에게 전화가 왔다.

공산당 같은 새끼, 죽여버릴 거야.

H가 악을 썼다. 이게 벌써 작년에 있었던 일이었다. 나와 H는 여태까지 살아 있었고, 소설이 아니더라도 우리 인생의 결말이 죽음이라는 건 불 보듯 뻔했다.

지금도 그렇지만 그 무렵 나는 더욱 비참한 인생을 살고 있었다. H의 소설 핑계를 대지 않더라도, 내 의지대로 되는 일은 단 하나도 없었다. 그나마 이루어지는 건 마음먹은 것도 마음먹지 않는 것도 아니었다. 내게는 나와 관련이 없는 일만 일어났다. 모르긴 몰라도 내 인생의 주인공이 내가 아닌 것만은 확실했다.

마침내 나는 희망을 버리고 모든 걸 포기하고 말았다. 이윽고 H의 소설에 언급된 정신분열 증세가 슬금슬금 다가왔다. 대인기피증과 우울증에 시달린 것이다. 나는 삶을 체념한 채 죽음을 기다렸다. 그러나 분홍색 속옷을 입은 뚱뚱한 게이 따위는 오지 않았다. 헛웃음이 비집어 나왔다. 이제 죽음 하나 남았는데 그마저도 마음대로 되지 않는다니. 문득 이러다가 방심하고 있을 때 죽음이 갑자기 다가올지 모른다는 생각이 스쳐 지나갔다. 나는 서둘러 유작을 구상하기 시작했다.

다행히 유작이라면 예전부터 생각해둔 게 하나 있었다. '사랑'이라는 제목의 소설을 쓰는 것이다. 이 결심을 한 건 재작년에 유리 올레샤의 「사랑」을 읽고 난 뒤였다. 다른 이유는 없다. 인간의 대표적인 특성 중 하나인 사랑을 다룬 유리 올레샤의 소설이 제법 근사하게 느껴졌고, 나도 인간이자 소설가라면 죽기 전에 '사랑'이라는 제목의 소설을 하나쯤은 갖고 싶었을 뿐이다. 그게 바로 이 소설이다.

유리 올레샤와도 이 소설을 완성하기로 약속했다. 유리 올레샤는 1960년에 죽었다. 나는 유리 올레샤가 죽고 20년이 흘러서야 이 세상에 태어났다. 그렇지만 우리는 내가 '사랑'을 읽은 뒤로 가끔 텔레파시를 주고받는 사이였다.

유리 올레샤! 나는 약속을 꼭 지킬 것이다!

나는 틈날 때마다 유리 올레샤에게 텔레파시를 보냈다.

머저리 같은 놈, 내가 죽었다고 몇 번을 말해!

이게 유리 올레샤가 남긴 마지막 말이다.

유리 올레샤의 「사랑」은 사랑에 빠진 남자 슈발로프의 이야기다. 사랑의 대상은 여자 레일라다. 슈발로프와 레일라, 즉 남녀 간의 일반적인 사랑을 문학적으로 형상화한 것이다. 그러나 여태까지 내가 쓴 소설들을 돌이켜 봤을 때 이 소설은 일반적인 사랑 이야기로 흘러가지 않을 확률이 높다. '사랑'이라는 제목을 붙이기는 했지만 사랑과 전혀 관련 없는 이야기가 될지도 모른다. 무슨 말인지 이해하기 어렵다면 더 이상 이 문제에 대해 생각하지 않아도 좋다. 이 소설이 앞으로 어떻게 흘러갈지는 나 자신도 모르는 데다가 알더라도 그건 전혀 중요한 게 아니니까.

그래도 '사랑'이라는 제목에 어울리는 이야기를 해보자면 홍학을 빼놓을 수 없다. 나는 한동안 홍학과 사랑에 빠져 있었다. 한때 지겨울 만큼 홍학에 관심이 많았던 것이다. 오죽하면 『홍학이 된 사나이』라는 경장편을 쓸 정도였다.

내가 홍학에 집착했던 이유는 아직까지 수수께끼다. 어쩌면 이미 그때부터 정신분열증을 앓고 있었는지도 모른다. 공산당 같은 새끼. 생각난 김에 H에게 문자 메시지를 남겼다.

사실 나는 홍학에 대해 아는 게 전혀 없었다. 심지어 어렸을 때부터 조류를 끔찍이 싫어했다. 지금껏 홍학이 학과 비슷하게 생겼고, 빨간 깃털을 지니고 있으며, 영문 이름이 플라밍고라는 것 정도밖에 모른다. 전처가 농담 삼아 자신보다 홍학을 더 좋아하는 거 아니냐고 묻곤 했던 게 기억난다. 고백하건대, 그 무렵 나는 전처와 섹스를 할 때마다 암컷 홍학을 상상했다.

끼룩, 끼룩, 끼룩, 끼룩.

언젠가 한번은 절정에 달했을 때 이렇게 부르짖은 적도 있다. 그런데 홍학이 이렇게 울었었나?

끼룩, 끼룩, 끼룩, 끼룩.

어쨌든 그러자 전처도 홍분에 달아올라 이렇게 대답했다. 그때 우리는 행복한 홍학들이었다.

끼룩, 끼룩, 끼룩, 끼룩.

전처와 헤어질 때도 나는 이렇게 말했다. 전처는 고개를 절레절레 흔들며 뒤로 돌아섰다.

시간이 좀 흐르자 홍학에 대한 관심은 동물 전체로 옮겨갔다. 결국엔 동물원에 가서 동물들의 울음소리를 녹음하는 데 이르렀다. 집에 와서는 밤새 녹음을 듣고 받아썼다. 정신을 차리고 보니 노트 다섯 권에 동물 울음소리가 가득 씌어져 있었다. 돌이켜보면 이 노트들을 들킨 게 이혼의 서막이었다. 전처는 나와 계속 살다간 진짜 홍학이 돼버릴지도 모른다고 흐느꼈다.

끼룩, 끼룩, 끼룩, 끼룩.

나는 홍학처럼 한 다리를 든 채 전처를 타일렀다. 이게 전처에 대한 마지막 기억이다.

이혼한 뒤 나는 조금 더 심각해졌다. 홍학뿐만 아니라 다른 동물 흉내도 내기 시작한 것이다. 발톱으로 온몸을 벅벅 긁으며 침대 위를 뒹굴었고, 밥그릇에 수북이 음식을 담아 핥아 먹었다. 개미핥기처럼 긴 혀를 갖기 위해 하루 종일 혀를 내빼고 있었고, 길을 걸을 때는 엎드려서 네 발로 걸었다. 책을 읽을 때면 음메음메 거리기도 했다. 잠깐, 키위새는 어떻게 울지? 물방개는? 장만옥이 키웠다던 악어는? 다섯 살 때 키웠던 마르티스 해피는? 해피는 우리 가족이 외출을 하고 돌아왔을 때 담요 위에서 죽어 있었잖아. 나는 그 뒤로 개를 만지지 않는다.

물론 지금은 정상이다. 홍학에도 관심이 없다. 더 이상 동물 울음소리를 받아쓰지도 않는다. 동물 흉내를 내는 것처럼 이상한 행동도 하지 않는다. 가끔 돈도 벌었고, 인간과만 섹스를 했으며, 밤마다 운동도 한다. 잠을 자다가 새벽에 깨어나면 귀뚜라미를 찾는다. 그나저나 귀뚜라미는 어떻게 울지? 귀뚤귀뚤.

특히 나는 돼지 울음소리를 영어로 내는 것을 좋아했다.

오잉크. 오잉크.

이렇게 말이다. '오잉크'라고 발음할 때 동그랗게 모아지는 입 모양이 엄마의 모유처럼 포근하게 느껴졌다. '이응'이 연달아 발음되는 걸 들을 때면 텅 빈 지하철을 탈 때처럼 마음이 편해졌다. 왠지 나를 스쳐 지나간 여자들의 젖가슴이 떠올라 가슴이 뭉클해지기도 했다. 돼지 살갗을 연상시켜서 묘하게 흥분되기도 했다. 언젠가 나는 폰섹스 상대에게 이 소리를 내달라고 하기도 했다.

뭐라고요?

전화기 너머에서 상대가 신음을 멈추고 되물었다. 그녀의 간절한 연기에도 내 성기는 전혀 발기되지 않고 있었다.

인간의 신음소리가 아니라 오잉크 오잉크 이렇게 울어달라고. 돼지처럼 말이야.

내가 말했다.

내가 왜요?

돈을 지불했으면 이 정도는 해야지.

내가 말했다. 상대는 말이 없었다.

오잉크. 오잉크. 따라해봐.

싫어, 이런 돼지 같은 놈.

한동안 묵묵부답이던 상대는 이렇게 쏘아붙이며 전화를 끊었다.

이런 돼지 같은 놈.

나는 핸드폰을 내려놓고 그 여자의 목소리를 따라했다.

오잉크. 오잉크. 이런 돼지 같은 놈들. 오잉크. 오잉크.

내 목소리는 방을 가득 채웠다. 책상 위에 켜켜이 쌓여 있는 책들이 내 목소리에 흔들리는 것처럼 느껴졌다.

오잉크. 오잉크. 오잉크. 오잉크. 이런 돼지 같은 놈들. 오잉크.

오잉크.

나는 소리를 질렀다. 내 성기는 점점 부풀어 오르고 있었다. 이 부푼 돌기 덩어리가 내 전부인 것처럼 느껴졌다.

얼마 지나지 않아 나는 이 세계를 잠시 떠나 있기로 했다. 이왕 죽음을 각오한 마당에 못할 게 없었다. 내 의지대로 움직이는 세계를 만들기로 결심한 것이다. 무대는 당시 전세 들어 살고 있던 역촌동 투룸 빌라였다. 나는 퇴직금을 탈탈 털어 인터넷에서 고등학교를 갓 졸업한 여자아이를 고용했다. 그녀는 대학 진학을 포기하고 전투기 조종사가 되기 위해 돈을 모으고 있었다. 그녀는 애석하게도 대학교에 진학하지 못하면 조종사가 될 기회가 주어지지 않는다는 것을 모르고 있었다. 설혹 대학에 진학할 수 있는 자격이 된다고 해도 내게 받는 돈으로는 등록금을 내는 데 턱없이 부족하다는 것도 모르고 있었다. 그녀의 인터넷 카페 닉네임은 루돌프였다. 그녀는 자신의 생일이 크리스마스라 닉네임을 루돌프라고 지었다며 앞으로도 자신을 루돌프라고 불러달라고 했다. 자기소개가 끝난 뒤 루돌프는 내 표정이 침울해 보인다며 머지않아 더 좋은 기회가 생길 거라고 위로했다. 이게 인간으로서 루돌프의 마지막 말이었다. 나는 루돌프의 말을 충분히 들어준 뒤 화장을 지우게 하고 옷을 전부 벗겼다. 그렇게 한동안 루돌프를 감상한 뒤엔 조건을 달았다.

그래, 루돌프. 이제 넌 두 가지만 하면 돼. 오럴섹스와 돼지 흉내. 어때? 간단하지?

빠는 건 자신 있는데 돼지 흉내는 어떻게 하는 거지요?

루돌프가 히죽댔다. 내 말이 농담인 줄 아는 모양이었다.

말 그대로 돼지 흉내.

내가 대답했다.

이렇게 하면 되나요? 꿀꿀.

루돌프가 이렇게 말하면서 손으로 돼지 코를 만들었다. 엎드리더니 네 발로 온 집 안을 기어 다니며 하얗고 통통한 엉덩이를 흔들기도 했다. 내 눈치를 살피더니 한술 더 떠 여기저기 오줌도 싸고 그 위에서 뒹굴기도 했다. 나는 잠시 루돌프의 모습을 지켜봤다. 그리고 손짓을 해서 루돌프를 불렀다. 루돌프는 내 곁으로 다가왔다.

꿀꿀.

루돌프가 내 무릎에 얼굴을 비볐다. 나는 루돌프를 내려다봤다. 루돌프는 미소를 지었다. 나는 루돌프의 머리채를 움켜잡았다. 루돌프가 겁먹은 표정으로 나를 올려다봤다. 나는 루돌프의 뺨을 때렸다. 루돌프의 눈에서 눈물이 한 방울 흘러내렸다. 나는 다시 한 번 루돌프의 뺨을 때렸다. 그때서야 루돌프는 상황 파악을 했는지 환한 웃음을 지었다.

루돌프, 꿀꿀이 아니란 말이야. 오잉크. 오잉크. 이런 소리를 내는 거야. 오잉크. 오잉크. 해봐. 오잉크. 오잉크.

내가 말했다.

오잉크요?

루돌프가 되물었다.

돼지 흉내 말이야. 영어로. 오잉크. 오잉크. 따라해봐. 조종사가 되려면 간단한 영어 정도는 할 줄 알아야 한다고.

오잉크. 오잉크. 이렇게요?

그렇지. 오잉크. 오잉크.

오잉크. 오잉크.

루돌프는 이렇게 말하며 깔깔 웃었다.

너무 재미있는데요?

루돌프가 말했다. 나는 루돌프를 걷어 찼다. 루돌프가 비명을 질렀다.

내가 뭐라고 하든지 루돌프 너는 오잉크 오잉크,라고만 하란 말이야.

내가 말했다. 루돌프는 고개를 끄덕였다. 나는 몇 대 더 때렸다.

오잉크. 오잉크.

루돌프가 말했다. 그제야 루돌프는 내 말을 완전히 이해한 것 같았다. 루돌프는 한동안 고개를 숙인 채 훌쩍대고 있었다. 나는 바지를 벗고 루돌프에게 성기를 건넸다. 루돌프는 잠시 주저하더니 금세 돼지처럼 쩝쩝거리면서 내 성기를 맛있게 빨아 먹었다. 나는 만족했다. 앞으로도 루돌프를 내 마음대로 다룰 수 있다는 자심감이 생겼기 때문이었다.

루돌프는 곧 돼지가 돼버렸다. 처음에는 조금 힘들어하더니 결국 완벽하게 적응한 것이다. 인간은 적응의 동물이다. 마음만 먹으면 충분히 돼지로도 변할 수 있다. 이 사실을 깨달은 건지도 모른다. 언제부턴가 루돌프는 이 생활을 즐기기 시작했다. 실오라기 하나도 걸치지 않은 채 알몸으로 지냈고, 배고프거나 졸리면 울거나 그 자리에 누워 잤고, 똥오줌도 아무 데나 쌌고, 주는 대로 게걸스럽게 먹어치웠다. 목욕도 하지 않았고, 화장도 하지 않았다. 아무런 불평도 없이 거실 한편에서 먹고 자고 싸고 요청하면 내 정액도 빼주었다.

루돌프, 돈은 이제 그만 주어도 되지? 내가 너를 이토록 행복하게 만들어주었잖니. 오히려 돈은 네가 내게 줘야지.

나는 가끔 농담을 던졌다.

오잉크. 오잉크.

그러면 루돌프는 행복에 겨운 소리를 했다.

정신을 차리고 보니 루돌프와 함께 산 지 한 달이 지나 있었다. 나는 루돌프를 위해 나무판자로 튼튼한 돼지우리를 지어주었다. 우리 속에는 푹신푹신한 매트리스와 따뜻한 이불을 깔아주었다. 밥통도 만들어주었고 전용 변기도 설치해주었다. 저금통도 만들어서 삽입 섹스를 하거나 특별히 말을 잘 들을 때마다 용돈을 넣어주었다. 우리 입구에는 〈유리 올레샤의 하루〉라고 적어두었다. 아주 마음에 들었다.

그날부터 나는 〈유리 올레샤의 하루〉에서 루돌프와 함께 생활했다. 옷을 홀딱 벗고 몸을 부비며 나란히 누워서 잤다. 영화도 같이 보고 음식도 나눠 먹고 마음이 내키면 밤새 섹스도 했다. 돈을 모아서 산토리니나 로마로 휴가를 가자는 약속도 했다.

우리 속에만 있으니까 답답하지 않아?

그러던 어느 날 문득 이런 생각이 들었다. 생각해보니 루돌프는 여기 온 뒤 거실 밖으로 나간 적이 없었다. 루돌프도 내 생각에 동의했다. 나는 루돌프의 목에 목줄을 묶었다. 그리고 루돌프와 함께 온 집 안을 돌아다니기 시작했다.

오잉크. 오잉크.

루돌프는 오랜만에 여기저기 돌아다니니까 기분이 좋다고 했다. 나도 몸을 움직이니까 상쾌해졌다. 땀이 나니 몸에 활기도 돌았다. 사람을 만날 용기가 생겼다. 그들과 어울릴 수 있다는 자신감도 생겼다. 대인기피증이 사라졌다고 여겨질 정도였다. 나는 밖에 나가고 싶다고 했다. 루돌프도 좋아했다. 나는 남아 있는 두려움을 떨쳐내기 위해 바깥세상을 상상하며 이런저런 상황들을 연습했다. 상점에서 무언가를 구입한다든지, 친구를 만나 수다를 떤다든지, 행인에게 길을 묻는다든지, 이처럼 흔히 겪을 수 있는 일상들 말이다. 특히 어렵게 여겨졌던 건 사람이 많이 모인 곳에 가는 것을 상상할 때였다. 그럴 때면 루돌프와 함께 사람이 가득한 카페에 들어서는 장면을 되풀이해 연습하며 마음을 가다듬곤 했다.

돼지는 어디에 앉아야 합니까?

카페에 들어가서 내가 묻는다. 루돌프는 내 곁에 얌전히 앉아 있다.

어머, 웬 돼지예요?

점원이 루돌프를 보고 놀라서 묻는다. 카페에서 커피를 마시거나 이야기를 나누는 사람들도 모두 루돌프를 보고 놀란다.

루돌프요!

내가 대답한다.

루돌프요? 크리스마스 때 산타 할아버지와 함께 날아다니는 루돌프요?

산타와 루돌프가 있다는 걸 아직도 믿습니까? 순진하시긴. 그리고 그 루돌프는 순록이에요. 얘는 순록이 아니라 돼지 루돌프!

내가 대답한다.

루돌프! 네가 돼지라는 걸 보여드려! 우리가 전혀 이상하지 않다는 걸!

내가 루돌프에게 지시한다.

오잉크. 오잉크.

루돌프가 돼지 소리를 내며 자신이 돼지란 걸 증명한다. 사람들이 환호성을 지르며 박수를 친다. 루돌프는 우쭐해져서 침도 흘리고 똥도 싼다. 그러자 점원이 친절하게 자리로 안내해준다. 사람들이 지나가는 루돌프를 쓰다듬는다. 몇 번을 반복해 연습하다 보니 머릿속에서만큼은 〈유리 올레샤의 하루〉와 바깥 세계는 아무런 충돌도 일으키지 않았다. 오히려 서로 비슷하다는 느낌조차 들 정도였다.

그로부터 열흘 뒤였다. 그날 밤 우리는 밖으로 나갔다. 그동안 연습을 충분히 해서 자신감이 붙은 상태였다. 나는 루돌프의 목줄을 잡고 밤거리를 걸어 다녔다. 루돌프는 신이 나서 킁킁거리며 날뛰었다. 초가을이라 밤에는 제법 추웠다. 나는 외투까지 걸쳤지만 루돌프는 알몸이라 조금 추워했다. 자정에 가까운 시간이라 그런지 아무도 없었다. 밤하늘은 예전처럼 어두웠고, 나는 금세 예전처럼 외로워졌다. 우리는 서둘러 번화가에 있는 카페에 들어갔다. 그러나 연습과 달리 점원은 잠시 놀란 기색을 보였을 뿐 우리를 본체만체했다. 우리는 음료를 주문한 뒤 자리에 앉았다. 다른 사람들 역시 우리에게 아무 말도 건네지 않았다. 우리를 흘긋거리며 수군거릴 뿐이었다.

미친놈들.

그때 옆에 앉은 남자가 우리를 보고 중얼거렸다.

오잉크. 오잉크.

나는 반가워서 이렇게 대답했다.

오잉크. 오잉크.

루돌프도 맞장구쳤다. 우리는 그 남자와 대화를 나누기 위해 자리에서 일어났다. 남자는 사색이 돼 비명을 지르며 카페를 빠져나갔다. 조금 있다가는 우리가 달아나야 했다. 점원의 신고를 받은 경찰이 우리를 잡기 위해 카페에 들어왔던 것이다.

오잉크. 오잉크.

경찰을 따돌린 뒤 쓸쓸한 마음이 들어서 우리는 입을 모아 노래를 불렀다. 이대로 집에 가는 게 왠지 아쉬워서 공원에 들렀다. 공원을 거닐다가 인공 연못 앞에 걸터앉아서 바람을 쐬었다. 밤이 깊어지자 날이 더욱 추워졌다. 루돌프의 살갗에 소름이 돋았다. 루돌프는 몸을 오들오들 떨었다. 나는 루돌프를 꼭 안아주었다. 루돌프는 내 옆에 웅크리고 앉아 꾸벅꾸벅 졸았다. 나는 루돌프를 어루만지며 연못을 바라봤다. 가로등 조명에 비친 연못의 수면이 황홀하게 빛났다. 연못에는 여러 빛깔의 잉어들이 떠다녔다. 잉어들 사이로 꾸물거리는 길쭉한 생명체가 하나 보였다. 자세히 보니 알몸의 남자가 잠영을 하고 있는 것이었다. 그때 그 남자가 돌고래처럼 솟아올랐다가 가라앉았다. 나는 그 광경을 넋을 놓고 바라보다가 어느 순간 최면에 걸린 것처럼 잠에 들었다. 눈을 떠보니 알몸의 남자가 내 앞에 서 있었다. 그 남자는 분홍색 삼각 수영복을 입고 있었다. 생전 처음 보는 낯선 얼굴이었다.

당신은 누구십니까?

내가 물었다. 그러나 아무 소리도 나오지 않았다. 그 순간 남자가 수영복을 벗고 거대한 성기를 내 입속에 넣어버렸기 때문이다. 그 남자의 성기는 내 입속에서 점점 커지고 있었고 나는 질식할 지경이었다. 문득 그 남자의 얼굴이 흐릿해졌다. 그러다가 잠시 후 또렷해졌다. 나는 깜짝 놀라 눈을 비볐다. H가 눈앞에 서 있었던 것이다. H는 날 보더니 씩 웃었다. H의 등에는 거대한 지느러미가 달려 있었다. H는 내 입에서 생식기를 빼고 분홍색 수영복을 주섬주섬 입기 시작했다.

그럼 너는 누구지?

수영복을 갖춰 입은 H가 물었다.

오잉크. 오잉크.

웬일인지 내 입에서는 이 소리밖에 나지 않았다.

그날 이후 나도 돼지가 돼버렸다. 웬만해선 집 밖으로 나가지 않았다. 〈유리 올레샤의 하루〉가 이 세상에서 제일 따뜻하고 안전했다.

오잉크. 오잉크.

루돌프와 함께라면 이렇게만 대화해도 충분히 교감을 나눌 수 있었다. 우리는 다시 행복해졌다.

잠들기 전엔 루돌프에게 책을 읽어주기도 했다. 루돌프는 의외로 좋은 책을 선별하는 감각을 갖고 있었다. 걸작을 읽어주면 귀 기울여 들었고, 그 외의 작품을 읽어주면 잠들어버렸다. 도스토옙스키의 『카라마조프의 형제』 같은 소설은 눈을 빛내며 귀를 기울였다. 몇날 며칠을 『카라마조프의 형제』를 이어서 읽어달라고 졸라서 질투가 일 정도였다. 어느 날은 『카라마조프의 형제』 대신 내 소설의 몇 구절을 읽어주었다. 루돌프는 귀를 기울이는 듯 하더니 어느새 잠이 들었다. 나도 몇 대목을 더 읽다가 잠이 들었다.

당신도 도스토옙스키처럼 될 수 있나요?

그날 새벽 나는 루돌프의 목소리를 듣고 잠에서 깨어났다. 루돌프는 내 머리를 쓰다듬고 있었다. 나는 숨죽이고 있었다. 루돌프는 나를 안아주었다. 나를 지독한 자기혐오의 세계에서 잠시나마 벗어나게 해주려는 듯했다. 루돌프의 마음이 느껴져서 코끝이 찡해졌다. 나는 루돌프 품에 기댄 채 한동안 잠든 척했다.

아니, 나는 도스토옙스키처럼 죽을 수 있을 뿐이야.

마침내 루돌프가 잠에 들었을 때 내가 중얼거렸다.

루돌프에게 『카라마조프의 형제』를 다 읽어줬을 무렵 추석이 됐다. 나는 〈유리 올레샤의 하루〉를 잠시 떠나야 했다. 아버지의 등쌀에 못 이겨 큰집에 가서 차례를 지낸 것이다. 큰집에는 비슷하게 생긴 열여섯 명의 남자들이 모여 있었다. 나를 포함해서 말이다. 우리는 심지어 목소리도 비슷했다.

마침내 밥그릇을 향해 절을 하는 시간이 됐다. 그들이 절을 하는 동안 나는 멀뚱거리며 서 있었다.

너는 왜 절을 하지 않니?

큰아버지가 내게 물었다. 큰아버지는 우리 열여섯 중 가장 늙은 사람이었다.

오잉크. 오잉크.

나는 조그맣게 대답했다.

뭐라고?

큰아버지가 인상을 찌푸리며 내게 다가왔다.

저는 하나님을 믿습니다.

나는 큰아버지를 바라보며 또박또박 말했다.

사람이 사람답게 살아야지.

큰아버지는 혀를 끌끌 차곤 뒤로 돌아섰다.

예수님도 믿고 석가모니도 믿고 알라신도 믿습니다! 루돌프도 믿고 도스토옙스키도 믿습니다! 인간만 빼고 다 믿는다고요!

나는 큰아버지의 등에 대고 속으로 외쳤다.

차례가 끝난 뒤 우리는 빙 둘러앉아 고깃국을 먹었다. 말은 단 한 마디도 하지 않았다. 모두 고개를 그릇에 박고 국물을 들이켰다.

사람이 사람답게 살아야지.

나는 큰아버지 목소리를 흉내 냈다. 친척들이 고개를 들었다. 나는 고개를 처박고 고깃국을 먹기 시작했다.

성묘를 마지막으로 추석은 끝났다. 집안의 선산은 강화도에 있었다. 할아버지는 위암으로 죽었고, 할머니는 중풍으로 죽었다. 오래된 일들이다. 할아버지는 한국전쟁 때 북한에서 넘어왔고, 북한에 두 명의 부인을 두고 있었다. 할머니는 남한에서 만든 부인이었다. 그렇다면 우리 열여섯은 누구의 자손인가. 얼핏 보면 간단한 문제였지만 생각하면 할수록 헷갈렸다.

성묘를 마치고 집에 돌아왔을 때였다. 〈유리 올레샤의 하루〉에 낯선 남자가 있었다. 그는 마흔 살쯤 돼 보였는데, 대머리인 데다가 몸에 털이 하나도 없었고 유달리 큰 코만 우뚝 솟아 있었다. 꼭 코뿔소 같았다. 코뿔소는 루돌프와 알몸으로 나뒹굴고 있었다. 저금통에는 만원권 지폐 몇 장이 꽂혀 있었다.

당신 누구야?

내가 물었다. 그들은 대꾸도 하지 않은 채 서로에게 몰입하고 있었다. 나는 그들에게 다가가 이게 무슨 짓이냐고 소리를 질렀다. 그들은 나를 힐끔 보곤 다시 정념의 세계에 빠져들었다. 나는 화가 치솟아 그들 사이로 뛰어들었다.

돈밖에 모르는 돼지 같은 년!

나는 욕설을 퍼붓고 루돌프를 마구 때리기 시작했다. 그때 코뿔소가 내게 달려들었다. 나는 저항했지만 코뿔소는 나를 억누르고 날카로운 콧날을 겨누었다. 나는 코뿔소에게 짓눌려 옴짝달싹 못하고 있었다. 코뿔소가 별안간 나에게 키스를 퍼부었다. 느낌이 그리 나쁘지만은 않았다.

오잉크. 오잉크.

나는 이렇게 부르짖었다.

행복한 나날은 금세 끝나버렸다. 코뿔소가 다녀간 뒤 성기에 돋아 오른 돌기가 원인이었다. 자그마한 돌기들은 온몸으로 퍼져나갔고, 피고름이 맺히기 시작했다. 시간이 흐르자 얼굴로도 번졌다. 마스크를 하면 피가 흥건하게 묻어날 정도였다. 나는 거울을 바라봤다. 거울 속의 나는 인간의 모습이 아니었다. 상상할 수는 있으니까 좀비나 미라 같다고 한다면 오히려 괜찮았다. 나는 지구 상에 존재하지 않는 상상 속의 괴물 같았다. 상태는 점점 더 악화됐다. 나는 두드러기가 심장에 번졌다는 망상에 휩싸였고, 곧 앓아누웠다. 아프다고 생각하니까 더 고통스러웠다. 하루 종일 몸을 배배 꼬고 눈물을 쏟았다.

루돌프, 내 몸이 왜 이러지?

오잉크. 오잉크.

루돌프, 너 혹시 성병에 걸렸어?

오잉크. 오잉크.

루돌프, 빌어먹을 코뿔소 때문이지? 그 새끼가 내 몸속에 바이러스를 넣었기 때문이지?

오잉크. 오잉크.

루돌프가 고개를 세차게 저었다. 나는 루돌프를 사정없이 짓밟았다.

며칠을 버티다가 겁이 나서 피부과로 향했다. 피부과는 주상복합 오피스텔 8층에 있었다. 그 오피스텔에는 영화관도 있어서 엘리베이터 앞에는 평일 이른 시간인데도 사람들로 붐볐다. 나는 고개를 푹 숙인 채 엘리베이터 앞으로 다가갔다. 사람들이 곁눈질하며 나를 피했다. 결국 나는 그 시선을 견디다 못해 비상계단을 선택했다.

괴물이다!

피부가 얼마나 엉망이었냐 하면 계단을 올라가는 동안 마주친 아이들이 이렇게 외치며 달아날 정도였다. 7층에 다다랐을 때는 갓난아이를 안은 여자와 부딪힐 뻔했다.

사람이다!

그녀가 놀라서 이렇게 외치며 옆으로 비켜났다. 아이가 내 얼굴을 보고 울음을 터뜨렸다. 나는 도망치듯 재빨리 계단을 오르며 생각했다. 대체 나는 괴물이란 말인가 사람이란 말인가.

이름: 한상경

나이: 34세

성별: 男

나는 간호사가 내민 진료카드를 작성하고 나서야 내가 사람이란 걸 자각했다. 피부과에는 나와 비슷한 처지의 사람들로 득실거렸다. 얼굴에 반창고를 덕지덕지 붙이거나 마스크를 쓴 이들이 수두룩해서 아까처럼 위화감이 들진 않았다. 나는 진료카드를 제출하고 접수를 했다. 간호사는 나를 보지도 않고 환자가 많으니 조금만 기다리라고 했다. 나는 주위를 둘러봤다. 사람들은 차례를 기다리며 잡지나 휴대폰을 들여다보고 있었다. 문득 말할 수 없이 외로워졌다. 루돌프를 데리고 왔으면 좀 나았을 텐데. 나는 이렇게 중얼거렸다.

내 병명은 성인 여드름이었다. 게다가 원인은 더 간단했다. 스트레스가 원인이었던 것이다. 고통스러워했던 것에 비해 대수롭지 않은 피부병이라 힘이 빠졌다. 의사는 요새 들어 나와 같은 증상을 갖고 있는 환자가 많아졌다고 했다. 나는 단순한 여드름이라기엔 온몸에 퍼진 데다가 너무 아프다고 했다. 의사는 엄살이 심하다면서 이 정도 고통도 못 참으면 남자도 아니라고 했다.

일찍 자고 일찍 일어나고. 채소 위주로 제시간에 세끼 챙겨 먹고. 여가 생활도 하면서 스트레스를 풀어야 해요. 말이 쉽지 대부분 일에 치어서 이렇게 하지 못하죠. 저도 마찬가지고요.

의사가 말했다. 그러고 보니 의사의 볼에도 희미한 여드름 자국이 나 있었다.

일주일에 한 번 정도는 건강한 성생활도 하고요. 당신은 남자니까 여자랑 말이죠.

의사가 히죽거렸다.

선생님, 혹시 제가 사람이 아닐 가능성이 있나요?

내가 물었다. 의사가 소리 내 웃기 시작했다. 그러나 나는 진지했다.

다시 사람이 되려면 제 말을 잘 듣고 약도 잘 바르면 되지요.

의사가 웃음기를 머금고 답했다.

그 무렵 불행이 하나 더 생겼다. 루돌프를 계속 기르려면 돈이 필요했던 것이다. 나는 돈이 다 떨어질 때까지 버티다가 마지못해 일을 구하러 나섰다. 편집자를 구한다던 출판사에서는 고름투성이인 내 얼굴을 보더니 고개를 저었다. 국어 강사를 구한다던 보습학원에서도, 피처에디터를 구한다던 잡지사에서도, SNS 콘텐츠 작가를 구한다던 홍보 대행사에서도 마찬가지였다.

얼굴이 그래서 일을 할 수 있겠어요?

자서전 대필 작가 면접을 보러 갔을 때 면접관이 물었다. 자서전을 쓰는 게 대체 여드름 따위와 무슨 상관인지 궁금했다. 컵이나 액자처럼 무생물이라고 해도 글만 잘 쓴다면 상관없는 직업 같았다. 그렇다면 이제 무엇으로 변해야 한단 말인가. 나는 그날 집에 돌아오면서 이런 생각을 했던 것 같다.

자격 요건: 건강한 신체

나는 이 구인 광고를 본 뒤 마지막이라는 심정으로 경기도 광주에 있는 얼음공장으로 향했다. 공장은 낡고 허름했다. 녹슨 슬레이트 지붕에 콘크리트 외벽은 군데군데 파여 있었다. 「당산대형」에서 이소룡이 일했던 1970년대 얼음공장과 비슷한 모습이었다. 이소룡만 있으면 완벽히 그 영화였다. 공장에는 이소룡 대신 공장장이 있었다. 공장장은 이소룡처럼 호리호리하면서도 다부진 체격이었다. 그러고 보니 얼굴도 이소룡과 약간 닮은 구석이 있었다. 이소룡과 구분되는 점이 있다면 공장장은 맹인이라는 것이었다.

① 소리를 크게 지르는 것
② 다른 사람이 지른 소리를 알아듣는 것

나는 공장장이 제시한 두 가지 테스트를 통과했다. 공장장은 면접을 보는 내내 얼음공장은 일이 고돼서 젊은 사람들이 선호하지 않으며 전에 일하던 사람이 그만둔 뒤엔 석 달째 혼자 일하고 있다고 넋두리를 했다. 면접이 끝날 때쯤 그는 내 몸이 진짜 건강한지 만져

봐도 되냐고 물었다. 나는 잠시 주저하다가 팔을 내밀었다.

정상.

그가 내 두 팔을 만지며 말했다.

정상.

그가 내 가슴과 배를 쓰다듬으며 말했다.

정상.

그가 내 허벅지를 어루만지며 말했다.

정상!

그가 슬며시 손을 올려 내 성기를 툭 쳤다. 나는 깜짝 놀라 그를 바라봤다. 그는 내가 보이는 것처럼 씩 웃었다. 이윽고 그의 손이 내 얼굴로 올라왔다. 눈과 코와 입을 그의 손가락이 천천히 오갔다.

좋아, 있을 건 다 있군.

공장장이 고개를 끄덕였다.

공장장은 10년 넘게 이 공장에서만 일하고 있었다. 처음에는 눈도 보이지 않는데 이렇게 궂은일을 할 수 있는지 의문을 품었지만 겪고 보니 공장장은 나보다 힘도 셌고 체력도 좋았다. 심지어 레이먼드 카버의 「대성당」에 나오는 맹인 로버트처럼 유쾌하기까지 했다. 그는 눈이 먼 지 올해로 3년이 됐는데, 공장은 예전 그대로였기 때문에 눈이 멀고 나서도 이 공장의 모든 것이 눈에 선해 무리 없이 일할 수 있다고 했다. 그만큼 일은 단순했다. 몸은 힘들었지만 공장장의 말대로 시끄러운 기계음 속에서도 서로의 말을 들을 수만 있으면 누구나 충분히 할 수 있었다.

일이 몸에 익자 곧 다른 생각이 고개를 치켜들었다. 나는 사무실 서랍장에서 돈을 슬쩍하기 시작했다. 며칠이 지나도 공장장은 눈치

채지 못한 듯했다. 나는 날이 갈수록 대담해져서 점점 많은 돈에 손을 댔다. 그 무렵 공장에 진짜 도둑이 들었다. 그다음 날 공장장이 나를 불렀다. 정산이 틀리다는 것이었다. 나는 솔직히 말해 이번에는 아니라고 했다. 공장장은 자신도 이번에는 아니라고 했다.

그럼 누구지?

공장장이 말했다. 우리는 낄낄대며 웃었다. 그 뒤 우리는 사적인 이야기를 조금 나눴다. 공장장은 내게 이곳에 오기 전에 무슨 일을 했냐고 물었다. 나는 글을 썼다고 했다. 공장장은 아직도 고리타분하게 문학 타령을 하는 사람이 여기 있었다며 자신은 눈이 멀기 전에도 소설 따위는 읽지 않았다고 했다.

눈이 머니까 좋은 점은 죽을 때까지 책을 읽지 않아도 된다는 거지. 점자를 배우지 않는 한 말이야.

공장장이 히죽거렸다. 나는 왠지 자존심이 상해서 얼음공장은 소설보다 더 하다고 했다. 「당산대형」에 나온 얼음공장을 언급하며 40년이 흘렀지만 얼음 산업에는 전혀 발전이 없다고 했다. 젊은 사람들이 이곳에 오지 않는 건 당신들 탓이라고, 이 얼음공장도 변해야 한다고 했다. 공장장은 더 이상 아무런 말도 하지 못했다. 그동안 자신의 처지를 객관적으로 보는 걸 피하기만 하다가 그제야 정면으로 맞닥뜨린 것 같았다. 나는 그가 침울해 있는 동안 사무실에 가서 돈을 훔쳤다.

변해야 한다고? 그럼 나도 변해야 하는가? 이 공간이 변해서 아무것도 보지 못하는 내가 아무 일도 하지 못하는 것을 원하는 건가?

내가 사무실에서 나왔을 때 공장장은 이렇게 중얼거리고 있었다.

돈은 벌었지만 루돌프와 나는 불행해졌다. 얼음공장에서 일하기 시작한 뒤 루돌프와 함께 보내는 시간이 줄어든 것이다. 너무 피곤해서 집에 가자마자 잠드는 바람에 예전처럼 대화를 나눌 수 없었다. 책도 읽어주지 못했다. 심지어 성욕도 들지 않았다. 삽입은 물론이고 오럴 섹스를 받을 힘도 없었다. 다행인 게 있다면 그동안 약을 꾸준히 발라서 여드름이 가라앉았다는 것뿐이었다.

오잉크. 오잉크.

루돌프는 밤새 서럽게 울며 내 관심을 끌기 위해 몸부림쳤다. 나는 잠결에 루돌프의 울음소리를 들으며 생각했다. 원시시대라면? 돈이 발명되지 않았다면? 과학기술이 발전하지 않았다면? 그랬다면 우리는 지금보다는 사람답게 살고 있지 않을까?

루돌프는 날이 갈수록 더 외로워했다. 밥도 먹지 않았고 잠도 자지 않았다. 시끄럽게 울기만 했다. 자고 일어나면 바닥에 머리를 찧고 있었다. 머리에서 피가 흘러내렸다. 〈유리 올레샤의 하루〉에 구토도 한가득 해놓았다. 나는 루돌프를 돌볼 틈도 없이 출근해야 했다.

내가 누구 때문에 이렇게 힘들게 일하는데 너는 왜 하루 종일 징징거리기만 하지?

어느 날은 화를 내며 루돌프를 마구 때리기도 했다. 그 이후 루돌프에게 손찌검하는 일이 잦아졌다. 잠도 방에 들어가서 아예 따로 잤다.

그런데도 루돌프는 계속 칭얼거렸다. 어느 날은 너무 짜증이 나서 루돌프에게 이 집에서 나가라고 했다.

오잉크, 오잉크.

루돌프는 내 말을 못 알아듣는 척했다.

계속 이렇게 응석을 피우다가는 더 이상 네 계좌에 월급을 넣어주지 않을지도 몰라. 밥도 주기 싫어졌다고. 이럴 바에야 네가 아예 없는 게 낫겠어. 차라리 혼자 소설을 쓰며 궁상떨 때가 좋았다고.

오잉크. 오잉크.

이봐, 루돌프. 정신 차려. 넌 돼지가 아니라 인간이야.

내가 루돌프의 양 어깨를 잡고 흔들었다.

오잉크. 오잉크.

루돌프, 돼지 흉내 그만 내라고.

내가 윽박질렀다.

오잉크. 오잉크.

루돌프는 고개를 숙인 채 중얼거렸다.

다음 날 나는 루돌프를 내다 버렸다. 억지로 옷을 입힌 뒤 전철역까지 끌고 가서 루돌프를 두고 온 것이다. 나는 떠나기 전에 멀리서 루돌프를 잠시 지켜봤다. 루돌프는 옷을 벗어던진 채 네발로 기어 다니고 있었다. 루돌프 주위로 사람들이 몰려들었다. 루돌프는 엉덩이를 살랑살랑 흔들며 지하철역을 돌아다녔다. 몇몇 노숙자와 부랑아가 엎드린 채 루돌프를 따라다니는 게 보였다. 얼마 지나지 않아 교복을 입은 학생과 양복을 입은 직장인 몇 명도 그 무리에 섞여들었다. 퇴근했을 때는 더 가관이었다. 루돌프는 현관문 앞에 엎드려 있었다. 계단과 복도에 똥도 잔뜩 싸놓았다. 사실 이건 문제가 아니었다. 문제는 벌거벗은 남자 네댓 명도 함께 엎드려 있었다는 것이었다. 나는 간신히 그들을 쫓아버린 뒤 그 길로 인터넷에서 루돌프를 살 사람을 찾았다.

〈인간 돼지 판매〉

이름: 루돌프

성별: 암컷

특징: 섹스 및 대화 가능

게시판에 글을 올리자마자 한 사람에게 문자 메시지가 왔다.

인간과 돼지는 교배가 가능한가?

며칠 뒤엔 전화로 연락해온 사람도 있었다. 그 남자는 루돌프를 직접 보고 판단하고 싶다고 했다. 나는 그를 집으로 불렀다. 그의 생김새는 잘 기억나지 않는다. 다만 입이 매우 커서 그를 보자마자 두꺼비를 떠올렸다는 건 기억한다. 두꺼비는 집에 들어서자마자 루돌프에게 달려들었다. 나는 모른 척하고 방으로 들어갔다. 시간이 조금 흐르자 밖이 조용해졌다. 나는 불현듯 수상한 느낌이 들어서 서둘러 밖으로 나갔다. 두꺼비는 문 앞에 서 있다가 내 목에 작은 칼을 겨누었고, 루돌프를 빼고 모든 것을 도둑질해갔다. 또 한 가지 기억난다. 두꺼비는 분홍색 팬티를 입고 있었고, 칼을 겨눈 채 내 성기를 자꾸 쓰다듬었다.

그날 이후 루돌프는 활개를 쳤다. 돼지들을 집으로 끌어들이기 시작한 것이다. 자고 일어나면 문이 활짝 열려 있었고 루돌프는 주인 행세를 하며 〈유리 올레샤의 하루〉에서 온갖 돼지들과 난교를 벌였다. 어느 날은 잠에서 깨어나 거실로 나가자 머리가 하얗게 센 노인이 내게 달려들어 옷을 벗기기 시작했다. 내가 저항하자 수많은 돼지들이 달려들었다. 나는 낙담하고 말았다. 이렇게 살 바에야 기다리던 게이마저 왔으니 유작이고 뭐고 얼른 처참하게 살해당했으면 좋겠다는 생각이 들 정도였다.

이 정도로 상황이 심각해지자 루돌프를 공장에 데리고 가는 수밖에 없었다. 루돌프를 계속 혼자 두었다가는 집에 수백 마리의 새끼 돼지를 낳아놓을지도 모르는 일이었다. 나는 당장 돌볼 사람이 없다며 양도할 사람이 나타날 때까지만 애완용 돼지를 공장에 데리고 와도 되냐고 양해를 구했다. 공장장은 흔쾌히 괜찮다고 했다. 눈이 멀기 전에 이 공장에서 커다란 진돗개를 키운 적이 있는데, 그 이후 동물은 처음이라고 너스레를 떨기도 했다.

눈이 먼 뒤 사료를 어디에 뒀는지 기억이 나지 않아 굶어 죽었지 뭐야. 불쌍한 녀석.

내가 공장 마당 한편에 루돌프를 묶는 동안 공장장이 킬킬거렸다.

네 밥은 있단다, 걱정 마렴.

공장장이 루돌프에게 말했다.

오잉크. 오잉크.

그러자 루돌프는 안도의 한숨을 내쉬었다.

다음 날이었다. 내가 잠깐 자리를 비운 사이 공장장은 멀리서 루돌프를 지켜보고 있었다. 루돌프를 기필코 보고 만다는 듯 미간을 찌푸리고서 말이다.

오잉크. 오잉크.

루돌프가 공장장을 유혹하는 듯 간드러진 소리를 냈다.

저게 돼지라고?

내가 다가가자 공장장이 물었다.

꿀꿀거리면서 우는 게 돼지 아니야?

영어를 쓰는 사람에게는 오잉크 오잉크,라고 들린대요. 꿀꿀이나 오잉크나 실은 같은 거라고요.

내가 루돌프에게 다가가며 말했다. 공장장은 고개를 끄덕였지만 여전히 루돌프를 경계하고 있었다.

걱정 마세요. 개나 고양이 같은 애완용 돼지라니까요. 요새 젊은 사람들이 많이 키우는 거예요.

나는 이렇게 덧붙이며 가까이 와서 만져보라고 했다. 공장장이 천천히 다가왔다. 나는 한번 쓰다듬어보라고 했다. 공장장은 주저하더니 손을 더듬어 루돌프의 볼을 만졌다.

예쁘다, 돼지야.

공장장이 중얼거렸다. 루돌프가 공장장의 손을 핥았다.

돼지 살갗이 사람 피부처럼 미끈미끈하네.

공장장이 말했다.

머리털도 사람처럼 부드럽고.

공장장이 루돌프의 머리를 쓰다듬었다.

사람처럼 코도 있고, 눈도 있고, 입도 있네.

공장장이 루돌프의 얼굴을 만졌다.

아니, 돼지도 눈, 코, 입은 있지. 미안, 미안. 사람이 아니라 정상적인 돼지로구나.

공장장이 이렇게 말하며 뭐가 그리 웃긴지 낄낄댔다. 나는 그의 손을 끌어 루돌프의 생식기에 대었다. 공장장은 루돌프의 생식기에 손가락을 넣었다.

뭔가 물컹물컹하네?

공장장이 말했다. 루돌프가 공장장의 바지를 벗기고 팬티를 내렸다.

돼지가 옷을 벗기네.

공장장이 말했다. 루돌프가 공장장의 성기를 빨기 시작했다.

더 행복하게 해주렴.

내가 중얼거렸다. 그날부터 나는 돈을 마음껏 훔칠 수 있었다. 공장장이 루돌프에게 푹 빠져버린 것이다.

루돌프의 도움으로 반년치 월급을 모았을 무렵이었다. 나는 실수를 하나 했다. 얼음을 나를 때 쓰는 쇠꼬챙이가 내 손에서 미끄러져서 공장장의 검지를 자른 것이다. 그 뒤 나는 당황해서 공장장의 잘린 손가락을 제빙기에 넣어버리기까지 했다.

① 손가락을 자른다

② 월급을 양도한다

병원에 다녀온 뒤 공장장은 두 가지 중 하나를 선택하라고 했다. 나는 어느 게 더 좋냐고 했다. 그는 후자가 좋다고 했다. 나는 후자를 선택했다. 공장장은 월급 대신 루돌프를 달라고 했다. 그날 퇴근길에 나는 루돌프에게 작별 인사를 했다.

오잉크. 오잉크.

루돌프가 서럽게 울었다.

저 아저씨는 네가 더 빨리 조종사가 될 수 있도록 도와줄 거야.

나는 루돌프의 귀에 대고 속삭였다.

나랑 있을 때보다 더 좋은 기회가 생길 거야. 더군다나 저 사람은 앞도 보지 못하거든. 루돌프, 네가 두 발로 걸어서 이 공장을 송두리째 훔쳐가도 모를걸?

나는 루돌프를 쓰다듬어 주고는 등을 돌렸다. 그렇게 충분히 설명했는데도 루돌프는 울고불고 난리를 피우며 내 바짓가랑이를 잡았다. 나는 루돌프를 발로 걷어찼다. 루돌프가 비명을 지르며 나뒹굴었다. 그사이 나는 공장을 떠났다. 입구에 다다라서 뒤를 돌아보니 공장장이 루돌프의 머리를 쓰다듬고 있었다. 어느새 루돌프는 공장장에게 아양을 떨며 갖은 교태를 부리고 있었다.

그 뒤 나는 일할 필요가 없었다. 공장에서 훔친 돈을 루돌프의 저금통에 넣어두었기 때문이었다. 나는 〈유리 올레샤의 하루〉 속에서 먹고 자며 한 계절을 집에 틀어박혀 있었다. 언제 올지 모르는 죽음을 기다리며 본격적으로 이 소설을 쓰기 시작한 것도 그때였다. 다시 담배를 피우는데도 살이 더 불어났다. 시간이 흘러도 죽음은 올 기미가 보이지 않았고 나는 예전처럼 비참해졌다. 이렇게 된 게 모두 H의 탓처럼 느껴졌다. 나는 H가 고통스럽게 죽는 몇 가지 방법을 고안했다. 그중 하나는 생쥐에게 생식기를 갉아 먹히는 것이다. H는 너무 고통스러워서 죽고 싶어 한다. 그러나 다음 날이 되면 상처가 재생되는 바람에 죽지 못한다. 고통은 지속된다. 결국 고통을 체념하고 늙어 죽을 때까지 평생 고통 속에 살아간다. 이유는 모르겠지만 H의 고통을 상상하자 마음이 한결 편안해졌다.

공산당 같은 새끼, 차라리 나를 빨리 죽여줘.

H가 간혹 전화를 걸어 저주를 퍼붓는 것만 빼면 나는 평온한 시간을 보내고 있었다. 가끔 외로움이 느껴지면 폰섹스 회사에 전화를 걸었다. 폰섹스 회사에서는 무작위로 어떤 여자를 연결해주었다.

오잉크. 오잉크. 이렇게 말해줄래?

그리고 나는 상대에게 이렇게 말했다.

선정의 말

—

이렇게 말할 수 있다면, 오한기의 「사랑」은 인간이, 소설의 종말 이후를 살아갈 때 지를 수 있는 비명("오잉크. 오잉크")을 예언하는 소설이다. 마치 소설 속 큰아버지의 말("사람이 사람답게 살아야지")을 조롱하려는 것처럼 오한기는 인간을 한낱 돼지로 만들어버리면서, 인간을 인간으로 규정짓는 최소한의 품위마저도 망설임 없이 짓밟아버린다. 물론 사람을 돼지로 만들어서 사육하고 성적으로 착취하는 이 황당한 소설이 계보학적으로 낯선 것이라 할 수는 없다. 저 옛날 오비디우스의 재기 어린 변신담에서부터 카프카의 영웅적인 변신, 그리고 최근에는 박민규의 애잔한 변신 이야기에 이르기까지 인간이 동물로 변신하는 일은 그리 낯선 소재는 아니지만, 흥미로운 것은 오한기의 동물화가 한줌의 미련이나 위악도 개입할 여지가 없을 만큼 "지독한 자기혐오"로 단단히 감싸여 있다는 사실이다. 최소한의 휴머니즘도 거부하는 오한기의 글쓰기는 당연히 소설에 대한 급진적인 부정을 양산할 수밖에 없다. 소설가라면 소설을 소설답게 써야 한다는 주변의 훈수에 그는 조금도 아랑곳하지 않을 것이며, 지금처럼 소설의 종말을 앞당겨 실천할 것이다. 문제는 그 종말이 쉽게 오지 않는다는 사실이다. 그런 의미에서 소설 속 화자를 일종의 편집증에 빠지게 만들었던 소설가 H는 근대소설에 대한 일종의 알레고리처럼 읽히기도 한다. 그렇다면 오한기의 텍스트는 소설의 종말 이후 자기혐오에 빠진 소설가가 역으로 소설(H)에게 복수를 가하는, 그러나 결국 실패해버리는 이야기이기도 하다. 마치 프로메테우스처럼, 화자의 소설 속에서 생쥐에게 생식기를 갉아 먹혀도 H의 상처는 재생되고 오히려 고통은 지속된다. 아니, 고통이 지속되고 있으니 이것은 성공한 복수담일까. 하여간 증오와 복수에도 사랑은 섞여 있기 마련이니, 이 소설의 제목이 '사랑'일 수밖에 없는 이유는 충분해 보인다. 오한기는 우리 시대의 가장 문제적인(그러나 재미있는), 소설의 무정부주의자다. **강동호**